西游八十一案

西域列王纪

VENTURE TO THE WEST

陈渐 著

重庆出版集团 重庆出版社

本书根据玄奘《大唐西域记》演义

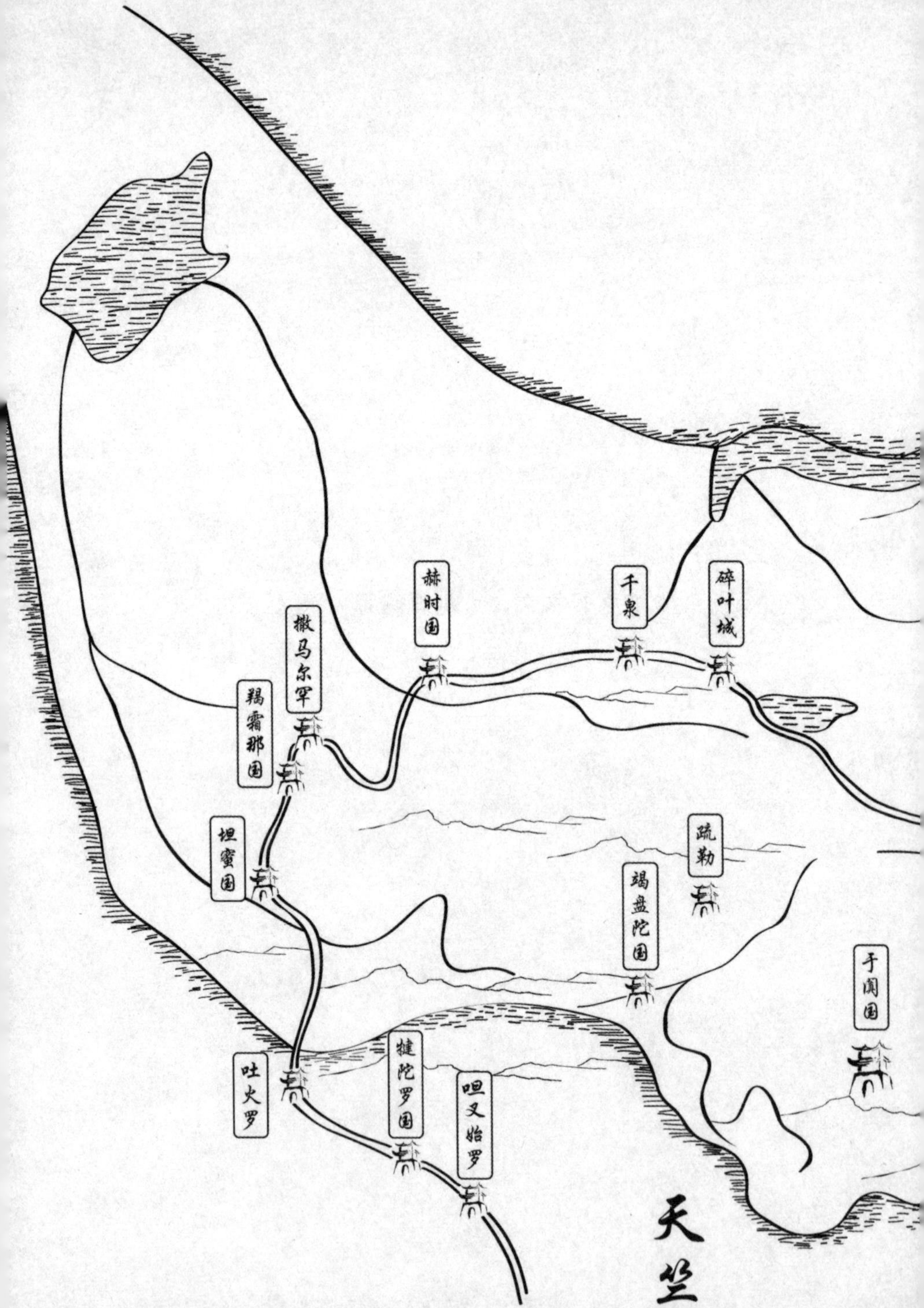

赫时国
千泉
碎叶城
撒马尔罕
羯霜那国
埋賓国
疏勒
竭盘陀国
于阗国
吐火罗
犍陀罗国
呾叉始罗
天竺

玄奘西行示意图

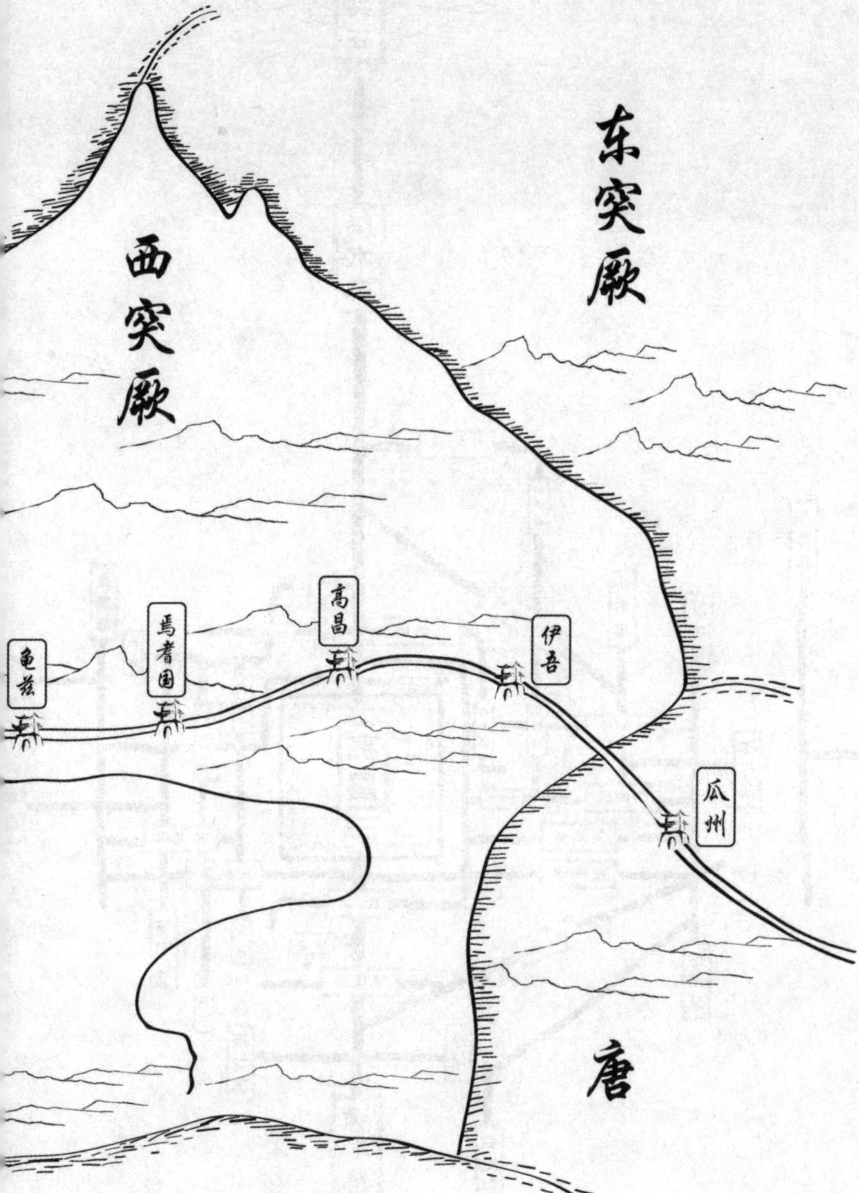

高昌井渠图

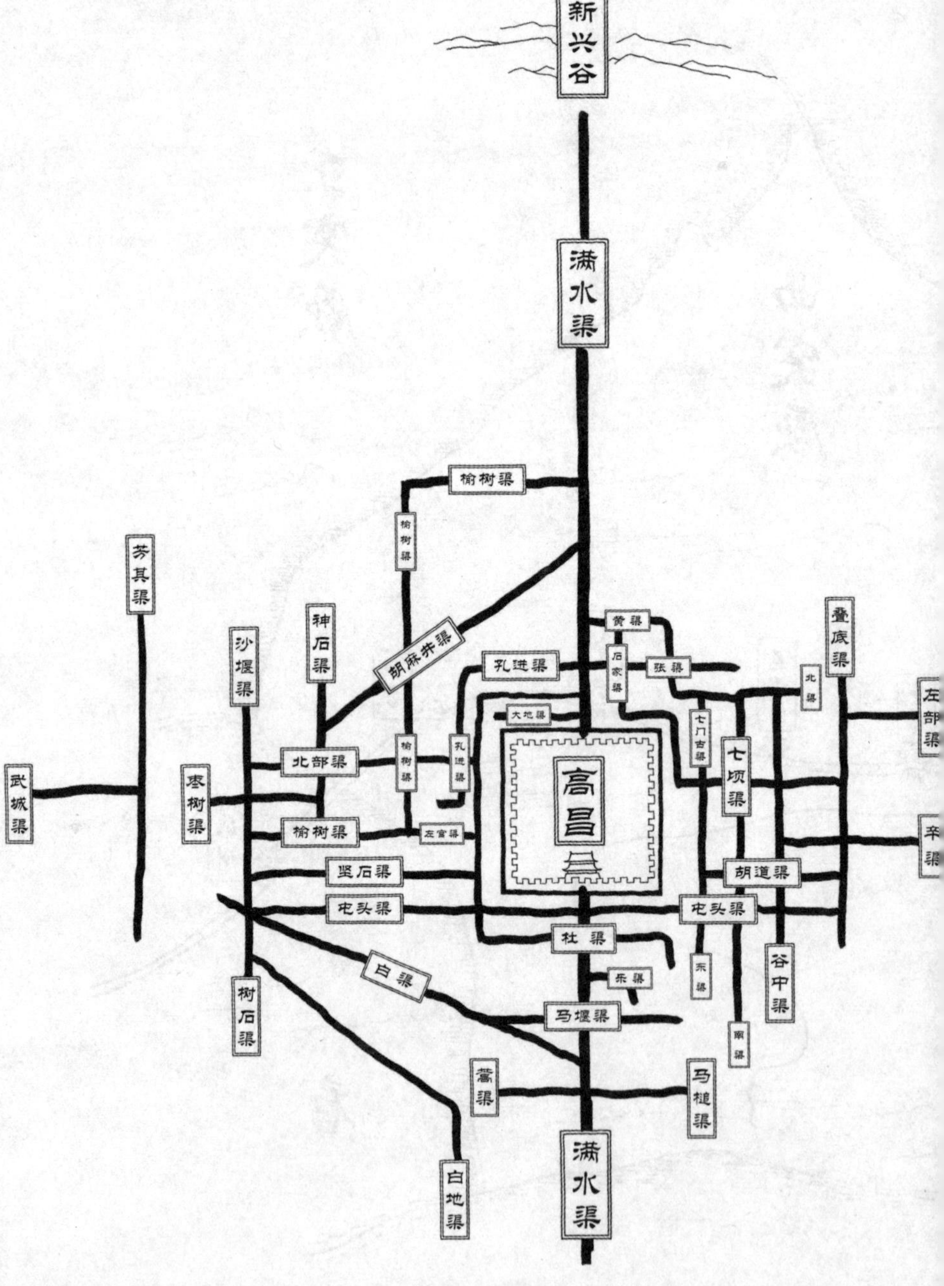
新兴谷
满水渠
榆树渠
榆树渠
芳其渠
神石渠
沙堰渠
胡麻井渠
孔进渠
黄渠
石家渠
张渠
叠底渠
北渠
左部渠
大地渠
七门吉渠
七顷渠
武城渠
枣树渠
北部渠
榆树渠
孔进渠
高昌
榆树渠
左官渠
辛渠
竖石渠
胡道渠
屯头渠
屯头渠
杜渠
东渠
谷中渠
白渠
东渠
马堰渠
树石渠
南渠
蒿渠
马槌渠
白地渠
满水渠

目录

楔子一

时值公元628年，大唐贞观二年。春二月。

在长安一万四千里外的两河流域，存续四百年的萨珊波斯帝国，正是它最后一个伟大的皇帝库斯鲁二世在位的第三十八个年头。

库斯鲁二世已经老迈腐朽，三十八年前，他罢黜并且弑杀了自己父亲之后，用二十年的时间横扫拜占庭，征服小亚细亚，洗劫叙利亚，占领安条克、大马士革、耶路撒冷和埃及全境[1]，拜占庭的圣物耶稣十字架成了他随意展览的战利品，萨珊波斯的辉煌在他手里达到了空前绝后的顶峰。

然后，从顶峰戏剧性地坠落，他只用了两年。

可恶的拜占庭皇帝希拉克略与该死的突厥人秘密苟合，东西夹攻，希拉克略的大军势如破竹，从小亚细亚打到了泰西封[2]。帝国

---

① 小亚细亚、叙利亚、大马士革、耶路撒冷均为现代译名。因南北朝至隋唐，中国人对西域诸国的名称翻译混乱，玄奘本人的译名又过于艰涩，故本文将采用便于读者理解的称谓。

② 泰西封，萨珊波斯帝国都城，今巴格达东南四十公里处，现存遗址。

的都城里，到处都是心怀异志的贵族，桀骜不驯的将军，伺机反叛的百姓和那些居心叵测的儿子。

古老的日光照入泰西封的宫殿，琉璃香炉里的安息香散发出淡淡的青烟，穿透日光，缭绕在金碧辉煌的寝宫。库斯鲁二世疲惫地醒来，但他不想睁开眼。

这两年皇帝患上了痢疾，严重的腹泻使他的身体彻底垮塌，也使他的脾气越发暴躁。他在冥思中怀念着海尔旺行宫，那里让他想起与爱妃希琳在一起的日子。他为她修筑的塔格迪斯楼阁，穹顶用黄金和白玉镶嵌出日月与繁星，装置了复杂的机械，他们躺在床上，就能看到太阳的运行和四时变化。纵然希琳已经年近五旬，他依然认为她是这个世界上最美丽的女人。

可惜，海尔旺行宫已经被希拉克略皇帝摧毁，此时他还在泰西封城外逡巡不去，伺机给自己的帝国致命一击。

想起希琳，库斯鲁二世立刻充满了温情，他决定听从希琳的劝告，立她所生的马尔丹沙为太子，虽然他只有六岁。那又如何？我还是萨珊波斯的王，万王之王，四方宇宙之王！

库斯鲁二世下定决心，挣扎着想坐起来，眼前的安息香雾里却出现了一只手掌，按在他的额头，把他的身体重重地压在了床上。皇帝还没反应过来，无数的手掌从烟雾中出现，他的脖子、手脚和四肢均被扣住，呈大字摊在了床上。

异变发生于一瞬，似乎有无数人在娴熟地配合，无边的恐惧席卷而来，但皇帝看不见人影，他张开嘴刚要呼喊，两腮却被人捏住，一只青铜钳子夹着一块火红的安息香塞进了他的嘴里。皇帝拼命挣扎，发出痛苦的呜咽。但那钳子狠狠地向他喉咙里塞去，直到安息香堵塞了喉咙，剧痛与窒息让库斯鲁二世昏迷了过去。

也不知过了多久，库斯鲁二世在抽搐中疼醒，发现自己的长子希鲁耶恭谨地站在床头。皇帝瞪大眼睛，一时忘了疼痛，因为他发现希鲁耶身穿皇帝袍服，手持权杖，头戴金冠。皇帝暴怒不已，但喉咙里发出嗬嗬的声音，剧痛难忍。

“嘘——”希鲁耶轻轻按住他的嘴唇，朝窗外指了指，“听——”

这时，皇宫外传来隐约的海啸，库斯鲁二世仔细倾听，慢慢地，他的脸色变了，那不是海啸，是无数人的呼喊。呼喊声由远而近，清晰可闻，直到震动了宫殿的屋瓦——“卡瓦德皇帝！”

“卡瓦德二世，”希鲁耶纠正，“就是我，希鲁耶。”

库斯鲁二世颓然瘫倒，他知道，自己被废黜了，一如三十八年前，他废黜了自己的父皇，霍尔莫兹德四世。

“伟大的父，波斯的万王之王，知道我为何烧毁了您的嗓子吗？”卡瓦德二世微笑着，“因为我不能让您念出那段咒语。正如您为了夺取我祖父的皇位，先弄瞎了他的双眼一样。伟大的萨珊波斯四百年来只是靠那只神秘的大卫王瓶在支撑，即使这三十八年来，您穷兵黩武，奢靡荒淫，也没有谁敢于反对您，大卫王瓶的魔力令万国震慑，连强大的拜占庭也在它的光辉下战栗，任凭您的军队蹂躏。那么，为何短短两年，我们就国势崩颓，在拜占庭和突厥人的刀锋下瑟瑟发抖？难道是您的咒语用完了吗？”

库斯鲁二世闭上了眼睛。

“告诉我吧，伟大的父皇。”卡瓦德二世拿来一张裁好的东方麻纸，垫在库斯鲁二世的胸前，递给他一管鹅毛笔，“大卫王瓶在哪里？我将是它的新主人，重新拥有三个无所不能的愿望。我将带着萨珊波斯重新到达它辉煌的巅峰，开创空前绝后的强大帝国。”

库斯鲁二世脸上露出冷笑，挥笔在麻纸上写道：大卫王瓶已经离开了波斯。你永远都得不到它。

“它在哪里？”卡瓦德二世呆住了，忽然间暴怒，“告诉我，它在哪里？”

库斯鲁二世呵呵笑着，在纸上写道：这张纸的故乡。

“这张纸的故乡？”卡瓦德二世想了想，他知道，这种纸张来自于东方的大唐，是大唐宫廷御用的益州麻纸，是那群贪财好利的粟特人通过一万多里的丝绸之路运到了波斯。

“不……不……”卡瓦德二世难以置信，“这是我萨珊波斯的镇国之宝，传承了四百年，您怎么可能把它送到万里之外的大唐帝国？”

库斯鲁二世继续写道：帝王之谋，你不懂。一年后，大卫王瓶抵达大唐的宫廷，世界格局将会倾覆，萨珊波斯将会重生。而你，儿子，将永世沐浴在我遗留的光辉之下。

“不——”卡瓦德二世发出绝望的吼叫，双手卡住库鲁斯二世的喉咙，表情狰狞，肌肉抽搐，“您毁灭了我的根基，我却赐给您帝王的尊严，让您不流血地死去！”

库鲁斯二世喉头咯咯作响，眼前发黑，但脸上却似乎在笑，笑中有泪。

楔子二

贞观三年，秋八月。

这一年，长安霜降，庄稼绝收，给贞观盛世的前夕蒙上一层浓重的阴霾。月初，朝廷诏令，灾民可自由迁徙，随丰就食。三十岁的玄奘背着木箱与行囊，混迹于灾民之中，行走在长安市上。

“法师，可是要远行？”路经何氏相术的店铺前，占卜师何弘达笑着朝他致意。

玄奘认得此人，长安城内赫赫有名的占卜师，与将仕郎李淳风、火井令袁天罡齐名，占卜预测无一不中。玄奘心中一动，合十施礼：“贫僧正要往西去，路途艰远，不知是否去得？”

何弘达沉默地看着他，袖中的手指快速掐算，忽然叹息：“法师一去，万里之遥，一路虽有险阻，也算去得。去时的形状，似乎乘着一匹老且瘦的赤马。那马的漆鞍前有铁。”

玄奘喜悦不已，合十谢过，从西市出了金光门，夹杂在逃荒的人流中往西北而去。

半个月后，玄奘抵达了凉州。凉州号称“四凉古都，河西都会”，通一线于广漠，控五郡之咽喉。丝绸之路上的胡汉商人往来不绝，此时的玄奘已经名贯天下，凉州僧俗两界听说玄奘法师西游求法来到此地，慕名敦请，于是玄奘停留了一个月，开坛讲经。那些西域胡商听说玄奘西游天竺将要经过自己国家，便借着回国的机会，纷纷告知国王，玄奘人还未出关，名声已经远播西域诸国，国王们纷纷命令沿途商旅打探玄奘法师的行踪。

但此时玄奘却遇上了麻烦，大唐立国未久，边界不宁，于是颁布"禁边令"，约束百姓，不许出关。凉州都督李大亮得知玄奘打算西游天竺，当即派人追查，玄奘在佛门势力的庇护下，逃离凉州，来到了瓜州。李大亮的访牒随之下达，要求抓捕玄奘。

瓜州小吏李昌拿到访牒，大吃一惊，他乃是虔诚的佛教徒，急忙跑来见玄奘，当着玄奘的面将访牒撕掉，告诉玄奘："法师务必早日西行，否则访牒还会下发。"

玄奘感激不已，但又愁闷不已。

瓜州城已经是大唐国境的西北尽头，再往北就是构成边关哨所的五座烽燧，彼此相隔百里，中间是荒凉戈壁，无水无草，只有烽燧附近才能取水。但烽燧上驻有守边将士，张弓搭箭，日夜值守，见人则射杀。即使过了第五座烽燧，向西却是大唐与西域伊吾国之间的天然屏障——八百里莫贺延碛。上无飞鸟，下无走兽，中无水草，无数商旅都在这里迷失道路，尸骨无存。

玄奘日夜发愁，寻找偷渡的途径，逗留了月余，也无计可施。这一日正在阿育王寺参佛，忽然有一名健壮的胡人进来礼佛，礼完佛，此人却不走，绕着玄奘行走三匝。这是流行于天竺和西域的尊贵礼节。

玄奘惊讶不已："施主为何行此大礼？"

"法师，"那胡人躬身道，"小人乃石国的粟特人，姓石，名磐陀。见法师佛光湛然，愿求法师为小人授戒。"

玄奘当即为他授了五戒，授完戒，石磐陀供奉胡饼和瓜果。玄奘想起自己的烦恼事，问:“贫僧想西游天竺求法，但边关戒备森严，无法偷渡，不知这瓜州附近可有什么便捷的道路？”

石磐陀想了想，道:“法师，小人曾经往来瓜州和伊吾数次，如果法师不嫌弃，小人愿意将法师送过五烽。”

玄奘大喜，两人约定第二日黄昏时分在寺院门口相会。玄奘兴冲冲地买了马匹、饮水和干粮，牵着马在寺庙门口等待石磐陀。黄昏时分，石磐陀如约而至，但同他一起来的，还有一个牵着一匹老马的胡翁。

玄奘愣了:“难道老丈也要和我们一起前往吗？”

石磐陀急忙解释:“法师，这位老丈往来伊吾三十多次，对西行之路熟稔无比，我请他来是想给您讲解一二。”

玄奘这才释然。胡翁幽深的眼眶里泛出一股笑意:“法师，西行之路险恶重重，沙河阻远，鬼魅热风，无有达者。即便物资充裕，结伴而行，尚且会迷失在这西海流沙之中，何况法师孤身一人？还请法师多加考虑，切莫以身试险！”

玄奘沉默片刻，断然道:“贫僧为求大法，不到婆罗门国，誓不东归。纵然客死他乡，也在所不惜。”

胡翁摇摇头，似乎有些惋惜，又有些赞叹:“法师既然决定要去，可以换乘我这匹马。此马往来伊吾已经十五次，稳健且熟悉道路，必能带着法师抵达伊吾。”

玄奘这时才注意到他牵的那匹老马，一看之下，不禁愣住了——这是一匹又老又瘦的红马，漆鞍上，箍有一块铁。

一股惊悚寒意顿时涌上脊背。玄奘深深地凝望着胡翁，胡翁毫无所觉地憨笑着。究竟是何弘达的占卜术洞彻天机，如妖似鬼，还是有一股神秘的力量在暗中掌控自己的西游之路？

第一章

西域有妖，佛子东来

贞观三年，冬十一月。玄奘孤身一人走进了八百里莫贺延碛，只牵着一匹瘦马。

这片先秦史籍中的“西海流沙”，后世吴承恩笔下的流沙河，当真称得上“八百流沙界，三千弱水深。鹅毛飘不定，芦花定底沉”。但与文人浪漫想象不同的是，这里是生命禁区，举目一望，戈壁遍布，黄沙连天，终年大风呼啸，风沙剥蚀着高原土台，形成状如鬼怪的残丘。白天地面灼热，眼前始终笼罩一股烟雾般的空气，每走一步，四周景物都像是在移动。夜晚寒冷刺骨，鬼影森森。

更绝望的是，进入莫贺延碛的第二天，玄奘失手打翻了水囊，一囊清水快速渗入沙中。到如今，他已经四夜五日没有喝过一滴水，一人一马只是靠着本能，在干热的风沙中一步步挪动。脚下没有路，指引着他的，只有前方骡马和骆驼的尸骨，偶尔也有人的头骨半掩在黄沙之中，空洞的眼眶注视着后来者。玄奘四顾茫然，尸骨里的磷火夜则妖魅举火，灿若繁星，昼则惊风拥沙，散若时雨。

玄奘的体力终于耗尽，他全身发烫，头晕目眩，眼前出现了幻觉，恍惚间看见一队军旅，数百人骑着驼马，都作胡人打扮，忽进忽停，满身沙尘，千变万化。远看清晰可见，到了近处却消散无踪。

他知道，自己已经到了生命的尽头，妖魔作祟，侵袭入体。连人带马倒在沙丘上，等待死亡的来临。口中默念观世音菩萨："弟子天竺取经，既不为财，也非游访，只为能求得无上正法，导利群生。求菩萨大慈大悲，寻声救苦，消除灾厄。"

慢慢地，他陷入昏迷，残梦中却有一个金甲神人，手持长戟怒喝："还不快起身远行！"

玄奘打了个寒战，猛然惊醒，这时一阵冷风吹来，如沐冰水。一人一马顿时精神一振，玄奘挣扎起身，趴在马背上在沙漠中继续前行。又走了十几里，那匹瘦马忽然长嘶一声，发疯般地奔跑，一直跑了几十里，到了一处沙丘边上，玄奘不禁悚然一惊。

阳光下，一缕刀光映入他的瞳孔。

那把弯刀斜插在黄沙中，旁边是一具尸体。这里似乎发生过一场战争，尸体枕藉，足有六七十具，被利箭射杀的骡马和骆驼，被刀剑斩断的头颅与四肢，黄沙浸透着鲜血，在阳光下闪耀着惊心的光芒。

玄奘呆呆地望着，翻身下马，踉踉跄跄地跑了过去，一具一具翻找，没有活人，尸体早已僵硬，鲜血也已凝固。现场狼藉不堪，骡马背上的羊毛包裹被撕裂，羊毛满地飘洒；整张的羊皮混杂着鲜血，污秽不堪；黄沙中还散落着珍贵的香料和石蜜，玄奘甚至还在沙里找出两颗绿色的猫眼石。

从死者的相貌和穿着来看，应该是丝绸之路上的商队，大多数人相貌与边塞胡人近似，估计来自西域诸国，另一部分则是高鼻深目，须发蜷曲，应该来自更遥远的西方世界。这并不奇怪，丝绸之路上险恶重重，商旅们经常成群结队，结伴而行。

现场一眼看去，似乎是沙漠匪帮抢掠商队，但玄奘很快发现不对。因为很多羊皮和羊毛包裹仍旧完好无损，甚至一些香料篓都还捆绑在骆驼的背上，匪帮并没有把这些珍贵的货物抢走。当然，从波斯、吐火罗和昭武十国来的胡商，因为路途遥远，大都运输那种易于携带且价值大的商品，譬如宝石、金银丝、香料、自然铜，他们到了西突厥才会购买羊毛和羊皮，贩运到大唐获利。但这些羊皮和羊毛在伊吾一带，价格仍然颇为昂贵，尤其是香料，更是价格高昂，盗匪为何不拿？

“咄……咄……咄……”寂静的沙漠中，忽然传来一阵轻微的声响，似乎是轻微的碰撞声。

玄奘悚然一惊，循着声音在尸体堆里翻找。他早已忘掉了疲惫，一连查看了二十多具尸体，这才发现，在一头死亡的骆驼身下，压着一个头戴羊角形毡帽的胡人老者。那老者胸口几乎被剖开，肋骨翻卷，已经奄奄一息，但手指却在执着地敲击着死骆驼背上的木架，发出咄咄的声音。

“施主，施主！”玄奘急忙抱起他，轻轻在他脸上拍打。

好半天，那老者微微睁开眼睛，见玄奘是个和尚，精神才微微一振，喃喃地说了句什么，是异国语言，玄奘一个字也听不懂。老者喘了口气，眼睛里露出惊惧的神情，紧紧握着他的手，用汉语喃喃道：“瓶……瓶中……有鬼——”

“什么？”玄奘讶然，把耳朵附在他唇边。

那老者用尽浑身精力，嘶声大叫：“瓶中……有鬼——”

话音未落，身子一栽，手臂垂了下去。双眼兀自大睁，露出无穷无尽的恐惧，紧紧盯着玄奘。

“瓶中有鬼？这是什么意思？”

玄奘皱眉想了想，将他平放在沙地上，站起身来失神地望着这片杀戮场。此时，沙丘另一侧传来瘦马的嘶鸣。玄奘摇摇晃晃地走上沙丘，眼前波光一闪，他几乎不敢相信自己的眼睛，湖水碧绿，湖草青青，一池清水，一片草原，镶嵌在黄色的沙漠里。

玄奘以为是幻觉，不敢伸手触摸，那匹瘦马却飞扑下沙丘，一头扎进了湖水。玄奘醒悟过来，连滚带爬地跑下去。到了湖边，却没有急着喝水，而是从马背的行囊里取出滤网。根据佛教戒律，这种水称为“时水”，必须过滤之后才能喝。

清凉的湖水进入身体，玄奘这才感觉到生命逐渐回来了。他回到尸体堆里，在死者身上翻了翻，找到几块馕饼，填饱了肚子。然后趺坐在沙漠中，念了一段往生咒，开始在沙地里刨坑，将尸体一一掩埋。

这个工程实在浩大，尸体足有六十多具，还有两百多匹骡马和骆驼，玄奘气喘吁吁地干了三个多时辰，才埋了二十多具。沙漠干燥酷热，他累得大汗淋漓，后来实在撑不住了，一跤跌坐在地。

就在这时，沙丘顶上人影一闪，倏忽不见。玄奘吃了一惊，揉揉眼睛，以为是自己眼花，随即却听到一阵脚步声急促远去。他一跃而起，奔上沙丘，顿时瞠目结舌，只见沙漠里一个赤身裸体的孩子正在惊慌失措地奔跑，到了湖边，纵身跳了进去，游到了湖水中央，才转过头来看他。

玄奘张大了嘴巴，慢慢走过去，站在湖岸上看着他。那孩子估计有八九岁，肤色惨白，黄色的头发卷曲着，鼻梁高挺，眼窝深陷，眼珠竟然是蓝色的。有些像粟特人或者吐火罗一带的雅利安人种。

“阿弥陀佛，”玄奘朝他合十拜了拜，“小施主，不要害怕，我是来自大唐的僧人，没有恶意。”

那孩子胆怯地看着他，双手拨着水，歪着头犹疑。玄奘笑了笑，朝他伸出了手，示意他上岸。那孩子却露出惊惧之意，一个猛子扎进了水底。玄奘正在诧异，水花一翻，那孩子又冒出了头，手一扬，一团泥沙扔了过来，啪地打在了他的脸上。

玄奘怔住了。泥沙从脸上滑落，他苦笑一声，伸手擦了擦，解释道："贫僧确实没有恶意。那些死者是你的亲人么？你可否上岸，与贫僧一起埋葬了他们？曝尸荒野，入不得轮回净土。"

"你……不能……碰触尸体……"那孩子忽然大声说。他说的是汉语，虽然口音怪异，但吐字清晰，显然受过良好的训练。

"什么？"玄奘有些摸不着头脑。

"你不能碰触尸体！"那孩子大声说，"人死后，邪灵侵入，尸体变得肮脏。任何人，包括父母亲属，都不能碰触它。"

玄奘哭笑不得："那么，谁能碰触它呢？"

"揹尸者，他们专门处理尸体。"孩子认真地道，"而且不能埋葬入土，尸体太肮脏，火葬会污染火，水葬会污染水，土葬会污染大地。尸体必须先浸入白色公牛的尿液里清洗净化，换上正道之衫，系上圣腰带，才能和圣先知沟通……"

玄奘恍然大悟，低声道："原来你是拜火教徒！"

"琐罗亚斯德教！"那孩子恼怒地纠正。

玄奘点点头，作为佛门堪称最博学的僧人，他对琐罗亚斯德教并不陌生。琐罗亚斯德教流行于波斯一带，中国称之为祆教、火祆教或者拜火教。因为来往于丝绸之路的粟特人大都信仰拜火教，在长安，就有不少拜火教的寺庙，大唐人称之为祆祠。

按照他们的教规，尸体的确不能埋葬。无论是搬运或放置尸体，都要使用铁制或石制的器具，不能使用木制的器具。拜火教认为，木头接触尸体时，会被污染，石制或铁制的器具则有抗污染的能力。因此他们将尸体放置到无盖石棺中，运到石块砌成的环形无顶墓地里，这种墓地名叫"寂静之塔"。这种设计可以方便兀鹰来啄食尸体。等到尸体身上的肉被啄食完毕，再把遗骨放到寂静之塔中心，在阳光照射下，遗骨风化成为粉末。雨季来临时，遗骨粉末随着雨水经过石灰的过滤，从地底埋设的排水管道流入大海。

想通了这个，玄奘倒有些为难了，和那孩子商量："这沙漠中可没有石头，如何安置你族人的尸体？”

那孩子想了想，蓝色的眼睛闪过一抹哀伤：“就让他们随着大漠的风沙散去吧！或许会有兀鹰飞来，把他们的肉带往天堂。”

话已至此，玄奘也无可奈何了：“生如朝露，死如夏花。或许这天地间也是众生的大好归宿吧！”

经过这番对答，这孩子对他不再恐惧，从湖水里游上岸，就那么赤条条地站在阳光下。玄奘问：“你的衣服呢？”

那孩子打了个寒战，似乎充满恐惧。没办法，玄奘只好从商旅们的行囊里找了件衣服，裁短了，让他穿上。这孩子很倔强，坚决不穿，认为死者的衣服不洁净。玄奘苦口婆心地劝，说这是从行囊里拿出来的，新衣服，没人穿过，否则你只好穿我的僧袍了。

面对不洁的衣服和异教徒的僧袍，这孩子只能屈服，选择了前者。但找不到那么小的靴子，于是玄奘找了一张羊皮，裹了他的脚，用捆扎货物的牛筋绳子捆得结结实实。

“你叫什么名字？”玄奘问他。

“阿术。”那孩子神色复杂地看着玄奘埋头为自己裹脚，道，“我是粟特人，来自康国的撒马尔罕，随叔叔到大唐行商，和焉耆国的商人结伴而行。经过伊吾后，昨晚在湖边宿营，却遇上盗匪，屠杀了我们整个商队。我当时偷偷在湖水里游泳，才幸免于难。”

他哽咽了一声，轻轻把手搭在了玄奘的肩上，露出一丝亲近之意。玄奘叹息不已。阿术道：“我在那湖边草丛里藏了一夜，却不敢出来，只怕盗匪未走。直到看见你的马匹，才晓得又来了过路的客商，却没想到是个僧侣。”他脸上露出笑容，指了指那瘦马，“这实在不像是盗匪们会骑的。”

玄奘笑了笑，问：“你叔叔是谁？也遇难了吗？”

阿术指了指先前被骆驼压着的那名胡人老者：“这就是我叔叔，阿里布·耶兹丁。”

玄奘默然，想起耶兹丁临死前的那声呼喊，瓶中有鬼？他百思难解，于是问阿术："你叔叔临死前，对贫僧说了一句话：瓶中有鬼。你可知道那是什么意思？"

"瓶中有鬼？"阿术目光一闪，却摇了摇头。

玄奘捆扎好阿术脚上的羊皮，又去把所有的尸体一具具摆好，将断掉的头颅和四肢都捡回来，安置在躯体边，尽量让他们尸身完好。然后趺坐，默念二十一遍往生咒，超度亡灵。

阿术蹲在旁边，默默看着这个大唐僧人，感觉他有一种动人心魄的力量与慈悲，笑容如山间清泉、大漠日出，带给人天然的亲近。事实上他已经偷偷观察玄奘许久，见这和尚几欲倒毙之时仍旧一具具掩埋这些素不相识的商旅，才决定现身。

"师父，您进入这莫贺延碛，打算前往哪里？"阿术问。

玄奘睁开眼睛，眺望着西方的大漠："贫僧立志西游天竺，求取如来大法。阿术，你呢？你孤身一人，打算怎么办？"

阿术揉了揉眼睛，有些哽咽："叔叔死了，我想回撒马尔罕，回到父亲身边。来时的路，我们走了半年多……师父，撒马尔罕就在您去天竺的路上，能否带我回家？"

玄奘良久不语，轻轻抚摸着他的头："好，贫僧带你回家。"

阿术雀跃起来，脸上笑容绽开。玄奘也笑了："阿术，你们曾路经伊吾，从此处到伊吾还有多远？你可记得来时的路？"

"记得，记得。"阿术连连道，"西行百余里，只需一日一夜便到伊吾。非但伊吾，我随叔叔一路东来，路经数十国，对每一国的地理、风俗、方言都熟稔无比。"

玄奘没想到自己竟然捡了个向导，异常高兴。两人不再耽搁，从湖里取了水，灌满了水囊。阿术又从商旅的行囊里取来胡饼和肉干，打了个大包裹，一并驮在瘦马背上。玄奘扶他上马，自己牵着马，两人相携西去。

再往西去，就离开了莫贺延碛的中心地带，沙漠减少，变成了荒凉的戈壁。风沙侵蚀下，戈壁滩上到处耸立着形貌怪异的石头，状如城堡、蘑菇，大风刮过，鬼啸声声。两人一路经过，身边传来咯嘣咯嘣的声响，有如鬼怪嚼食着尸骨，让人头皮发麻，狰狞的暗影投射在地面，就像在无数凝固的妖魔鬼怪的脚下穿行。

阿术神情紧张，骑在马上，还紧紧抓着玄奘的手臂。玄奘告诉他，此乃心魔，想教他念《心经》，阿术坚决不学。玄奘这才想起人家是拜火教徒，一时有些尴尬。阿术却咯咯笑了起来。

两人正在逗趣，忽然西北方向传来急促的马蹄声。阿术脸色一变："师父，是不是盗匪又来了？"

玄奘听了听，摇头："前后不过三骑，想来并非盗匪。"

话虽如此，玄奘还是提起了心，八百里莫贺延碛，自古以来就是生命的禁区，只有逐利成性的商旅才敢成群结队，冒险穿越。区区三骑，当然不会是商旅，而这里距离伊吾还远，巡哨的将士也不会进来，这几人进入莫贺延碛究竟是想干什么？

马蹄声越来越近，只见风沙中奔来三匹骏马，马上的三名骑士都穿着罩袍，脸上戴着面罩。这三人仿佛早有目标，径直奔了过来，但看见前方的玄奘和阿术，三人还是吃惊不小。

三人勒马绕着玄奘二人转了两圈，当先那人掀开身上的罩袍，露出一张清秀腼腆的面孔。玄奘不禁有些发怔，此人长相竟然是汉人，身上穿的服饰也与大唐仿佛。但阿术一见此人，身子却是一颤，露出惊悚之色。

玄奘此时的确狼狈，孤身穿过莫贺延碛，僧袍脏污不堪，头顶长出了寸许短发，脸上、身上到处是灰尘和血渍，皮肤因干燥和日晒裂出深深的伤口，甚至渗出了血珠。脚下的千层布鞋也烂得不成样子，三根脚趾露在了外面……但精神依然不减，眸子淡然如水，疲惫中透出一股从容。

那青年愕然半晌，才认出玄奘是个和尚，急忙朝玄奘合掌施礼："原来是位法师！不知法师从何处来？要往何处去？为何孤身在这莫贺延碛之中？"语言也与大唐一般无二。

玄奘急忙合十："阿弥陀佛，贫僧玄奘，自大唐而来，前往天竺求佛。"

那青年猛然一惊，惊喜道："原来您就是玄奘法师！神佛保佑，您……竟然独自穿越了莫贺延碛！"

他急忙跳下马来，跪倒在玄奘面前礼拜，行的竟然是五轮俱屈之礼。这是在天竺佛教影响下西域盛行的大礼，所谓五轮俱屈，就是双手、双膝、额头着地。这是九礼的第八等礼节，仅次于第九礼，五体投地。

其余两名骑士也纷纷下马跪拜。玄奘遇见这么尊贵的礼节，倒有些不知所措，只好按仪式，抚摸他的头顶，口中以经文祝愿他长生如意，然后迟疑道："施主这是……"

那青年喜笑颜开地站起来："法师有所不知，在下乃高昌国王的三子，姓麴，名智盛。前些日随二王兄出使伊吾国，就听往来于丝路的胡商讲过，法师欲西游天竺求法。当时我还与二王兄商议，是否要在伊吾多待几日等您抵达，没想到佛祖可怜，让我在这里遇见了法师。"

玄奘这才恍然，原来这麴智盛竟然是高昌国王的三儿子，怪不得相貌衣着与汉人一模一样。

这高昌国乃是西域诸国中的一个异数，它从国王到百姓，都是汉人，孤悬于西域诸胡之中数百年，虽然历经波折，却顽强地生存了下来。

高昌最早是两汉时的屯戍区。当时汉朝在此地建设军事壁垒，且耕且守。因为"地势高敞，人庶昌盛"，便命名为高昌壁。东汉两晋时，内地丧乱，汉人逃避战火，纷纷逃往河西以至高昌一带。高昌日渐人口众多，汉人占有七成。五胡乱华时期，柔然攻高昌，立汉人阚伯周为高昌王，高昌从此建国。其后经过几百年的动荡，柔然、高车、西突厥这些强国先后登场，围绕高昌归属展开了几百年的争夺，但高昌国的政权一直掌握在汉人手中。

北魏景明三年，麴氏称王，至今已传了八代九王。麴智盛的父亲麴文泰，就是这一代的高昌王。高昌国处于中原文化和西域文化的交会点，但高昌国始终以汉语作为官方语言，甚至从上一代高昌王麴伯雅开始，就在麴文泰的主持下进行了汉化改革，要求"弃夷狄之辫发衽服，行汉化"。结果麴伯雅和麴文泰父子俩受到高昌贵族的反扑，发动"义和政变"，父子俩狼狈逃走，直到六年后才平定叛乱，重掌国政。

"不知三王子此番进入莫贺延碛，所为何来？"玄奘问道。

麴智盛犹豫一番，沉声道："我在伊吾国中，听到有商旅言道，沙漠中有一股胡商被盗匪截杀，不知真假，因此便带人来看看。不料竟巧遇了法师。"

玄奘叹了口气说："此事不假，贫僧正好路过，那商旅一行六十余人，尽数被杀，惨不忍睹。"他指了指阿术，"这个孩子——"

阿术忽然笑了："我叫阿术，乃是法师从长安带来的童仆，见过三王子。"

麴智盛看了阿术一眼，高昌国的胡人太多，他也不以为奇。但玄奘却猛然一惊，深深凝视着阿术，内心泛起了惊涛骇浪。这孩子，竟然要在麴智盛的面前掩盖自己的身份！

这是为何？玄奘不敢想下去。

麴智盛没发现玄奘的异样，一脸热忱："既然法师证实此事，那我也不必再看了。不如这样，我且陪着法师前往伊吾，让我这两名随从先去现场守候，等到了伊吾，我将此事通报给伊吾王，让他派人妥善处理。法师觉得如何？”

“听凭三王子安排。”玄奘道。经过这番对答，玄奘也看得出来，这个麴智盛单纯热忱，性格淳朴，阿术的反应却让他心头堆积一团浓重的不祥之感。但此时又不是问话的场合，只好闷声不语。

麴智盛很高兴，招呼两名骑士腾出一匹马，让给玄奘骑。这里距离那片湖水不远，两名骑士就合乘一骑，远远地去了。麴智盛亲自为玄奘牵马坠镫，伺候他上马，自己当前带路，朝着伊吾而去。

玄奘与阿术随着麴智盛在莫贺延碛中行走一日，便抵达了伊吾城外，行人渐多，头顶天空湛蓝，道路两旁种植着胡杨与垂柳，红柳丛茂密无比，有如波涛般覆盖了荒凉的土地。夯土版筑的平房稀稀落落，分布在伊吾城外。伊吾是距离大唐最近的西域国家，也是西域著名的弹丸小国，全国只有七座城池，总人口不过两万，胡汉杂居。但伊吾是丝绸之路的重驿，胡商到达此地，下一站就进入了中原，因此这个小国颇为富裕。

到了城门口，就碰上了交通堵塞。西域诸国的城门一向狭窄，往往一个大队商旅经过，就会把城门堵得水泄不通，甚至会碰上两辆高车并排卡住、进退不得的事情。但这次明显不是商旅堵路，城门口空无一人，但不少胡商都躲避在城门外窃窃私语，旁边还有士兵维持秩序，不让后来的商旅经过。

麴智盛上前问一名胡商：“怎么回事？为何不让进城？”

那胡商见是名衣着考究的汉人，不敢无礼，恭敬道：“汉家少爷，似乎有贵人经过，故此戒严。”

“哦，难道是石万年要出城么？”麴智盛惊讶地问。

那名胡商吓了一跳，顿时不敢回答。因为石万年便是伊吾国王，这汉家少年竟然直呼伊吾王的名字！麴智盛却不以为意，事实上在高昌王的眼里，这么个小小的伊吾国几乎算得上自己的附庸。他乃是高昌王子，当然不必对伊吾王过于恭敬。

“法师，无须理会，您先请入城到馆舍休息，稍后我就去见伊吾王，与他一起来拜见您。”麴智盛朝玄奘笑道。

玄奘摇头：“贫僧乃一介远游僧人，如何能干扰国事？既然国中有事，贫僧等待便是。”

麴智盛只好守候在他身边，等待城中的贵人经过。就在这时，城内马蹄声急，闷雷般卷过街道，三十名骑士控着骏马，手持长矛，腰挎弯刀，背上还背着弓箭，风一般地从众人眼前奔过。

麴智盛一看这群骑士的服饰，顿时怔住了，失声道：“焉耆人？”

玄奘好奇地看了他一眼，不晓得他为何如此激动。西游之前，玄奘曾经了解过西域诸国的信息，知道这焉耆国在高昌国的西南，也是一个崇佛的国度，但更具体的就不清楚了。莫说是他，只怕大唐朝廷对此时的西域情况也是两眼一抹黑。隋末战乱之后，西域与中原隔绝，至今三十年了，除了往来于丝路的胡商能带来些许异域讯息，大唐禁止百姓出境，朝廷情报来源极为有限。

却见这麴智盛呆呆地看着焉耆骑士，脸上露出潮红，激动难抑，忽然冲上去，拦住最后一名骑士，大声道：“龙骑士，且住了。”

那名骑士一勒战马，长矛一指麴智盛，厉声道：“你是何人？为何拦路？”

这时先前的几名骑士也纷纷兜了回来，长矛、弓箭一起对准了麴智盛。麴智盛笑容可掬，连连拱手：“没有恶意，没有恶意。在下只想问一问，龙霜公主是否来了伊吾？”

玄奘莫名其妙，阿术扯了扯他，低声道：“焉耆王姓龙，焉耆骑士号称龙骑士。两国相邻，素来不睦，法师莫让他惹出事，咱们走不脱。”

玄奘点头，还没来得及说话，麴智盛果然便惹出了事，那名骑士大怒，挥起长矛抽了过来，怒骂道：“贼坯，你是何人？敢问我国公主的行止！”

麴智盛脸上笑呵呵的，毫不躲闪，任凭那长矛杆子抽在了身上，啪的一声，衣衫几乎裂开。麴智盛疼得脸上一抽搐，但仍恭敬不已，笑道：“不敢，不敢。在下只不过是敬慕公主，特来致上问候之意。”

那群骑士不禁面面相觑，摸不着头脑，玄奘也不禁哑然。堂堂一个国家，几个寻常骑士出国，你见面便问候人家公主，这可不是找打么？

几个粗壮的骑士上前便想揍他。其中一名老成的骑士盯了他半天，见他衣衫华贵，又是汉人，便阻止了同袍动粗，喝问：“你是什么人？”

麴智盛拱手，脸上诚恳无比：“在下姓麴，名智盛，曾经见过公主一面。见几位兄台的装束像是宫廷近卫，因此才贸然相询。”

“麴智盛……”那名骑士盯着他犹疑半晌，问同伴，“这名字怎么有些耳熟……哦——”他忽然吃了一惊，脸上惊怒交集，“你便是那高昌国的三王子？”

“他自然便是那麴智盛！”远处马蹄声响起，一个清脆悦耳的声音回答道。

玄奘等人抬头望去，只见城门口奔来十余匹健马，都是清一色青春靓丽的胡女，尤其是当先一名少女，肤色白皙，腰肢柔软，修长的玉腿夹在马腹上，蓝色的眼眸下垂着一层轻纱，罩住了她的容颜。

她身穿白色丝质窄袖襦裙，外面罩着外翻绣花领子长袍，头上盘着玳瑁和宝石发髻，一条宽大的红色丝巾缠绕着头发，两端从背后垂下，在臀部打成繁复的结，垂至脚下。快马奔驰中，红色长带飘扬而起，别有韵味。

麴智盛早已经看呆了，张大了嘴巴，痴痴地凝视着她，身体都在微微颤抖，好半晌才喃喃地道：“霜月支，你来啦！我……真的好欢喜！”

“下流！”一名侍女当即变了脸色，一鞭抽了过来，啪的一声正抽在麴智盛脸上，顿时泛起了一道血痕，血珠滚滚而出。玄奘吓了一跳，连周围的龙骑士都是一惊，毕竟眼前这家伙可是高昌王子，被侍女抽了一鞭，可谓绝大的羞辱。

但麴智盛却笑眯眯的，从容无比，眼睛望着龙霜公主，双手朝着那侍女作揖：“是是，在下言语不周，姑娘打得好！”

这回连玄奘也看不下去了，低声道：“阿弥陀佛，三王子，可需要贫僧为你包扎？”

麴智盛好半天才回过神来，吃惊地问：“包扎？不，我为何要包扎？此鞭乃公主所赐，焉能损坏！也许数年之后，在下抚摸脸上鞭痕，想起公主风采，那何尝不是佛陀赐予的福祉？”

玄奘彻底无语了。

一旁的阿术低声道：“师父，这龙霜公主名叫霜月支，是焉耆国王龙突骑支的掌上明珠，权倾朝野，遥控国政。龙突骑支勇而无谋，喜好自夸，这位公主精于权谋，一手创设了焉耆国策，人称‘西域凤凰’。”

玄奘默默地点头，他当然看得出来麴智盛喜欢这位公主，简直铭心刻骨，然而看起来事情仿佛没有那么美好。

果然，龙霜公主嘲弄地盯着麴智盛，眼神里露出一丝玩味，忽然一笑：“三王子，可肯为我做一桩事？”

“肯！”麴智盛喜出望外，大声回答道，连声音都有些颤了，“公主让在下做什么？莫说一桩，就是百桩、千桩，在下也会不惜此身，誓死完成公主心愿。”

“没那么严重。”龙霜公主淡淡地道，“我来得匆忙，未带奴仆，可愿低跪为镫，引我下马？”

第二章

高昌王子，焉耆公主

此言一出，连公主的侍女们都有些发怔，城门口围观的商旅和伊吾百姓更是鸦雀无声。

所谓的“低跪为镫”，原本是一种崇高的礼节，跪在地上，弓起脊背，供人踩踏，尤其以天竺这种佛国最为盛行，甚至一些国王礼佛时，会亲自低跪为镫，请高僧大德踩着自己升上法坛。但在西域贵族家中，一般而言，这是奴仆伺候主人上下马时的动作。

所有人都清楚，龙霜公主是借此来羞辱这位高昌王子。连公主的侍女和龙骑士们都觉得有些不妥，麴智盛好歹也是堂堂西域大国的王子，焉耆和高昌关系素来不睦，如此羞辱，一旦高昌王震怒，引起战争都有可能。

众人见麴智盛发呆，暗暗松了一口气，都等着他拒绝，没想到他发了半天呆，忽然间手舞足蹈，一跤跌下马背，连滚带爬地跑到龙霜公主马前，正色道:“公主，自从三年前在焉耆王宫得见公主，你的绝世容颜就映刻于小人的脑海。三年来，小人中宵难寐，辗转思念，无日无之。小人不敢求得公主青睐，但求能日日听到你的声音，望见你的容颜，小人便是死后入十八泥犁狱，也心甘情愿！”然后重重往地上一跪，双手撑地，拱起脊背，大声道，“请公主下马！”

人群一时静了，呆呆地看着这个跪在地上的高昌王子。

玄奘觉得大为不妥，急忙跳下马来，走到麴智盛身边，双掌合十：“阿弥陀佛。三王子，佛说种种法，为医众生病。三界众生病，病根在我执。依执身是我，才起贪嗔痴。请王子三思！”

麴智盛侧过头，凝视着玄奘，不知何时双眼之中泪水奔流，哽咽道：“多谢法师教诲。只是……为何三年前，只看了她一眼，我今生便无法忘记？难道不是佛祖为我安排的宿命么？身为高昌王子，我生平逍遥自在，不重财货，不重权势，也不在乎王宫里的万千粉黛。大哥和二哥为了王位势如水火，可我视之如敝屣。我以为，今生再没有一事一物可以羁绊我，你们大唐有位梵志法师不是做有佛偈么：城外土馒头，馅草在城里。一人吃一个，莫嫌没滋味。我能看破这生死，我能猜破这红尘，可您告诉我，为何三年前只是一眼，便卷走了我的灵魂？”

玄奘苦笑，梵志俗家姓王，乃是他的僧友，大玄奘十岁，他以佛理教义融入佛偈禅诗中，自成一家，颇受玄奘推崇。没想到他的佛偈竟传入了西域。

麴智盛擦了擦眼睛，笑了笑道：“法师，我情愿为奴仆，也好过这高昌王子。因为，我破不了我的心。”然后恭声道：“请公主下马！”

玄奘叹息一声，避过了一边。龙霜公主冷漠地听完麴智盛的话，丝毫没有动容，抬起脚，将鹿皮小蛮靴踩在他的脊背上，就要下马。

便在这时，忽然城内一声暴喝：“不可——”

随即响起隆隆的马蹄声，数十骑战马有如闪电奔雷，席卷而来。到了城门口，当先那名骑士一扬手，三十骑战马同时一勒缰绳，嘶鸣声中，一起停住。所有人动作整齐划一，气势凌厉，一看就是百战沙场的精锐战士。

当先是一名满脸胡须的雄壮男子，四肢魁梧，孔武有力，他身穿皮甲，腰挎长刀。一看见麴智盛在地上跪着，龙霜公主正要踩上他的脊背，顿时怒不可遏，甩镫下马，大踏步走过来，拎着麴智盛的脖子将他拽了起来。

“三弟，你这是作甚？”那男子瞠目大喝，“莫要辱了父王和高昌国的尊严！”

麴智盛一看见他，不禁有些怯了，低声道：“二哥……”

玄奘这才恍然大悟，原来此人便是高昌王的二子，麴德勇。

麴德勇怒视了龙霜公主一眼，看着麴智盛脸上的伤痕和满身的尘土，又气又怜：“三弟呀，你怎的又犯痴病呢？你的心思哥哥何尝不晓得，可……可这女人是你能娶到的吗？莫说咱们两国不睦，就是相交莫逆，那老龙要拿她换取焉耆国的百年安康，会将她嫁给你吗？”

麴智盛却推开了麴德勇，平淡地道：“哥哥你想错了，我今生既然无望娶她，便是在她身边牵马坠镫，做个奴仆也是好的。”

“可你是高昌王子！”麴德勇怒不可遏。

“王子又如何？”麴智盛幽幽叹息，“若奴仆得到的，王子得不到，做王子何如做奴仆？”

麴德勇一时气急了，竟不知该说什么。麴智盛重新跪倒，大声道：“请公主下马！”

“莫要欺人太甚！”麴德勇逼视着龙霜公主，森然道，“若是你的脚敢踩在我三弟的背上，老子便提雄兵劲旅，击破你的焉耆王城！”

龙霜公主冷笑一声，忽然抬足踢在了麴智盛的背上，将他踢得滚倒在地，蓝色的眸子里燃烧着怒火：“麴德勇，到底是你欺人太甚还是我欺人太甚？我问你，莫贺延碛中的焉耆商旅，究竟是谁杀的？”

此言一出，玄奘当场色变，轻轻握住阿术的手，却发现阿术浑身颤抖，充满恐惧地盯着状如巨神的麹德勇。

麹德勇愕然片刻，见麹智盛想说话，立时按住他的肩膀，冷笑道：“我也听说有一队商旅在莫贺延碛中被杀，却不知竟是焉耆人。公主这话问得倒蹊跷。”

“蹊跷？”龙霜公主凝视着他，“那支商队共有六十三人，除了二十多个粟特人，就是我焉耆人，有弓弩二十副，人人有弯刀，勇武善战。在这伊吾城左近，有哪方势力能将他们一举杀绝？”

麹德勇哈哈大笑：“你问我，我又问谁去？盗匪？大唐人？突厥人？沙陀人？抑或是葛逻禄人？人人皆有可能，为何就栽到我的身上？”

龙霜公主的脸沉了下来：“好，我问你。以你的身份，为何悄无声息地出使伊吾？”

麹德勇淡淡道：“既然是出使，自然负有使命，如何能告诉你？但公主你却有些稀罕了，突然之间便出现在了伊吾，别告诉我，你也是出使的。再说……”他上下打量龙霜公主一眼，“一队商旅，居然有弓弩二十副，配备如此强大的武力，岂非笑谈！众所周知，进入大唐国境的瓜州，弓弩一律收缴封存。从焉耆到伊吾，值得用这么强的武力保护吗？你那是什么商旅？”

“很好。”龙霜公主点点头，“我原不指望你亲口承认，只是这笔账，我焉耆人终将记下。等我查出真凶，希望能与你沙场相见。”

“公主，不是那样的——”麹智盛忽然叫道。

“闭嘴——”麹德勇和龙霜公主同时呵斥。

麹智盛却不退，站在两人中间，仰头望着龙霜公主，哀求道：“公主，国与国纷争不息，杀人盈野，百姓涂炭。你我两国在大国夹缝中生存，本就不易，何苦再兵戎相加呢？如果公主不弃，我愿说服父王，与焉耆修好，你我两国共掌丝路，岂不是很好吗？”

龙霜公主露出嘲讽之色：“然后你就可以向我焉耆提亲，让我以和亲的方式嫁入高昌？”

麴智盛脸色涨红，偏生这话戳中了他心底最深沉的渴望，仰起头期待地望着公主。

“好！很好！”龙霜公主嫣然一笑，“可是我告诉你，麴智盛，你趁早断了这份心。我龙霜月支此生此世，便是嫁给浑身流脓、僵卧街头的乞丐，也绝不会嫁给你麴智盛！”

这番话带着一丝微笑，一股决绝，透出无穷无尽的鄙夷和憎恨。随即龙霜公主再也不看他一眼，扬鞭抖缰，挺拔高大的焉耆马一声长嘶，泼剌剌地奔向城外。侍女和龙骑士们纷纷跟上，扬起的尘土扑了麴智盛满头满脸。

麴智盛呆呆地凝望着尘灰里远去的窈窕背影，嘴角咧开，发出一阵撕心裂肺的大笑，猛然间一口鲜血喷了出来，扑通跪倒在地。玄奘大吃一惊，一把抱住他，才没让他摔在地上。

麴智盛推开玄奘，摇摇晃晃地站了起来，清秀的脸上现出可怕的笑容，嘶声大叫：“龙霜月支——我，麴智盛，以未来世贤劫千佛发下誓愿：此生若不能娶你为妻，让我生患恶疮，腐烂如鬼；死不入土，曝于天日，为恶狗所食；魂入十八泥犁，受万劫之苦，永不超生；所遗子嗣，千代万代，男者为阉奴，女者为娼妓……天上地下路经的诸佛啊，请见证我的誓言——”

这种毒誓震惊了所有人，连麴德勇都呆住了。

此时的城门口，聚集的行人商旅越来越多，但西域两个大国的王子与公主发生冲突，只怕连伊吾王都不敢干涉，因此众人也只好耐心地等待，却浑没想到，自己竟然见证了这个古往今来堪称最恶毒、最决绝的誓言！

玄奘心中巨震，知道此时的麴智盛已然心神失守，邪魔入侵，急忙伸出手掌，覆盖他的额头，念道：“观影原非有，观身一是空。如采水中月，似捉树头风。揽之不可见，寻之不可穷。众生随业转，恰似寐梦中！咄——”

随着他一声暴喝，麴智盛两眼一翻，颓然倒地。玄奘这才松了口气，告诉麴德勇：“二王子，他心神损耗过剧，让他睡些时日吧，醒来便会好一些。”

麴德勇千恩万谢地接过三弟，命人找了辆高车，将麴智盛送进伊吾城，然后询问玄奘：“敢问法师如何称呼？怎的认识三弟呢？”

“阿弥陀佛，贫僧玄奘，自长安来，路过莫贺延碛时，偶遇三王子。”玄奘道。

麴德勇吃了一惊，急忙参拜：“原来您就是玄奘法师！早在一个月前，您的声名就传遍西域，我和三弟出使伊吾时，父王还命我们打听法师的行踪。法师，您请随我去高昌吧！”

玄奘婉言谢绝，目的地虽然是天竺，但他并非要马不停蹄跑到天竺，而是一路考察各国佛法，拾遗补缺，探究源流。

麴德勇也没有勉强，弟弟的事令他焦头烂额，只好暂别玄奘，临行前告诉玄奘：“伊吾城中有大觉寺，寺中有汉僧，想必法师住宿会方便一些。在下有些许急事，先行处理，之后再来拜谒法师。”

玄奘连称不敢，两人别过，这时城门口才算恢复畅通，玄奘和阿术牵着马走进城门。在西域，入城需要缴纳入城税，数目不等，商旅缴纳的更多些，但僧侣免税。

伊吾城内街道逼仄，两侧都是版筑的土坯房，土坯厚达几尺，坚固无比。与中原不同，西域干旱，不需要考虑雨季排水问题，因此房顶都是平顶。临街的房屋都被充作店铺，厚实的房顶还能再往上盖一两层，供家人居住。

街道上乱糟糟的，此时进入了十一月，但阳光依旧灼热，两侧的店铺都在外面搭起棚子，架上摊子，挤占了大半条街。摊位上充斥着东西方的各种货物，来自中原的丝绸、纸张、生铁、干海鱼、珍珠、扇子，来自西方的羊毛、皮革、宝石、金银制品、弯刀，应有尽有，语言更是繁杂，玄奘虽然学过梵语，到了这里就远远不够用了。在阿术的讲解下，才分清楚了波斯语、回纥语、吐火罗语、突厥语以及梵语演变出来的西亚各类方言。

阿术告诉他，粟特人做生意，儿时就要学习多种语言，必须掌握的有波斯语、汉语、梵语，因为丝绸之路上的诸国语言，大都是根据这些语言变化而来。玄奘不禁感慨，若说丝绸之路是波斯到大唐的动脉，那么粟特人就是这动脉中的血液。

在西域诸国，佛寺很好找，只要找到集市，旁边一定是佛寺。

佛教和商人的关系源远流长，自释迦牟尼时，僧侣传教就跟随着商人的路线前进，僧侣靠商人一路上的布施与保护，商人则靠僧侣的免税特权多赚些钱。即便佛门兴盛之后，佛教也往往给予商人最大的庇护，提供住宿与饮食。因此市集往往围绕着佛寺。

玄奘和阿术掩着鼻子从一片骡马市场里跑出来，就看见了面前的大觉寺。

西域佛寺与中原不同，充满了异域风情，没有中原的青砖碧瓦，拱檐翘顶，往往根据所在区域的地域特征建造。这座大觉寺占地二三十亩，分成两部分，前面是厚重的版筑土坯建筑，窗户狭窄，从拱形的大门进去，正中一座长长的主厅，两侧都是各类僧房；后院则有一座宏伟的佛塔，土坯结构，高耸十余丈，充满天竺风情。

玄奘和阿术到了大觉寺，刚到门口，就见三名老僧提着僧袍从寺庙里跑了出来，连鞋也没来得及穿。这三名老僧的相貌依稀是中原人，一看见玄奘顿时放声痛哭："没想到今生今世，还能见着故乡人！"

这一句说得玄奘也潸然泪下。

一名老僧哭泣片刻，惭愧地道："法师莫笑。西域已经脱离中原太久了，即便大隋曾经短暂控制了西域，也禁止寻常百姓出关。万里丝路上，只见胡商往来，哪能见汉人踪影？”

众人聊了片刻，便请玄奘洗漱用斋。

一路经过莫贺延碛，险死还生，体力早已耗尽，这时玄奘才觉出了疲累。阿术看来也累坏了，两人休息了一番，到了傍晚时分才算恢复了体力。老僧安排人送来斋饭，都是一些瓜果和面食，还有一壶葡萄汁。

玄奘看着狼吞虎咽的阿术，低声问：“阿术，沙漠里那场截杀究竟是怎么回事？龙霜公主的指控可是真的？你叔叔他们当真是被高昌人杀死的？”

阿术猝不及防，顿时被噎着了，咳嗽半天，灌了一口葡萄汁，才算缓过来。他默默凝视着桌上的灯花，脸上露出一丝恐惧：“师父，那群盗匪，就是高昌人！那一晚，我看见了麴德勇的脸！”

原来，那一夜，商队驻扎在湖水旁边的沙丘下，阿术偷偷跑出来到湖里游泳，几个时辰之后，他返回营地睡觉，刚爬上那座沙丘，就看到远处的沙堆里影影绰绰冒出无数的人影。他们口中衔着弯刀，手中张着弓箭，有如鬼魅般摸进了营地。

几个守夜人被暗中射杀，其中一人濒死时吹响了手里的牛角号，商旅们纷纷惊醒，奋起反抗。就在此时，大队的骑兵奔驰而来，箭镞如雨，他们策马绕着营地奔驰，肆意射杀，无数人被利箭穿身，惨叫着死去。

阿术急忙把身子埋进沙堆，只露出脑袋观望。这是叔叔行走丝路从血与火中得到的经验，很好地保护了自己的侄儿，但叔叔自己却被骑兵一刀劈翻。商旅们虽然有弓弩，但在骑兵的突袭之下，根本无法抵抗，无论粟特人还是焉耆人，很快都被格杀殆尽。

这时，麴德勇才走进营盘，他魁梧雄壮有如巨神的身躯给阿术留下了刻骨铭心的印象，麴智盛则跟在他的后面，似乎吓得手脚发软，不停被麴德勇呵斥：“三弟，父王命你跟着我来，就是要见识血与火的战场。你这般胆战心惊的，回去如何向父王交代？去那边，看看谁还未死，补上一剑。”

在火光的映照下，麴智盛满脸通红，提着剑翻找活人。

麴德勇也挨个翻找，他发下严令，斩尽杀绝，不能留下一个活口。然而就在此时，一名焉耆人忽然从尸体堆里跳起来，举刀向麴德勇砍了过去。麴德勇闪身躲过，手中弯刀顺势一拖，那人一条手臂被斩落，惨叫声中，被他踹翻在地。

阿术认识他，是焉耆人的首领。没想到麴德勇竟然也认识他，踩着他的胸膛哈哈大笑：“原来是龙占婆大人。哼哼，堂堂焉耆国的礼部长史，却来做个商贾。”

“麴德勇，”那龙占婆嘶声叫道，“你袭杀焉耆使者，莫非要挑起两国战争么？”

“焉耆使者？”麴德勇冷笑，“在哪里？老子只看到一群粟特人和焉耆人组成的商旅！”他蹲下去，用刀背拍了拍龙占婆的脸，“这么说，龙大人你竟然是使者？说说看，出使哪里？负有什么使命？”

龙占婆哼了一声，强忍剧痛，一言不发。麴德勇伸手在他怀中摸索一番，掏出一卷帛书，龙占婆嘶吼道：“给我——”

麴德勇冷笑一声，重重踩在他的脸上，将帛书打开，挑在刀尖上，命人掌着火把观看。看了半晌，倒吸了一口冷气，咬牙切齿：“果然如此！焉耆人竟然暗中请大唐撑腰，重开丝路旧道！好歹毒的心肠，这是要让我高昌亡国灭种啊！呸，怪不得你堂堂礼部长史，要偷偷摸摸装作商旅出使大唐！你还有何话说？”

龙占婆惨笑一声：“要杀要剐你动手便是，但我焉耆龙族，绝不会就此罢手，定要将丝绸之路争夺到手，重开旧道！”

“做梦！”麴德勇当即一刀杀了龙占婆，抢走了焉耆使者的国书、贡品等物，趁着夜色，带领骑士们扬长而去。

阿术把身子埋在沙中，望着杀人者离去，他到底是才九岁的孩子，早已经被吓呆了，迟迟不敢露头。

听到此处，玄奘有些不解："何谓丝路旧道？"

"这个我倒是很清楚。"阿术解释道，"丝绸之路并非一成不变，很多时候，地理环境变化，或者战争爆发，商旅们就会改变路线。原本商旅们走的路线贴着塔克拉玛干大沙漠北部边缘，经过姑墨、龟兹、焉耆的博斯腾湖南端、楼兰，再经过菖蒲海到达玉门关。后来中原的汉家控制伊吾之后，变更了道路，经过姑墨、龟兹之后，从博斯腾湖北端进入高昌，再到伊吾，通过莫贺延碛到达瓜州。这条路就是师父你现在经过的路线，被称为新道。"

"哦。"玄奘点头，"那么新道旧道，为何对焉耆和高昌来说竟如此重要，甚至有亡国的危险？"

阿术咧嘴："师父，对丝绸之路东西两端的大国，譬如中原汉家王朝和波斯、拜占庭而言，只要不关闭，走哪条路都没关系。但对于丝路上的这些小国而言，一改道，他们的国家就会消失于历史的尘埃之中。因为他们依托于丝路上的商旅而生存，有了商旅，就有了财富，有了人烟，否则，他们的国家就会被淡忘，百姓无法生存，国家无法维持。"

玄奘惊叹不已，这种小国的生存之难，当真是中原之人闻所未闻。

"对焉耆而言，虽然两条道都经过他们的国家，却有本质的不同，因为走旧道，经博斯腾湖南端的话，就在焉耆王城的边上，那里是他们完全控制的领土；可是走新道，一则距离王城甚远，更重要的是，那是高昌实际控制的范围。上百年来，丝路上的财富源源不断涌入高昌，使其成了丝路上获利最多的富国，而焉耆人却日渐被冷落。因此，获得丝路控制权，对焉耆来说至关重要。"

玄奘这才明白，叹息道：“那么一旦丝路改成旧道，高昌国就会远离丝路，消失于大漠的风沙之中。”

阿术点头，玄奘终于明白高昌人为何要秘密截杀焉耆使者了。焉耆派遣使者朝贡大唐，请求丝路改道，一旦大唐准许，这对高昌人简直是灭顶之灾。可是玄奘又奇怪：“丝路新道存在了上百年，焉耆人请求改道，大唐朝廷就会允许么？可高昌人必然是笃定大唐会允许，所以才会害怕，不惜截杀使者。”

阿术赞叹道：“师父当真目光如炬，一眼就看到症结所在。没错，别的时候大唐是否允许实在不好说，但此时焉耆人恳求的话，大唐朝廷十有八九会准！”

“这是为何？”玄奘吃惊道。

“师父再想想。”阿术眨了眨眼，笑嘻嘻地道。

玄奘苦笑不已，眼前这孩子说是九岁，但你若只是听他说话，说他三四十岁也有人信。这孩子太老成了，思维敏捷，博学广闻，尤其是说话和看问题的思路，与成人无异。看来粟特人能够掌控丝路数百年，自然有他的道理。读万卷书不如行万里路，一个孩子，从小培养，无论对政治变革、生意商机的敏锐，还是思考问题、接人待物的方法，都能让他的心智快速成长。

玄奘想了半天，忽然想起大唐国内的一桩大事，不禁悚然：“难道和大唐出兵攻打东突厥有关？”

阿术这回真的吃惊了：“师父，您真是神人也！”

玄奘汗颜无比，他是猜的。经过阿术讲解，他才明白了其中的关窍。贞观三年秋，也就是他离开长安前，李世民派李靖、李勣、柴绍等率领十万大军北上，打算一战攻灭东突厥。此时，估计双方正在大草原上厮杀。

西域诸国此时都控制在西突厥的手里，虽然东西突厥素来不睦，但新道靠北，距离东突厥太近，东突厥可以随时掐断丝绸之路；若是改成旧道，不但东突厥鞭长莫及，连西突厥的影响力也逐渐低微，这是大唐朝廷乐于见到的。

“更重要的是，高昌王与西突厥的统叶护可汗是亲家！”阿术道，“麴文泰的女儿嫁给了统叶护可汗的长子呾度设，因此在西域诸国的纷争中，西突厥往往偏向高昌，令其他西域诸国很是不满。大唐虽然和西突厥目前关系良好，但若是能削弱西突厥，又何乐不为？”

“原来如此！”玄奘恍然大悟，“怪不得高昌如此惊惧，怕焉耆使者抵达长安。”

阿术露出落寞的神情，显然想起自己的族人牵扯到两国对抗，无辜丧命的惨状。两人对着灯花久久不语，很久玄奘才叹息道：“看来焉耆使团出使大唐的计划，出自那龙霜公主的策划。如此善于把握时机与政局，这位西域凤凰果然不是浪得虚名，麴智盛爱上了她，实在是一场冤孽。”

“他们都该死！”阿术愤然道。

玄奘苦笑，这时，大觉寺的僧人来见玄奘：“法师，伊吾王和高昌国的二王子前来拜见法师，正在僧房恭候。”

玄奘点了点头，阿术却道：“我不去。”

玄奘笑着摸了摸他的脑袋，叮嘱僧人带阿术去用餐，从行囊中取出一套干净的僧袍换上，把自己那磨烂的芒鞋也换了。他是一个爱洁之人，浑身上下收拾停当，才出门去见伊吾王。

伊吾王石万年有一半的粟特血统，祖先来自粟特地区的石国，便是玄奘在瓜州遇见的石磐陀的故乡。后来这个家族定居伊吾，与当地汉人通婚，成了当地大族。前隋时伊吾成为隋朝的伊吾郡，后隋末大乱，与中原隔绝，石万年趁势而起，率领伊吾七城独立建国，说起来也是西域的枭雄人物。

到了僧房，玄奘不禁吃了一惊，不但伊吾王和麴德勇来了，还有十几名伊吾各寺的主持，众人一见玄奘，一起见礼。伊吾王邀请他明日去自己的王宫开坛讲法，玄奘欣然应允。

聊了几句，麴德勇道：“法师，弟子来是向法师辞行，一则使命完成，要回去向父王复命，二则三弟身子仍不见好，须得带他回国诊治。弟子明日就走，请法师多多保重。过得几日，还请法师一定要到高昌去。”

麴德勇虽然杀人如麻，勇武暴烈，对玄奘却恭敬无比，这不只是崇敬他高僧的身份，更因为这个僧人竟孤身一人穿越莫贺延碛，带给他极大的震撼。西域人太清楚莫贺延碛的恐怖了，这僧人在他们眼中不但神秘，而且值得敬畏。

知道麴德勇出使伊吾的真正使命，玄奘脸上依然风轻云淡，合掌道：“那就祝二王子一路顺利。贫僧在伊吾待些时日，可能往西北取道可汗浮图城，只怕无法前往高昌了。”

“法师去可汗浮图城作甚？”伊吾王奇道。

玄奘笑了：“可汗浮图城乃西突厥的王廷，西域诸国都是西突厥的辖地，贫僧若不取了西突厥的关防，如何能自由往来于西域？”

众人哑然，麴德勇想了想，笑道：“这的确是个问题，待弟子回国后和父王商议一番。”

便在此时，两名高昌战士急匆匆地闯了进来：“启禀二王子，有刺客闯入驿馆，刺杀三王子！”

麴德勇和伊吾王大吃一惊，麴德勇怒喝道：“三弟有没有事？”

“三王子安然无恙，但护卫却有三人毙命，也不知那刺客使了什么妖法，浑身无伤，却倒地而亡。”高昌战士道。

伊吾王也坐不住了，在自己的王城刺杀一国王子，性质太恶劣了。两人急忙向玄奘告辞。一出了大觉寺，伊吾王就下令封锁城门，搜捕凶手，然后随麴德勇去驿馆查看现场。外交无小事，在小国云集的西域更是如此，有时候甚至因为抢水都能爆发战争，何况这种恶性事件。

这种事件玄奘自然是不参与的，伊吾王和麴德勇离开后，他又与各寺的住持们聊了片刻，便回自己的僧房休息。不料回到僧房，却不见了阿术。玄奘没在意，趺坐在床榻上打坐，过了许久，仍不见阿术回来，顿时心就有些慌了。

这孩子虽然人小鬼大，但毕竟才八九岁，此时已是戌时，夜色深重，他能去哪里？玄奘心中不安，出去寻找，问了不少人都没有见到。玄奘正要请住持帮忙寻找，却见阿术一脸阴郁地从廊道上走了过来，浑身脏兮兮的。

“阿术，这么晚怎么不在房间里休息？”玄奘放下了心，问。

阿术摇摇头：“去找叔叔认识的一个粟特人，没想到那人远出行商了。回来的路上刚好看见麴德勇的骑兵从街上奔过去，扬了我一身灰土。哼！”

玄奘笑了笑，温言道：“你还是个孩子，晚上不要乱闯。”

阿术低下了头，随着玄奘回僧房睡觉。

第二天，伊吾王送别麴德勇和麴智盛兄弟后，便派人到大觉寺延请，玄奘带着阿术进入王宫为他说法。西域崇佛，时人称之为“西域三十六佛国”，当然，西域远不止三十六国，却可见佛教之兴盛，有些国家面积虽然不大，佛寺数量却比长安还多。

伊吾王非但请来了伊吾各寺院的僧人，甚至将王宫前的广场开放，听任国民前来听讲，一时间，大唐名僧前往天竺求法，孤身穿越莫贺延碛的奇迹在伊吾传开，信徒们纷纷涌入，一万多人口的伊吾国，半日之内广场上竟然聚集了三千多人！堪称隋末以来伊吾佛教的第一大盛况。

玄奘开讲《摄大乘论》和《俱舍论》，共讲了三日，日日盛况空前。之后，伊吾其他各寺纷纷请玄奘前去，于是玄奘便进行了一场巡回讲座，同时也研究伊吾佛寺中的各种佛经抄本，一连半个多月都流连于各座寺庙。

这一日，玄奘正在玉佛寺的一座洞窟内欣赏北朝时期的壁画，忽然洞窟外人喊马嘶，吵闹异常。洞窟内昏暗无比，玄奘掌着灯和阿术走出来，却见玉佛寺的住持领着一个身穿汉服但头戴胡帽之人急匆匆走过来。

那胡人年约四旬，精瘦干练，嘴角两撇髭须，一见玄奘，纳头便拜："弟子高昌国使者欢信，见过法师。"

玄奘把油灯递给阿术，急忙扶起他："大人请起，贫僧如何敢当。不知贵使来此，有何要事？"

玉佛寺住持笑了："法师，欢信大人是专程为您而来。"

玄奘诧异不已，那欢信笑道："法师，二王子和三王子回到高昌之后，向我王说起法师穿越莫贺延碛，抵达伊吾。我王惊喜不已，当即派弟子前来恭迎法师前往高昌。本来弟子早该到的，只是路上荒僻，我王担心法师休息不好，命弟子每隔百里便置下驿站专供法师休憩，因此才耽误了些时日。"

玄奘顿时为难起来："贫僧深感高昌王盛情，可是贫僧打算前往可汗浮图城，求取西突厥的关防，与高昌是两个方向……"

"呵呵，此事二王子已经向我王提过。"欢信笑眯眯地道，"这些事法师全不用操心，一应事宜由我高昌国来解决。法师想必不知道，我高昌乃是西突厥王廷的姻亲之国，我国长公主嫁给了统叶护可汗的长子，些许小事自然可以解决。而且，法师即使到了可汗浮图城也见不到统叶护可汗，这个时节，统叶护可汗的王廷迁到了大清池西岸的碎叶。我王言道，他将派人护送法师到达碎叶，拜谒统叶护可汗。"

"呃……"玄奘完全不知该说些什么了，这位尚未谋面的高昌王已经把他所有的理由都给推翻了，"那……贫僧先向伊吾王请辞吧！"

"不用。"欢信依然笑眯眯的，"我王已经修好了国书递交伊吾王，伊吾王也答应了，如今正在城外等候，为法师送行。"

"这……"玄奘干脆什么话也不说了。

看来高昌王派欢信来是很有道理的，这人细致、谨慎，安排事情周到妥帖，先说服了玄奘，然后就去安排马匹、侍从、食物，包括玄奘的行囊，一切都妥妥帖帖，巨细无遗。趁着他忙碌的时候，玉佛寺住持告诉玄奘："法师莫要奇怪，在这西域，每一位高僧大德经过，都会引起各国的争夺，有时候甚至不惜引发战争。"

"哦？"玄奘真是惊到了，"这是为何？"

"法师有所不知。"住持解释，"西域崇佛之风兴盛，各国的面积、人口、财富也都差不多，于是比拼的就是影响力。哪一国能供养到高僧大德，莫说国王威信暴涨，便是国民的脸上也有荣光。如果高僧大德能在国中常驻，甚至会有其他国家的百姓不惜脱离所在国的户籍，迁居到这个国家。连商旅也不惜绕行千里，专程来供养。丝路上曾经有不少高僧都打算远行天竺求法，却在中途被一些国家强行留纳。寻常高僧尚且如此，何况您这种有神佛菩萨庇佑的大德？"

玄奘没想到还有这种内情，心顿时提了起来，看高昌王这架势，未必不是安着这心思，看着忙碌且快乐着的欢信，他内心烦恼起来。

第三章

大卫王瓶：一千零一夜的传说

欢信的安排非常周密，玄奘跟随着他抵达伊吾城，就见伊吾王在城门口候着。伊吾王也舍不得玄奘走，但高昌国强大，非他所能抗衡，只好恋恋不舍地送别了玄奘。

欢信带着二十多名随从和数十匹骆驼、马匹，驮着一应物资，陪同玄奘前往高昌。高昌人骑的马都是产自焉耆的龙马，又称海马，这种马与大宛马并称，不但高大健壮，日行六百里，而且擅长游泳，驮着人和行李凫游数十里也不觉疲累。

欢信自己骑在高头大马上，看玄奘仍旧骑着那匹老瘦红马，有些不自在："法师，您这匹马又矮又瘦，不如换乘弟子的良马吧！"

玄奘笑了，抚摸着瘦马："这匹马可是贫僧的宝贝，若非它，贫僧早就丧命莫贺延碛了。"

欢信无奈，只好依了玄奘。

从伊吾到高昌，八百多里，中间都是荒漠戈壁。不过这里处于丝路商道，只要不迷路，每隔百余里就会有一口水井。原本有水井处就有人烟，但多年的风沙侵袭，很多地方已经不适合居住，于是村落就被废弃，围绕水井的，变成了一座座断壁残垣。还有些生命力旺盛的胡杨，在荒漠中添了一丝绿色。

然而玄奘一路走来，却发现水井边扎下了一座座营帐。他们一行还没到，驻守的高昌人就烧好了热水，煮好了食物。此时是十一月，大漠昼夜温差极大，除了供给玄奘替换的僧袍和上好的羊皮袍子，高昌人甚至还给阿术量身做了几套粟特人的小衣裳，皮毛外套、内衫、牛皮靴、袜子，一应俱全。玄奘不禁暗暗感叹，这个高昌王如此周到细致，这个情可当真不好还。

高昌位于天山东部的盆地之中，从伊吾过去，一路都是向上攀缘，到了高原的山腰又开始顺着河流冲刷的山谷向下行。此时正值冬日，一路上天山的峰峦高耸入云，积雪皑皑，青翠的松柏交相映衬。

六天之后，他们抵达盆地中的白力城，这里位于高昌东部边境，高昌实行郡县制，共四郡二十一县，白力城是其中一县，置有县令。到了白力城，玄奘才知道，麴文泰竟然派了他的长子，尚书令、交河公麴仁恕亲自来迎接。

高昌国深受中原儒家文化熏陶，实行嫡长子继承制，麴仁恕生来便是世子，在高昌国可以说是一人之下，万人之上。玄奘没想到麴文泰竟会派世子来迎接，颇有些惶恐。

麴仁恕笑道："今日见到法师，真是弟子的福气。弟子本打算亲自到伊吾去迎接您，但身为世子，到异国有些不便，因此欢信去了之后，弟子就等候在这白力城，只望在所有高昌人中，第一眼看到法师的就是弟子。"

玄奘见这麴仁恕年龄在三十多岁，长身玉立，相貌儒雅，谈吐也极为斯文，完全就是中原名士的风范，不禁称许不已。到了现在，高昌王麴文泰的三个儿子他都见过了，世子斯文儒雅，二王子粗豪英武，三王子炽热坦诚，竟是各有各的风采，也不禁对这麴文泰颇为推崇。

两人聊了片刻，此时天近黄昏，玄奘本打算在城中休息一晚，明天出发。不料麴仁恕尴尬地告诉玄奘：“法师，白力城距离王城已经不远，父王急于见到您，还是请法师换了马匹，咱们到了王城再休息！”

玄奘对地理不熟悉，以为这“不远”就是几十里路，一想，既然不远，那就去吧。麴仁恕很高兴，当即把自己坐骑让给玄奘，玄奘的瘦马没有休息，他不忍带着它连夜赶路，便委托白力县令随后送来，自己随着麴仁恕赶往王城。

一走，玄奘才知道，这不远只是相对而言，众人策马奔行，一直到了三更时分才抵达天山脚下的新兴谷，众人顺着峡谷中的道路出来，眼前便是一望无际的盆地绿洲，道路两侧全是连绵的葡萄园。

从新兴谷往南二十里便是高昌王城。夜幕下，雄伟的城池宛如巨兽般静静地伏在大地之上，城门落锁，灯火俱无。不料到了城下，忽然间城门大开，无数火把灯笼照亮了城池，高昌王麴文泰带着次子麴德勇，王公、贵族、侍从、宫女悉数出迎，每人手持一支蜡烛，分列两行。原来他们竟然一夜未睡，只为了等待玄奘的到来。

麴文泰年有五旬，脸庞方正，双眸炯炯有神，颌下一撮短髯，举止从容，气度不凡。他头顶戴着王冠，身上穿的紫色王袍一如中原规制。一见到玄奘，麴文泰不禁为他的风采所折服，疾步冲过来，牵着马缰绳，拜倒在地：“法师风采，真乃神佛转世！弟子盼望法师，有如这干旱的沙漠盼望天神的甘霖，有如迷途的众生盼望未来劫的弥勒菩萨！”

随从没想到麴文泰会当场跪拜，一时手忙脚乱，却找不到铺地的毡子，麴仁恕眼疾手快，当即脱下自己的衣袍铺在了地上，才免得麴文泰的膝盖染上尘埃。

玄奘也没想到，帝王跪拜，这在中原几乎是不可想象的。他想赶紧跳下马来，却没想到麴文泰跪倒之后，脊背一拱：“法师，请允许弟子以此身供养，恭请法师下马！”

玄奘顿时呆住了，这场景历历在目，可不是当初麴智盛搞的那套低跪为镫嘛！这等大礼他如何能受？立时从马腹的另一侧跳下，绕过马头，将麴文泰搀扶起来：“陛下，贫僧实在当不得。帝王安抚百姓，僧侣教化民心，国无佛不稳，佛无国不昌。陛下甘为我佛护法，已得诸佛、众菩萨庇佑，将来必定有无量福慧，贫僧怎么当得起陛下如此大礼呢？”

麴文泰心花怒放，玄奘这番话可真搔着了他的痒处。首先，玄奘承认了王权对国家的统治，佛教只是为了帮助他教化百姓，两者相辅相成，谁也缺不得谁。其次，玄奘当众告诉他，也即是告诉诸国，高昌王推行佛教，说明得到了诸佛的庇佑，已经得到诸佛的承认，而且会得到福报。

“法师，”麴文泰热泪盈眶，“弟子知道法师今晚就能到王城，一早就与王妃焚香读经，敬候法师的到来，宫中已经安排妥当，这就请法师入宫。”

旁边有大轿伺候着，麴文泰亲自掀开帘子，请玄奘进城。两侧奏响了佛家乐曲，大轿在国王和文武百官的簇拥中进入王宫。王宫后院早就打扫好了阁楼，楼内安置了法帐，里面镶嵌着象牙、珠玉、璎珞等吉祥之物，在灯光的映照下，金碧辉煌。然后王妃带着几十名宫女又来礼拜。这位王妃三十多岁，身体看来颇为不佳，神情也有些阴郁，但貌美如花，姿容婀娜，看相貌也是中原人。王妃并没有多待，礼拜完毕，麴文泰便让她回宫休息。

玄奘见到麴文泰之前，对他派遣麴德勇截杀焉耆使者一事颇有不满，觉得他定然是个心狠手辣的枭雄，不想来高昌就是这个原因。但今夜见到麴文泰，却觉得此人宅心仁厚，崇佛也很是虔诚，并不是那种狠辣无情之人。看来，身为国王，为了国家生存，当真也不得不如此。

此时已经是寅时，再有一个时辰就天亮了。玄奘发现阿术坐在床上，脑袋歪着，样子像在听他们谈话，其实人早已经睡着了，长长的哈喇子淌了出来。玄奘见麴文泰也略有疲惫之色，便道：“陛下，今日累您久候实在过意不去，陛下国事繁多，还是早些休息吧。”

麴文泰精神亢奋，摆手：“不急，弟子不困。能和法师长谈，在佛法的笼罩下，哪里还有睡魔的容身之地？哈哈。”

玄奘也笑了。麴文泰踌躇一阵，仿佛有话想说，却无法出口，玄奘自幼漫游，洞察人情世故，当即道：“陛下可有什么隐忧吗？”

“唉，”麴文泰挥手命身边的侍者出去，口中叹着气，脸上阴晴不定，却迟迟不语。玄奘也不问，含笑望着。

麴文泰仿佛下定了决心，霍然起身跪在了地上，叩首道：“请法师救我！”

玄奘大吃一惊，急忙跳下胡床，用双手将他搀扶起来：“陛下，何必如此？究竟发生了什么事？”

麴文泰闭目长叹，苦笑道：“有一桩家事，本不想外扬，可此事偏偏牵扯到了我高昌的国运……唉！”他犹豫半晌，终于低声道，“弟子一时也不知该从何说起，根子在弟子的小儿子身上，法师既然与他在伊吾时就相识，那弟子便从伊吾讲起吧！”

“你是说三王子？”玄奘霍然一惊，二十多天前，麴智盛在伊吾城外吐血昏迷，他不禁担心起来，“难道三王子出事了么？”

“他出事？”不想麴文泰却恼怒起来，“哼，哪怕我高昌国的人死绝了，他也不会有事！这孽子……这孽子他滋润得很哪！”

玄奘见这麴文泰咬牙切齿的样子，不禁一阵茫然。在他心目中，麴智盛淳朴、自然，却为何会让麴文泰如此愤恨？

麴文泰定了定神，开始讲述：“前些日子，弟子命次子德勇出使伊吾。本来这趟不需要老三智盛随行，不过这孩子自幼就性格绵弱，与世无争，弟子也是想让他出去锻炼一番，于是就逼迫他跟着老二前去，不想，这一去，却给弟子惹来无穷无尽的麻烦，几乎要带给高昌国灭亡之灾！”

“三王子在伊吾城昏迷时贫僧也在场，”玄奘吃惊，“第二天他就被二王子送回来了，似乎没有惹出什么事端吧？”

“法师有所不知，”麴文泰苦笑，“出使伊吾顺顺当当的，并没有什么波折。可是，老三回来的时候，却不知从哪里带回来一个铜瓶。那铜瓶……瓶身上还用黄金箍着一行波斯文字：大卫王瓶！”

玄奘深深吸了一口冷气，顿时想起当日在莫贺延碛中，焉耆使者被截杀的修罗场。濒死的耶兹丁攥紧自己的手，喃喃地说出了四个字：“瓶中有鬼——”

玄奘看了一眼正在睡觉的阿术，却见熟睡中的阿术长长的睫毛微微颤动，显然是装睡，他叹了口气，皱眉问：“那铜瓶什么模样？”

“高约两尺，重三十多斤，大肚细颈，通体密封，瓶身镂刻着繁复的花纹，瓶口焊锡，锡上盖着六芒星印鉴。”麴文泰眼里露出一丝恐惧，“瓶口的锡坚硬无比，刀剑也撬不开。摇动铜瓶，瓶中空空如也。智盛回来后，就迷上了这大卫王瓶，用马匹驮着四处找人打听。高昌王城之中，胡汉杂处，不乏从波斯一带来的商贾，后来有一个商贾告诉他，这只瓶，便是波斯帝国传说中的大卫王瓶！”

“哦？”玄奘越发好奇，“这只大卫王瓶还有传说？”

“没错！”麴文泰更加恐惧，额头甚至渗出了汗珠，“这只大卫王瓶的传说在萨珊波斯广为流传，极为诡异。说是在萨珊波斯开国皇帝阿尔达希尔一世的时代，大海边生活着一个老渔翁，他家中有衰老的妻子和三个儿女，都靠他养活，家徒四壁，贫寒交加。他虽然以打鱼为生，却有个古怪的习惯，每天只打四网鱼，从不肯多打。一天，老渔翁来到海中，撒网打鱼，第一网，他只打上来一头死驴；老渔翁沮丧无比，又撒下第二网，却只打上来一只灌满泥沙的瓦缸；老渔翁开始绝望，但第三网更糟糕，打上来的是一堆破骨片和烂贝壳；于是老渔翁在哭泣中，撒下了最后一网，没想到这一网，却打上来一只黄铜瓶，瓶口用锡封住，盖着所罗门·大卫的印章。”

玄奘静静地听着，忍不住问：“这个所罗门·大卫是谁？”

“弟子特意找那些波斯人询问过，据说所罗门·大卫是上古时以色列王国的第三代国王，也是以色列历史上最伟大的国王。”麴文泰道，“他是一个伟大的国王，伟大的军事统帅，也是最伟大的智者，在他的手中，以色列王国达到了辉煌的巅峰。他才华出众，一生写了上千首诗歌。这是一个得到神眷顾的人，他的智慧充满了神性，传说他有一枚戒指，上面刻有六芒星符号和上帝的真名，使他拥有号令魔界的力量。”

玄奘惊叹：“三千大世界，果然多姿多彩。陛下请继续讲吧！”

麴文泰点点头，继续讲述：“老渔翁打上来大卫王瓶之后，就剜开瓶口的锡封，看看里面有什么东西，没想到瓶中却冒出一股青烟，化作一头高大如山岳的魔鬼，披头散发，丑陋凶恶。老渔翁被这个魔鬼吓呆了，正害怕，没想到魔鬼却向他求饶，说：‘伟大的所罗门，饶恕我吧，我再也不敢违背您的旨意了。’老渔翁说：‘所罗门已经去世一千多年了，如今是他身后的末世纪。你这个魔鬼是怎么钻进这瓶子里的？’魔鬼一听，当即道：‘渔夫啊，我向你报喜，因为我要杀死你。’老渔翁问：‘你为何要杀我？难道我把你救出来，反而犯了罪？’魔鬼向他讲述，说它本是魔王阿里曼手下的魔神，名叫阿卡玛纳，神通广大，被它所掌控的人将会失去分辨正邪善恶的能力。因为与所罗门·大卫作对，被他捉了去，封印在这瓶中，盖上六芒星印鉴，投入大海，永世不得超生。它在海底度过了无数年，第一个世纪，它发下誓愿：谁要救我，我就让他终身荣华富贵。可是没人来救它。第二个世纪，它发下誓愿：谁能救我，我将送给他地下所有的宝藏。但仍没人救它。第三个世纪，它发下誓愿：谁能救我，我就满足他三个愿望。结果还是没人救它。到了第四个世纪，它愤怒了，发誓：谁来救我，我就杀死他。而老渔翁恰好在这个时候救了它。”

“阿弥陀佛，世界万有，生灭变化。未曾有一事，不被无常吞。老渔翁福祸悲喜弹指百变，当真是我佛真法的绝妙注释。”玄奘也被这个异域传说震惊了，当然他感受到的不是恐惧，而是这个故事里饱含的深意，“那么，后来呢？”

“后来，老渔翁说，看在我救了你的分上，你让我死，就要让我死个明白。你这偌大的身躯，如何钻进这么小的瓶中？那魔鬼颇为得意，为了展示神通，将身子化作一缕青烟，钻进了瓶中。老渔翁手疾眼快，捡起锡封盖住了瓶口。那魔鬼知道上当，想要出来，却被六芒星封印阻挡。老渔翁将瓶子重新扔进了大海。”

麴文泰说完，唏嘘不已，玄奘叹道：“人人都有佛性啊！正是这老渔翁的急智拯救了自己。”

两人正聊着，忽然听到一阵轻微的哽咽声，两人诧异回头，却见正在睡觉的阿术闭着眼睛，脸上却淌满了泪水。

麴文泰原本没在意这个孩子，这时却禁不住愕然：“法师，这孩子怎么了？”

玄奘心知肚明，皱眉想了想，走到阿术身边低声道：“阿术，莫要憋在心里了。陛下并非恶人，你可以向他原原本本讲述清楚，相信陛下一定会还你一个公道的。”

阿术慢慢睁开眼，蔚蓝的眼睛里涌满了泪水。麴文泰更摸不着头脑：“法师，这到底怎么回事？”

阿术忽然嘶声尖叫：“是你……是你杀死了我的叔叔，我的族人！”

麴文泰大吃一惊：“法师……”

玄奘摇头叹息：“陛下，阿术这孩子不是我从长安带来的，而是从莫贺延碛中捡来的。他本是粟特人，和叔叔、族人一起行商前往长安，路经焉耆的时候，与一群焉耆商队同行。不料到了莫贺延碛……”

麴文泰猛然站起，脸上露出难以置信的神色，指着阿术：“难道……难道……”

玄奘点头，深深凝视着他：“二王子在莫贺延碛中杀死的商旅，就是他的族人，当时他藏在了沙底，才幸免于难。后来贫僧恰好经过，可怜他的孤苦，就随身带着他，打算将他送回撒马尔罕的故乡。”

麴文泰颓然坐下，脸上阵红阵白，嘴唇嚅动：“法师，弟子……”那模样，就像做了错事的孩子被当场抓住一般。

“陛下，”玄奘低声道，“贫僧虽然知道高昌与焉耆的争端，理解陛下的苦衷，可如此屠杀商旅，是否违犯了我佛戒律？”

麴文泰呆呆地坐着，心中剧烈翻腾，浓浓的悔意和羞愧使他无法抬起头。他生平好名，立志要做高昌国史上最贤明的国王，这才费尽心机从伊吾王手中将玄奘“强抢”了过来，没想到自己政治角逐中最黑暗、最血腥的一幕，却被这位大唐名僧亲眼看见，并且将受害者带到了自己面前。

“法师……”麴文泰呆呆地看着玄奘，脸上泪水淌了下来，“弟子是受过五戒的居士，怎敢无故杀生！只是，弟子想为善业，国王却是桩恶业，在这国与国的争端中，丝毫没有天理人情可讲，法师也知道，丝路控制权乃是西域小国的生存命脉，焉耆人想更改丝路，若是弟子心存善念，我整个高昌国就会被大漠的风沙所淘汰，百姓离散，国家崩溃！”

“难道国与国之间就不能和睦相处么？”玄奘问，“陛下可有法子与焉耆和平相处，不再造成杀戮？”

麴文泰苦笑：“这不是愿不愿的问题，就拿我高昌国来说，丝路一旦改道，商旅断绝，商税枯竭，我高昌国内这块绿洲的耕地草原，远远不足以养活这三万国民，于是百姓们就会逃亡到他国。”

“那么人口减少，国家虽然小了，生存是否能维持？”玄奘问。他倒不是质问，而是确实想了解西域诸国面临的问题。

麴文泰连连摇头：“法师，您不知道，沙漠中的绿洲国家，是靠人力来维持的。因为在这大漠中，绿洲内的水源远远不够，我们必须修建复杂的水利系统来灌溉庄稼。就拿高昌国来说，我们从城北二十里外的天山脚下修渠引水，再通过支渠引入高昌王城周边。除了一条主渠之外，城西有水渠十六条，城东有十七条，城南城北各九条。如此繁复的水利系统，需要多少人维持？”

玄奘吃惊：“竟然有这么多水渠？可是贫僧来的路上，却所见不多啊！”

“呵呵。”麴文泰苦笑，“法师当然见不到，大多数都是井渠。所谓井渠，就是那些隐藏在地下的水渠。大漠中气候干旱，水渠如果露在地面就会蒸发殆尽或者渗入沙地，所以我们便利用天山地势高、城中地势低的条件，在地底掏挖水渠，穿过戈壁滩，进入灌溉区。在灌溉区，每隔百步，就在地下暗渠的上方打出垂直竖井，来提水灌溉。仅仅高昌王城，井渠总长就达七八百里。法师请想，这么繁复的水利工程，需要多少人维持？人口一旦流失，水利系统就无法维持，农田被风沙侵蚀，绿洲渐渐变成荒漠，我高昌就会在大地上消失！丝路旧道上，菖蒲海之畔曾有楼兰国，就是因为丝路改道，商旅断绝，人口流失，楼兰国的水利系统崩溃，几十年时间便成了一座无人居住的废城。”

楼兰国中原人很熟悉，史书中记载的汉朝和楼兰的冲突家喻户晓，楼兰在中原人的心目中是那种典型的桀骜不驯的邪恶小国。百余年后，王昌龄还借此抒怀：黄沙百战穿金甲，不破楼兰终不还。那时候，楼兰已经掩埋于大漠中四百年了。

“在这个世上，大家都在拼尽全力。大国争霸要拼尽全力，小国生存也要拼尽全力，弥勒净土，真不知何时能到来。”玄奘感慨不已。

见阿术充满仇恨地望着自己，麴文泰长叹：“无论如何，弟子屠杀无辜也是罪孽深重。人死不能复生，弟子明日就派人前往莫贺延碛，收拢那群粟特商旅的尸骨，运到高昌国的祆祠，将他们好生安葬在寂静之塔中。弟子亲自前往祭祀。”他和蔼地望着阿术，“若是你可以原谅本王，本王希望能厚恤你的叔叔和族人，每人金币一百，银币一千，派人送到撒马尔罕，让他们的家人生活无忧。”

话说到了这分上，玄奘也无话可说。作为一国之主，麴文泰摆出这种低姿态，足见他的诚挚了。

阿术不说话，默默地发了一会儿呆，翻身躺回床上，盖上被子独自啜泣。

麴文泰和玄奘一时沉默无话，两人朝窗外看了看，此时天色已经略微透亮，玄奘挑了挑灯芯：“陛下，天快亮了，方才那个大卫王瓶的传说是否讲完了？”

麴文泰一拍脑袋，露出懊恼的神色，阿术这么一打岔，他几乎把正事给忘了，于是抓紧时间继续说道：“方才弟子讲述的，就是这大卫王瓶的来历。据说老渔翁后来不慎说出了此事，却被阿尔达希尔得知，阿尔达希尔当时还没当上波斯皇帝，还在帕提亚帝国的法尔斯城当总督，取得权贵和宗教祭司的支持之后，打算起兵反叛。听说大卫王瓶的神异，便派人秘密查访，果然从大海之中又捞了出来。他与那瓶中的魔鬼达成了契约，只要魔鬼满足他三个愿望，他就将魔鬼释放出来。他第一个愿望就是灭亡帕提亚帝国。果然，两年时间便势如破竹，攻杀了帕提亚的末代帝王，创建了萨珊波斯至今四百年的江山。”

“竟然如此神异？”玄奘震惊了，因为现在麴文泰讲的，可不是传说，而是历史，“他第二个愿望是什么？”

“当时，立国不久的萨珊波斯，碰上的第一大敌就是大亚美尼亚王国，这个王国幅员辽阔，实力强大。阿尔达希尔许下的第二个愿望，就是征服大亚美尼亚。三年后，他便达成了愿望，大亚美尼亚国王臣服。”麴文泰道。

玄奘越发好奇：“那么第三个愿望是什么？”

“没有第三个愿望。”麴文泰苦笑，“第三个愿望达成之后，他就要打开大卫王瓶，释放魔鬼。可阿尔达希尔是何等人物，怎会做这等杀鸡取卵之事？他从此不再许愿，终其一生，他与魔鬼的契约也没有完成。因为他要把大卫王瓶永世留在萨珊波斯，让自己的后代世世代代传承下去。”

玄奘哑然，这等枭雄手段，连魔鬼也不是对手：“那么这大卫王瓶后来果真就留在了波斯，被历代波斯皇帝传承了下来？”

“没错。”麴文泰道，“弟子亲自询问过高昌国内几乎所有的波斯人，据他们说，大卫王瓶的确密藏在波斯宫廷，为历代波斯皇帝所掌握。每一代皇帝，只能对大卫王瓶许下两个愿望，靠着这两个愿望，萨珊波斯安安稳稳地统治了四百年。四百年来，曾经出过无数的枭雄、豪杰，对皇帝之位虎视眈眈，却一一被大卫王瓶镇压，消灭。呵呵，弟子还打听到了一桩风流韵事。据说眼下的波斯皇帝库斯鲁二世年轻的时候，风流轻佻，他不信大卫王瓶的魔力，于是许下心愿，让他得到一个世上最完美的女人。结果他果然遇上了格鲁吉亚的希琳公主，当即惊为天人，娶她做了皇后。到如今，那位希琳皇后已经年逾五旬了吧，库斯鲁二世对她仍是言听计从，恩宠如昔。”

玄奘皱起了眉毛：“大卫王瓶既然是波斯帝国的传国之宝，如何会随着一群粟特商人到了东方？”

麴文泰也摇头不解，玄奘问阿术：“你可曾听你叔叔说过？”

“不曾。”阿术把头蒙在被子里，声音沉闷地说，“叔叔从没到过波斯，他把东方的货物运到撒马尔罕后，就倒卖给那里的波斯商人。”

玄奘深思一番，没有丝毫线索。不过耶兹丁能和波斯人搭上关系是确凿无疑了，至于大卫王瓶怎么流出波斯，又如何到了耶兹丁手里，只怕中间还有曲折的过程。但对眼前来说，似乎并不重要。

玄奘并没想到，恰恰是他故意忽略的这个过程，才隐藏着大卫王瓶最惊人的秘密，使得他在这场西域之旅中灵魂烤灼，如堕地狱。

“陛下，之后呢？到底发生了什么事？”玄奘问。

“之后……”麴文泰脸上露出恐惧之色，嗓子也似乎有些干涩，“老三知道了大卫王瓶的传说后，就开始琢磨，如何与瓶中的魔鬼沟通。他日日在宫中摆弄这东西，弟子当时并没有当真，只认为是异域传说，不料，有一天，弟子的王宫总管朱贵来禀报我……这孽子，他……他当真破解了大卫王瓶的秘密，与魔鬼达成了契约！”

“什么？”玄奘张大了嘴巴，两眼发直，怎么也合不拢。连被窝里的阿术都霍地坐起来，望着麴文泰发呆。之前，虽然这个故事跌宕起伏，惊心动魄，但只是作为异域传闻来听，没有切身的体会。没想到转瞬间，故事就从万里之外的波斯宫廷到了自己的身边。

“没错。”麴文泰似哭似笑，“他的确达成了契约，这是朱贵亲眼所见。非但朱贵，弟子的王宫之中，不下十几人都亲眼看见。这孽子取出自己心头的热血，浇在了大卫王瓶的瓶口，那大卫王瓶就像活人一般吞噬着鲜血。瓶身上有不少镂刻的花纹，那鲜血就灌满了每一条纹理，金丝与银丝嵌埋的花纹，就像人类肌肤下的血管。随后，那瓶口冒出缕缕烟雾，凝聚在王宫上空，久久不散，有如实体。更诡异的是，烟雾中发出隆隆的人语，与那孽子开始对答！”

“瓶中有鬼……果然是真……”玄奘铮亮的脑门上全是汗水，想起那晚耶兹丁临死前说的四个字，当真是不寒而栗。

“瓶中有鬼？那是什么意思？”麴文泰问。

玄奘便将耶兹丁临死前的话讲述了一番，阿术想起叔叔的惨状，失声哭泣。麴文泰满脸羞惭，走到胡床边坐下，轻轻安抚着他，以示歉意。阿术似乎也被这个大卫王瓶的故事吸引了，擦干眼泪，认真地听他们讲述。

“三王子可曾许下了什么心愿吗？”玄奘问道。

“当然许了。”麴文泰苦笑，“只要是人，谁能拒绝这种诱惑？他许的心愿……法师猜一猜，想必能猜到。”

玄奘怔了怔，脑中灵光一闪，失声道：“莫非是……焉耆公主？”

麴文泰想笑，脸上的表情却比哭还难看：“法师果然智慧惊人，一猜即中。”

玄奘哑然，凡是稍微对麴智盛了解一些的人，怕都猜得出他的心愿。麴文泰道：“据朱贵和其他宫人回报，这孽子向魔鬼许下誓愿，自己今生必定会许够三个心愿，释放魔鬼；而魔鬼也承诺，会帮他达成任何愿望。随后，这孽子就说，我苦恋焉耆国的龙霜月支公主，我的第一个愿望是得到公主的爱情，一生厮守。”

这麴智盛人品、天性都是上上之选，就是过于执着，玄奘一直担心他因我执而堕入魔道，不想今日竟然果真如此：“那么之后呢？他这个心愿竟达成了？”

“达成了。”麴文泰脸色铁青。

“不能啊！”玄奘有些奇怪，“贵国和焉耆势如水火，不说陛下愿不愿三王子迎娶焉耆公主，就是焉耆王，只怕也不愿公主嫁给高昌王子吧？”

“何止不愿，简直绝无可能！”麴文泰冷笑，“龙突骑支那老东西自大成狂，空有匹夫之勇，和弟子斗了几十年，屡屡被弟子压得喘不过气来。若非他生了个好女儿，早被弟子驱逐到大漠里喝风沙了。不过，弟子真是羡慕他生的好女儿，那龙霜月支自幼聪颖，精通七国语言，尤其擅长治国谋划，长得又美貌无比，人称‘西域凤凰’。嘿嘿，她若想当弟子的儿媳，弟子倒也乐意，问题是龙突骑支把霜月支当成了宝，一心想嫁给西突厥的可汗，哪里会看得上麴智盛这个没有继承权的王子？”

玄奘点头：“那三王子的愿望，又如何能达成呢？”

“嘿！妖术！魔法！简直是荒诞，怪异！”麴文泰忍不住咒骂起来，耐心讲道，“那孽子许下第一个心愿之后，魔鬼当场便说：明日申时一刻，你到交河城，立于赭石坡下，不可稍离。不管坡上有什么东西落下，务必双手接住。说完之后，那烟雾消散，魔鬼无影无踪。于是，这孽子第二日就去了交河城。交河是我高昌国四个郡中最大的一郡，在王城西北八十余里，是丝绸之路的要塞。赭石坡在交河城北的河沟旁，那土坡如悬崖耸立，高有两三丈，颜色如同赭石。那孽子到了申时就站在坡下等待。嘿，当时弟子听了朱贵的禀告，就让他派人跟随去看看，但仍有些不信，便没有亲自去，不想……不想……”

麴文泰脸上肌肉抽搐，显然极为惊惧，一时说不出话来。

“怎样？”玄奘低声问。

“到了申时一刻，”麴文泰忽然大声道，“那赭石坡顶上忽然蹄声急促，骏马嘶鸣，一人一马从坡顶直坠下来！那孽子躲过坠落的马匹，冲上去抱住了那人影，两个人咕噜噜地翻倒，滚到了坡下。他往怀中一看，他抱着的人，赫然是焉耆公主霜月支！”

玄奘和阿术面面相觑，作声不得。这也实在太邪异了。

“那么……之后呢？”玄奘觉得自己嗓子也有些干涩了。

“霜月支受了些轻伤，那孽子便将她带回王宫疗伤。”麴文泰也知道这事儿让人难以置信，可偏偏就真实地发生了，“原本霜月支对那孽子不假辞色，可伤好之后，竟然性情大变，待他温柔无比，也不回焉耆了，整日就在宫中和那孽子卿卿我我……”

麴文泰烦恼至极，玄奘却笑了：“如此岂不甚好？这样的儿媳也是你想要的，何不就此成全了他们的好事？”

麴文泰愣了愣，半晌才道："法师，事情没这么简单。想我高昌和焉耆的关系，此事能善了吗？焉耆人认为是智盛强抢了霜月支，将她霸占在宫中。您想，这龙霜公主对龙突骑支而言何等宝贝，我高昌王子竟然抢了他的公主，他肯善罢甘休吗？"

玄奘倒没意识到这个关节，略略一想不禁脸色大变，麴文泰看着他的脸色，苦笑道："法师想明白了吧？本身我们两国就是一种脆弱的和平，德勇截杀了焉耆使者，让龙突骑支愤怒不已，但他没有证据也无可奈何。如今智盛又在众目睽睽之下，抢了他的公主……第二天，焉耆就发下国书，要我们归还公主，否则就兵戎相见。他又邀请了龟兹、疏勒两国。这些年，不少西域国家都对我高昌的富裕深感嫉恨。借着这个机会，三国扬言，若是我国不释放公主，就派遣三国联军北上，攻破王城，玉石俱焚。"

玄奘这才感到事态严重："那陛下为何不让三王子放了龙霜公主呢？再婉言解释，想办法将这场战祸化解。"

说到这里，麴文泰顿时气得脸色铁青，手足发抖："弟子何尝不愿意？只是……只是那孽子不肯啊！他将自己的宫殿大门堵上，划为宫中禁地。扬言，谁敢逼迫他归还公主，他就让魔鬼收其魂魄，镇压在泥犁狱中，永世不得超生！"

第四章

王子与魔鬼的契约

听到这里，玄奘完全愣住了：“三王子竟然偏执到了这等地步，连国家命运都弃之不顾？”

“嘿！何止如此！”麴文泰显然提起麴智盛就气不打一处来，“这孽子……弟子命仁恕去劝他，他竟然用大卫王瓶来威胁仁恕！德勇恼怒无比，率领宫中宿卫去抢人，他也毫不相让，面对着大卫王瓶，谁都不敢上前。结果……焉耆联军厉兵秣马，而他却在宫中逍遥自在。”

玄奘皱眉不已：“陛下，您去劝他了么？”

“去了。”麴文泰黯然伤心，“弟子带着王妃亲自去劝说，那孽子只是不理，却扬言，他今生是要定了霜月支，哪怕天崩地裂，国破家亡也在所不惜。谁敢进去一步，瓶中魔鬼就会夷灭他全族！这孽子……”麴文泰脸色涨红，拍着大腿愤怒不已，“他这话竟然当着弟子的面说！他是威胁我！”

“眼下，王宫内人心惶惶，弟子夜不能寐，忧虑焦灼。”麴文泰疲惫地揉了揉眉头，朝玄奘合十，“弟子听说法师身在伊吾，才不得已劳烦法师星夜兼程，赶到王城，只望法师能给弟子指点迷津。”

玄奘这才明白，为何到了白力城也不让他住宿，非要星夜赶到王城，麴文泰更是连夜等候，诉说苦衷。他沉思了片刻：“陛下需要贫僧做什么呢？”

“法师做什么都行，只要能帮弟子解了眼前这场灾祸，弟子以及高昌国八代先王，必定感念法师的慈悲。”麴文泰再次礼拜，“法师乃大唐高僧，名震长安，更是连皇帝都对您持礼甚恭，我西域诸国都是佛国，法师必定能够以佛法感化焉耆、龟兹等国，顺利解决此事。况且，那孽子与法师熟识，对法师也甚是崇敬，以法师的高深佛法，必定能够镇压恶魔，还我高昌朗朗乾坤……”

麴文泰眼泪流淌，声音哽咽，再也说不下去。玄奘明白了，自己一则是有名望的僧人，在西域地位尊崇；二则，自己来自大唐，并且与李世民关系良好，能够带来无形的政治压力，焉耆国又打算投靠大唐，因此由自己出面来解决这个问题，对麴文泰而言实在是最佳人选。至于镇压魔鬼……似乎在佛徒看来，凡是僧人都拥有无上神通。这点玄奘实在不想再辩解了。

他一时沉默下来，在他心目中，将宗教和王权区分得很清楚，他只是一介求法僧，不愿涉足王权纷争，但此事却有些特殊，毕竟他不能眼睁睁看着战乱爆发，百姓涂炭。犹豫半晌，玄奘终于点头：“好吧，贫僧尽力而为。”

麴文泰大喜，拜倒在地，感激涕零。玄奘急忙将他扶了起来，心里却沉甸甸的，也不知自己答应下来到底是对是错。

此时天色已经大亮，玄奘和阿术赶了一天路，又陪着麴文泰聊了一夜，早已经困顿不堪。麴文泰连连致歉，让玄奘好好休息，自己告辞出去。玄奘送到门口，麴文泰带着侍从转身离去，到了院门处，却发现麴仁恕正靠着门框打盹。

见麴文泰出来，麴仁恕立刻惊醒，拜服在地：“父王，儿子给您请安了。”

“嗯？”麴文泰愣了，“你怎么在这里？”

旁边有宫人低声道：“陛下您和玄奘法师长谈，世子担心您的身子，在这里守了一夜。”

麴文泰唔了一声，淡淡道：“起来吧，做好自己的事情就行了，不必担心本王。”说完看也不看麴仁恕，出门上了肩舆，径自回了寝宫。

麴仁恕毕恭毕敬地起身，道：“恭送父王。”然后回头朝玄奘看了一眼，双手合十，深深地鞠躬，随后退了出去。

阿术冷眼瞥着，道：“看来这位世子很不讨高昌王的欢心呀！”

玄奘摸了摸他的头：“你半夜不就困了嘛，还是赶紧睡觉吧！”

两人休息到了午时，麴文泰和王妃亲自陪同用膳，即使是宫廷御膳，也极为简单，因为玄奘不食肉类，便以瓜果葡萄为主，辅以馕饼之类的面食，饮料则有两种：白瓷茶壶里是茶叶，加有盐和姜丝；银壶里则是新鲜的葡萄汁。

用完餐，麴文泰召来王宫总管朱贵，命他陪同玄奘去见麴智盛。

这朱贵年近五旬，是个白种人，淡黄色的眼珠，面白无须，脸上皮肉松弛下垂，一脸愁苦模样。也许做惯了仆役，永远是满脸的恭顺，但偶尔眼神一闪，却露出精明洞彻的光芒。

朱贵低眉顺眼地陪同玄奘和阿术在王宫中穿行，高昌王宫比起大唐皇宫当然不可同日而语，但规模却比伊吾王的王宫要大得多，房屋有数百间，与寻常民居一样，都是厚厚的夯土版筑。但与民居不同的是，门和窗户周边镶嵌着玉石，雕花精美。更与中原宫殿不同的是，这里的每一座房屋都有两三层，看起来宏伟异常。

到了王宫的西北角，眼前是一个三座宫殿组成的院落，一丈多高的围墙将其和其他区域分隔开来。只是围墙正中间的拱形大门，却被厚厚的土坯给堵住了。

朱贵躬身道："法师，这里就是三王子的宅邸，您瞧，院子被封住了。"他说话声音尖细，来自中原的玄奘当然对此不会陌生，毫无疑问，此人是个净身的太监。

玄奘惊讶道："三王子封住院门，那他日常饮食如何解决？"

朱贵苦笑："他虽对陛下不敬，但陛下却不能缺了他们的饮食，您看到了么？墙角架有梯子，一日三餐和饮水，都命人从墙头给他吊进去。"

玄奘摇头不已，朱贵从那梯子爬上墙头，朝里面喊道："三王子，玄奘法师前来拜访！"

过了片刻，宫殿的二楼露台上出现了一条人影，正是麴智盛。他朝外张望，一眼看到了站在院墙外的玄奘，顿时大喜，兴冲冲地合十作揖："啊哈，法师，您从伊吾来到高昌了？哎呀呀，您怎么不早说，智盛该出城迎接的。"

这麴智盛可不是伊吾城外那个灰头土脸、为情憔悴的家伙了，他满面红光，眼角眉梢都带着乐滋滋的神气，只差眼睛里闪出星星了。玄奘笑道："不敢当。三王子，看起来非但别来无恙，你的心情是越发地好了。"

"那可不是！"麴智盛得意扬扬，朝玄奘身后探了探头，见没人在他背后，于是缩回脖子，用手掌拢着嘴唇，低声道，"霜月支答应嫁给我啦！"他眉开眼笑，乐不可支，仿佛一个孩子终于得到了牵挂许久的玩具，"这些天她一直在宫中陪着我，弟子……弟子当真是如在梦中啊！感谢我佛！感谢菩萨！感谢法师！感谢这无所不能的苍天大地！"

"恭喜三王子。"玄奘笑道。

"您等会儿啊，弟子这就让霜月支出来礼拜您……"他一拍脑门，懊恼地道，"弟子忘了，这院门给砌上了……您等等啊，弟子这就命人给拆掉。朱伴，你去找些人，快拆！快拆！”

朱贵愣了，没想到玄奘一来，油盐不进的三王子居然让人拆掉院门的土坯，半晌才醒悟过来，忙不迭地找人去了。

“阿弥陀佛，”玄奘问，“三王子，你不怕拆掉之后，有人趁机进去吗？”

“怕甚？”麴智盛两眼一瞪，“弟子手中有大卫王瓶，无所不能，需要怕谁？之所以封住院门，只是不想让人聒噪，吵着霜月支的清净。”

这时候，朱贵带着十几个宿卫跑过来，七手八脚地把数十斤重的土坯一块块搬走。玄奘正要进去，麴智盛这时已经到了院子里，吆喝着那些侍卫：“别走别走，把这地上的灰土打扫干净。法师爱洁，这地上脏兮兮的，让他如何经过！”

朱贵无奈，只好带着宿卫们做起了清洁，把地上的尘土都打扫干净，又用清水洒了。麴智盛这才满意，亲自到门口迎接玄奘，把他和阿术请到宫中。朱贵站在门口迟疑，不敢进。麴智盛叹了口气：“伴伴也请进吧！你是看着我长大的，若非所有人都与我作对，我又怎么会将你也拒之门外？”

“三王子，老奴……”朱贵感动得眼眶立时红了，默默地拭泪。

“来吧，”麴智盛也甚是伤感，拉着朱贵将他拽了进来，“这宫中只有你对我最好，连父王和两位兄长都不及。”

玄奘和阿术随着麴智盛进了宫殿，在厚厚的波斯地毯上跪坐，宫里的侍女立刻奉上各色瓜果。麴智盛跑去内殿请龙霜公主，过了片刻，内殿的廊道里响起了一阵脚步声，就听麴智盛低声说话：“这位玄奘法师是我见过的最有魅力的高僧，你一见必定欢喜。”

公主的声音有些忧郁：“我如今寄居你的宫中，便是背叛了焉耆，如何有脸拜见法师？”

“唉，”麴智盛长长地叹息道，“你莫要忧虑，我必定有解决的办法，让你父王承认咱们的亲事。玄奘法师佛法高深，若肯为你我祈福，咱们必定能得到佛祖庇佑……”

“是吗……”公主喃喃不语。

两人不再说话，沉默地走了进来。玄奘在伊吾见过这位公主，当时的龙霜公主骄傲尊贵，不可一世，可眼前的公主，虽然仍旧是那般尊贵美貌，神情中却带着一丝忧郁，一丝怯意，楚楚可怜，温柔可人。若非相貌一般无二，几乎以为是两个人。

“霜月支拜见法师。”龙霜公主躬身下拜。

玄奘忙起身施礼：“阿弥陀佛，许久未见，公主风采一如往昔。”

龙霜公主淡淡笑了笑，跪坐在麴智盛身边，湛蓝的眸子凝视着玄奘：“法师，您今日来，可是作为高昌王的说客，劝我回去的么？”

麴智盛顿时愣住了，怀疑地看着玄奘。玄奘笑了：“阿弥陀佛，假使经百劫，所作业不亡。因缘会遇时，果报还自受。爱别离，怨憎会，无非是一场果报而已。既然有此果，必然有其因，贫僧又怎会不问因果，强行拆散二位呢？”

“对对对，”麴智盛这才松了口气，“我和霜月支就是前世的姻缘，应在今生的。”

龙霜公主却没他那么乐观：“法师，我与智盛是真心相爱，但两国关系恩怨难解，每日里甚为苦恼。求法师指点迷津。”

“对对对，求法师指点迷津。”麴智盛在公主面前，完全成了应声虫。

玄奘笑笑：“三王子手里既然有大卫王瓶，为何不对魔鬼许愿，谁敢反对，尽数诛杀？”

麴智盛瞠目结舌：“这怎么行？弟子只想和霜月支在一起，哪能因为别人反对就肆意杀人呢？这万万行不得！”

玄奘又道：“贫僧听说那瓶中的魔鬼名叫阿卡玛纳，最擅长蛊惑人心，你为何不命令魔鬼，让这世上无人反对你们的婚姻？这岂不是它所擅长的吗？”

“这样啊……”麴智盛有些意动，瞧着公主。

公主却正色道：“法师，反对我们的恰恰是那些最爱我们的亲人。大卫王瓶虽然神异，毕竟是邪物，身为人子人女，我们怎么能让魔鬼控制自己的父母兄弟？”

“对对对……”麴智盛恍然大悟，敬佩地望着公主，“还是你想得透彻。”

“那么，公主就大可不必理会了。”玄奘淡淡地道，“因为公主爱上三王子之后，滞留王宫不归，便是对你焉耆国、对你的父王最有利的事情。”

朱贵的眼中露出一股赞赏，这法师试探着便将霜月支挤对到了绝境，之后刀锋立现，这和尚，当真了得。

龙霜公主却微微蹙眉：“法师这是什么意思？”

“无他，焉耆和高昌的关系公主当然清楚无比，两国因为丝路贸易时有摩擦，焉耆处心积虑想将丝路改道，高昌则不择手段加以破坏。公主滞留在高昌王宫，对焉耆国而言，就是一个绝佳的借口，焉耆王就能以高昌王子强抢公主为由，取得各国的支持，名正言顺地挑起战争，用武力夺回丝路。只要夺回丝路，焉耆国百年兴盛，公主对焉耆王乃是大孝啊！何必非要让你父王同意你们的婚事呢？”

玄奘说得很平淡，仿佛只是在闲聊着天气，但一字字却直戳人心，甚至隐约指责是龙霜公主故意设计诱骗麴智盛，玩一场游戏，给焉耆王发动战争提供口实！

麴智盛目瞪口呆，一会儿瞧瞧玄奘，一会儿瞧瞧龙霜公主，竟不知该如何是好。

龙霜公主怔怔地看着玄奘，湛蓝的眸子里盈盈欲泣，哽咽道：“法师就是这样看待霜月支的吗？我承认，当日在焉耆，的确为国事考虑甚多，但那只是身为儿女，见父王操劳国政，时常脾气暴躁，焦虑难寝，想为父王分忧。若非因为爱上智盛，我会拿自己的名节让焉耆蒙羞么？”

朱贵在一旁插嘴道：“法师有所不知，焉耆王一直想把公主嫁给西突厥的阿史那·泥孰。泥孰乃达头可汗的曾孙，世世代代任职莫贺设，在西突厥拥有崇高的声望，受到十姓部落的拥戴。只因公主想辅助焉耆王重振国势，婚事才耽搁了下来。”

玄奘点点头，却没有说话。也许，这种国与国之间的政治联姻，反而是这位西域凤凰最佳的归宿吧！

龙霜公主凄凉一笑：“法师只是指责霜月支，但您有没有想过，我若是嫁给泥孰，凭泥孰对我的痴迷，我焉耆在西域诸国兴盛一时，又是什么难事吗？但我抛弃泥孰，和智盛相爱，焉耆必定受到西突厥的憎恶，便是大军击破高昌王城又能如何？要知道，高昌王的长女，嫁给了统叶护可汗的长子，统叶护可汗能眼睁睁看着高昌国被我焉耆灭亡么？我何苦为了这么一个破绽百出的计划，毁掉自己一世的清白？”

玄奘陷入沉思之中，朱贵和龙霜公主的说法应该不假，西域各国在政治联姻方面，利弊得失都计算得清清楚楚，谁也瞒不住谁。无论对焉耆还是龙霜公主本人，与泥孰的联姻都是最佳选择，而龙霜公主爱上麴智盛，并不符合焉耆国的利益。那么问题到底出在哪里呢？难道果真是魔鬼的诱惑吗？

“法师，您真是多虑了。”麴智盛见公主伤心，急得抓耳挠腮，若非外人在场，早就抱着她好好抚慰了，“霜月支绝非这等人，您不了解，但我和她朝夕相处，她对我的爱有多深，难道我不清楚吗？”

玄奘怜悯地望着他，低声道：“三王子，佛家说因果，除了前因，后果，中间还有个缘，这便是因缘果报。贫僧只信佛，不信魔。这大卫王瓶诡秘重重，难以测度，既然你想让贫僧设法成全你和龙霜公主，贫僧就必须把这内中的缘由搞清楚。”

“一切都听法师您的！”麴智盛对玄奘极为敬服，“法师，弟子第一次见到您，就仰慕您了。你身上有一股佛性，只要弟子待在您身边，就浑身放松，如沐佛光。但是法师，您可千万不能伤了霜月支的心，否则弟子也不想知道什么因，什么缘，只要这个结果就够啦！”

玄奘含笑点头，问：“不知贫僧可否见一见那大卫王瓶？”

“呃……”麴智盛略略犹豫，随即答应，“好！”

在麴智盛的带领下，众人起身，顺着长长的廊道进入后宫。后宫的正中间是一座佛堂，也不知麴智盛怎么想的，把那个藏有魔鬼的大卫王瓶供奉在了佛堂上。他不管佛法和魔法是否相冲，也不管瓶中的魔鬼阿卡玛纳大人是否会感到憋闷。

“法师请看，这就是大卫王瓶。”麴智盛撩起黄色的幔帐，露出一只高大的黄铜巨瓶。这大卫王瓶高约二尺二[①]，大肚细颈，瓶体分为两层，外层镂刻，花纹繁复精美，内层光可鉴人，阳光的映照下，仿佛外层的花纹在缓缓地流动。瓶口焊着锡封，上面印着所罗门·大卫王那著名的六芒星印鉴。

这就是那萨珊波斯帝国四百年传承的镇国之宝，一个能让任何心愿获得满足的神物！世人皆有欲念，而这个大卫王瓶却正好击中了人类最柔弱的心底隐秘，将他们的欲望放大到极限。众人一时间呼吸仿佛停滞，这只大卫王瓶静静地展现在眼前，散发出妖媚的吸引力，那瓶身的花纹仿佛露出蛊惑般的微笑，在对他们说话。

你想获得天上地下所有的财富？释放我吧，我可以满足你！

你想获得这个大地上至高无上的权力？和我订下契约吧，我可以满足你！

---

① 唐尺，一尺为现代的三十六厘米。

你想拥有人世间最美丽的女人吗？许下誓愿吧，我可以满足你！

你还想要什么？

天上地下，我无所不能；千秋万代，我永生不死！

饶是玄奘禅心如同磐石，望着这个妖异的瓶子也禁不住佛心摇曳；再看看朱贵，眼神迷离，仿佛要晕倒过去；连阿术这个孩子都完全呆住了，眼睛里露出浓浓的渴望和恐惧。

“阿弥陀佛，”玄奘问，“三王子，大卫王瓶就这样放在佛堂，你不怕有人偷了去？”

“不怕。”麴智盛道，“瓶中的魔鬼已经和我订下契约，别人偷去也没用。不管千里万里，我心念一动，魔鬼就会出来。”

“你当初是怎么唤醒魔鬼的？”玄奘问。

麴智盛毫不隐瞒，道：“法师您看，这六芒星印鉴的正中心是个六边形，微微下凹，并无缝隙，但我将鲜血滴在六边形之内，它居然眨眼间就吞吸干净。然后这外层镂刻的花纹就灌满鲜血，形成一个诡异的图案，仿佛睁开了无数双鬼眼。之后，魔鬼就苏醒了。”

玄奘点点头：“你没有对公主隐瞒，说是通过与魔鬼的契约，才让魔鬼控制了她的心神爱上了你？”

麴智盛摇摇头，满足地看着龙霜公主：“没有。我怎么能欺骗霜月支呢？”

“公主，你也不觉得自己是被魔鬼控制了心神么？”玄奘又问龙霜公主。

公主也摇头，露出迷茫之色：“没有，爱上智盛的感觉很美好。我只望日日夜夜都与他在一起。”

两人相视一笑，十指紧扣，眼眸里说不尽的柔情蜜意。但玄奘却越发感到难以言喻的诡异，头皮都禁不住有些发紧。他盯着眼前的大卫王瓶，耶兹丁濒死时的呼喊回荡在耳际：“瓶中有鬼——”

“法师，可有成效？”玄奘一回来，麴文泰便闻讯而至，急不可待地问。

玄奘思索了一番，摇了摇头：“陛下，这件事贫僧昨夜想得有些简单了，内中缘由恐怕非常复杂，需要一些时日和契机。”

“哦。”麴文泰略略失望，但他也知道事情不可能这么快就得到解决，苦笑道，“法师莫怪弟子催促，只是……今日凌晨，焉耆三国发来最后通牒，要求三日内释放公主，否则便挥军北上。”

玄奘心情沉重，问：“陛下向突厥王廷求助了吗？贫僧记得您和统叶护可汗是儿女亲家吧？”

“是啊！”麴文泰摇头不已道，“如今是焉耆占了道义，受到广泛同情，统叶护可汗又不能过于偏袒……法师您看，”他从怀中取出一卷羊皮纸，“这是方才突厥王廷派驻在城内的吐屯[1]送来的王廷诏令，要求弟子妥善处理与焉耆的纠纷，释放公主。这说明王廷已经表态，若是三国联军进攻，突厥最多加以调解，但不会出兵干涉。”

玄奘当然明白，像麴文泰和统叶护可汗这种政治联姻，还是以国家利益至上的，统叶护断不会因为一个高昌，而让西域诸国离心。

“这样吧，”玄奘想了想，“贫僧给焉耆王写一封书信，邀请他派使团来高昌，陛下与他坦诚相见，最好带着他去见见龙霜公主，让他亲眼看看。若能不诉诸刀兵，无异于筑就了七级浮屠啊！”

麴文泰大喜过望：“弟子写过国书陈述此事，但焉耆王却说荒诞十足，一派胡言，他根本不相信，弟子也就无可奈何。法师既然肯居中作证，那再好不过了。”

两人回到大殿，麴文泰亲自磨墨，玄奘用汉文和梵文[2]各写了

---

① 突厥王廷派驻到各国的监察征税官，同时承担监控该国职能。

② 焉耆文字属印欧语系的吐火罗语，是梵语的分支。

一份，交给麴文泰。麴文泰要用国书封了，被玄奘阻止：“陛下，还是请一名僧侣送去最好。”

麴文泰顿时醒悟：“还是法师精细！”

焉耆也是佛国，以玄奘的地位亲自写了书信，焉耆王即便是出于崇佛的缘故，也不可能置之不理。但两国如今关系交恶，若是当作高昌的国书送过去，焉耆王首先就会在心中判定，这个大唐来的和尚一屁股坐在了麴文泰的椅子上，内心生出抵触。

“法师，您下一步要做些什么？”麴文泰问。

玄奘想了想：“贫僧打算到交河城、赭石坡去看一看。”

“去那里作甚？”麴文泰惊讶地问。

玄奘笑笑：“为了求这因与果之间的缘。”

麴文泰很是聪明，当即不再问了，沉吟道：“交河城距离王城有八十余里，那里诸胡杂处，势力复杂……这样吧，弟子派大将军张雄率兵护送您。大将军勇武过人，乃是西域第一名将，有他在，法师必定安然无恙。”他见玄奘要拒绝，立即摆手，“法师，您的安危对弟子极为重要。不仅仅是因为您在帮弟子做事，对高昌国来说，任何一位高僧若有不测，那就是塌天大祸。请法师切勿推辞。”

玄奘只好同意，麴文泰立刻召来张雄，命他率领一队骑兵陪同玄奘前往交河城，并特意派了朱贵陪同，随行照顾玄奘的饮食起居。

张雄此人年有四旬，相貌儒雅、身躯精壮，走起路来有些罗圈腿，一看就是那种久在马背上磨炼的军人。一开始玄奘不知，后来听麴文泰介绍，才知道这张雄可了不得，绝对是高昌国实力派的强权人物。

张雄，字太欢，祖籍河南南阳，世居高昌，他的姑母是先王麴伯雅的王妃，与麴文泰是姑表兄弟，他的夫人麴氏也出身于王族。当年高昌发生“义和政变”，麴文泰父子正是在张雄的保护下才逃出高昌，七年后，也是在张雄的帮助下，麹文泰父子才击败叛乱者，夺回王位。

张雄对玄奘甚为恭敬，趁穿过王城之际，不断向玄奘介绍高昌风物，两人聊得很是欢畅。

昨晚玄奘进入王城时是夜晚，对高昌城并没有太大的观感，此时骑在马上，才觉得高昌之繁华，果真不是虚言。高昌的王城比伊吾城大了数倍不止，分为宫城、内城、外城三部分，骑兵一路经过南北大街，触目所见，熙熙攘攘，到处都是南来北往的商旅，操着繁复纷纭的语言，穿着色彩纷呈的服饰，拥挤在大街上激烈地讨价还价。

骑兵经过时，对阻挡道路的商贾进行驱逐，但在王城中，这些商贾也不怎么怕军队，玄奘亲眼看见，一个胡商被骑士拿矛杆推开，还兀自张着五指朝卖家叫道："六百五十斤！这香料我要六百五十斤……硇砂也是我的，二百斤……"

朱贵笑道："法师，前隋称我高昌为'西域之门户'，您看这南来北往的商贾，除了来自粟特地区的康、何、曹、安、石等诸国，还有姓翟的高车人，姓白的龟兹人，姓车的车师人，以及更遥远的吐火罗地区、波斯地区的各国商贾。现在大唐和东突厥正在鏖战，商旅还算少，等到战事平定下来，只怕人数会激增两倍。"

"哦？"玄奘想起正在数千里之外的大草原上进行的数十万大军对决，不禁忧心，他当初听李世民讲过，要以举国之兵，一战攻灭东突厥，彻底解决这个中原王朝百年来的大患。不知李世民到底能否成功，玄奘只好在心中祈祷。

"二位大人，就你们而言，是希望大唐胜，还是东突厥胜？"玄奘笑着问。

他本以为这问题有些敏感，没想到张雄毫不犹豫，坦然道："当然是大唐胜了！我们高昌人祖先都来自河西，乃是堂堂汉人，怎会愿意仰这些夷狄的鼻息？况且，对于丝绸之路而言，只有中原王朝强大、富裕，才能生产更多的丝绸和瓷器，才能购买更多的金银和香料，丝路才会更加繁华。只是中原内战频仍，兴衰有如灯灭星垂，我们高昌虽然是汉人，也实在指望不上中原王朝，只好在异族的夹缝中自己求存。”

玄奘悲悯不已，高昌的命运第一次真正牵动了他的心，身为汉人国家，独自生存于西域，那种艰辛当真是无法想象。

玄奘问朱贵：“总管大人呢？”

朱贵笑了：“老奴不是汉人，也不是西域人，更不是突厥人，只要我高昌安好，陛下康泰，老奴从来不考虑这大国争锋。”

玄奘看着他的模样，倒当真有些好奇：“总管大人，您是何方人氏？”

张雄笑了：“法师，朱总管是嚈哒人。”

“嚈哒？”玄奘仔细想了想，倒真没听说过这个国家。

朱贵脸上露出了缅怀的神情：“也难怪法师不知道，我的国家，早在三十多年前，就被波斯和西突厥给灭了，族人们四下逃散，早已经像这灯头的火，香尖的光，消失在了黑夜中。”

张雄对这段历史知之甚详，解释道：“法师，嚈哒人是汉朝时大月氏的一个分支，几百年前称霸西域，他们曾经打败过拜占庭和波斯，甚至击败了天竺，在西域建立了最辽阔的帝国。三十年前，嚈哒人国势衰微，被波斯和西突厥人联手给灭了。”

玄奘慨叹不已，朱贵叹道：“灭国之后，我们一群族人保护着年幼的公主向东来到了高昌，得到高昌人善待，就在此住了下来。后来，公主嫁给了当时的世子，现在的陛下，我为了照顾公主，就净身入了宫，当了太监。”

玄奘道：“那么嚈哒公主呢？”

朱贵脸上哀伤不已：“二十年前就已经病逝了。”

“阿弥陀佛，众生皆苦，诸国亦苦。”玄奘喃喃道，“弥勒净土，究竟何时能降临？山河石壁，皆自消灭。百花开放，万类和宜。粳米成熟，不炊可食，人食长寿，毫无疾苦。衣裳不需人工纺织，地长天衣树，树上生出细软衣裳，任人采取穿着；房屋宫殿，亦多以法化而成，地上没有丝毫污浊不净……”

朱贵默默地听着，伤感的眼神也渐渐柔和起来，笑道：“法师是否去过王城内的佛寺？”

玄奘摇摇头：“贫僧昨晚才入城，还没来得及礼拜佛寺。这高昌王城的佛寺在何处？贫僧从交河回来，定要去一一礼拜才是。”

一听这话，朱贵先笑了：“法师，这高昌城内城外，共有佛寺三百多座，您要一一礼拜，恐怕一年都拜不完。”

玄奘不禁呆住了。南北朝时，佛教盛极一时，也不过在唐人的诗句里留下“南朝四百八十寺”的感慨，可这高昌王城才三万多的人口，仅仅王城周边就有佛寺三百座！平均每一百个人就拥有一座佛寺，当真不可思议！

玄奘忽然有种隐忧，他立志要昌盛佛门，因此才不惜冒险前往天竺求佛，可是即使他求佛归来，将佛教昌盛到如同高昌这般，三万人口三百寺，难道就是佛教之福吗？他蹙眉深思，这个问题却不是那么容易可以思考出答案的。

三人一路聊着从城北的玄德门出去，一路的绿洲上，到处都是绵密耸立的葡萄园，此时是冬季，葡萄藤光秃秃的，一片苍黄，一望无际。可以想见收获季节的盛况。

正走着，忽然看见北面的山峦一片火红，岩石通红，山脉沸腾，似乎整座天空都在熊熊燃烧。玄奘不禁大吃一惊，勒马停下，问道：“大将军，这是怎么回事？这座山怎么会……燃烧？”

张雄一愣，和朱贵一起大笑起来，连一旁的阿术都笑得前仰后合。张雄笑道：“嘿，弟子倒忘了，法师是夜晚经过的新兴谷，怪不得没看见这火焰山。”

阿术道：“师父，这山名为火焰山，倒并不是真正在燃烧。那山上岩石是赭红色，山上寸草不生，在红日照耀下，地气蒸腾，烟云缭绕，真像是燃烧一般。我第一次随叔叔路过此地，也以为是着了火。”

玄奘啧啧称奇，朱贵也笑道：“法师，这山虽然没有着火，但到了盛夏时分，山上温度之高，把鸡蛋放在沙面上，片刻就能烤熟。有些百姓吃馕饼，干脆把面摊在石头上，一会儿就能晒得外焦里嫩。”

从王城到交河城的道路就在这火焰山下，顺着山脚向西六七十里。他们出城时已是黄昏，当天走了三十里便已入夜。张雄命令骑兵们搭建营帐，就在山下休息了一夜，第二日上午时分，便到了交河城外。

交河城是两百年前车师国的都城，位于两条河交会处的河心洲，在河水的冲刷切割下，这座河心洲的地势越来越高，形成一座高有十丈的坚固土台，形状如同一片巨大的柳叶，南北长达五百丈，东西最宽处可达百丈。

由于这里夏季酷热、干燥，交河城的地表上并没有建筑，居民为了避暑，挖开地面，开凿窑洞式住宅，住户的院子相通，便形成了地下的街道。最奇特的是，这里的建筑不是层层向上，而是层层向下，最初的住宅和院子距离地面近，想增加住宅，就往地底下掏挖，挖出来的土，筑成围墙和土屋。地底窑洞的透气孔与水井连通，水井里的凉气天然可以调节室内的温度，防暑降温。于是乎，这座土台就被人为切割，一出门就是崖壁，头顶则是地面，天然形成了一重重的城墙，整座城市成了一座功能复杂的军事堡垒。

事实上，这座交河城也是西域最牢固的城市，城下是深深的河沟，无论站在沟底，还是河对岸的高处，根本看不清城内的防御。

近两百年前，强大的匈奴围困车师国达八年之久，最后还是车师人主动撤离，才算把这座城堡给攻了下来。

因此这座构造繁复的终极性防御堡垒，对历代中原王朝都是拓展西域的最可靠根据地。眼下，交河城是高昌国最大的一个郡，历来都是世子册封为交河公，管理城市。也就是说，交河城的最高长官，便是麴仁恕。

朱贵带着人先进城去通知交河太守，玄奘和张雄缓缓而行，到了交河城外，张雄忽然问："法师，据说几个月前，大唐皇帝陛下出兵东突厥后，曾经作诗：塞外悲风切，交河冰已结。瀚海百重波，阴山千里雪。这是否暗示朝廷对我高昌有领土的要求呢？"

"哦？"玄奘愣了愣，张雄含笑望着他，但玄奘却从他的笑容里，觉察出了一些对大唐这个庞然大物的惊惧。玄奘想了想："贫僧只是一介僧人，不懂国事。但对我大唐人而言，诗句乃是抒怀之用，而没有实际指称。关于交河城的诗，更是屡见不鲜，譬如虞世南大人前几年就作过一首诗：焰焰戈霜动，耿耿剑虹浮。天山冬夏雪，交河南北流。另有诗：还恐裁缝罢，无信达交河。贫僧想，大唐朝廷总不会从上到下都一致要求攻占西域，占领交河吧？"

张雄哈哈大笑："法师辩才无碍，弟子佩服。只是玩笑而已，法师千万别当真。"

玄奘暗暗感慨，这高昌人，一方面希望得到中原汉人政权的庇护，一边又希望保持独立，也真是纠结。

这时朱贵带着交河太守亲自出迎，众人从南门进城，城门狭窄，进去后更加狭窄，两侧都是高耸的土墙，看不见民居。众人带着玄奘绕了几个弯，眼前豁然开朗，一条宽阔的街道贯通全城，但奇的是，两侧仍是土墙，没有民居。

玄奘等人从大道的一个豁口转过来，才看见层层叠叠的民居堆积在街道两侧，里面行人商旅买卖兴旺，客栈、佛寺、官署、市集，区域划分得极为细致。只是，看着身边的土墙悬崖，抬头望着变成一线的天空，玄奘想起自己正行走于地底，不禁感觉有些怪异。

麴智盛当日去的赭石坡在东门外，这里已经出了交河城，是河沟的边缘，上方就是高耸的河岸，形成垂直的崖坎。

“法师，这里就是赭石坡。”朱贵指着一处深红色的悬崖，“当初三王子就是站在此处。”

玄奘点点头，问张雄：“二位和诸位军士能否离得远些？”

张雄和朱贵一愣，对视一眼，也不追问，挥手命令骑兵们后退三十丈，自己也去了远处等待。阿术低声问：“师父，您干吗让他们都走了？”

玄奘迟疑了片刻，叹了口气：“麴智盛在这里接住了龙霜公主，贫僧想来，人谋的可能性似乎更大一些。若是人谋，那就必定牵涉国家利益之争，西域各国的关系错综复杂，不得不防。”

阿术奇道：“师父，您似乎笃定那大卫王瓶里的魔鬼是假的？”

“假的？”玄奘诧异道，“贫僧可没有这么认为，毕竟很多东西用人谋无法解释。对了，阿术，你身子灵活，能否攀上崖坎，看看崖壁上有没有镶嵌……木橛或者孔洞之类。嗯，最好带一截绳子，到时候把贫僧也给拽上去。”

阿术答应一声，去找张雄要了一段绳子盘在腰间，攀爬了上去，这处崖坎高有三四丈，垂直陡峭，很少有可供手扶脚踩的东西，但这些却没有给阿术造成障碍，他的身子实在灵活，有时候用两只手就可以吊起全身，像一只大壁虎。一炷香的时间后，阿术查看完了整座崖壁，朝玄奘喊：“师父，没有！”

“好，你放下绳子！”玄奘朝他招了招手。

阿术在山崖上找了个枯死的树桩把绳子系紧，然后将绳索另一头扔了下来。玄奘缠在腰间，拽着绳子攀缘而上，不时用手抠抠崖壁上的土层，却没有发现任何人工痕迹。玄奘一时犯了疑，径直爬上崖坎。

站在崖坎上，就是一望无际的绿洲平原，两人眺望着河谷对岸的交河城，玄奘趴在地上仔细观察着地面。从龙霜公主骑马坠下悬崖到现在，已经有小半个月，但地面上的马蹄痕迹依然清晰可见。

那马蹄痕迹时隐时现，长有三四十丈，从马蹄的分布来看，是正常的奔驰速度，只是到了悬崖边，蹄痕才杂乱起来，甚至有一条长长的拖痕，似乎公主发现前面是悬崖，拼命勒马。

玄奘笑了笑，忽然道：“阿术，若是贫僧让你骑着一匹快马冲下悬崖，告诉你贫僧在底下接着你，你敢不敢干？”

阿术一惊，迅速躲得远远的：“师父，您不会让我骑着马照原样来一遍吧？那万万不行！”

“为何？”玄奘笑着问。

阿术的脑袋摇得跟拨浪鼓一般：“师父您想啊，您站在底下，我骑马掉下去。崖坎底下这么大，您能判断出我落在哪里？还有啊，我跟马一起坠下去，恐怕您还没挨着我，就被马匹砸扁了！再退一步，就算您老人家接着我，您是抱着我脑袋呢，还是抱着双腿？我要是一个倒栽葱，只怕脑袋要撞到腔子里了。不行不行，坚决不行！”

玄奘从地上站起来，拍拍手上的灰尘：“你不敢，贫僧也不敢！好了，咱们可以回去了！”

阿术怔住了：“师父，您找到真相了。”

玄奘笑了笑，却不言语，朝着悬崖的方向走去。

便在这时，远处却响起一个淡淡的声音：“法师这便要走么？”

两人愕然回头，却见身后的平原上，一个少女牵着一匹红马，正笑吟吟地向他们走来。玄奘和阿术不禁面面相觑——眼前这少女，竟然是龙霜月支！

第五章
公主与和尚的赌约

龙霜月支袅袅婷婷地走着，虽是一脸笑意，但神情中却透着冷厉。

阿术低声道：“师父，她是来杀您的！赶紧抓绳索跳下去吧！”

玄奘苦笑着摇摇头，朝龙霜月支迎了过去，脸上风轻云淡：“阿弥陀佛，公主为何来到这里？”

龙霜月支咯咯地笑了，绝美的脸上，再也见不到高昌宫中的那种孤弱无依，楚楚可怜，又回到了伊吾城外的那种冷冽与自信：“法师既然认为我藏着天大的阴谋，我又怎敢避而不来？”

这时，龙霜月支牵着马走到他们面前，抛掉缰绳，眺望着悬崖下。她并没有站到边上，底下的张雄等人也看不到她。

玄奘平静地看着她：“公主言重了，贫僧受高昌王委托来查清楚大卫王瓶的真伪，并没有与公主作对的意思。”

龙霜月支嘲弄地看着他：“那么，您查清了么？”

玄奘道：“贫僧不敢妄言，但有几个问题想请教公主。”

龙霜月支笑了笑：“问吧！我此番来，就是想与法师开诚布公。”

“当日公主在坡上时，马匹受惊，朝赭石坡冲去，从坡上的马蹄痕迹看，您到了悬崖便开始勒马。”玄奘道，“贫僧的第一个问题是，从远处已经可以看见前面是悬崖，为何马匹刚受惊时，您却不勒马呢？”

龙霜月支点点头：“好问题。第二个。”

“这座坡上沟壑纵横，土地龟裂，到处都是沟坎。”玄奘指着面前的平原，眼睛却盯着龙霜月支，“唯独公主纵马跑来的这条路线还算平整。贫僧的第二个问题便是，惊了的马匹为何能选择这条平整的路线？”

“法师果然名不虚传！”龙霜月支赞叹不已，“我在焉耆时便听说过您的故事。传说您与大唐皇帝同游地狱，还把皇帝救了出来。当日我还不信，如今才知道，法师天眼通透，我这个小小的计策，果然瞒不过你！”

玄奘笑了笑，阿术却大吃一惊：“受大卫王瓶蛊惑，竟然是你的阴谋？”

龙霜月支含笑看着他：“当然。我终日苦思如何夺回丝路，却苦无对策。没想到从伊吾回焉耆的途中，却听说这麴智盛这个蠢货不知从哪儿弄来一个破瓶子，竟然许下心愿让我爱上他！哈哈，好啊！那我就爱上他！那魔瓶让他到赭石坡底下来接住我，我便纵马从这悬崖跳下！”

看着她提起麴智盛时那种不屑的语气，想着昨日在宫中她对麴智盛柔情蜜意的模样，玄奘不禁打了个寒战，这位公主演戏功力当真是臻于化境，一前一后竟然判若两人！

玄奘苦笑不已：“公主当真胆量过人，贫僧一想那场景，自认没有那种粉身碎骨的勇气。”

“哼，为了我焉耆国百年国运，粉身碎骨又如何？”龙霜月支笑道，“若是不将自己的生死置之度外，这个阴谋又如何骗得过麴文泰？”

玄奘叹道："公主舍生忘死，假装被麴智盛蛊惑，只为了让你们焉耆谋算高昌显得名正言顺。当真可敬可佩！"

龙霜月支也有些感慨："丝绸之路如果不改道，我焉耆必将消失在大漠之中。但高昌国力强盛，又有统叶护可汗撑腰，若是不施展些阴谋，又如何能灭掉高昌，由我焉耆来掌控丝路？"

玄奘点点头："原来如此。没想到公主竟然是要灭掉高昌，贫僧当日还以为你只是要通过武力夺回丝路，看来倒小觑公主了。"

龙霜月支傲然道："若不灭掉高昌，夺回丝路又如何？到时候两国陷入长期的消耗战，唯一的结果便是双双败亡。哼，我身为焉耆的凤凰，所能做的，就是吞并高昌，掌控丝路，将焉耆变成西域最强大的国家！"

玄奘还有些不解："公主的志向贫僧很是佩服，可是正如昨日你在宫中所说，你的父王打算将你嫁给泥孰。你深陷高昌王宫，丧失名节，不怕泥孰悔婚么？"

龙霜月支咯咯笑了起来："泥孰嘛，我若是连他都无法征服，又怎么配称得上西域凤凰？法师仔细想想，突厥男儿最重面子，知道未婚妻被掳，哪怕悔婚，也要放在他灭了高昌之后！再说了，到时候我只要留着处子之身，他对我只有更加敬重，又如何会悔婚？"

"公主好谋算，此事若真让贫僧去查，当真不知道何年何月才能查明白。"玄奘这回真是叹服了，"那公主为何不躲藏在暗中颠覆高昌，反而来这里和盘托出？"

龙霜月支笑了。"你们中原有句话，与仁者论山，与智者谈水。对西域这帮愚人，我自然可以随意愚弄。"她淡淡地道，"但法师天眼通透，想必早已看出我这点小伎俩了吧？"

玄奘苦笑："虽然怀疑，却找不到证据。贫僧来赭石坡之前，早知道查不出什么，本意只是想搅动一下这背后的风云，让他们自露马脚，没想到却引出了公主。"

“好和尚！”龙霜月支不禁惊叹。

“好公主！”玄奘合十道。

龙霜月支上下打量着玄奘：“方才法师问我为何来到此处，我也不瞒您，愿不愿与小女子立个赌约？”

玄奘道：“什么赌约？”

龙霜月支挑衅地看着他：“法师信不信，眼下这高昌国已彻底在我的掌控之中？只要我在高昌王宫一日，无论法师如何干预，我的计划终将一步步实现。”

玄奘深感意外，深深打量她一眼：“公主想看到的结局，便是高昌国破家亡，被焉耆吞并，从此消失于大漠？”

龙霜月支淡淡地一笑：“自从我踏入高昌王城，这个结局已经注定。”

“贫僧只信天道，不信人谋！”玄奘平静地道。

“好！”龙霜月支抬起手掌，似乎想与玄奘击掌为誓，“那么小女子就恭候法师来拆穿我的阴谋！但是，您是佛僧，小女子自幼崇佛，也不愿法师在这里受到伤害，若是当您感到无能为力的时候，便请离开西域，踏上您的西天大道吧！”

玄奘一脸肃穆，合十躬身：“阿弥陀佛。”

龙霜月支悻悻地收回了手掌。

阿术一直在旁边冷眼旁观，这时忽然插嘴道：“公主，难道您不怕我们把这件事告诉高昌王么？”

“请便。”龙霜月支傲然道，“哪怕麴文泰对我的计划了如指掌，他也无力破局！”

“这是为何？”阿术惊诧。

龙霜月支笑了：“小弟弟，你还小，不懂大人的事。你不妨请教一下你师父，只要麴智盛相信我，不肯把我交出去，这世上又有谁能让我离开高昌王宫？只要我不离开高昌王宫，这世上又有谁能阻止三国联军大军压境？”

玄奘不禁苦笑：“阿术，公主早已将这里面的关节谋划得天衣无缝。如果咱们把这件事告诉高昌王，倘若他用激烈的手段驱逐公主，甚至对公主有所损伤，事情就更不可收拾了。”

阿术不禁哑然，龙霜月支却笑了：“还是法师看得明白，其实我更希望麴文泰一怒之下将我杀了。如此一来，这个结才算是个死结。”

玄奘皱眉琢磨，一时毫无办法。阿术却不服气：“那我们若告诉麴智盛呢？他若知道你并不爱他，只是在图谋他的国家，他还肯对你如此死心塌地么？”

龙霜月支笑吟吟的：“小弟弟，你可以试试啊！”

“试试就试试！”阿术怒道。

玄奘叹了口气，道：“阿术，莫要中了公主的计谋。三王子是什么脾性，你还不清楚么？咱们在他面前说公主的坏话，只怕以后就会失去他的信任。”

阿术一想，果然，以麴智盛的脾气，连对老爹和兄长也敢发出死亡威胁，自己在他面前说龙霜月支的坏话，恐怕真会彻底激怒他。当即不禁有些颓然。两人左思右想，这才骇然发现，龙霜月支这个谋略竟然是桩阳谋，哪怕你对她的手段、目的、过程，了解得清清楚楚，竟是无法破局！

“法师，”龙霜月支见玄奘苦恼不已，甚感得意，换做一副坦诚的面孔，“小女子素来对您敬仰无比，并无为难之意。之所以对您和盘托出，实在是不愿与一位大唐高僧为敌，只希望法师知难而退，不要理会这西域纷争。您求的是佛，何必染上这西域的尘垢呢？”

“公主，”玄奘忽然道，“您可知道前往天竺的路怎么走吗？”

“知道！”龙霜月支以为玄奘肯知难而退，不禁大喜，她的国策便是希望焉耆依附大唐，称霸西域，因此极其不想开罪这位与大唐皇帝关系莫逆的名僧，“倘若法师肯西去，我们焉耆愿意为您打通西域，派人将您一路护送到天竺！”

“错了。”玄奘笑了笑，“天竺的路不在脚下，而在贫僧心中。在我走过的每一个国家，每一座城池，在我见到的一切众生，和众生衣衫上的每一粒尘土。公主，无论高昌还是焉耆，无论战争还是和平，都是贫僧所要见证的大道，佛祖赐我在修行路上遇见他们，我又怎么敢错过呢？”

龙霜月支的表情渐渐冰冷起来：“如此说来，法师是一定要干涉我的计划了？”

玄奘笑而不语，一脸风轻云淡。

“很好！”龙霜月支森然道，“我听说，大唐最有权势的宰相裴寂、最有智慧的名僧法雅、最有才华的诗人崔珏统统栽在了法师的手中。虽然道听途说，不知详情，但霜月支也很想领教一下法师的神通！我的计划已经对法师和盘托出，毫不隐瞒，既然法师执迷不悟，非要与我焉耆为敌，那么，小女子可要出手了。”

“请公主赐教。”玄奘合十。

阿术一脸戒备，小小的人儿立刻护在玄奘身前，嗖地从怀中抽出一把短刀，刀尖对准了龙霜月支。龙霜月支讪讽地一笑：“阿术，我教你一句，世上最强大的不是武力，而是智慧。放心吧，我不会亲自把尖刀刺进法师的胸膛，我们焉耆也不敢承受杀害大唐名僧的罪孽，但是我的局已经为法师布下，请您好自为之！”

玄奘推开了阿术的胳膊：“阿术，收起刀子。公主杀咱们的陷阱不在这赭石坡上。”

阿术这才退了下去。

龙霜月支笑了笑：“那就请法师多多保重吧！”

说完转身骑上了红马，一声呼啸，红马在平原上疾驰而去，很快便消失在了风沙之中。

两人凝望着龙霜月支离去，心情都有些沉重。阿术嗫嚅片刻，想问些什么，最终也没说出来。

两人回到崖底，朱贵和张雄急忙迎了上来。

看到玄奘风轻云淡的样子，朱贵不禁有些欣喜：“法师，怎么样，有发现吗？”

“阿弥陀佛。”玄奘笑了笑，“此事颇为复杂，贫僧还是见到高昌王一并说吧！”

朱贵凛然，脸色严肃起来：“法师说得是，老奴这就护送您回王城！”

众人回到交河城，已经过了午时。

交河太守在城内最大的一家汉人酒馆内设宴接待玄奘，这座酒馆临着逼仄的街道，只有一个很小的门脸，就像一个洞窟的入口。一进入里面，才知道空间阔大。

这恐怕是世上最奇特的酒馆，整座酒馆都掏挖于地下，一进门是个长方形院落，房屋其实就是一座座洞窟，墙壁有些是天然形成，颇为厚实，有些则是夯土版筑，只有两指厚，看来是为了区分空间。

酒馆共有四层，顺着楼梯能直达交河城顶部的平原。玄奘拉着阿术，随交河太守等人沿台阶登上四楼，此时是冬季，底层颇冷，顶层房间内开着天窗，日光照下，晒在身上暖洋洋的。

这场宴会可以说是交河城最豪华的宴会，在座的不是大唐高僧，就是大将军、王宫总管，交河太守的职位反而是最低的。众人席地坐在羊毛毡上，每个人面前都有一张小几，摆满了各种酒食。玄奘不饮酒，照例喝葡萄汁，阿术倒饮食不忌，众人说着话，他埋头大吃，不亦乐乎。

众人边吃边聊，交河太守好奇无比：“法师，这次去赭石坡据说是为了收服大卫王瓶？”

玄奘目光一闪，笑道：“大人也知道这大卫王瓶？”

交河太守苦笑道：“如何不知？自从三王子用这魔物抢了龙霜月支，整个西域都轰动了，焉耆三国大军，如今就离我交河城不到五十里。外有异国入侵，内有魔物作祟，交河城内真是人心惶惶啊！”

玄奘淡淡一笑：“大人，这世上可有任何一个国家，是因为魔物作祟而灭亡的么？”

交河太守一怔：“这倒从未听说。”

“阿弥陀佛。”玄奘道，“既然如此，大人何必担忧？”

朱贵目光中露出笑意：“法师，您在赭石坡，可有什么发现吗？”

玄奘笑了：“佛曰，不可说，不可说，一说即是错。”

朱贵和交河太守等人面面相觑，张雄大笑不已：“法师的辩才，你们哪里是对手！”

众人大笑，正在这时，突然听见地面轰然一声巨响，众人一个个身子趔趄，玄奘更是险些给震得跳起来。

朱贵瞪大了眼睛：“地龙翻身了么？”

地龙翻身，便是地震。众人脸上色变，还没反应过来，只见玄奘屁股底下的地面忽然崩裂，露出一个大洞，玄奘惊呼一声，身子呼地就直坠了下去。原本的座位上，出现了一个半丈方圆的大洞！

众人全都惊呆了，这地面是自然形成，掏挖酒楼时特意留下的，厚达数尺，怎么说裂就裂了？

“师父！”阿术急忙朝下看去，这一看，顿时怔住了。

只见玄奘顺着大洞跌到了三楼，这一下摔得甚重，半晌爬不起来，而就在他身边，却站着一名戴着黄金面具的女子！这女子手中握着一柄大铁锤，抬起头朝阿术冷冷一看，随即一锤砸下，地面轰然爆裂出一个大洞，玄奘再次从洞口跌了下去，那女子随即也跳了进去，落到了二楼！

阿术立刻知道，龙霜月支出手了！但阿术又有些不解，难道这女子便是龙霜月支？可她明明说过不会亲自动手的！

但此时阿术也来不及深思，大声尖叫道："有人劫持师父！"

张雄反应速度极快，飞奔到了洞口，拔出短刀就要往下跳。这时那女子带着玄奘已经到了二楼，又是一锤砸下，地面爆裂，玄奘的身子呼地又坠了下去。她轻飘飘地跳进大洞，到了地面！

那女子瞧着张雄想往下跳，随手抽出一把短刀，刀柄向下，噗地插在了地面上，挑衅地望着张雄，冷冷一笑，提着玄奘就到了街上。张雄看见倒插在地面的短刀，顿时一身冷汗，从四楼顺着大洞一下子跳到一楼，别说会不会摔死，便是不死，也会被这短刀插个透心凉。

他一声怒骂，飞奔到窗口，就见那女子拎着玄奘跳上一匹战马，双腿猛然一夹马腹，战马一声长嘶，在长街上狂奔而出。

整个过程兔起鹘落，有如电光火石。交河太守和朱贵这时还愣着，谁能想到，就在众目睽睽下，重重防护中，宴饮酒楼上，竟然有人以这种匪夷所思的手段，将大唐来的名僧劫持而去！

张雄一想起玄奘在自己保护下丢失的后果，顿时脊背上汗如泉涌，他怒吼一声，呼地从大洞跳到了三楼，几个弹跳，到了一楼，大吼着就要追过去。

正这时，背后有人喊："大将军，骑马！"

张雄一回头，只见阿术站在自己背后，还牵来了一匹战马，张雄愣了愣，这孩子怎么也能如此之快地到了一楼？但此时他来不及多想，随手接过缰绳，跳上马背，阿术也跳了上去。

张雄："你下去，两人负重太大！"

阿术："不，我要跟着你救师父！"

张雄无奈，一抖缰绳，战马泼剌剌追了出去。这时，张雄带的骑兵们也反应过来，纷纷牵过马匹，跟着张雄追踪。

张雄和阿术疾驰出城，只见沙漠之上，那名戴着黄金面具的女子正骑马向东而去，玄奘趴在马背上一动不动，不知是死是活。张雄带着上百名骑兵呼喝奔驰，紧紧地跟在后面。

从交河城向东行，就是火焰山的南麓，这是一片荒凉的沙碛地，偶有低矮的沙石丘陵，但一人一马十分显眼，倒也不虞追丢了。此时正是黄昏，夕阳照耀在山上，火焰蒸腾，似乎人在火中行，火在身外燃。

冬季风沙大，从大漠吹来的风呼啸而过，带来的细沙扑打着人的脸，众人脸上都蒙着头巾，浑身上下包裹得严严实实，但仍然有沙子钻进衣衫，钻进口鼻。

疾驰中，阿术问："大将军，这女子是什么人？"

张雄咬牙切齿："我也不知道，不过她跑不掉！她的战马负重比咱们更多，这平原上无遮无拦，待到她马力困乏，老子必定能把她抓回来！"

阳光照彻大地，上百骑奔驰急行，地面上灰土飞扬，卷起长长的旋涡。

跑了有四五十里，那女子的速度果然慢了下来，但张雄却越来越觉得怪异，阿术坐在他怀中，扭头望着他："大将军，怎么了？"

张雄皱眉："这女子为何往王城的方向跑？"

阿术这才发现，眼下这条路，正是自己和玄奘从高昌王城来时走的那条，那女子奔驰的方向，正是王城！

阿术："难道她想进入王城？"

张雄冷笑："不可能！她敢进入王城，我的都兵掘地三尺，也能把她挖出来！"

阿术也奇怪不已，这女子若劫持玄奘进入王城，那岂非自投罗网么？

这时，众人已经相距不远，甚至连那匹马飞扬的马尾都看得清。两人正说话间，沙碛上的风开始变大，沙漠中的风可不像大唐，一旦刮起，飞沙走石，一不小心，能把一张白净的脸给打成麻子。狂风卷着沙尘而来，一瞬间张雄的骑兵连同前面的黄金面具女子，都被裹挟在了其中。

西域人人备有面巾，张雄等人急忙遮住脸，眼睛也不敢睁开，却还努力打马奔驰，丝毫不放松。

狂风来得快，去得也快，不过短短瞬间，这股风就刮了过去。沙碛上尘沙消散，又恢复到澄明晴朗。张雄摘下面巾，眯着眼睛朝前一看，见那匹马还在跑，这才松了口气。

“师父呢？”阿术突然大叫。

张雄一怔，定睛一看，顿时出了一身冷汗，马还在跑，但马上的两个人已经不翼而飞！张雄急忙转头四顾，一眼可以望出去四五里，土地平旷，连个沟坎都没有，好好两个大活人怎么会不见了呢？

“追！包抄过去！”张雄气急败坏地大叫。

骑兵们散开队形，从两翼包抄过去，马背上无人，马速也降低了，很快就追上，骑兵们驱赶着马匹停了下来。

张雄脸色铁青地到了这匹战马旁边，阿术跳下马来，小脸慌张得几乎变了形，问张雄：“大将军，你不是一直盯着师父的吗？”

“是啊！”张雄也极度不解，大冬天里，汗水滚滚而落，“我几乎眼睛就没离开法师，直到刚才那一股风沙过来，我才挡了下眼睛，然后再看，法师就无影无踪了，前后不过呼吸之间！”

张雄脸色铁青，命令骑兵散开搜索，转眼间周边四五里都已搜索完毕，没有一丝人影。玄奘，就在这空旷的绿洲上凭空消失了！

阿术随着张雄和朱贵等人回到王城，他们也顾不上他，急急忙忙进宫向麴文泰汇报玄奘失踪之事。一时之间，王宫震动，麴文泰暴跳如雷，将高昌国的重臣召进王宫议事。

阿术对麴文泰如何反应并不关心，他心中笃定，玄奘失踪一事必然与龙霜月支有关，甚至那黄金面具女子便是她本人！这时天色已经晚了，室外温度陡降，风沙又大，宫中的宫女和太监们只要不值勤，就都钻进了温暖厚实的屋子里。王宫中显得颇为空旷。

阿术随玄奘来过后宫，大略记得麴智盛宫室的方位。若是换成了长安的皇宫，东宫和内宫之间除经过玄福门，别无他路，周围都是几丈高的宫墙，但这西域王宫的建筑是高低错落，有些两层，有些三层，还是平顶，房舍之间往往有楼梯连接，这就给了阿术很大的便利，他爬上两尺宽的墙壁，一路小跑，在房舍顶上穿行跳跃，不多时就到了麴智盛的宫室外。

阿术直接到了二层，在复杂的廊道间东绕西绕，竟然摸到了昨日的那座佛堂！

他的眼睛里流露出浓烈的渴望，他知道，黄色的帷幔后面，就是那只神秘的大卫王瓶！

但阿术很机警，没有急于行动，而是竖起耳朵倾听，这时已经是亥时，廊道深处仍旧烛影摇动，传来男女的嬉闹声。那笑声憨憨的，一听就是麴智盛。佛堂里一片漆黑，透过帷幔，只有香炉里插的线香闪耀出隐约的光。

阿术没敢走楼梯，抱着一根廊柱滑下来，轻轻落在了地上。他此行原本是想找龙霜月支探听玄奘的消息，但到了这佛堂，却感到一股强烈的吸引，似乎那大卫王瓶正在发出无声的召唤，充满诱惑地等待着他。

阿术吞了口唾沫，或许太过紧张，寂静的佛堂里发出咕嘟一声，倒把他自己吓了一跳。他歪着脑袋想了想，终于忍不住那诱惑，悄悄走上前，掀开了帷幔，然后，他呆住了——黑暗中，闪烁着一双冰冷的眸子！一条鬼魅般的人影，正盘坐在蒲团上，嘲弄似的凝视着他！

阿术吓得几乎叫出来，半晌才看清，那人居然是龙霜月支！

“呃……”阿术一头冷汗，冲她笑笑，“起夜，走错了……”

话没说完，转身就跑。

龙霜月支端坐不动，等他跑了两步，轻轻一拍手，阿术霍然站住。昏暗中，他看见四处布满了星星点点的寒芒。那是弓箭的箭镞！

“阿术，来，坐下聊聊。”龙霜月支笑道，“我原本以为你会来找我打探法师的下落，却如何又看上了大卫王瓶？”

龙霜月支袅袅婷婷地站起身，点燃蜡烛，做了个邀请的手势，阿术露出可怜巴巴的神色，灰溜溜地转身到她对面坐下：“我……这不是找不着你么，恰好看到了这瓶子……”他看看大卫王瓶，咕嘟又吞了口口水。

“也是，”龙霜月支笑了，“只要是人，都会对这个瓶子充满欲望。只是没想到，你一个小小的孩子，欲望居然也如此强烈。”她玩味地看着阿术，“说吧，有什么愿望，我来帮你满足。用不着大卫王瓶。”

阿术想了想：“我要你放了师父。”

龙霜月支如美人春睡般卧在坐毡上，淡淡地道：“你师父不在我手中。”

“骗人！”阿术大怒，“明明是你劫走了师父！那个挥铁锤、戴着黄金面具的女子，不是你么？”

“不是我。”龙霜月支坦然道。

“哼！”阿术丝毫不信，“是你说了要出手，然后我师父才出事的。这高昌国，除了你，还有谁会对我师父不利？”

龙霜月支摇头不已：“阿术，我说过，你还是个孩子，很多事情看不懂。想知道答案吗？这样吧，你随我来！”

说着她站起身来，朝阿术招了招手，阿术纳闷地跟着她过去。

龙霜月支提着一盏灯笼，走出宫殿，顺着一条廊道东拐西拐，在后宫里穿行，甚至还上了几层台阶。其中一扇角门的门口，还有两名全副甲胄的宿卫值守，但看见龙霜月支过来，两人叉手一礼，却并不阻拦，任由她带着阿术进了角门。

阿术一溜小跑跟着："喂，你这是要去哪儿呀？难道我师父被你囚禁在宫中？"

"我说过，你师父不在我手里。"龙霜月支淡淡地道，"只是很多事情你看不明白，我让你看明白而已。"

阿术还要再问，龙霜月支伸出玉指在嘴唇上嘘了一声："到了。你若敢大声说话，这辈子也别想见到你师父了。"

阿术急忙闭嘴，抬头一看，猛地吓了一跳，不知何时，两人竟然来到了王宫中的内廷之上！高昌的内廷布局与中原大致一般，正中间是王座，两侧铺着坐毡，朝中重臣都跪坐在坐毡上议事。只不过高昌的建筑一般都有两三层，这内廷也是，上下两层，二层挑空，只有一圈回廊，因此显得更为空旷高大。

此时，阿术和龙霜月支就站在内廷的二层回廊上，回廊上垂着布幔，影影绰绰可以看见麴文泰以及重臣们正在议事，说话的声音听得清晰无比。阿术不禁悚然，连这等机密重地都能来去自如，看来龙霜月支宣称她已彻底掌控了高昌，只怕并非虚言。

"公主，你带我来这儿作甚？"阿术低声道。

"嘘！"龙霜月支指了指下面，"仔细听。"

阿术将布幔掀开一条缝，诧异地看着麴文泰等人议事。

宽阔的大殿内，麴仁恕、麴德勇、张雄和尚书台左右仆射、六部郎中悉数在座，大家一个个沉默不语，气氛凝重。麴文泰正怒不可遏，拍着座椅大叫："说啊！都哑巴啦？我高昌难道成了妖魅之国吗？先是那孽子用个破瓶子迷惑了焉耆公主，随后居然就是大唐名僧在我高昌铁骑的环伺下被一股风给刮走！这让本王如何向佛门解释？如何向大唐的皇帝陛下解释？"

张雄满脸羞惭，站起身离开坐毡，跪倒在大殿上，连声道："臣无能，臣有罪！请陛下治罪！"

“现在本王需要的不是治你的罪！”麹文泰气得手臂发抖，“大将军，本王要你一个解释，要你还来一个玄奘法师！”

“父王，各位大人，”麹德勇却冷笑，“难道你们觉得，大将军这番说辞可以让人信服吗？在大将军率领上百骑兵的保护下，先是在交河城被一个女人劫持了法师，随后一阵风吹来，法师就消失不见了！嘿，他是上天了还是入地了？要知道，城北二十余里处，四周并无丘陵山峦，土地平旷，大将军率领着一百精骑，眼睁睁地盯着，一百多双眼睛居然让法师凭空失踪？反正我是不信的！”

阿术听到这里，转头问龙霜月支：“他这是什么意思？师父明明就是凭空消失了呀！”

龙霜月支有些着恼：“莫作声，再说话我不让你听了！”

阿术急忙扭回头，一言不发地看着。

这时，麹文泰也有些诧异，盯着麹德勇催促：“哦？德勇，你说仔细了。”

“诸位都知道，”麹德勇站在大殿中央，环顾着众人，“咱们高昌此前一直受西突厥的庇护，但这些年大唐国力强盛，今年六七月份，更出动十余万大军主动出击，攻打东突厥，西域诸国震恐，连西突厥都为之胆怯。更加上统叶护可汗老迈，王廷局势动荡，因此父王定下国策，要示好于大唐朝廷。”

众人纷纷点头，这事大家自然都清楚，随着大唐对东突厥连战连捷，颉利和突利两位可汗不敢交战，大家也越发觉得麹文泰洞察先机，佩服不已。

“自从听说玄奘法师要前来西域，去天竺求佛之后，父王就打算靠玄奘法师弥补与大唐的关系。一则我们都是汉人，同源同种，只要能得到大唐的支持，就能稳稳立于不败之地；二则，更能挫败焉耆人打算丝路改道的图谋。”麴德勇道，“可是，咱们朝中，却有人心怀不轨，才暗算玄奘法师，造出这法师被一股风吹走的荒诞说法！谁都知道，大唐皇帝与玄奘法师交好，他在高昌出事，大唐皇帝必然憎恶高昌，此人狼子野心，就是要破坏父王的国策！”

众人一片哗然，纷纷看向张雄。张雄怒不可遏，霍然站起：“二王子，您莫要血口喷人，我张雄是汉人，既心慕天朝，又对陛下忠心耿耿，怎能做下这种背弃祖宗、背弃陛下的丑事！”

“哼！”麴德勇看也不看他，“父王，问题恰恰出在这里。众所周知，大将军是汉派，学儒家礼仪，习大乘教法，一心主张投靠汉家王朝。此事高昌国无人不知，连大唐朝廷也十分清楚。”

“对啊！”麴文泰有些糊涂了，“既然如此，大将军应当保护玄奘法师才对，他怎么可能对玄奘法师不利，把高昌推向大唐的对立面？”

“父王，”麴德勇冷冷一笑，森然盯着张雄，“如此一来，被推向大唐对立面的，不是高昌国，而是父王您啊！”

麴文泰悚然一惊：“慢来，慢来，你说仔细了。”

麴德勇昂然道：“父王您和西突厥的关系无人不知，大姐又嫁给了统叶护的儿子呾度设，这些年来您对西突厥曲意逢迎，虽然说是为了高昌的生存，但在大唐的眼里，您是靠西突厥扶持的，是死忠于西突厥的！”

麴文泰的脸色渐渐变了，麴德勇斜了麴仁恕一眼：“若是这个时候，有一位浑身上下都浸透着儒家气息的继承人，在一位手握军权的汉派大将军扶持下，向大唐朝廷示好……而父王您又因为玄奘法师出事，引起皇帝的厌恶，试问，大唐皇帝会怎么想呢？”

此言一出，所有重臣脸上同时变色，大殿内一时静寂无声，针落可闻。大家都是心底沉重，一桩唐朝僧人的失踪事件，居然牵涉了高昌的世子之争！麴仁恕和麴德勇的争夺由来已久，众人都心知肚明，可谁也没想到，麴德勇竟然借着此事，一举挑明，对世子派发动了凌厉的进攻。

阿术在二楼听着，恍然大悟，回头凝视着龙霜月支："公主，您真是好手段！竟然要借着师父失踪，挑起高昌的夺嗣之争！"

龙霜月支这回没有阻止他说话，笑吟吟地望着他："阿术，我还真有些佩服你了，没想到你一个来自撒马尔罕的孩子，竟然也知道高昌国最大的危机。"

阿术无言地点点头，看着内廷里像乌眼鸡一样对峙的麴德勇和麴仁恕，说："我们粟特人行走丝路，最留意的便是沿途国家的内乱兵灾。叔叔说过，高昌国看似富庶，实则隐藏着巨大的危机，一旦麴文泰驾崩，大王子和二王子必然会兵戎相见。"

"是啊！"龙霜月支感慨，"这也是我焉耆一直期待的事情，只可惜，麴文泰一直不死。"

这件事说来话长，麴仁恕和麴德勇乃是麴文泰第一任突厥王妃所生，一母同胞，麴智盛是第二任嚈哒王妃所生，至于第三任汉人王妃，并没有诞下子嗣。仁恕和德勇这哥俩，一文一武，仁恕仰慕汉家文化，习诗书，懂礼仪，待人礼贤下士，彬彬有礼；德勇则相反，孔武有力，好骑马控弦，征战沙场，有万夫不当之勇。先王麴伯雅在世的时候，极为喜欢这两个孙子，称之为麴氏双璧，认为将来文武相和，必定能壮大高昌。德勇平日也以辅佐大哥，做一名上将军为目标，哥俩感情深厚。

可是所有的美好都在数年前发生了改变，当时是隋朝大业九年，高昌延和十二年，麴伯雅在位，麴文泰还是个世子。

早在大业五年的时候，隋炀帝西巡到张掖，麴伯雅和麴文泰父子去拜见隋炀帝，受到隋炀帝的热情款待，父子俩不但随着隋炀帝去了一趟长安，甚至还跟随隋炀帝亲征高丽，在中原待了三年才返回高昌。

回到高昌后，父子俩决心推行汉化改革，要求“庶人以上皆宜解辫削衽”，革除夷狄之风。但改革不到一年，高昌内部抵触严重，发生了“义和政变”，政变者攻占王城。在张雄的保护下，麴氏王族逃离王城，原本打算投靠隋朝，但此时隋朝发生变乱，自顾不暇，他们只好投靠西突厥。父子俩称西突厥是夷狄，西突厥对他们也没什么好感，看以前的面子，就当养着个闲人。

麴伯雅受此打击，一病不起。关键时刻，麴文泰和张雄积极奔走，隋朝指望不上了，便联络忠于王室的高昌人以及同情高昌的西域诸国，打算夺回王位。过程极为艰难，直到六年后，他们才凑了一支三千人的军队，进攻高昌。

麴仁恕和麴德勇兄弟俩的分裂就在这时拉开了帷幕。仁恕学儒家，但战乱年月，还是武力好用些，麴德勇有万夫不当之勇，跟随大将军张雄征战沙场，屡立战功，甚至从万军之中救了麴文泰的命。

麴文泰或许是死里逃生激动坏了，当时拍着德勇的肩膀道：“若是我能夺回王位，你便是高昌世子！”

麴德勇更加卖力，趁着张雄大军和叛军在交河城对峙之际，率领五百骑兵绕过戈壁滩，突袭王城。叛乱者大惧，召回交河城的大军保卫王城，张雄趁机进攻，一战击溃叛军。

麴文泰父子夺回高昌之后，麴伯雅复位一年就因病驾崩了，麴文泰即位，忽然发现自己面临一个棘手的问题——世子是谁？

要说根据高昌的传统，嫡长子继承制，王位自然是麴仁恕的，可……可当初他头脑一热，答应了麴德勇。这样一来问题就大了。其实就麴文泰自身而言，他喜欢二儿子麴德勇，觉得这孩子性格像自己，脾气像自己，还救过自己的命，有勇有谋，乃是天生的王者。大儿子麴仁恕，性格绵软，对礼仪恪守得近乎偏执，说话言行让人挑不出一丝毛病。可越挑不出毛病，麴文泰就越不喜欢他，觉得这都是装出来的，不是本性的流露。麴氏虽然是汉家血统，但几百年来与各族通婚，血脉里自然有那胡人的豪爽血性，这麴仁恕让他极为别扭。

但麴文泰知道，高昌再也折腾不起了。若是他破坏了嫡长子继承制，高昌将世世代代不得安宁——没有这个传统法则的镇压，谁有能力谁当国王，必定乱成一团。

麴文泰只好违心地立了麴仁恕当世子。但他对二儿子又是满心歉疚，平日无比纵容，麴德勇眼看到嘴的鸭子飞了，心里也一直憋着气，一有机会就给麴仁恕和张雄找不痛快。不过可从来不曾像今天这样，借着玄奘失踪之事，单刀直入，想拼个鱼死网破。

众位大臣全都提起了心，此事一个处理不慎，就是高昌内乱，国破家亡。

张雄和麴仁恕的脸上更是难看无比，麴仁恕踉踉跄跄地跑过来，扑通跪下，泪水奔流："父王，儿臣绝无此意！大唐乃礼仪之邦，君父如天，儿臣若有这种谋逆之心，大唐怎么可能支持一个猪狗不如的畜生！"

麴文泰面无表情，淡淡地道："起来吧！你是本王的儿子，你是什么样的人，本王自然清楚。"麴仁恕仔细琢磨，没明白父王对自己到底是什么看法，一边流泪，一边回到了坐毡上。

张雄见麴德勇如此捕风捉影，麴文泰居然不加申斥，并且表态模棱两可，一颗心顿时冷了下来，急忙叩拜："陛下，臣虽然断无谋逆之心，但护送玄奘法师不力，愿辞去左卫大将军一职，等候陛下的裁决。"

麴文泰有些不好意思了，哪能因这捕风捉影的事就免了堂堂左卫大将军的职务："太欢，你不必赌气。毕竟是在你护送下，玄奘法师出了事，大家既然在寻找解决的手段，就当畅所欲言。德勇是你的晚辈，心直口快你也是知道的，不必计较。”

张雄苦笑，既然自己背上了这个黑锅，在事情没有查清之前，手握兵权乃是最大的忌讳，当即坚辞。麴文泰还要挽留，麴德勇道：“父王，多事之秋，风波将起，还望父王三思。”

麴文泰悚然一惊，当即道：“太欢啊，清者自清，本王是信得过你的。但玄奘法师的下落，还必须着落在你的身上，本王给你三天时间，务必将法师找回来！”

张雄无可奈何，只好再三叩谢。

“父王，”麴仁恕犹豫半天，“儿臣有一种猜想，法师失踪，是否和大卫王瓶有关系？毕竟，这种神异之事，此前又不是没发生过。”

麴文泰倒吸了一口冷气，想起后宫里那只诡异的大卫王瓶，脊背上顿时冒出冷汗，心里却感到阵阵阴冷。他不愿再说什么，摆了摆手，让众人散去，自己却呆呆地坐在王座中，愁闷不已。

大臣们都退去之后，麴文泰独自一人坐在王座上长吁短叹，阿术在二楼望着他怔怔出神。

龙霜月支扯了他一把：“看明白了吗？”

阿术心情沉重，默默地点头，随着龙霜月支走出内廷，两人沉默无声地往回走。

“公主，”阿术忍不住了，“你的意思是，师父现在落在了麴德勇的手上？”

龙霜月支嫣然一笑：“怎么，为你师父担心么？”

阿术点点头。

龙霜月支笑了：“我说过，我的局早已布下，就请法师来破解。眼下仅仅是他面临的第一道难题而已，如果他连自身的安危都无法保证，阿术，你还是劝法师早日西行吧！”

“那你打算怎么处置我？”阿术问。

“小家伙。”龙霜月支亲昵地在他脸蛋上捏了一把，阿术不习惯地别过了脸，“你这么可爱，我当然要随身带着你啦！嗯，等到你师父愿意离开高昌，再让他带你走吧！”

第六章
蜘蛛坐在网中央

高昌国的大臣们出了大殿，各自散去。麴德勇经过麴仁恕身边，得意扬扬地瞥了他一眼。

麴仁恕诚恳地道：“二弟，你我之间这些年有不少误会，今晚能否到大哥家中一叙？我和你嫂子亲自做些羹汤，咱们兄弟好好聊聊。”

麴德勇冷笑：“大哥，今晚小弟还有要事安排，就不奉陪了。”

麴仁恕深深地望着他，脸上露出一丝悲哀，叹息着离去。麴德勇望着大哥的背影，心中快意无比，简直想开怀大笑。

这时，只见朱贵垂头走了过来，麴德勇忍着笑跟他打招呼：“伴伴，这是要去哪里呀？”

朱贵哭丧着脸：“法师失踪，老奴也在场，这……这待会儿还不知道该怎么跟陛下交代，他心情正不好。老奴……唉……”

麴德勇忍着笑，也陪着他叹气：“是啊！我身为人子，却帮不上父王的忙，实在羞惭。这次竟然连大将军的军权都给拿下了，看来父王真的暴怒了，若是气坏了身子，这可怎生是好？”

朱贵看了他一眼，摇头："大将军的军权倒没什么，毕竟是大将军把人给弄丢的，陛下若是不责罚他，如何堵众人之口。以陛下对大将军的宠信，过得三两天，也就给他恢复了。眼下最重要的，是要找到玄奘法师，否则陛下不但愧对法师，更难以跟大唐皇帝交代啊！"

麴德勇目光一闪，默默点头，似乎一瞬间，心情又沉重起来。

麴仁恕的心情更加沉重，简直是步履蹒跚地走出了内廷。

他的住处也在王宫之内，他心神不宁地正打算回自己住处，这时身后甲胄声响，张雄疾步追了过来："世子殿下！"

麴仁恕一见张雄，顿时吓了一跳，担心地朝四处看了看，后退两步，拉开距离拱手客套："大将军！"

张雄苦笑，低声道："世子殿下，这都什么当口了，咱们的关系已经人尽皆知，您还要避嫌么？"

麴仁恕顿时尴尬起来，又偷偷看了看左右，带着张雄到一处僻静的地方，才低声道："大将军，今日二弟当众发难，你怎么判断？"

"他等不及了。"张雄叹了口气，"二王子从不认为自己是汉人，与您格格不入。原本，陛下心思未明朗，他也不急。只是这玄奘法师一来，看陛下的礼遇，已经有七八成的心思要投奔大唐，如此一来，以汉家的制度，您这个长子是谁都动不了的。他必须猝然发难，把您扳倒。"

"是啊！"麴仁恕极为郁闷，叹息道，"兄弟手足，如何便成了这生死仇敌呢？"

"世子！"张雄沉声道，"不是臣怪您，在大殿中，二王子摆明是要夺了我的军权，您为何不阻止？"

"我能阻止吗？"麴仁恕苦笑，"父王多疑，又不赏识我。二弟说你和我联手要废黜他，直接击中了他最敏感之处。我要是再多说话，局面恐怕更不可收拾。”

张雄默然，半晌才叹气：“是啊，正因为如此，我才不得不请辞。此前，我是左卫大将军，掌握王城驻军，二王子是右卫大将军，掌握王宫近卫。没有了这种制衡，真不知二王子会做出什么事！”

麴仁恕也叹气道：“没办法，谁让玄奘法师在咱们手中失踪呢？唉，被一阵风吹走，这话……也怪不得父王不信。幸好我将目标引向了大卫王瓶，让父王先去怀疑三弟吧！不过大将军，咱们必须找出法师才行，否则……”

张雄默然点头，沉吟片刻道：“世子，臣分析，玄奘法师只有两种可能：要么落在二王子手里；要么落在三王子手里！二王子有动机，可以通过掳走法师，狠狠打击咱们，但他没有这个能力！他如何能让法师在我眼皮底下失踪，实在令人费解！三王子呢，有这个能力，大卫王瓶当然能让法师失踪，可他为何要这么做呢？”

“据说玄奘法师去交河城，就是为了破解大卫王瓶的秘密啊！”麴仁恕疑惑，“三弟让他消失，自然为了保护自己的秘密。”

“哼！”张雄冷笑，“如果大卫王瓶确实是妖物，又有什么秘密可言？如果它有秘密，那便不是妖物，又如何能让大活人凭空消失？”

麴仁恕不禁哑然，半晌才道：“那请教大将军，事已至此，该怎么办才是？”

“先发制人，后发制于人！”张雄森然道。

麴仁恕骇得面无人色：“你是说……对付父王？不不不……”

“世子……”张雄也被他吓了一跳，急忙解释，“当然不是对付陛下，正如您所言，君父如天，咱们这么做，大唐怎么可能支持您？我是说，学那大唐皇帝陛下的玄武门兵变！”

“这……”麴仁恕满头大汗，“不行！不行！二弟没有反意，我若对付他，岂非落人口实？不行，不行。《史记·五帝本纪》曰：

使布五教于四方，父义，母慈，兄友，弟恭，子孝，内平外成。如今二弟恶行不显，我怎能不教而诛？”

张雄气急，苦口婆心地劝：“世子，您怎么如此迂腐？等您教的时候，一切都晚啦！”

麴仁恕还是摇头：“《左传》中有‘郑伯克段于鄢’，共叔段恶行累累，群臣不满，郑伯杀之，仍旧被后人批评，我这样做，岂不是……”

张雄争辩：“那不同！世子，郑伯之恶，是因为他故意纵容共叔段的野心！”

麴仁恕极为失望，认真地盯着张雄：“大将军，我希望二弟谋反，也知道他必定谋反。但是，在他谋反前，我绝不杀他！”他躬身拜倒，“请大将军仔细谋划，但求在他谋反前，大将军能保我一命！”

张雄一时气结，好半晌才道：“世子，兵凶战危，间不容发，更容不得兄弟亲情。臣虽然愿意为世子赴死，可咱们白白把先机让给麴德勇，能不能活下来，那就只能听天由命了。”

“《尚书》云，有夏多罪，天命殛之。”麴仁恕却颇为自信，“我行仁恕之道，天命必然在我。”

张雄焦灼不已，望着麴仁恕，却是一脸无奈。

阿术随龙霜月支回到麴智盛居住的宫殿，已经入夜。寒夜四合，万籁俱寂。

此时阿术已经完全明白了龙霜月支的计划，对这个美丽多变的公主禁不住又惊又怖，简直有些惧怕了。区区一个女子，竟然借着麴智盛对大卫王瓶许愿的机会，假装被迷惑，滞留敌国宫中，引发了三国联军压境，直接促成高昌国内外交困之局。非但如此，她甚至将玄奘也当作了筹码，以一场离奇的失踪案，给早已虎视眈眈的麴德勇送去口实，引发出一场高昌内乱。这一连串的谋划，精密、毒辣，处处匪夷所思却缜密无比。哪怕你对她的计划了如指掌，却仍找不到破解之策。

阿术深知，这场夺嗣之争，可大可小，小者兄弟阋墙，再来一场玄武门兵变，大者毁城灭国，从此高昌消失于大漠之中。但以龙霜月支的智慧，只怕后者居多。对阿术而言，高昌国的生灭他并不在意，可他不能容忍玄奘成为其中的殉葬品。短短数日的相处，他与玄奘间早已滋生出一种相濡以沫的亲情，在他的心目中，虽然将玄奘称为师父，可事实上早已是如父如兄，眷恋难舍。

就在阿术沉思之时，两人走进了大殿，还没进门，就听见麴智盛正在愤怒地大声叫嚷："你们不知道？公主这么大的活人，在你们眼皮子底下没了，竟然没人看见？"

大殿里鸦雀无声。

"找！"麴智盛怒道，"马上找，给我找回来！这王宫中所有人对霜月支都心存敌意，若是她有个好歹，你们……你们统统都要受到惩罚！"

听着麴智盛对自己的关切之语，龙霜月支却朝阿术撇撇嘴，露出讥讽的神色："这个蠢猪，怎么睡醒了？"

说着，她推门走了进去。

大殿里跪了一地的太监宫女，低垂着头，谁也不敢作声。大冷的天儿，麴智盛身穿单衣，还光着脚，正跳脚怒骂。听见门响，麴智盛一回头，看见龙霜月支，脸上的怒气顿时烟消云散，喜滋滋地跑了过来："霜月支，你回来啦？你到底哪儿去了，让我好担心。"

龙霜月支嫣然一笑，阿术骇然发现，她刚进门，脸上的神情就一变，方才冷静深沉、睥睨天下的女智者瞬间化作了一个温柔可人、陷入痴恋的小女人。

"三郎，阿术回来了。"龙霜月支指了指阿术，"玄奘法师不是失踪了么，阿术心情不好，我陪他去散散心。对么，阿术？"

她含笑望着阿术，阿术只好忍着气，气呼呼地点头。

龙霜月支摸摸他的脑袋："你看，这孩子现在还气着呢。"

"哦。"麴智盛恍然大悟，同情不已，"阿术，你也莫要担心，法师吉人天相，一定会找到的。"

阿术悻悻地看了龙霜月支一眼："我可没指望师父能平安归来。"

麴智盛吓了一跳："怎么？法师难道——"

"眼下还没有。"阿术冷冷地道，"只是听公主的意思，法师这回是凶多吉少了。"

麴智盛有些吃惊："阿术，霜月支说什么了？"

龙霜月支的眼睛眯了起来，笑吟吟的："是呀，阿术，我说什么了呢？"

阿术顿时打了个寒战，干笑一声："公主当然没说什么，可是三王子，据说外面大家都怀疑是你害了法师。"

"我？"麴智盛瞠目结舌，"胡说，法师是我最崇敬的人，我怎么会害了法师？"

"那你说说，"阿术嘴里对麴智盛说着，眼睛却瞄着龙霜月支，"法师好端端的大活人，怎么会突然在平地上消失呢？这种诡异的事，除了你的大卫王瓶，还有谁做得到？方才我在内廷时，也听大王子说过，只有大卫王瓶才能让法师平地消失。"

"这……我……我没有啊！大哥为何要这么诬陷我？"麴智盛急了，几乎要哭出来，"我方才在睡觉，大卫王瓶好端端地放在这里，谁也没碰它。霜月支，你是知道我的，你帮我作证。"

"她如何帮你作证？"阿术反唇相讥，"法师曾经说过，大卫王瓶是人谋，他去交河城便是为了调查真相，你心中害怕，自然会害他！"

"大卫王瓶是人谋？"麴智盛愣住了，半晌才搔搔脑袋，"如此神异的东西，怎么可能是人谋？唉，法师怎么相信这么荒诞的话！”

阿术冷笑：“那好，你现在便许愿，让法师出现在我面前！”

“不行！不行！”麴智盛的脑袋摇得跟拨浪鼓一般，“愿望只有三个，许一桩少一桩。所有的愿望，我都要用在霜月支的身上。”

“你这样不觉得太自私了吗？”阿术怒道。

“你不懂。”麴智盛一脸柔情地望着龙霜月支，“我们的爱情，这个世上没有人支持，所有人都盼望她离去，但是我不允许！”脸上忽然就现出疯狂，眼睛里也燃烧出火焰，“我决不允许！无论是谁反对，这天，这地，哪怕这天上诸佛，我都要和霜月支在一起！可是……阿术，我在这个世上太弱小了，无力挣扎，无力自保，只有王瓶能带给我梦想。你明白吗？刀锋与压迫远未到来，我们还有漫长的路要走，所以我不能把心愿用在法师的身上，哪怕他是我崇敬的人。”

龙霜月支眼睛亮晶晶的，温柔地握着他的手。麴智盛忽然伏在她怀里失声痛哭：“霜月支……霜月支……爱你，为何便这么难！”

龙霜月支温柔地抚摸着他：“那是因为我们前世的罪孽，今生才备尝艰辛。所幸佛祖慈悲，让你我还能相聚。”

阿术听着这话，几乎想吐，这位公主演戏的功力实在是登峰造极，明明心里对麴智盛厌恶到了极点，但说出的情话偏生让人深受感动。

阿术冷笑：“三王子，你若真的无辜，那就帮我将师父找出来。”

“如何找他？”麴智盛精神一振，擦了擦眼泪，“阿术，只要能找到法师，不管千难万难我都会帮你。”

“我当然有办法。”阿术不怀好意地盯着龙霜月支，正要说话，龙霜月支却抢先道：“三郎，法师失踪一事，恐怕内情复杂。陛下已经发动人手寻找了，咱们不如就在这佛堂内为法师祈祷，祈求神佛眷佑！”

“说得好听。”阿术冷笑，“三王子，亏你还说法师是你崇敬的人，别人都在辛辛苦苦救助法师，你却与公主在温柔乡里龟缩不出。”

“阿术！”麴智盛正色道，“我对玄奘法师的崇敬日月可鉴。我与霜月支的爱情遭到所有人的反对，唯一护佑我们的，便是这天上的神佛。我绝不会看着法师在我高昌出事，引起神佛降罪。便是为了霜月支的福祉，我也会不计艰险，救助法师。只要你告诉我法师在哪里，或者是谁害了他，我必定去救他。”

“好啦！”龙霜月支脸色有些冰冷，不耐烦地挥了挥手，“三郎，阿术若是知道法师在哪里，他早就去了。眼下天色已晚，咱们还是早些去休息吧。”

阿术顿时不敢再说。

“好好好，”麴智盛急忙道，朝着阿术抱歉地一点头，“阿术，我先回去了。你知道法师在哪里，就来告诉我吧！”

阿术没有说话。

龙霜月支招了招手：“来人。大殿旁边还有个屋子，就让阿术在那里休息吧！好生照顾，只是别让他出去乱跑。小孩子家的，万一迷了路怎么办？”

阿术知道她是想囚禁自己，气不打一处来。但麴智盛却很高兴：“霜月支，还是你想得周到。”

龙霜月支嘲弄地朝阿术笑了笑，与麴智盛手挽着手，回去休息了。随即就有龙霜月支的贴身宫女过来，带着阿术去了旁边的屋子。

这间房子是供下人所居，有床有榻，宫女将阿术推进去之后，还端来了清水食物，点上了油灯，然后将门一锁，就不再理会他了。

阿术烦恼无比，却丝毫没有办法。在龙霜月支的面前，他有一种强烈的挫败感，明知她的计谋，偏偏束手无策，纵然阿术小小年纪，想起来，也有一种被耳光打在脸上的羞辱感。他也知道，龙霜月支唯一的破绽就是麴智盛，只要麴智盛不再相信她，将她赶出王宫，她整个阴谋就无法实施。原本阿术的想法，是想将麴智盛骗出王宫，私下劝说。然而他绝望了，便是用脚底板想，也知道这无异于痴人说梦，瞧麴智盛的样子，哪怕龙霜月支让他杀了自己老爹谋反，他都干得出来。

夜已经深了。大殿内万籁俱寂，听不到一丝声响，阿术坐在榻上，凝视着孤灯，想起自己的家乡，和那个从小到大并未见过几面的父亲，禁不住泪水奔流。

不知过了多久，阿术迷迷糊糊地睡着了。朦胧中，他忽然听到低低的敲门声，似乎还有人在喊："阿术……阿术……"

阿术一骨碌爬起身，脱口道："师父！"

门轻轻地开了，此时油灯已灭，只看见一条人影站在床榻前，那人笑道："阿术，我可不是你师父。"

阿术一怔，只觉这声音无比熟悉，细细一想，不禁愣了："朱总管？"

这人竟然是王宫总管，朱贵！

朱贵拿出火折子，点亮了油灯，一张遍布皱纹的悲苦面孔出现在了阿术面前。他沉默地看着阿术，似乎踌躇不定。

阿术不知他的来意，也沉默地望着他。

"阿术，"朱贵忽然道，"若是我知道法师的下落，你敢不敢去将他救出来？"

阿术大吃一惊："你知道师父的下落？他在哪儿？"

朱贵却不答，淡淡地道："稍等片刻，你还需要有一人陪伴。"

阿术有些纳闷，心急如焚，却只好等着。过了不多久，就听见大殿里传来脚步声和一阵呵欠声，一人慢腾腾地走了进来。却是麴智盛。

麴智盛似乎是在睡梦中被朱贵叫醒，一脸倦容，见朱贵和阿术都在，愣了一下，稍微有些清醒了："伴伴，都这么晚了，为何把我吵醒，还不让霜月支知道？”

“三王子，”朱贵赔着笑脸，“事情有些紧急，又有些冒险，因此不敢惊动公主。”

麴智盛愣了愣：“伴伴，到底出了什么事？”

朱贵低眉垂眼：“老奴打探出了法师的下落。”

此言一出，麴智盛大吃一惊，顿时睡意全无，抓着他的胳膊，问道：“法师在哪里？”

朱贵却不说，望着阿术道：“阿术，当日法师失踪，你是亲眼看见的。你觉得他应该在哪里？”

“我怎么知道。”阿术悻悻的，“我和张雄正在追踪，忽然一阵风吹来，沙尘扑面，法师、那女子便消失了。难道是被风卷上天了么？”

朱贵笑了：“风沙会不会把一个人卷上天，老奴不知，但若不是上了天，那便是入了地。”

阿术不解：“法师怎么会入地？那地方土地平旷，都是沙碛，又没有地穴——”

“为何没有地穴？”朱贵翻着眼睛问，“那个区域不但可能有地穴，甚至还会有隧道！你可知道我高昌国的饮水从何处来？”

此事阿术倒听麴文泰讲过，当即道：“是从新兴谷引来的天山之水。”

“不错。”朱贵点头，“从新兴谷引来的水渠有一道是主渠，名为满水渠，这条水渠由南向北贯穿全城，是地上的明渠。但老奴在宫中听说，其实从新兴谷还有一条井渠通向城中。高昌人都以为王城周围这东十七，西十六，南北各九的水渠系统都是来自满水渠的水，其实不然，和满水渠并行，还有一道地下井渠！”

麴智盛愕然：“我怎么从未听过？”

“老奴也是十几年前随陛下平叛，攻打王城的时候才偶尔听见。”朱贵低声道，“大漠中最缺什么？当然是水！倘若有敌军围城，截断满水渠，城中吃水怎么办？几百年前的阚氏王朝，曾秘密修建井渠，从地下直通王城，和东十七，西十六，南北各九的水渠系统合二为一，只是以满水渠作为明面上的幌子。这条井渠可以说是高昌国最大的机密，因此老奴也不得与闻。井渠在修建时，每隔一段必须凿一条竖井直通地面，这条井渠既然是机密，那么这些竖井也必定设计巧妙，寻常不易被人发现。”

麴智盛已经明白了，眸子里闪耀着光彩：“伴伴，你的意思是说，倘若有人故意把玄奘法师引到竖井边，突然打开机关让他直坠下去……”

“三王子英明。”朱贵点头，“恐怕这就是法师平地消失的真相！”

麴智盛和阿术也纷纷点头，阿术急道：“既然如此，咱们赶紧去救师父呀！从师父失踪到现在，已经四五个时辰了。”

朱贵苦笑：“阿术，不是我不愿救法师。你便是找到了法师坠落的竖井，恐怕也找不到他。高昌城内外的井渠纵横交错，走不到百步，就会碰上交叉的支渠，立刻就会迷失在地下的井渠迷宫之中。”

“那怎么办？”麴智盛也急了。

朱贵笑了笑：“老奴今夜来，就是想问问三王子肯不肯冒险。若是您愿意去，老奴就到户部弄来水系图，虽然上面不会记载那条隐秘的井渠，但其他都有，根据井渠的分布，就能找到玄奘法师所在的方位。”

麴智盛兴冲冲的：“伴伴，只要能找回玄奘法师，区区冒险算得了什么？我这就去叫醒霜月支，一起过去。”

“不可！”朱贵和阿术一起叫道。

麴智盛惊讶：“为何不可？”

阿术有些不知该如何解释，朱贵笑道：“三王子，这件事必须瞒着公主。法师既然是被人掳走，这井渠之中必定危机重重，您舍得让公主陪您去冒险么？”

“这倒是。”麴智盛频频点头，“那就不告诉她了。”

阿术奇怪地看了朱贵一眼，难道这老太监竟然也知道龙霜月支的阴谋？

“朱总管，”阿术忍不住道，“你既然知道此事冒险，为何还让三王子去？你直接告诉陛下，让他派大将军去不就行了么？”

老太监笑眯眯的：“阿术，三王子去救法师，图的是什么？”

阿术看了麴智盛一眼，茫然摇头。

“图的是心安。”老太监怜惜地望着麴智盛，“救人一命胜造七级浮屠，救了法师一命，天上的菩萨必然会庇佑我们三王子，赐福他与公主白头偕老。因此老奴才让三王子亲自去冒这个险。”

“没错，没错。”麴智盛兴奋不已，“只要救出法师，菩萨一定会保佑我和霜月支的。”

阿术一脸不信，这理由也太荒诞了。但此时此刻，他也不愿多问，径直道：“朱总管，此时夜深，城门已关，我们如何出城？”

“城外有井渠，城内岂能没有？”朱贵似乎将一切都已考虑清楚，“这王宫的地下便有井渠通往城外，只是有铁栅栏封着。老奴已派人将铁栅栏锯断，此时正在入口处接应，你们下了井渠，自然有人带你们出城。”

阿术默默地盯着朱贵，这老太监，到底打的什么主意？

但此时容不得多想，他当即与麴智盛前往入口处。朱贵送他们到大殿，却站着不动。

“伴伴，你不去么？”麴智盛问。

“老奴乃是王宫总管，如何敢擅自离开？一旦天亮后陛下寻找，老奴若是不在，可就是大麻烦了。”朱贵永远是一脸恭谨的笑容，“再说了，老奴还要等天亮后去一趟户部，弄来水系图。三王子，您赶紧去吧！”

这个理由倒很是充分，阿术没再多想，与麴智盛急匆匆离去。

朱贵站在大殿门口，含笑望着两人的背影消失在宫墙之内，忽然悠悠地叹气：“公主，老奴得罪了。”

“朱贵！”大殿里响起一声厉叱，龙霜月支穿着睡袍，从大殿的暗影处转出来，一脸寒气，“你究竟什么意思？为何要让麴智盛去救玄奘？”

朱贵恭谨地道：“自然是为了给公主祈福。”

“啪！”

龙霜月支怒不可遏，一耳光打在朱贵的脸上：“朱贵，你找死！”

这一掌很重，朱贵被打得一个趔趄，嘴角淌出血来。但他神色依然平静，擦了擦血渍：“公主，对老奴来说，三王子便是这世上的一切。老奴所要做的，是让三王子高兴。他高兴去救玄奘，老奴自然要满足他的心愿。”

“他会死的！”龙霜月支愤怒不已，“那地下井渠什么状况，难道你不清楚吗？你这是将他置于险地！”

朱贵露出讥讽的笑容：“难道公主果真爱上了三王子么？否则他的死活与您何干？”

“你……”龙霜月支羞怒交加，呸了一声，“我爱上这个蠢货？除非我比他还蠢！”

朱贵却露出笑意：“在老奴看来，三王子是这世上最聪明的人，世上大多数人都比他蠢。”

“莫要饶舌。”龙霜月支森然道，“你以为我不明白你的心思？哼，你是见麴智盛被我控制，想让他从我掌中脱离。朱伴伴，但你要明白，这世上最强大的控制力是什么？不是囚禁，不是威逼，而是爱情！如今，你家三王子便是我爱情的奴隶，哪怕你让他暂时离开我，我仍然随时可以让他活着，或者死去！”

“老奴知道。”朱贵低声道。

“滚！”龙霜月支叫道。

“老奴告退。”朱贵平静地转身离去。

龙霜月支独自一人站在黑暗的大殿中，默默地发呆，过了片刻，忽然低声道：“来人。”

黑暗中有人影无声无息地来到她面前，龙霜月支吩咐道：“去告诉那人，千万莫要伤了麴智盛的性命，否则便是与我为敌！哼，这蠢货，暂时还死不得。”

“是。”那人影又无声无息地离去。

城北沙碛，绿洲边缘。

明月透亮，清晰得可以看见一块块的瘢痕，星空低垂，似乎伸手可及。荒原上的寒潮似乎凝滞，皮袍一般裹在人的身上。麴智盛和阿术一人拿着一把铁锹，在地上寻找着竖井的入口。

于是，一个王子，一个小孩，就干起了苦力活。

这片沙碛很大，玄奘失踪的准确位置已经难以追寻，两人只好一片片地寻找，把地面挖得到处是坑，也没有发现竖井口。阿术累得一屁股坐在了地上，嘟囔道：“必须换个法子。若是这般好寻，昨天一百人的骑兵，早把人找出来了。”

麴智盛也累坏了，他锦衣玉食，何曾干过体力活？挥着铁锹干了一炷香工夫，手就磨出了水泡。

听了阿术的话，麴智盛趁机扔下铁锹，想了想，道：“咱们还是在地面上划出横格，按区域一块块寻找。每走一格，就以铁锹猛砸地面。既然有竖井，哪怕上面的封土再厚，砸起来也会发出空洞声。骑兵们寻找的时候，马蹄声凌乱，可能听不出来，但此时夜深人静，想必声音会更清晰。”

阿术大喜：“这个法子不错。三王子，你看我还是个小孩，这铁锹比我身子还要高，我力气也小，砸在地上没力度。咱们这里只有你是堂堂男子汉，伟岸高大，还是你亲自来砸吧！”

麴智盛哑然，但又知道阿术说的是实情，只好挥舞铁锹，开始干活。

二人往复行走，加起来足足走了四五里，铁锹挥舞了几百下，麴智盛终于累瘫了，铁锹一扔，砰的一声，一屁股坐倒，汗流浃背：“不行，我真的不行了……胳膊几乎要断掉……”

“别动——”阿术忽然惊叫，仔细听听，“再砸一下，朝着这地方。”

麴智盛一怔，勉强爬起来，朝着方才的位置又砸了一下，果然，那声音与其他地方都不同，发出沉闷的回声。

“嘘——”阿术蹲下，轻轻拨开周围的沙土，拿出一把小铲子不停地挖，大约一尺多深后，咯的一声，小铲子碰上坚硬的岩石。二人心中一颤，都蹲了下去，一起开始挖，过了片刻，顺着坚硬的岩石清理出一个圆形区域，像是一个井盖。

“是这里了！”麴智盛兴奋不已，敲了敲井盖，果然发出空洞之声。

阿术低声道：“那女子既然是带着法师从这里下去的，井盖上有一尺多厚的沙土，那它必定不是陷落，而是先陷落，然后侧滑，只有如此，等法师掉下去之后，井盖升上来，才能与原来保持一般无二！”

麴智盛斜了他一眼：“看不出你小小年纪，颇懂机关之术啊！怪不得叫阿术！”

阿术尴尬一笑：“此术非彼术。阿术是我的汉文名字。”

“可是，”麴智盛皱眉，“这井渠口为何要做成机关的模样？”

阿术道：“只怕是军事用途。若有大军围城，城内派出一支精锐，从这竖井口杀出来，岂非就到了敌军的背后？即便用来逃跑，也不能被敌人觉察到这里有暗渠的竖井。”

“没错！”麴智盛赞叹不已，“你小小年纪，懂的可真多。来，咱们砸破井盖，跳下去吧！”

阿术摇头：“不行，底下井渠纵横，咱们没有图纸，很容易迷失在暗渠中。天色已经亮了，等朱贵送来图纸，咱们再下去！”

第七章
井渠世界，流人王国

他们猜得没错，玄奘果然迷失在了地下井渠之中！

从酒楼上掉下来之后，玄奘被摔得七荤八素，随即就被那女子提上了马背，还用绳索捆住他的手脚，将他横搭在马背上。这一路奔驰，颠得玄奘的肚肠几乎要爆出来，一句话也说不出来。

大风起时，玄奘也是紧紧闭上了双眼，却感觉到，那女子提着他跳下了马背，把他放直，让他自己走路。沙尘中两眼不敢睁开，玄奘只好在那女子的推搡下前行。不料刚走了几步，脚下一空，地面猛然下陷，连惊呼也来不及，立时便坠入黑暗的竖井。此时，他脚下还踩着地面，不料下坠一丈之后，那块地面突然侧滑，缩进了井壁，玄奘脚下无所凭依，呼地坠了下去。

这一坠，昏天暗地，仿佛没有尽头，玄奘还以为自己要直接坠入地狱之中，不料突然间耳畔水声奔涌，身子扑通掉在了一个软垫上。周围水花四溅。玄奘惊奇不已，这时才睁开了眼睛，但四周漆黑一片，通过顶上竖井透进来的天光，依稀可以看到，自己居然躺在河中的羊皮舟上！这羊皮舟系在水中，被水流冲得四处乱晃。

正看着，忽然头顶一暗，那女子却也跳了进来，玄奘大吃一惊，急忙往旁边躲闪，那女子扑通跌在了他身边。随后那女子在井壁上摸索了一下，摸到一条锁链，使劲一拉，竖井的井盖又无声无息地合上，地下井渠内漆黑一片。

“女施主，为何劫持贫僧？”玄奘低声问。

那女子不答，从羊皮舟里摸出一支火把，用火折子点燃，插在羊皮舟的前面，火把的微光照出方圆几尺的范围。猛然间刀光一闪，那女子拔刀斩断了系舟的绳索，小舟猛地一蹿，在水流的推动下，呼地冲了出去，玄奘一跤跌倒，那女子却岿然不动。

就在火把的照耀下，小舟有如脱缰的野马，疯狂地在暗渠中狂奔起来。忽高忽低，左冲右撞，两个人给抛得东倒西歪，几乎滚进水中。这舟若非是皮囊做成，早就散架了。

那女子专心操舟，黄金面具在火光下熠熠发光，整个人冷峻至极，对玄奘毫不搭理。

这地下河来自于天山，落差大，水势急，羊皮舟卷在水流中，像一个葫芦般半沉半浮，到处抛掷，时间长了，不是掉进河里淹死就是被摔死。所幸过了一炷香时间，河水分岔，羊皮舟撞在了井壁上，速度才减缓下来。

玄奘惊魂甫定。四周漆黑一团，阴冷幽暗，隆隆的水声回荡在隧道内，带给人窒息般的恐惧。玄奘口中默念般若心经，他大致猜到自己掉进了井渠，这井渠首先是从天山脚下引来一条主渠，到了灌溉区之后，开始分流，便会有通风竖井出现。

“法师，今番多有得罪，有什么失礼之处，还请法师见谅。”到了河水缓和的地方，那女子显然也松了口气，忽然说道。声音悦耳动听，还带着一丝沙哑。

玄奘苦笑：“阿弥陀佛，很多人都对贫僧说过这样的话，可他们该怎么干还怎么干，女施主也不必客气。”

女子沉默片刻:“听法师的口气，还是多有责怪吧？这次我为了心中大计，也是无可奈何。况且以法师的智慧，也应该猜到，我并不想杀你，否则也不会费时费力，把你劫持来。”

玄奘对此倒赞同，点头:“是啊，要杀我实在是容易得很，在交河城中虽然有大将军保护，但远远的一支利箭就能要了贫僧的命。你击破酒楼，又利用这地下井渠，实在要麻烦得多。”

“法师是个明白人。”女子淡淡地道。

“贫僧是个糊涂人。”玄奘坦然道，“至今为止，也不明白你掳来贫僧，到底想干什么。”

女子没有回答，沉默片刻，幽幽地道:“真是个好奇的和尚，身处险地，不问生死，倒问缘由。法师，你不怕死吗？”

“贫僧当然怕死。”玄奘惊讶道，“贫僧怕修行未能圆满而死，不能见如来。不过这漆黑暗渠，也是贫僧跋涉灵山之路，死能见佛。因而又不怕。”

“为了心中执念，抛弃生死。法师和我一样是个痴人哪！”女子长叹，“而法师之痴远胜于我，这种时候，竟然还能语带机锋。”

“贫僧此去灵山，破的就是心中执念。”玄奘道，“那么女施主，您的执念又是什么？”

女子不说话了，专心地操着舟又绕过一个岔道，这才回答:“会让你知道的。”

两人一路上沉默无语，玄奘不知道她的来历，也不知道她要把自己带到何处，只能在羊皮舟上顺水漂流。地下暗渠曲折纵横，他只能判断出是往南走，因为脚下的流水越发和缓了。也不知走了多远，头顶上出现了通风竖井，每隔百丈就有一眼，直通地面，阳光顺着竖井淌下来，虽然无法直射在暗渠里，却也不用再打着火把了。

看来已经是黄昏了。玄奘暗暗思忖，自己在暗渠里竟然待了两个时辰。

到了一处巷道边，那女子带着玄奘跳下小舟，用短刀割断他胳膊上的绳索，一伸手："到了，法师请。"

玄奘左右看看，却见左侧是一条宽阔的巷道，高出水面三尺，干燥无比。他们攀上巷道，往前走了十多丈，巷道突然扩大，形成一座宽阔的大厅。大厅里幽暗无比，四壁插满了火把，地上站满了人，足有上百名，清一色是成年男子，冰冷的眼睛在火把的照耀下现出诡异的光芒，正凝视着他。

大厅两侧掏出大大小小十多个洞窟，里面堆放着各种物资，大多数都用油布包裹着。其中一间，竟然堆放着数百杆长枪！

玄奘悚然一惊，仔细观察，发现另一间则堆放着一把把直刀，刀口铮亮，胡乱用麻布缠裹着，连刀尖都露了出来。其余的，则有甲胄、弓箭……

"阿弥陀佛……"玄奘凝视着那女子，"你们要谋反？"

那女子呵呵一笑，径直走进大厅最里面的一个洞窟内，做出邀请的姿势："法师请。"

其他人则各自回到居住休息的洞窟，剩下两人手持直刀，守卫在洞窟口。玄奘无奈，只好走了进去，里面面积并不大，一胡床，一坐毡而已。那女子请玄奘坐下，为他煮了茶，取了胡麻饼、毕罗饼和素馕："法师还是先用餐吧，在交河城一定没吃好。食物粗陋，比不得酒楼，且先吃一些，恢复些力气。"

"不是没吃好，是在马背上吐出来了。"玄奘笑了笑。

这时又进来一名清瘦的老者，朝那女子深深鞠躬："见过——"

那女子打断他："薛先生，你陪玄奘法师用餐，我还有事要办。"

薛先生恭恭敬敬地道："是！"

"切切不要委屈了法师，但是也不要让他走了。"那女子交代完，也不跟玄奘打招呼，当即转身离开。玄奘凝视着她，深思不已。

"法师，请用餐。"薛先生陪坐在玄奘对面，将饭食推了过来。

玄奘合十致谢，他也真是饿了，用手掰了一块毕罗饼慢慢咀嚼。

这毕罗饼是一种带馅儿的胡饼，在长安甚是盛行，有专门的毕罗饼店。薛先生瞧着，眼睛里露出一种缅怀："当年长安西市，有一家'衣冠家名食'，大厨姓韩，他做的樱桃毕罗，馅儿里的樱桃颜色不变，红润可人。"

"那家店还在。"玄奘点头，"据说韩约已经去世，贫僧无缘品尝。"

"是啊！"薛先生道，"自从老夫被逐出陇西，光阴如同江河，已经十二年啦！哪怕韩约未死，我也品尝不到了。"

十二年前是武德元年。玄奘咀嚼着毕罗饼，缓缓道："武德元年被逐出陇西，嗯，你是西秦霸王的族人。瞧你的言谈、姓氏与年龄，还是薛举的近亲吧？"

西秦霸王，即隋末群雄之一的薛举的称号。《旧唐书·薛举传》称他"容貌瑰伟，凶悍善射，骁武绝伦"。大业十三年起兵，占据陇西，自称西秦霸王，后称帝，定都天水。薛举和薛仁杲父子是李渊、李世民父子早期遇到的最强悍的对手，李氏父子连战连败，唐军八大总管全都大败亏输，连慕容罗睺、李安远、刘弘基等名将都被俘虏。直到薛举暴亡，李世民亲征，才在浅水原击败薛仁杲。薛仁杲投降之后被李世民押回长安，连同部将数十人一起处死，从此唐军平定陇西。

薛先生惊讶地看着他："法师果然高明。老夫是武皇帝的堂弟，仁杲的叔叔。"

武皇帝是薛举死后的谥号，不过他死后还没来得及安葬，薛仁杲就被李世民给灭了，这谥号流传不广。玄奘点点头："唐皇平定陇西之后，将薛氏严厉镇压，想必你就是那时候率领族人越过莫贺延碛，逃亡到了高昌吧？"

薛先生摇摇头，道："先投奔了东突厥，其后南下，投奔葛逻禄，然后又托庇于沙陀人，最后到达伊吾。他们称我们为亡隋流人，怕得罪大唐，进行驱逐，我们只好到了高昌。离开陇西时有一千九百六十三口，如今还有八百七十六人。”

他说得很平淡，但玄奘却仿佛看到了一群流亡者十二年间在大漠与草原、北地与西域艰难跋涉的惨状。

“大唐皇帝仁慈，你们虽然是薛氏后人，他却不会苛待你们这些无辜者，何必万里流亡，受尽了苦楚呢？”玄奘叹了口气。

薛先生骄傲地一笑：“世人认为武皇帝和仁杲骁勇凶悍，残暴好杀，但他们不了解我们薛氏的骄傲！谋国不成，便远走他乡，却不愿苟延残喘在胜利者的脚下讨饭吃！”

玄奘摇头不已：“你在高昌国，仍旧是托庇于人。贫僧晓得你的心思，无非是想发动叛乱，夺了麴氏的江山。你们是汉人，觉得这高昌国既然是汉人国度，只要能夺下来，统治起来也容易。但这麴氏称王一百二十多年，已经深入人心，你作为外来姓氏，非但高昌国的豪门贵族容不得你，连周围诸国，也不会允许一个来历不明的人掌握高昌。”

“法师教诲得是，可是老夫仍然要试试。”薛先生平淡地道。这个薛先生极为冷静，与豪迈暴躁的薛举父子，简直不像是一家人。

玄奘想了想，笑道：“你既然如此有把握，想必在高昌庇护你们的人身份不凡，就是那个戴着黄金面具的女施主么？她到底是什么人？”

“说不得也。”薛先生笑了笑，斟了一杯茶，诚恳道，“法师志向远大，高昌对于您而言，无非是万里路途中的一堆草木，您何必涉入这场是非呢？小姐有交代，只要您不坏我们的大事，等到成功之后，自然会放您西去。这里虽然深居地下，却也衣食无忧，法师就且待上些时日吧！”

玄奘点点头，并不说话，安静地吃过了饭。薛先生安排他在榻上睡觉，自己便守在他身边。玄奘也不在意，呼呼大睡。

不知睡了多久，这一觉酣畅淋漓。睡梦中，外面突然传来脚步声，玄奘睁开眼睛，一名持刀流人急匆匆跑来，低声道："薛先生，抓住了两个人！"

薛先生也醒了过来，他揉了揉面颊，伸个懒腰，深深看了玄奘一眼："法师稍坐，老夫去看看！"随即走了出去。

玄奘站起来跟出去，到了洞窟口，却被那两名守卫给拦了下来。他只好站在洞窟里张望。只见大厅中吵吵嚷嚷来了一群流人，将两个人推推搡搡地带了过来，是一名年轻男子，还有一个八九岁的孩子！

玄奘大吃一惊，喊道："三王子，阿术……"

原来这二人，居然是麴智盛和阿术！

昨夜，他们找到通风竖井的井口之后，不敢下去，就守在那里等待。直到辰时，朱贵才遣了一名心腹骑着快马送来了井渠图和一艘小小的羊皮舟。想来朱贵知道井渠内暗流汹涌，担心麴智盛出事，才费尽心思弄了一艘能进入井盖的羊皮舟。

麴智盛见朱贵没来，不禁有些生气："伴伴怎么没来？"

那小厮急忙跪倒："启禀三王子，今日陛下传旨，说焉耆国使者即将抵达王城，要在王宫设宴，命大总管妥善筹备。大总管说，他担心自己暗中帮三王子办事被陛下知道，他自己生死事小，若惹得陛下对您不满，他百死难赎。因此才不便亲自前来。"

麴智盛也理解朱贵的苦衷，便让小厮回去了。他和阿术二人想法子撬开了井盖，露出黑洞洞的井口。他们来的时候带有绳索，当即把绳索捆在一块大石头上，先把羊皮舟吊下去，然后麴智盛顺着绳索缒了下去稳定好羊皮舟，将一支火把插在舟头，阿术也下来了。

他们地下漂流的经历和玄奘一模一样，刚一割断绳索，小舟在水流的推动下，呼地冲了出去。二人同时发出惊呼，在火把的照耀下，羊皮舟随着水流狂奔，二人操舟的水平都比不上那面具女子，给抛得颠三倒四，几乎掉入河中。

就在急速的奔流中，二人根据水流与岔道，分析玄奘可能到达的地方。这井渠图是户部秘藏，标注极为细致，地面上的明渠、地下的暗渠，都用不同的线条画了出来。连水渠的宽度、长度，都用线条的粗细加以说明。

以地面的明渠为坐标，高昌城的水利系统从天山向下，由北向南有一条主渠，就是满水渠，这条渠贯穿高昌王城，一直到城南十里外才消失在沙碛中。地下井渠的主渠与满水渠平行，因为是秘密井渠，对外名称也叫满水渠。

主渠最北的一条支渠，名为榆树渠，是一条东西向的横渠，再往南就是胡麻井渠，是一条东北－西南方向的斜渠。

以胡麻井渠为界限，就进入了井渠密集地带。

“我判断，那女人应该是带着法师进了王城，那么她必定会在胡麻井渠以南进入支渠。”阿术看着井渠图，分析道。

“这是为何？”麴智盛不解，“她明明可以顺着满水渠直接进入王城啊！何必要拐弯呢？”

“因为进入王城后，满水渠每隔百丈，就会有通风竖井，黄昏这个时候，城里的人会到井渠中打水，随时都会有人看见他们，那女人有你这么傻吗？”

这番推论一说，麴智盛频频点头：“阿术，除了霜月支，你是这世上最聪明的人。”

阿术几乎给他气炸了肺，不理他，继续分析：“你看这水流，直到被榆树渠和胡麻井渠这两条大渠分流以后，水势才缓了下来。那么最有可能的是，她会在下一条暗渠找到上岸的机会。”

麴智盛就着火把查看水系图，点点头，道：“很有可能，下一条是横渠，名叫黄渠。你看这黄渠和满水渠交叉的地方，为了能够引水，正好有个凸出来的井壁……慢来，慢来，别撞上去……”

那凸出来的井壁正好挡在羊皮舟的前方，眼看就要迎面撞上，麴智盛魂飞魄散，使劲一撑船桨，才险而又险地避了过去，进入平缓的黄渠。

两人都松了口气。阿术也赞同：“黄渠和张渠都有可能，但是要进城，最便捷的……哦，是石家渠，她会顺着这条渠折向南行的地方。智盛，拐进去。”

麴智盛控着舟，拐进石家渠。行进不久，石家渠又分了岔，其中一条向东，名为七门谷渠，是东区灌溉系统的主要供水渠道。主渠自身径直南下，进入了高昌王城。

这时已经是第二日的清晨，头顶每隔百丈，就有个通风竖井，井渠内在天光的映照下，散发出粼粼的波光。水势和缓，乘舟就有些慢了，二人弃舟登岸，在两侧的土台上顺着水渠摸索。到了城内就更不好判断了，井渠更加密集，几乎通过了城内每一户人家的院落，因为城内吃水，除了打井，就是直接通过通风竖井，汲取井渠内的水。而打井的费用不是普通人家承受得起的，所有几乎家家户户都用井渠来取水。

二人正烦恼时，又发现了新线索——井渠两侧的土台上，发现了一串潮湿的脚印！

“这是法师的脚印！”阿术惊喜道。

麴智盛摇摇头：“城内的井渠经常有人下来，很多人家的地下室就建在井渠边上，夏天酷热，到井渠内乘凉。”

阿术“哼”了一声：“此时是隆冬，哪里有人乘凉？况且从脚印看来足有二十多人，法师既然是被人掳走，对方必定有不少人配合行动。我觉得这就是法师的脚印。”

阿术得意扬扬地望着麴智盛，不料麴智盛眉开眼笑：“阿术，其实我也是这样想的。好，咱们就顺着脚印找吧！”

阿术气得说不出话来，这分明是他想出来的啊！

跟随着脚印再往前走，就在湿脚印越来越淡的时候，前面却出现了一条暗渠。麴智盛惊讶了：“城中怎么还有暗渠？怎么没有通风竖井呢？”

阿术也摇头，二人点亮火把，重新走进暗渠。没想到走了几步，却碰到一扇铁栅门。栅门上的铁栏杆有婴儿手臂粗细，焊接得结实无比。二人使劲掰，使劲摇，也动不了分毫。看这情势，拿刀来劈都未必能劈断。

正沮丧，那响声却惊动了里面的守卫，立时有四五名战士持着弓箭来察看。他们没想到这井渠中居然有守卫，不禁大吃一惊，转身要逃，一支箭嗖地插在了井壁上，二人乖乖停步——这隧道笔直，无遮无拦，只要守卫乐意，随便一箭就能要了他们的命！

这时候二人才知道，他们竟然闯进了一股黑暗势力的老巢。虽然不知道薛先生的亡隋流人的身份，但也知道凶多吉少，惊喜的是，终于见到了玄奘。

“法师！”麴智盛和阿术见到玄奘，不胜欢喜，想过来，却被流人们拦住。

玄奘惊讶道：“你们怎么被抓了？”

麴智盛苦笑不已，把他们寻找玄奘，发现沙碛井口的经过讲述了一番，玄奘再三致谢：“贫僧惭愧，竟然连累了三王子。”他温和地看着阿术，“让你也受苦啦！”

“师父！”阿术的眼眶红了，“自从师父不见了，我……若是找不到师父，我宁愿再也不回撒马尔罕。”

“嘿！”玄奘还没说话，薛先生冷笑起来，“这可真是条大鱼，三王子，据说焉耆使团已经到了交河，马上就到王城与麴文泰谈判。若是老夫此时将你交出去，却不知你父王和龙突骑支谁给老夫的东西多呢？”

“龙突骑支也来了？”麴智盛大吃一惊。

薛先生点头：“龙突骑支此番亲自率团来到高昌，便是来商谈迎接焉耆公主回国的事宜。”

“休想！”麴智盛眼睛立刻红了，怒吼道，“谁敢让霜月支回国，我势必灭了他！”

薛先生怔了怔，失笑道：“大卫王瓶不在你手中，你如何能灭别人？三王子，别忘了你眼下是我的囚徒。”

“你不信可以试试。”麴智盛傲然道，“既然已经与瓶中恶魔达成契约，我无论身在何处，它都必须履行承诺！”

薛先生笑了：“是吗？老夫确实不信！”

正在此时，薛先生猛然瞪大了眼睛，脸上表情扭曲，露出骇异之色。众人奇怪无比，纷纷扭头看去，顿时吓了一跳，只见门外的一名守卫不知为何，忽然捂住自己的脖子，两眼突出，眼珠里渗出血点，喉头咯咯作响，猛地便翻身倒地。

另一名守卫大着胆子一摸他，顿时惊叫起来：“薛先生，他……他死啦！”

众人还没反应过来，这名守卫也突然瞪大了眼睛，眼珠拼命凸出，一言不发，倒地毙命。

众人全都傻了，呆呆地看着，不知如何是好。

玄奘最先反应过来，猛地冲了出去，看守他的两名流人猝不及防，握着手里的刀，也不知该不该砍下去。就这一犹豫间，玄奘跑到了二人面前，一推他们：“快走！”

阿术机警，扯着麴智盛跑进了隧道，玄奘紧跟在后面，三个人撒腿狂奔，刚跑进一条隧道，就见迎面站着几个流人，一看见他们，流人们呼喝一声，冲了过来。

“往那边——”玄奘急忙指了指另外一条隧道。

三人又跑向另一边，刚到隧道口，只见对面也有几个流人冲了过来。三人无奈，只好像没头的苍蝇一般在隧道里乱撞。四下里的流人纷纷拥过来，眼看就要被合围。

正在这时，阿术突然跑向另一边的隧道，玄奘大吃一惊："阿术，回来，那里有人！"

阿术跑到隧道口往里一探头，面露喜色："师父，这儿没人！快过来！"

玄奘等人顿时愣住了，这条隧道他们刚刚路过，尽头明明有两个流人。但此时也来不及多想，二人跟着阿术跑到了那条隧道口，一看，不禁瞠目结舌。

这隧道口有人守卫！但的确没人，因为守卫的流人不知何时已经倒地毙命，眼珠凸出，神态恐怖，与厅房中那两人的死状一模一样！

"啊哈！"麴智盛大喜，"法师，是大卫王瓶的魔鬼在保护我！"

阿术不屑："你叫他，他答应吗？"

麴智盛怒目而视，玄奘催促："眼下不是争论的时候，快走！"

阿术在前面跑，两人跟在后面，阿术跑进一条岔道，又跑回来喊："师父，这边有人！"

然后他又朝另一边一探头："师父，快点儿，这里没人！"

三个人跑到那条隧道，才知道，所谓的没人，是没有活人，地上又倒着几具尸体！

众人感觉怪异无比，仿佛的确是大卫王瓶中的阿卡玛纳魔神隐形在暗中，替他们清扫通道。就这样，阿术小小的身子在前面探路，三个人所过之处，流人们无不伏尸当场，竟然没有一丝一毫的阻碍！

这时候，早已经没有流人敢追来。

在玄奘等人看不到的地方，薛先生怔怔地站在一具尸体前，脸上露出难言的恐惧，流人们默不作声，身子却簌簌地颤抖。

薛先生嗓子沙哑："你们……看清楚了吗？"

一名流人浑身颤抖着，好半晌才喃喃地回答："看清楚了……魔鬼……他不是人，是魔鬼……"

三人在黑暗的井渠中狂奔，这时他们没了火把，只能深一脚浅一脚地摸索，在地下纵横交错的暗渠内寻找着出口。

感觉摆脱了流人的追捕，三人才上气不接下气地停了下来，坐在地上起不来。

休息片刻，玄奘问道："三王子，这件事怎么会如此奇怪，流人们为何会纷纷毙命？难道真是大卫王瓶的魔力？"

麴智盛得意扬扬："当然了，我是他的主人，心愿实现之前，他肯定会帮我的。"

玄奘皱眉深思："那为何这次你没有许愿，他就自愿出手呢？"

麴智盛瞠目结舌："这个嘛……或许这大卫王瓶觉得，他不能让我死在这儿吧？"

玄奘苦笑不已，然后又问了问他们来这里的经过，阿术将龙霜月支带着自己旁听高昌廷议，然后朱贵指点井渠之秘的事情说了一遍。玄奘这才知道，自己失踪一日一夜，竟然引发了高昌政局动荡！

玄奘心情沉重："公主真是好算计啊！她的计划一环扣一环，当初贫僧还以为，她掳走我仅仅是为了防止我参与其中，没想到一石二鸟，竟然还有后招，片刻间便让高昌国陷入动荡。"

阿术点头："公主通过法师您，一下子就击破了高昌国的权力平衡。"

两人仿佛打哑谜一样的话，让麴智盛受不了了："法师，阿术，你们在说什么呢？你们说的公主是谁？"

玄奘想了想，叹道："三王子，有些事情，贫僧也不知道该如何向你说起。我先问你，你二哥是否想坐上这高昌国王的位置？"

"想啊！"麴智盛点头，"这点朝野皆知，连父王都清楚。"

“那你二哥如何才能当上国王？”玄奘问。

麴智盛想了想，摇头：“难！大哥是世子，二哥这辈子是没指望了。”

阿术冷笑：“为何没指望？大唐的李建成还是太子呢！”

麴智盛瞠目结舌：“你……你是说我二哥想谋反？”

“难道他不想么？”阿术道。

麴智盛哑口无言，最终无奈地点头：“若是父王驾崩，大哥恐怕压制不住二哥，他们俩迟早会兵戎相见。”

玄奘道：“那如果陛下在世，三王子，你二哥要谋反，他首先要解决什么？”

麴智盛想了想：“解决掉大哥！他们俩呀，这些年已经是斗得不可开交了。”

“解决掉你大哥，还必须解决掉什么呢？”玄奘追问。

麴智盛想了半天，露出苦恼之色，忽然灵光一闪，大声道：“解决掉大将军张雄！大将军手里有兵权，又跟大哥关系好，不解决掉大将军，我二哥根本不敢谋反！”

“没错。”阿术夸道，“三王子，你真是太聪明了。”

麴智盛顿时乐不可支。

玄奘道：“所以，三王子，请你想想，如果有一个蒙面女人，在大将军的保护下，在交河城中将我劫走，会有什么样的后果？”

麴智盛人其实很聪明，立时便明白了：“我懂了！大哥是世子，更是交河郡公，交河城名义上归他管理。您在交河城被劫走，不但大将军有直接责任，连大哥也难逃干系！”

“三王子所言极是，一石二鸟。”玄奘叹道，“因为贫僧的缘故，昨日的朝会上，大将军的军权被剥夺，高昌国内的权力立刻就失去了制衡，给二王子制造了最佳的机会，让高昌国陷入夺嗣的战乱中。这便是那个女人的谋划。”

“法师，您说的那个女人……那个女人是谁？”麴智盛惊骇不已。

阿术想说什么，却被玄奘扯住了。

“三王子，”玄奘笑道，“倘若贫僧告诉你，那个女人便是龙霜公主，您会有什么想法？”

“法师，请勿妄言！”麴智盛严肃地摇头，“霜月支不会干这种事的。我们朝思暮想的便是如何厮守在一起，她为什么要劫走你，让我高昌国陷入动荡？”

“是啊！”玄奘不想再说什么了，感慨道，“她劫走贫僧作甚？”

麴智盛涨红了脸，竟是屈辱无比。众人似乎一句话之间便有了隔阂，都不再说什么，默默地往前走着。

前行不远，三人终于看到了头顶的通风竖井，只是洞壁顶高有两三丈，谁也无法上去，井渠内虽然长有些葡萄藤，却禁不住一个人的分量，爬不上去，只好继续找低矮些的竖井。正在这时，薛先生带着流人们追了过来，在笔直的井渠之内，一眼就看见了他们。流人们立时呼喝一声，追杀而来，但似乎都有些惊惧，速度并不快。

“快走！”玄奘招呼一声，三人开始顺着井渠两侧的土台飞奔。

转过一条横渠，就见不远处有一眼较低的通风竖井，离地面有八尺高。虽然远远高于人体的高度，玄奘却也有了办法，他低声道：“三王子，贫僧来引开他们，你和阿术快去王宫报告陛下！”

“法师——”麴智盛刚要反对，玄奘已经蹲在了地上：“三王子，薛先生受人之托，不会杀贫僧的。你快走！”

麴智盛无奈，只好踩在玄奘肩膀上，玄奘挺直身躯，将他托了起来。麴智盛双手扒着井口的地面，爬了上去。玄奘又蹲下身让阿术也踩上来。

阿术坚决不上去：“师父，我走了您一人怎么办？我要陪着您！”

“阿术——”玄奘正要讲道理，却见薛先生等人距离不远了，急忙拉着他转身就跑。

麴智盛等着拉阿术上来，见他俩飞快地跑了，还没反应过来，薛先生等人已经到了。麴智盛急忙躲在一边，才没被薛先生发现。

他四处看了看，这里是一户人家的后院，院落里种满了葡萄藤，此时是冬天，葡萄藤已经落尽了叶子，干枯枯的。天气冷，后院也没人来。他急忙走到后门处悄悄打开门，走上了大街。

麴智盛原本辨不清这里的方位，不料刚走了几步，转过一条街，就到了王城南北大街的北端，距离王宫只有一里多远！

麴智盛不禁骇然失色，看来这些流人当真是要对高昌不利！如此近距离地攻打王城，真可谓防不胜防，更可虑的是，谁也不知道地下井渠是否会通到王宫！看来井渠虽然使高昌国的饮水和灌溉极为便利，却也埋下了隐患。

他行走在大街上，却发觉街道有些异样，虽然还是商旅云集，讨价还价，争夺激烈，但每个街口却多了不少守卫。麴智盛有些狐疑，不敢怠慢，买了顶胡帽戴上，遮住了面孔，向王城走去。路并不远，很快就到了宫门前，高大的宫墙两侧，密密麻麻都是高昌国的军队，全副武装，守卫森严。他的心不住往下沉，走到一家皮货店门前，问那店主："这位大叔，请问今日王城周围为何这么多军队？发生什么事了么？"

那店主是高昌人，朝宫门瞥了一眼，叹了口气："今日焉耆王率领使团来到王城，据说是为了索要焉耆公主。唉，只怕一言不合，两国就会开战啊！"

麴智盛这才恍然大悟，那店主一脸忧虑："战端一开，丝路就要断绝，大唐和东突厥打仗也就罢了，咱们这些小国谁也干涉不着。可咱们丝路小国，自己还打，当真摧毁丝路，尽皆国破家亡，何苦来哉！"

麴智盛不禁有些讪讪，这战端，可不是因为他才开启的么？

知道内幕，他也不敢直闯宫门，只好偷偷绕到后宫的角门，高昌王宫的太监宫女不多，每逢重大宴会都需要从城中酒楼和贵族家中借调人手，今日为了招待焉耆使团，临时征调了不少人，这后门人来人往，食材、木炭、器皿、葡萄酒源源不断地往宫中输送。

他偷偷摸摸地跟着人流想混进去，西域的王宫并没有中原那般森严，尤其是今日，忙乱不堪，竟然真让他混了进去。

麴智盛知道事情紧急，必须去告诉麴文泰。可他担心龙霜月支，先匆匆跑回自己宫中，一进门就大呼小叫："霜月支！霜月支——"

此时，龙霜月支正在大殿里对几个心腹宫女发号施令，龙突骑支这次亲自来高昌王城，虽然她早已经安排妥当，但仍然忧虑重重。

"你立刻去见父王，告诉他，按原定计划办！"龙霜月支想了想，"但语气要更加激烈，不用担心高昌人的怒火。"

一名宫女点头答应。

"还有告诉父王，千万不要介入高昌的内部纷争中。"龙霜月支又叮嘱道，"总之，不管高昌谁当权，咱们只要一样东西，丝绸之路——"

正在这时，麴智盛的大呼小叫传来，龙霜月支一跃而起，露出惊喜无比的表情："阿弥陀佛，这傻子，终于平安回来了！"说着，急忙提着裙子从大殿跑出来，脸上瞬间就有了泪痕，一下子扑进他怀里："三郎！三郎！这一夜你跑哪儿去了？让我整晚都没睡着！"

"是我的不对，是我的不对。"麴智盛连连道歉，随即道，"霜月支，你听我说。二哥可能要造反，你先找个地方躲避一下。就到王宫的家庙去吧！"

龙霜月支顿时愣了。

"我得马上告诉父王！"他交代完，转身就要走。龙霜月支一咬牙，眼里闪过诡异的光芒，猛然一掌劈在他的后颈。

麴智盛怎么也想不到龙霜月支居然对他动手，刚露出惊愕的表情，眼前一黑，身子已栽倒。

第八章

吾家嫁我兮天一方

此时，玄奘正拉着阿术在井渠中奔跑。薛先生带着流人四下堵截，好几次都是险而又险地躲了过去。他们经过不少通风竖井，但离地面都有相当的距离，两人怎么也爬不上去。

“不行呀，师父，咱们得找个竖井爬上去，否则必定被他们抓住。”阿术气喘吁吁地靠在井壁上，两人跑得浑身大汗，两条腿都在哆嗦。

玄奘喘了口气：“把你怀中的井渠图拿来。”

阿术掏出那张井渠图，玄奘用袖子擦了擦额头的汗水，在一处明亮的竖井边仔细观看。阿术问：“师父，这井渠图上，并没有标注哪里有出口呀！”

“贫僧不是要找井渠的出口，而是要找流人们的出口。”玄奘背靠井壁，把井渠图摊在双膝上，“阿术，你想，假如二王子发动叛乱，趁着高昌大乱，龙霜公主会怎么利用这些流人？”

阿术想了想：“突袭！”

“没错。”玄奘点头，“目标是哪里？”

阿术大吃一惊:“难道是……高昌王?”

“不错。”玄奘赞许地道,“龙霜月支为何要让他们秘密躲藏在这井渠中,并且囤积刀枪器械?只有一个原因,这条井渠,在王宫中有出口!”

“对啊,师父!”阿术拍手,“麴文泰和麴仁恕都在王宫,这样一来龙霜月支才能趁着二王子叛乱,突然刺杀这两人。师父,难道您想找到那条出口?这可是大海捞针吧?”

玄奘摇摇头:“不然,阿术,你要知道,无论何种计谋,越是精密有效,其间就越有规律可循。你看,王宫在王城的西北部,既然咱们确定那个出口在王宫中,就可以在西北方向搜寻。”

阿术苦笑:“师父,这井渠之中,您如何确定方位?”

玄奘指了指头顶的竖井,此时日光照在竖井井口的边缘,“现在大约午时了吧?你看这日照,日光照着的便是北方。”

阿术疑惑:“师父,咱们往北走,那边可都是暗渠,没有日照。”

玄奘笑了笑:“你再看这渠水,这井渠除了胡麻井渠、白渠、白地渠,其余大都是南北、东西纵横。水是从北面的天山引来,地势北高南低,那么南北流向的水流会湍急,东西流向会和缓。这样岂不是容易确定方向了么?”

阿术敬佩不已,但还是有疑问:“师父,可怎么确定咱们是在哪个方位?”

“向北走。”玄奘淡淡道,“你看这井渠图,城北部,东西贯通的大渠共有两条,南面是榆树渠,北面是北部渠。咱们径直往北走,碰上的第一条大渠,就应该是榆树渠了。”

两人有了目的,就躲过流人们的搜索,往北偷偷绕过去。流人们是一直往南拉网式搜索,浑没想到他们居然主动进入自己的核心重地,双方交错而过。

向北走了一里远,果然一条东西向的大渠澎湃而过。两人精神振奋起来，但井渠图上并没有地面建筑物的地标，尤其是王宫一带，简直就是空白。这不难理解，王宫地下的井渠，怎么可能摆在户部让所有人观赏？如此一来，确定王宫的位置就比较麻烦。

这时周围一片漆黑，两人没有火把，无法看图。玄奘想了想，问阿术："王城北面，是否有一条斜渠，从满水渠引过来，一直进入护城河？"

"嗯。"阿术道，"王城内的井渠，只有这一条斜渠。"

玄奘笑了："如果贫僧猜得不错，这条斜渠，定然穿过王宫！王宫地下，不可能做出太复杂的水系。而夏天酷热时，宫中的贵人都会到地下室避暑，因此才会引一条斜渠，使各个重要宫室都能够有井渠给地下室透气。好了，咱们直接找这条斜渠。"

两人再往前走，却出现了通风竖井，井渠内又明亮起来，方位更容易判断，两人果然找到了那条斜渠。这条斜渠却有些与众不同，宽阔的渠道内，种植着不少葡萄，有些甚至搭着木架，覆盖了整面井壁。可以想见盛夏时节，累累的葡萄挂在井壁上的诱人景象。

"只怕已经到了王宫的地下！"玄奘兴奋无比。

话音刚落，只听嗖的一声，一支利箭咄地插在了葡萄架的木桩上！就听见有人呼喝："在这里！"

两人回头一看，只见四五个流人刚走进这条斜渠，正呼哨着召集同伴。两人对视一眼，不约而同地在水渠两侧的土台上狂奔起来。葡萄架嗖嗖地在身边掠过，跑了不多时，就见井壁上居然出现了一些窗户，甚至还有门。

"师父——"阿术边跑边喊，"这些是不是王宫地下室的门？咱们踹破进去！"

"不！"玄奘急忙阻止，"找最大、最奢华的那扇！"

阿术一时没想明白，但身后利箭纷飞，嗖嗖嗖地从身边掠过，也来不及细问。两人奔跑中，前面的渠道突然拓宽，形成一座大池，水流奔涌，汇聚到池中。那水池奢华无比，周边镶嵌着拳头大小的鹅卵石，水中游鱼穿梭，顶上正好有一眼竖井通了下来，日光照彻，水波荡漾。周围掩映着葡萄藤，虽然叶子落尽，但古藤缠绕，极有韵味。

两人没想到这地下井渠中居然有这等去处，不禁一怔，停了下来，顿时看见左侧的水池边上竟然有一座拱形的大门，也是以一尺长的砖坯建成，但这砖坯的表面竟然上着一层淡蓝色的釉，雕刻着细密的花纹，雄浑厚重。这时，流人已经追了过来，两人无暇细看，猛地一推大门，那胡杨木的大门居然没有拴牢，一推而开。

两人都有些诧异，来不及细想，躲了进去，反身关上门。那门后面有巨大的门闩，玄奘刚摘下来挂上，门就被咚的一声重重撞了一下。玄奘念了声阿弥陀佛，心道，再差上半分，只怕流人已经闯了进来。

这时，门外响起薛先生的声音："法师，您是出家人，何必理会世俗中事？生命轮回，王朝兴废，在佛家的眼里，无非是生灭无常。您的路在西天佛土，何必扰乱红尘因果？"

"阿弥陀佛。"玄奘沉默片刻，道，"行亦禅，坐亦禅，贫僧站在这门槛里，焉知不是站在西天路上？佛家护持世界众生，这刀兵一起，满足了你的贪嗔之念，却害了多少无辜众生！薛先生，你自然有你的骄傲，不愿拜服在大唐天子脚下，但你率领陇西薛氏跋涉十二年，死者十有七八，宁愿潜居地下做这乱臣贼子也不愿堂堂正正做人，贫僧不知道，你满足的究竟是你一人的骄傲，还是薛氏的骄傲！"

"法师……"薛先生长叹一声，"您可知道，您回到地面，一句话就会使成千上万的人人头落地！我薛氏族人将被斩尽杀绝！"

玄奘知道他这话绝非夸大，一场谋反，绝不会只有他们这几百人，自己一句话，当真会使这高昌国血流成河。他犹豫良久，不禁叹道:“薛先生，你还是速速离开这高昌国吧！只要你们愿意回归大唐，贫僧愿在麹文泰的面前一力承担，保你不死！”

“法师，”薛先生凄然道，“当您走上这西天路的时候，您想过回头么？这条路，便是老夫的西天路！”

玄奘沉默着，门外再无消息。

“师父，这是哪里？”阿术这时正呆呆地看着面前的大厅出神。

玄奘转回身，才看清门内是一座空旷的大厅，四周是几根廊柱，上面雕着花纹。大厅尽头有两条台阶，左右对称地环绕而上。正中间的墙壁上，雕刻着一尊释迦牟尼像。玄奘先朝释迦牟尼像拜了拜，才道:“这里，恐怕就是国王陛下后宫的地下室了。”

“我明白了，师父！”阿术恍然大悟，“原来您找最奢华的大门，就是要找麹文泰呀！”

玄奘笑着摸了摸他的脑袋:“贫僧找它，是因为它必定是薛先生选定的目标！”

两人谈笑着走上了楼梯，看来这里仅仅是一座消暑的地下室，别无他用，现在是冬季，里面寒冷无比，也没有人管理。上了楼梯，又是一扇雕花的金色大门，玄奘推了一下，不料手刚伸出去，那扇大门忽然无声无息地开启，一股温暖的空气扑面而来。里面仿佛是一座宽阔的房间，蒸汽氤氲，隐约传来令人心醉的香气。

“师父，”阿术怔住了，“这世上还有自动门？”

“门当然是要推的，正如人在轮回中行走，只是前世的安排罢了。”门内有人轻轻地说。声音婉转，愉悦动听，竟然是个女子。

与此同时，周围响起几声惊叫:“什么人？胆敢闯入王妃后宫？”

玄奘吓了一跳，这才发现四名宫女将自己团团包围，而眼前却是一座一丈多宽的浴池，那浴池以汉白玉砌成，水面咕嘟嘟地冒着热气，上面撒满了鲜花。而在浴池中，却有一具曼妙的女体横躺在水中，蒸汽笼罩，只有黑色的长发披在汉白玉上，黑白相应，说不出的美艳。

玄奘这一惊非同小可，心中暗暗叫苦，立刻捂着阿术的眼睛转回了身，没想到自己误打误撞，竟然闯入了王妃的浴室！更麻烦的是，王妃偏偏在洗浴！

王妃咯咯直笑："法师，阿术还是个孩子，与您不同。"

玄奘更尴尬："阿弥陀佛，王妃何等身份，岂能亵渎。贫僧不知王妃在此……实在……"他一向辩才无碍，这时却实在不知道该说些什么，结结巴巴，惹得王妃笑得直不起腰。她在浴池中站了起来，赤裸雪白的身子上挂满了水珠，仰头一甩头发，在空中甩出一条水线。

玄奘只觉头顶一凉，口中默念着阿弥陀佛，却不敢伸手去摸。

王妃朝侍女招了招手，有侍女取了一件轻纱袍子，披在她的身上，跪在她身后帮她束好腰带，王妃才笑吟吟地道："法师，您可以转过身子了。"玄奘身子动了一动，却没敢转过去，悄悄推了阿术一把。阿术会意，掰开他捂着自己眼睛的手，朝身后看了看，大声道："师父，她穿上衣服了。"

"阿弥……陀佛……"玄奘没想到他竟然这么说了出来，顿时又结巴起来。额头上汗如雨下。

王妃笑得前仰后合，指着阿术几乎直不起腰："你这……你这孩子……实在太可爱了！"

玄奘更是羞惭，转身不敢直视王妃，低声道："阿弥陀佛，王妃，此地危险，您还是早些离去。外面埋伏有杀手，贫僧这就去面见陛下。"

王妃不以为意，轻盈地转身，斜倚在一张软垫上，托着两腮含笑盯着玄奘："法师，既然来了，何必急着走？我早想和您聊聊，却一直无缘，些许流人，法师不必担心。"

玄奘心里一沉："您知道？"

王妃含笑不语，玄奘看着她的神情，顿时慢慢点头：“阿弥陀佛，原来王妃便是那位戴着黄金面具的女施主！”

若非亲耳听到她的声音，王妃又未刻意隐藏，玄奘无论如何也难以相信，交河城中，那个手持铁锤，力破楼板，在百名铁骑追杀下从容自若的黄金面具者，竟然是深居王宫中的一国之母！连阿术也呆住了，神情茫然。

“您看出来了？”王妃嫣然巧笑，“不知法师还看出了什么？”

玄奘望着她的服饰，微微有些失神：“小袖、高腰、长裙……怪不得贫僧第一次见到您的服饰总觉得有些怪异，这是前隋服饰。原来王妃是前隋人。薛先生这些流人……”

“他们当然是我的子民。”王妃微微轻叹，“我是前隋公主。”

玄奘震惊了，刚要说话，隐约却听得前殿传来铮铮铮的刀剑出鞘声，随即响起沉闷的脚步声，甲叶拍打，人群呼喝，似乎有无数的战士正朝着前殿疾奔而去。

一名宫女惊慌失措地跑进来禀告：“王妃，陛下宴请焉耆王时吵了起来，双方动刀子了。”

王妃风轻云淡地撩了撩长发：“这只是开始，更精彩的剧目还要等上片刻。”

刀声杯影，盛宴杀机。王宫正殿，此时已经是剑拔弩张，流血在即。

麹智盛见到龙霜月支之时，焉耆王龙突骑支率领庞大的使团刚刚进入王宫，一百二十名龙骑士全副武装，随身保护。龙突骑支知道，在王宫中，这点武力根本无法保护自己，但他毫无惧色，挎着弯刀昂然走进了王宫正殿。

不想进了正殿，他却有些发愣，等待自己的，竟然是一场盛大的国宴！

高昌国的二王子麴德勇、六部长史、王族重臣尽皆在场，偏偏军方的将领尽数缺席，尤其是那位令人生畏的西域名将张雄。龙突骑支也不傻，很快感受到了麴文泰如此安排的善意。

龙突骑支年过四旬，体格魁梧，满脸须髯，焉耆人号称龙族，龙突骑支也是西域最为好战的一个国王。焉耆国短短半个月之内接连受辱，不但出使大唐的使者被高昌人截杀，连自家的公主也被高昌的王子抢了，龙突骑支性情暴躁，哪里受得了这种侮辱？扔过来一封国书就是最后通牒——给不给公主？不给我就打！

扔过来之后，他根本没等高昌回复，直接就联络了龟兹、疏勒两国，组成联军，陈兵边界，准备开战。不料就在这个时候，却接到了大唐僧人玄奘的书信，希望两国能体谅苍生之苦，体悟我佛之慈悲，和平解决两国纠纷。并邀请焉耆派遣使者来高昌晤谈，谋求解决之道。

焉耆也是佛国，虽然信的是小乘佛教，却也不得不慎重考虑玄奘的提议，因为龙突骑支一直打算得到大唐的支持，取得玄奘的谅解就显得至关重要。因此龙突骑支才耐着性子，不顾两国正在爆发战争的边缘，竟然大模大样亲自率领使团来到了高昌王城。

然而令龙突骑支没想到的是，这王宫国宴上，不该来的都来了，唯独该来的没来。他左看右看，前看后看，怎么也找不到一个光头的僧人。

龙突骑支当即就有些恼了，质问麴文泰："陛下，请问大唐高僧何在？"

麴文泰苦恼了一日一夜，没想到还是躲不过，只好撒谎："哦，玄奘法师昨日去了交河城。怎么？您没见着他？"

龙突骑支愣了："交河城？没见到。法师去交河城作甚，不是要来给我焉耆国主持公道么？"

谁说是给你主持公道？我高昌才冤呢！麴文泰暗骂，但脸上却如春风般和煦："呵呵，法师乃是人间佛子，他的禅机，你我世俗中人如何能猜破？来来来，先让本王为陛下接风。陛下乃品酒大师，看看我高昌的葡萄酒改进得如何！"

龙突骑支哪里有心思喝酒，不咸不淡地吃了几杯，心里就有些怀疑，哪里有客人来了，邀约人却不露面的道理？这里面肯定有阴谋！他心中涌起一股强烈的不安。

"陛下，"龙突骑支放下葡萄酒杯，"既然大唐高僧不在，你我便敞开直言，你高昌屡次三番羞辱我焉耆，这笔账怎么算？"

麴文泰惊讶了："龙王，你我两国睦邻，我高昌如何屡次三番羞辱你了？"

"哼。"龙突骑支冷冷道，"一个月前，是谁在莫贺延碛截杀了我国使者？"

麴文泰更惊讶了："莫贺延碛？龙王，那莫贺延碛可不在我高昌国内，你们使者在那里被杀，要么去找伊吾王，要么去找大唐皇帝，你找本王作甚？"

龙突骑支怒极，看了看一旁的麴德勇，麴德勇只作没看见："陛下，人在做，天在看。您既然邀请我来了，若没有丝毫诚意，还有什么可谈的？"

"龙王。"麴文泰毫不动怒，淡淡地道，"事涉两国邦交，截杀他国使者乃是非常严重的指控。您若是有证据，这场官司哪怕是打到突厥王廷，本王也自然奉陪，但若是没有证据，凭您这般污蔑本王，我高昌却要和您理论到底！"

龙突骑支倒还真找不到证据，要真有证据他也不用来了，截杀使者无异于宣战，直接开打就是了。他只是没想到麴文泰这老家伙脸皮竟然如此之厚。但是从麴文泰的话里，他却能听出来，高昌根本没有解决的诚意。那他们邀请我来做甚？

龙突骑支越发不安，稳定下心神，冷笑道："截杀使者之事我们自然有证据，不过看着您的脸面，不便公布而已。此事暂且不提，霜月支被掳一事，不知您如何交代？”

麹文泰烦恼无比：“此事本王已经在国书里详细讲明，但无论如何，这是我高昌之错，本王必定会归还公主，严惩孽子。龙王认为如何？”

“这就是你的诚意？”龙突骑支勃然大怒，“您的长女嫁给了统叶护可汗的长子呾度设，若是她出嫁前，我儿子将她掳走，藏在王宫中月余，您来要人，我告诉您，我们会归还公主，严惩孽子。您同意吗？”

麹文泰还没说话，麹德勇勃然大怒，怒喝：“大胆！放肆——”

西域王宫并不禁止带刀，有些脾气暴躁的重臣立刻抽出了随身的刀子。龙突骑支冷笑：“您看，我只是这么一说，你们就怒不可遏，拔刀相向……”他猛地将酒杯摔在了地上，怒吼道，“可你们高昌人，却实实在在干出来了！”

酒杯啪地摔碎，震动了所有人的神经，宫殿里立刻乱了套，高昌的王宫宿卫纷纷拔刀，从四面八方蜂拥而来，包围了正殿。焉耆人也不甘示弱，龙骑士们冲进大殿保护使团，而一些脾气暴躁的使者更是抬脚便踹了面前的矮几，拔出腰刀。龙突骑支端坐不动，他这时倒沉静了，面带冷笑，好整以暇地给自己倒了一杯葡萄酒。

麹文泰勃然大怒，重重一拍桌子，喝道：“成何体统！都给本王退下！”

麹德勇一见父王暴怒，急忙让宿卫撤了回去，大殿里的局势也缓和下来，众人互相怒视着，纷纷坐下。麹文泰问：“龙王，那么以您之见，这件事如何解决？”

“释放霜月支，麹智盛交由我焉耆处置！”龙突骑支冷冷道，“除此以外，丝路南移，经交河城往南直抵焉耆王城。”

麹文泰终于忍不住怒气，呵呵冷笑：“真是好胃口！赔掉一个女儿，换来一条丝路！本王不妨告诉你，此时公主就在后宫，若是你想要，便接了她走！那孽子本王自然会处置，但如何处置轮不到你焉耆人说话。丝路南移更不可能，你们三国联军若能灭了我高昌，我麴文泰的一切你都可以拿走。战场上赢不了，一切都是空谈！”

说完，他站起身怒气冲冲地离开了大殿。龙突骑支也知道这个条件麴文泰不可能答应，丝毫不意外，冷笑一声，一脚踹翻了几案，带着使团扬长而去。

一场谈判刚刚开始便宣告破裂。

寝宫之中，王妃仿佛陷入悠远的回忆：“我娘家姓宇文，法师一定听说过这个姓氏。”

玄奘自然听说过。从南北朝乃至隋唐年间，这是第一等的显赫姓氏，北周国姓。到了隋朝，宇文述受到隋文帝和隋炀帝两代帝王宠信，宇文氏一族权倾朝野。在大业十四年，宇文述的儿子宇文化及弑杀隋炀帝，可以说隋朝就是断送在了宇文氏的手里。

“我是周朝上柱国大将军宇文庆这一支，祖籍洛阳，闺名玉波。说起来与法师还算是同乡。”王妃幽幽地道，“大业四年，文泰和先王去张掖朝见炀帝，随着皇帝来到长安，又随他去远征高丽。炀帝对文泰极为喜欢，极力笼络他，希望打开西域通道，大业八年，甚至将我册封为华容公主，许配给了文泰。婚后，我就随着文泰来到了高昌，文泰对我言听计从，在我的劝告下，发起汉化改革。没想到推行了不到一年，就激发政变，一家人逃亡突厥，颠沛流离，直到六年后，才平定叛乱，返回高昌。”

宇文王妃泪水缓缓流淌，低声吟唱：“吾家嫁我兮天一方，远托异国兮乌孙王。穹庐为室兮毡为墙，以肉为食兮酪为浆。居常土思兮心内伤，愿为黄鹄兮归故乡。”

玄奘默默地听着，内心也不胜凄凉。玄奘精通儒学，自然听得懂，她唱的是西汉细君公主的《黄鹄歌》。细君公主身世凄凉，是西汉和亲的第一位公主。她是汉江都王刘建的女儿，年幼时，刘建因谋反自杀，她的母亲则以连坐被斩，长大后，汉武帝为了联合乌孙国抗击匈奴，将她封为公主，嫁给乌孙王昆莫。昆莫年老，两年后去世，他的孙子岑陬即位。乌孙习俗是收继婚制，岑陬要继承昆莫的所有妻妾。细君公主无法接受，向汉武帝要求回国。汉武帝不允，命她嫁给岑陬，细君只好再嫁。一年后便忧伤而死。

“汉之解忧公主、王昭君，隋之安义公主、义成公主，还有我！哈哈——”宇文王妃大笑，“什么强汉、大隋，统统都是懦夫！它们的赫赫声名，锦绣江山，便是出卖了我们这些弱女子换来的么？”

玄奘无法回答，叹道：“王妃，前隋已亡，您的使命也结束了。贫僧看来，国王陛下对您很是宠爱，何不就此享受人伦之爱、夫妻之情？”

“他对我很好？”宇文王妃惨笑一声，“他真的对我很好！在法师的眼里，文泰是个什么样的人？”

玄奘不知她为何要问这个，想了想，道：“陛下性情沉稳，仁义慈悲，广布仁德于国内，百姓富裕而和乐。”

宇文王妃嘲讽地看着他：“这就是法师您眼中的麴文泰么？可却不是我眼中的麴文泰！”说话间，王妃唰地扯开了身上的衣衫，光裸的脊背暴露在玄奘面前。

玄奘大吃一惊，急忙转脸，可就在这一瞬间，他心中禁不住一沉，王妃那洁白的胳膊和脊背上，竟然纵横交错，到处都是陈旧的瘀青和鞭痕！

“阿弥陀佛！”玄奘厉声道，“请王妃自重！”

宇文王妃嘶声大笑，缓缓套上衣服，嘲弄道：“法师看清了么？这些鞭痕，这些烙印，这些拳打脚踢的瘀伤！这就是你眼里仁义慈悲的麴文泰！一生广造佛寺，布施僧侣，他的仁德和善政让你称颂不已的麴文泰！”

玄奘难以置信道：“这些……是他打的？”

此事真是耸人听闻，连一旁的阿术都吃惊无比。毕竟，一国王妃那是何等身份？象征着这个国家的体面，却被凌辱到这种模样，一旦传出去必定举国哗然，西域诸国都会震惊。

“法师以为，作为王妃，还有别人敢动我一根指头么？”宇文王妃冷冷道，“麴文泰根本就是一个懦夫，一个伪君子，一个虐待狂！他敬佛，拜佛，佞佛，护佛，只是为了营造他虚伪的面目，他内心狠毒残暴，当年平定叛乱，一日之间夷平六十名叛乱者的九族，三千多人人头落地，从八十多岁的老人到还在吃奶的婴儿，一个都不放过！他强大却又懦弱，慈悲却又残暴，意志坚定却又朝令夕改。他在每个人的眼里都是一张不同的面孔，他在法师您的眼里是个仁君，在我的眼里是个虐待狂，在大王子的眼里冷酷凶狠，在二王子的眼里背信弃义，在三王子的眼里冷漠无情，在大臣的眼里喜怒无常，在百姓的眼里慈悲仁义……法师，您能想象我在嫁给他的十八年里，到底过的是什么日子吗？”

玄奘彻底惊呆了。宇文王妃的衣襟没有拉好，隐约露出一条暗褐色的鞭痕。玄奘实在无法想象，那个对自己毕恭毕敬，对佛法虔诚崇敬的国王，居然能挥动鞭子，在自己妻子的身上狠狠地抽下去。

“麴文泰的第一任王妃是突厥人，便是麴仁恕和麴德勇的母亲，她早亡，后来又娶了一名嚈哒遗族的公主，便是麴智盛的母亲。二十年前，这位嚈哒公主也死了，突厥人让他再娶突厥女子为妻，但麴文泰作为高昌的世子，极为自负，愤怒于突厥的压榨，打算脱离突厥，投靠大隋，于是便经炀帝赐婚娶了我。”宇文王妃淡淡道，“炀帝那人早有定论，虽然好大喜功，却极为现实，我也好，安义公主、义成公主也罢，每个和亲的公主都负担着使命，影响国王，亲善朝廷。第一年，我们志同道合，感情和睦，他待我也极好，我一直以为在异国他乡找到了真正的爱情，我耗费无数精力，帮他汉化改制，甚至不惜动用宇文家族的关系资助高昌。但很可惜，他推进改制过于粗暴，我这时已经完全站在了高昌的立场上思考问题，屡劝他戒急用缓，但他不听，终于激起了叛乱，我们一家人狼狈逃亡到突厥……”

玄奘和阿术默默地听着，大殿里悄无声息，水池里的温泉咕咕地冒着气泡，四名侍女看来是王妃的心腹，听着她讲述往事，眼睛里泪痕隐隐。其中一名年龄大的侍女轻轻走过去，捶着王妃的脊背，柔声道：“公主，莫要再说了。您的苦楚，谅来法师可以体会。”

宇文王妃摇头轻叹：“这世上，佛说有八苦：生、老、病、死、怨憎会、爱别离、求不得、五取蕴。可有和亲公主的苦么？尤其是那亡国的和亲公主！当年，我们流亡突厥，受尽了欺辱，麴文泰哀求我取得皇帝的援手，支持他复国。可是您知道，先是杨玄感造反，又是第三次征伐高丽失败，各地反王纷纷造反，陛下巡幸雁门，几乎被突厥人擒拿，他自顾不暇，哪有工夫顾得上一个和亲的公主？随后就是隋末大乱，北方除了长安，几乎都落入叛军手中，连陛下自己都跑到了江都。大业十三年，薛举在陇右造反之后，我和朝廷连音讯都断绝了。那些年，我们是怎么熬过来的啊！麴文泰的骄傲和自负受到惨重的打击，脾气日发乖戾暴躁，认为我是不祥的女人，日日鞭打、凌辱，他打我的耳光，揪我的头发，用火红的铁箸烧灼，冰天雪地中用冷水泼我，让我险些冻毙，更将我按在池塘中几乎窒息……大隋亡国后，他更对我彻底死心，为了求得突厥的宽恕，甚至将我送上突厥贵族的卧榻……”

她凄厉地惨笑着：“法师，这人生八苦，哪一苦能与我相比？”

侍女们跪倒在地上呜呜痛哭，王妃厉声喝道：“哭什么？你们的眼泪哭干了，等我死后，又有谁会为我哭泣？”

“所以，你便蓄养流人，企图发动叛乱，杀死麴文泰？”玄奘叹息不已。

“杀他？”王妃傲然道，“我若要杀他，一杯鸩酒就让他下地狱了。我所为者，只是那无可依靠的家国，皇帝和父亲赋予我的使命。大隋亡了，可它的公主还在，它的子民来到异国他乡还有个人可以依靠。原本，薛先生这些流人都是托庇于东突厥的义成公主，非但流人，义成公主甚至将炀帝的萧皇后迎到突厥，把齐王杨暕的遗腹子杨政道立为隋王，将上万流人送给杨政道，建立朝廷，并且数次鼓动处罗可汗和颉利可汗攻打李唐。只是前些年李唐曲意收买东突厥，她日子不好过，才让薛先生等人投奔了我。”

玄奘对她这种行为倒不认可，劝道：“王妃，隋末乱世十七年，如今人心思定，大唐国力恢复，蒸蒸日上，何苦再收拢流民，与大唐为敌呢？那里，到底是你的故乡。”

“法师，我并非要掀起战乱。”王妃幽幽地出神，“想我们这些亡国公主，在这世上无依无靠，看见了亡隋流人，就像看见了自己的亲人。若是能为他们在高昌国寻找一块根基，无论做什么都我愿意。”

玄奘苦笑：“一招错，全盘错。贫僧一直以为劫持我的人是龙霜月支，那些流人也是她所豢养，没想到中间竟然出了这样的岔子。”

宇文王妃咯咯直笑：“法师一向洞彻天机，如何却在这件事上出错？”

“因为……因为……”玄奘苦笑，“贫僧一向对龙霜月支悚惕太深，一见那纵马挥锤的女中豪杰之态，便先入为主认成了龙霜月支，谁能想到王妃也如此豪迈。”

“宇文家的女儿又如何会有儿女之态！”王妃冷冷地道。

“是啊！”玄奘也感慨，“如今贫僧才明白，王妃早已有心谋反，暗中蓄养流人。那龙霜月支的智谋当真深不可测，竟躲藏暗中，故意吸引王妃劫持贫僧，搅动这高昌风云，从而坐收渔利。贫僧虽然应了她的赌约，但此局还未开始，已经逊了她一筹。”

宇文王妃见玄奘如此推崇龙霜月支，显然很不舒服，哼了一声：“那个妖女也配指使我么？你前往交河城那日，她来见我，故意诱劝我出手，我也无非是想借助她转移外人的目标，才故意应承了她而已。何况，劫走你对我百利而无一害。”

玄奘想了想：“如今看来，王妃也是想故意引起高昌动荡，两位王子夺嗣，从而利用流人掌控时局么？”

王妃嫣然笑道：“法师是个聪明人。没错，我就是要麴文泰一无所有，让他孤独地坐在王座上，整个西域无可依靠，举目茫茫，就像一个和亲的亡国公主。”

玄奘还要再说，忽然一名婢女惊慌失措地跑来：“王妃，陛下回来了。他……他心情仿佛极为不好。”

王妃的身子猛地一颤，洁白的肌肤上，起了一层颗粒。

“阿弥陀佛。”玄奘道，“王妃既然说出了这等机密大事，想必不会再放贫僧离开了吧？”

王妃笑了笑：“法师，您还是在这儿住上几日吧！风平浪静之后，我自然放您西去。”

玄奘苦笑：“贫僧一介僧人，怎能居住在王妃的后宫之中。”

王妃斜睨着他：“这里只有一道门，您若是敢出去，本宫就扯烂衣衫，向麴文泰哭诉说你强奸了我。”

玄奘呆住了，他看看阿术，似乎没有听懂。阿术的小脸憋得通红，想笑，急忙伸手捂着，憋得辛苦无比。这招对玄奘的杀伤力太大，他十岁出家，十三岁剃度，自幼研读佛经，虽然行万里路，读万卷书，对人间的机巧诡诈、谋略权术一眼便能看破，却从未碰上过这种无赖女子，更没遇见过以自身名节来威胁的，一时间真不知该如何是好。

“怎么，法师不信？您可以走出这宫殿一步试试看。”王妃伸手去脱衣服，脸上神情却平静无比，“我已经是不洁之人，被无数突厥贵族玩弄过，法师乃人间佛子，清净白莲，能与法师一起被人羞辱，倒是我的福分。”

“阿弥陀佛……”玄奘这回真无奈了，想当年崔珏的十八泥犁狱他都来去自如，号称谋僧的法雅，对他都无可奈何，如今碰到这位王妃，他却当真没了一点办法。

王妃一声长笑，笑声中却有说不尽的凄凉。她从靠垫上起身，袅袅婷婷地离开了浴室。白衣如雪，恰似一朵零落的莲花。

第九章
公元 629 年的政变

王妃走后，玄奘既然走不了，就安静地趺坐在地上，捻着念珠，默默诵经。好在这浴室地下有温泉，地面不冷。阿术却喜欢这温泉，他年龄小，也不在乎旁边的俩侍女，见玄奘闭着眼睛，三下五除二脱光衣服，一个猛子扎进了浴池中。

玄奘讶然睁开眼，却已经来不及阻止。俩侍女也没阻拦他，见这小孩游来游去的，居然充满了兴趣。

高昌王宫小，浴室和寝宫距离并不远，王妃和麴文泰的说话声隐约传来。就听王妃道："陛下，和龙突骑支谈得不愉快么？"

"哼。"麴文泰不答，忽然间听得哗啦啦的杯盘落地声，他厉声喝道，"这茶中为何放了这么多的盐？你要咸死我吗？"

王妃没有说话，突然一声惨叫，只听见咯吱咯吱的瓷器碎裂声，仿佛有重物踩在瓷器碎片上。麴文泰狞笑道："你身上为何这么香？又要去勾引男人么？"

"陛下——"王妃愤然喊了一声。

"难道不是？"麴文泰怒喝一声，随即是人体倒地的扑通声，

“若非为了高昌的体面，本王真恨不得划花了你这张脸！”

“我这张脸，在陛下的眼里早已经污浊不堪了。”王妃的声音很奇怪，似乎从地面传来，带着些许压抑，吐字不清，“若陛下不满意，划了也就是了。”

玄奘心中悲悯不已，宇文王妃所说，果然没有丝毫的夸张。刚见面时，麴文泰的虔诚、慈悲、仁爱当真打动了玄奘，可一个信佛的人，果真就是善人么？佛说：凡所有相，皆是虚妄。自己还是没有一双透视众生的天眼啊！

见他有想站起来的意思，两名侍女立刻向前，低声道：“法师请恕罪，您若是出去，我们也得扯掉衣衫。”

玄奘不说话了。

就在这时，寝宫里的麴文泰忽然惊惶地吼叫起来：“疯子！你是个疯子——”

王妃厉声惨笑，叫道：“佛祖说，秀莲生水中，不为水染污；我实为佛陀，不为世间玷。哈哈，没有人可以再玷污我啦！”

“疯子——”麴文泰怒吼一声，砰的一声沉闷的巨响，似乎有一只脚重重地踢在了人身上。随即就响起慌乱的脚步声，急促远去。

玄奘霍然站起，两名侍女忠于职守，戒备地盯着他，手抓在了衣襟上。玄奘急忙道：“王妃好像出事了，你们快去看看。”

“不用看了……”两名侍女犹疑不定的时候，幔帐被人缓缓掀开，王妃披头散发地走了进来，她浑身鲜血，脸上更是鲜血淋漓，刚走了一步，忽然咳出一口血，摔倒在地。

玄奘一跃而起，过去扶起她，心里猛地便是一沉。王妃凄惨地笑着，左脸颊上却有一道深深的伤口，从颧骨划到了嘴角，整个人已经完全破相！

她手上也是伤痕累累，纤细的手指和胳膊上，到处扎着碎瓷片，胸口洁白的衣襟上，还印着一个湿漉漉的脚印。

“王妃——”玄奘潸然泪下。

王妃惨笑着：“法师，您是我的娘家人，更是我的同乡，能叫我一声公主么？”

“公主，到底发生了什么事？”玄奘手忙脚乱地撕下自己的僧袍，阿术走过来，默不作声地摘掉她手上的碎瓷片，给她包扎了起来。

“也没什么事。”王妃听着这一声“公主”，仿佛很欣慰，毫不在意地道，“他把茶盏打翻在地，我去捡的时候，他踩着我的手，在碎瓷片上碾压。呵呵，法师您不用忧心，习惯了，也不觉得痛。”

“公主！”侍女们呜呜地哭了起来，“您的脸……”

“我自己用瓷片划的。”王妃平淡地道，“拿铜镜来。”

“公主，您还是……”玄奘见她脸上烂肉翻卷，鲜血淋漓，心里难受无比，“不要看了。”

王妃朝着侍女厉声道：“拿铜镜来！”

一名侍女哭着奔过去把铜镜搬了过来，放在她面前。王妃痴痴地看着铜镜中的容颜，忽然笑了：“法师，直到此刻，我才真的觉得自己很美。”

玄奘和阿术对视了一眼，不禁有些忧心，难道是毁容之苦，让她的精神有些失常了么？

王妃眼中淌出大滴大滴的泪水，哽咽道：“法师，莲花生于水中，三十二瓣，瓣瓣美丽，总惹得有人把它摘到手中亵玩。可它若是碎了呢？残了呢？它自由自在，不染于污泥，不污于死水，是不是才是真正的美丽呢？”

“公主……”玄奘泪水奔流，声音有些哽咽，却钦佩地凝视着她，“您真的很美，便如佛祖手指间那朵金婆罗花，世间众相，再也美不过您的风华。”

王妃欣慰地笑笑，气息却有些虚弱。玄奘忧心地看着她心口那个脚印，那重重的一脚，只怕已经伤了她的脏腑。

王妃慢慢地闭上了眼睛，嘴里却呢喃着："吾家嫁我兮天一方，远托异国兮乌孙王。穹庐为室兮毡为墙，以肉为食兮酪为浆。居常思土兮心内伤，愿为黄鹄兮还故乡……"

麴文泰本想回后宫散散心，却被王妃疯癫的一幕吓坏了，一边往外走着，一边咒骂："疯了！疯了！这女人真是疯了……"

"陛下！"刚走了没多远，却见朱贵一溜小跑过来。

"吼什么！"麴文泰一声怒喝，气得要一脚踹过去。

朱贵急忙跪下："陛下，龙突骑支又来了，说要带霜月支回国。"

麴文泰怔了怔，想起麴智盛便头疼，挥了挥手："让他自己去找麴智盛，他有本事带走，本王求之不得。"

"可……"朱贵愁眉苦脸，小声道，"可三王子住在后宫。"

麴文泰摇头不已，自己真是被那疯女人吓住了。也是，后宫之中，怎么能让焉耆人乱闯。他想了想："你去请龙突骑支来吧，本王亲自带他去见麴智盛。"

朱贵答应一声，急匆匆地走了，麴文泰回到正殿，整理了下仪容，命麴德勇调来一百名宿卫随身保护。他对麴智盛这孽子真是有些惊惧，那只恐怖的大卫王瓶他丝毫没有怀疑，原因很简单，他听说这王瓶的神异之后，也在想办法与魔鬼达成契约，却没想到被麴智盛领先一步。当日，他隐身暗处，亲眼看见了那魔鬼出现时的恐怖一幕！

"若是焉耆人能逼迫那孽子用完三个愿望，本王岂非就可以得到王瓶了么？"一泛起这个念头，麴文泰的心顿时怦怦跳动起来。

这时朱贵带着龙突骑支到了，龙突骑支带着十六名龙骑士，全副武装开进了王宫。麴德勇有些不满，低声道："父王，这龙突骑支太过无礼，竟然带着这么多人进入后宫。"

麴文泰冷冷一笑："让他带着。哼，越多越好。"

麴德勇不知道他心里的念头，也不敢再说。两国人合并在一起，谁也懒得搭理谁，径直跟随在麴文泰的身后，去了麴智盛独居的后殿。

麴智盛后殿的大门这时畅通无阻，那日他为了迎接玄奘拆掉了土坯砖，也没时间再堵上。众人来到院子里，便听见宫室中传来欢声笑语，一听就是麴智盛和霜月支在打情骂俏。两人异常快乐，嘻嘻哈哈的，丝毫不顾忌。

麴文泰看了看龙突骑支，笑了："看来龙霜公主与我儿情投意合，颇有些乐不思蜀啊！"

龙突骑支自然也听到了女儿的声音，脸上难看起来，当先走进院子。他刚进来，迎头就碰上麴智盛顶着一头甜瓜皮，衣襟上沾满了葡萄酒渍，狼狈地跑了出来，边跑边朝屋里喊："霜月支，你使诈——"

一眼看见这么多人，麴智盛脸上的笑容戛然而止，有些发愣。他不认识龙突骑支，但对他的服饰却不陌生，当即心中有些发沉，对麴文泰施个礼："父王，这些是什么人？您为何带这么多人来？"

麴文泰冷冷道："这位便是焉耆王，霜月支的父亲，他来，自然是要接霜月支回去的。"

麴智盛的面孔扭曲起来，阴沉沉地盯着龙突骑支。龙霜月支听得外面不对劲，急忙奔了出来，一看见龙突骑支，吓了一跳，规规矩矩见礼："霜月支见过父王。"

麴智盛一看见霜月支，脸上的阴鸷立时消散，拉着她诚恳地对龙突骑支施了一礼："岳父大人，霜月支在这里很快乐。我并非如传言中那般掳掠了她，我们是真心相爱。请岳父大人不要拆散我们。"

龙突骑支鼻子险些气歪了，怒道："谁是你的岳父？小畜生，你掠我女儿，辱我焉耆，我与你势不两立！这笔账咱们以后再算，霜月支，跟我走！"

"小畜生"这三个字着实刺痛了麴文泰，他暗生恼怒，却没有表示，冷眼看着。

龙突骑支伸手去抓龙霜月支，但麴智盛的反应出乎所有人意料，他猛地一把拽住她，撒腿就跑进了宫室！龙突骑支没想到麴智盛会跑，一手捞个空，愕然半晌才反应过来，撒腿就追了过去。没想到麴智盛早有计较，一把将龙霜月支推进宫殿，反手就把大门推了上去。龙突骑支只顾追，猛地见眼前一扇大门撞了过来，顿时魂飞魄散，急忙仰头，已经被大门拍了个正着。

那宫门都是以红柳木包铜钉制成，龙突骑支这一脑袋正撞在一颗铜包钉上，砰的一下，一屁股跌坐在地，脑门顿时鼓起个包，鼻梁骨也被拍得陷了进去，鲜血迸流。众人全被这变故给惊呆了。朱贵急忙上前扶起他，众人险些笑出来，眼前的焉耆王，脸被拍成了平面，额头上长出一只独角……

“小畜生！”龙突骑支几乎疯掉了，使劲踢打大门，“你给我开门！老子砍死你！”

“岳父，您不要逼我！”麴智盛却比他还愤怒，“您是霜月支的父王，那便是我父王。须知我不是怕您，我执晚辈之礼，以礼相待……我绝不会让霜月支跟您回去的，若是再逼我，休怪我翻脸无情！”

龙突骑支摇摇晃晃地站着，只觉鼻子、额头无处不疼，随手往脸上一抹就是一手的鲜血。他愤恨地把血抹在大门上，喝道：“这就是你的以礼相待？我呸！小畜生，你今日不交人，我跟你不共戴天！来人！”他抹了把脸上的血，朝龙骑士们喝道，“给老子砸开！”

龙骑士们面面相觑，他们倒不像龙突骑支那般身心受创，失去理智，在人家高昌国，砸人家宫门……行吗？但一看自家国王暴怒的模样，又见麴文泰没有反对，便大着胆子行动起来。宫中没有撞木，但砖坯倒不少，当日麴智盛运来一大堆砌门，都堆在旁边。龙骑士们一人抱着一块，嘿呦一声就砸了过去。

王宫的砖坯规制与城墙一般无二，都是长一尺、宽七寸、厚达五寸，整块怕不下二三十斤，咚地砸上去，顿时大门摇晃，尘土飞扬。这些龙骑士都是焉耆国的勇士，膂力惊人，十六人每人一砖头砸下去，门轴崩裂，两扇大门摇摇欲坠。

龙突骑支大吼一声，飞身一脚踹上去，大门轰然倒塌，伴随着一声巨响，重重地拍在了室内的地面上。龙突骑支手持弯刀冲进大厅，日光从穹顶上照耀下来，灰尘飞舞，他定了定神，却看见麴智盛和龙霜月支手握着手，并肩站在廊道深处，一脸绝望。

“小畜生，”龙突骑支狞笑道，“看你往哪里逃！放开霜月支！”

麴智盛悲哀地瞧着龙霜月支：“你父王来接你啦！”

“父王，”龙霜月支紧紧攥着麴智盛的手，泪眼盈盈地哀求，“您放过我们吧！我是真的爱上了智盛，我不愿让两国的敌对阻挡我们相爱的心。您就当没有我这个女儿，我们宁愿离开西域，永生永世不再回来！”

这位公主演戏的才华实在了得，这一番哭诉，便是铁人也被哭软了心肠，麴智盛更是涕泪交流，伤心不已。

“你说什么？”龙突骑支有些糊涂，随即醒悟，温言道，“霜月支，你是受了魔鬼的蛊惑。从前你不是万分瞧不起这小子么？你是咱们焉耆人的宝贝，是大家公认的西域凤凰，他如何配得上你？你是受了这小子的威胁吧？不要紧，待父王斩了他，带你回家！”

“不，父王！”龙霜月支嘶声大叫，“我是真的爱他。”

龙突骑支充耳不闻，盯着麴文泰：“姓麴的，你若是不管，我便要强行抢人了。若是这小畜生有个损伤，莫要怪我！”

麴文泰淡淡道：“他既然是畜生，在你眼中无非猪羊一般，你爱怎么办就怎么办好了。”

龙突骑支一愣，听出了麴文泰的愤怒，但他自己更恼怒，当即哼了一声：“来人，请公主回国！”

十六名龙骑士冲过去就要强抢龙霜月支。麴智盛朝着龙霜月支惨笑一声："霜月支……"

龙霜月支深情地凝视着他，扑进他的怀中，幽幽道："我不会怪你的。"

"都是他们逼我——"麴智盛喃喃道，忽然反手一把扯下了身后的帷幔，日光下，黄铜铸就的大卫王瓶闪耀着金色的光芒，被供奉在佛龛之上。瓶身上的花纹如同一股诡异的眼波在流动。

龙骑士们顿时一怔，龙突骑支深吸一口气，沉声喝道："大卫王瓶！嘿，老子今日倒要看看，它究竟有什么魔力，来人——"

话音未落，只听咄的一声，一支利箭射在了他的脚下！龙突骑支一惊，猛然间就听见回廊外响起嗖嗖嗖的箭羽破空之声，兵刃交击声、惨叫声、嘶吼声、人体中箭声、兵刃坠地声乱作了一团。原来，外面的庭院中突然出现近百名黑衣蒙面的战士，对值守的宿卫发动了突袭，宿卫们只有一百人，对方一轮利箭就射杀三十多人，随后发动攻击，麴德勇虽然勇武，猝不及防下也抵敌不住，只好退进了宫中。

麴文泰惊呆了，喝问："发生了什么事？"

回答他的是杂沓的脚步声，二层三层的楼梯上脚步奔响，日光的暗影中，奔跑着无数的战士，刀光凛冽，箭镞生寒，上百名战士控制了二层三层的楼梯，张弓搭箭，对准了大厅中的众人。麴文泰的心一点点地沉了下去。

"你们究竟是什么人？"麴文泰大声喝问。

"他们是你的敌人，同我一样。"回廊外，响起一声冷笑。

麴文泰霍然回头，只见黑衣战士的簇拥下，一名清癯老者陪同着自己的王妃缓步走了进来。他们身后，竟然是玄奘和阿术！

宇文王妃脸上一道狰狞的伤疤，从颧骨直达嘴角，她没有包扎，鲜血仍在流淌。不过她的手掌倒被一条杂色的僧袍包裹了起来，外面还渗着鲜血。

麴文泰脸色难看："你……这是怎么回事？"

王妃咯咯冷笑："陛下，你还不明白么？我造反了。"

麴文泰呆住了。龙突骑支和麴智盛也目瞪口呆，谁也没有想到，高昌王妃竟然造了反！尤其是龙突骑支更是叫苦不迭，自己这么倒霉，竟碰上了高昌政变！

"为什么？"麴文泰厉声问。

"为什么？"王妃嘶声大笑，"你问我为什么？一个大隋公主，一个深爱你的女人，十八年来被你无休无止地凌辱折磨，你我之间还能剩下什么？当你按着她的口鼻，把她溺入水中时，你是否问过为什么？当你用皮鞭在她身上抽出斑斑血痕之时，你是否问过为什么？当你将她送进突厥人的大帐，你是否问过为什么……"

所有人都惊呆了，他们震惊的原因倒不仅仅是麴文泰对王妃的虐待，更让他们惊惧的是——自己听到这种可怖的宫廷秘辛之后，会不会被高昌王灭口！

麴文泰额头渗出了冷汗，脸上终于现出惊惶之色，他嘴唇嚅动，苦笑地凝视着玄奘："法师……难道您也造了弟子的反吗？"

这话不伦不类，但玄奘却心酸无比，摇头道："贫僧只是王妃的俘虏。"

麴文泰松了口气，怔怔地想了半晌，才道："玉波，我自知亏欠你甚多。大业八年，你初嫁之时，你我琴瑟和鸣，敦伦恩爱，难道我真的不曾爱过你么？可是，短短一年里，那个骄傲的世子，高贵的青年，他被你毁了！你让我改革，我便改革；你让我驱逐突厥，我便驱逐突厥；你让我镇压异己，我便镇压异己。我知道你是为了隋朝皇帝交付你的使命，我爱你，我钦慕汉家，我愿意去做，哪怕迎着全体高昌人的反对，哪怕迎着阴谋与背叛，政变与杀戮，为了你的欢心，我毫不动摇！可是，你不懂政治，更不懂人心，当我们挥出手中刀，斩下敌人头时，便再也无法收手了！在那场政变中，正是你的仁慈，你的无知，才让他们有机可乘，攻占王城！玉波，是你毁了我！毁了高昌！”

麴文泰声嘶力竭，声泪俱下，凄厉地惨笑着：“玉波，是你让我亡了国！是你让我成了丧家之犬！是你让我像狗一样托庇在突厥人的帐下！让我丧失尊严，信心溃散，豪情意气荡然无存！玉波，我恨你，我真的恨你！”

王妃浅浅地笑着，但脸上的伤疤与鲜血却让她的微笑变得狰狞：“是啊！你我自从失国逃亡，就这么互相憎恨，爱没了，情没了，一切都没了。任人凌辱也罢，折磨也罢，糟践也罢，我原本已不在意这个躯壳了，可是我还有恨。一年的爱，十七年的恨，文泰，你让我如何释怀？”

麴文泰泪如雨下，只是喃喃地道：“冤孽！冤孽……”

“文泰，你这便走吧！”王妃凄凉地道，“大隋已经亡了，爱情也亡了，你死之后，恨也消亡了。就让我们的孽缘，始于政变，终于政变。也许，这才是佛祖安排的因果。”

王妃默默地回头，无力地挥手：“杀了他。”

旁边的薛先生举起手，正要砍下去，玄奘忽然疾步跑了过去，挡在麴文泰面前，张开双臂护住他：“阿弥陀佛，公主三思！”

薛先生有些为难，王妃却一点也不意外，淡淡地道：“法师，其实我很想杀了您。杀了您，高昌才会与李唐彻底决裂，成为我亡隋流人的一方净土。可您是大德高僧，杀僧的重罪我承担不起。这辈子，我下到泥犁狱中，有无数的罪孽等着我，理也理不清，我不愿再增加罪孽了！您不要逼我。”

玄奘却笑了笑，脸上涌出怜悯：“公主，贫僧求的是佛，对贫僧而言，刀锋箭镞皆是佛。若是您能得解脱，贫僧死又何妨？但是贫僧想告诉您一句话：过去心不可得，现在心不可得，未来心不可得。为何不可得？因为你得到的，只是虚妄。往事如一盏灯，灯灭了，眼前晃动的只是灯影而已。秀莲生水中，不为水染污。既已为秀莲，何必惹尘缘？”

“既已为秀莲，何必惹尘缘？”王妃轻轻念着，似乎痴了，幽幽叹道，“他不死，我如何洗掉身上的污垢？”

玄奘含笑问：“他若死，你如何洗掉身上的污垢？他不死，你身上又如何有污垢？”

王妃悚然动容，眼波迷离，陷入沉思。玄奘轻轻松了一口气，麴文泰这时才觉得冷汗已湿透重衣，可便在这时，忽然庭院中响起杂沓的脚步声，随即传来轰轰轰的巨响，四面八方的窗户尽皆被撞木冲破，无数的宿卫军破开门窗，弓箭对准了亡隋流人！

众人全愣住了，眼见得一场政变可以妥善解决，没想到局势陡然一变。

朱贵带着张雄大步走了进来，宿卫军将亡隋流人团团包围。朱贵急忙跑到麴文泰面前哭道：“陛下，您没事吧？现在好了，老奴偷偷跑出去通知了大将军，这些逆贼已经成了瓮中之鳖。”

“陛下，”张雄一脸羞惭，“臣请罪。若非朱总管知会，臣真是万死难赎。”

“太欢！太欢……”麴文泰感受到朱贵和张雄的忠心，眼睛不禁湿润了，这时才彻底放下了心，他冷冷地盯着王妃：“让你的人放下武器！”

王妃却不理他，只是问玄奘：“法师，您说得对，他死与不死，与我并无干系。他只是莲下的污泥，池中的死水。”

麴文泰眼睛里露出深深的痛苦，咬牙喝道：“杀了她！”

宿卫们刚刚将弓箭对准王妃，却见她转身凝视着麴文泰，眼里露出一丝讥诮的笑容。麴文泰突然觉得有些不安，还没想明白，脖子上猛地一凉，背后一个低沉的声音道：“父王，杀不得。”

麴文泰艰难地扭回头，顿时呆住了，只见麴德勇手中横握弯刀，森寒的刀刃搭在他的脖颈上，冷酷的脸上充满讥诮。所有人都目瞪口呆，这场政变当真是一波三折，诡谲难言，谁能想得到，王妃发动政变的背后，居然有二皇子参与！

玄奘瞥了龙霜月支一眼，见她神情丝毫不乱，嘴角甚至挂着浅浅的微笑，禁不住低低一叹："公主，这番风波，想必也在您谋划之中吧？"

龙霜月支凑到玄奘耳边，低声道："法师，承让了，且接着观瞧好了。"

麴智盛一直记挂龙霜月支，见她与玄奘低语，急忙问："霜月支，你没事吧？"

龙霜月支露出小女儿柔弱的情态，依偎在他的怀中："三郎，我好怕。"

"不怕！不怕！我会用大卫王瓶保护你！"麴智盛慨然道。

这场景看得玄奘一阵恶寒，对这位公主更是悚惕不已。

此时的麴文泰，也是目瞪口呆，脑袋里一团糨糊，王妃反对他他能理解，两人之间恨了十七年，发展到今天这地步，他丝毫不奇怪，可是德勇……

"你为何要这么做？"麴文泰呆呆地道，"你是我最爱的儿子，是我最亲的人……为何要背叛我？"

"因为是你在逼迫我！"麴德勇平静地道。

"我逼你？"麴文泰暴怒起来，目眦欲裂，"我将一个父亲的爱交给你，将王宫宿卫交给你，将右卫大将军交给你，将我的生命和整个王城的安全交给你！待我死后，我还要将高昌的王位交给你！德勇，我还有什么没有给你？你居然说是我逼你？逼你背叛，逼你谋反？"

王妃袅袅婷婷地走过来，伸手挎住麴德勇的胳膊，讥讽道："你还把自己的王妃交给了他。"

"你们……"麴文泰这才明白两人的关系，极度的屈辱几乎使他疯掉了，"狗男女！"

麴德勇似乎有些羞惭，但王妃却昂然道："我们不是狗男女，我们只是一双被你逼到了绝境的可怜人！十七年了，我日日受你折磨，若是没有德勇，你以为我有勇气活到如今吗？"

"我没说你！"麴文泰怒不可遏地呸了她一声，盯着麴德勇，恨不得咬掉他的血肉，"我在问他！老子究竟什么地方对不住你？从小你就是我最宠爱的儿子，我将所有心血都耗费在了你的身上，依高昌规制，王位由嫡长子继承，可是我屡次三番想废掉仁恕，扶你做世子。你说，我究竟什么地方对不住你？"

"你对得起我？"麴德勇也愤怒了，朝着他大吼，"我和大哥原本情同手足，一文一武，配合默契。我自幼的梦想就是做个大将军，帮助大哥征战沙场，我没有要做高昌的国王！可是你，自从我在乱军中救了你之后，你信口开河，说要将高昌王位传给我——"

"我没有信口开河！"麴文泰也大吼。

"正是因为你没有信口开河，才把我逼到了今天这个地步！"麴德勇眼眶发红，"是你这一承诺，让大哥视我如仇敌！可你复国之后，却又食言，借口臣民反对，立了大哥做世子。可是父王，你知道吗，我已经回不去了！大哥故作洒脱，其实心胸狭隘，我与他争过王位，一旦你百年之后，他势必不会放过我！又是因为你的承诺，让一大批军中将领将我视为奇货，推着我往夺位这条路走。父王，我今日谋反，完全是你造成的！"

麴文泰呆住了，傻傻的不知说什么是好，喃喃地道："我……我确实是要废掉仁恕，立你的。"

"父王。"麴德勇惨然道，"您越是这般说，越是把我往谋反的路上推啊！大哥是汉学渊源，我与突厥人关系良好，您的国策朝三暮四，举棋不定，您投靠突厥时，想废掉大哥，传位给我。我做好了充分的心理准备，您又转念想投靠大唐，随即反悔。您让我如何适从？您只是告诉我耐心、耐心，可我的耐心恰恰是被您一点点地磨灭了。这次您迎来了玄奘法师，高昌国人人都知道，您已经下定决心向大唐示好，传位给我已经彻底不可能了。可是这些年里，无数人的身家性命已经拴在了我的马背上，以大哥的手段，他日一旦登基，这些人势必要被清洗殆尽。父王，这都是跟随我鞍前马后，死人堆里厮杀出来的同袍兄弟，我只能殊死一搏，为他们，为我自己，搏一个大好前程！”

麴文泰一脸惨然，看了看玄奘，又看看张雄，忽然问：“太欢，本王……真是这样么？”

张雄沉默片刻，无言地点了点头：“陛下，二王子臣所知不多，但大王子的心思臣还是知道一些的。当年您推行汉化改制时，大王子年龄已经大了，他正是在您的熏陶下，才决心学习汉学，最终满腹锦绣。可是，您很快就抛弃了汉家制度，投靠突厥，对大王子百般厌弃。大王子曾经一度想丢弃儒学，讨您欢心，可是您依赖突厥时崇尚突厥风俗，依靠中原时崇尚汉家文化，大王子无所适从，生怕丢掉王位，所以这些年来对朝政三缄其口。”

麴文泰长叹一声，闭上了双眼。麴德勇道：“大将军，让你的人放下武器！否则，便是你逼杀了陛下！”

张雄汗如雨下，看了看麴文泰。麴文泰身子无力，颓然倒了下去，麴德勇这时正把刀架在他脖子上，刀刃顺势一割，划破了肌肤，险些一刀割掉了他的脑袋。麴文泰顿时出了一身冷汗。他害怕，张雄更害怕，忙不迭地让士兵们放下武器。

麴德勇命张雄带人退出宫室，赤手站在院里。自己从怀中掏出一只号角，呜呜地吹了起来。沉闷的号角声震动宫廷，远远的，就听见四面八方都响起沉闷的脚步声，奔跑中甲叶碰撞，一队队的战士全副武装控制了整个王宫。竟然是高昌最精锐的中兵！

兵部制度方面，高昌沿用南北朝，分为五兵：中兵、外兵、骑兵、别兵和都兵。但具体到这么个小国，五兵功用却与中原不同，中兵顾名思义，就是保卫王宫，人数虽少，但最精锐，一直被麴德勇掌控；外兵则是其他各郡的驻军；骑兵高昌只有一支，也驻扎在王城，由麴德勇掌握；都兵则是驻扎在高昌王城的主力，一向由张雄统率；别兵就不值一提了，相当于后备军。

而麴文泰自己，其实只掌握着三百人的贴身宿卫。由此可知麴德勇的权力多大，麴文泰对他信任到了何等程度。

张雄一听脚步声，就知道上千人的中兵全体出动，立刻就弃了抵抗的念头。麴德勇得意扬扬，让薛先生的人撤退，换上自己的中兵，将麴文泰、玄奘、龙霜月支等人控制了起来，然后问王妃："玉波，你的人可以退下了吧？"

王妃笑了笑："这是你的王宫，你的王国，流人只是托庇于你。既然你已经控制了大局，他们自然可以放下武器，做个良民。"

说完挥手命薛先生带着流人退出大厅。

麴德勇很满意："玉波，你对我的好，哪怕我做了国王也永志不忘。"他凝视着王妃受伤的面孔，忽然有了些心疼，轻轻将她揽在怀里，柔声道，"你为何那么傻？咱们筹谋这么多年，眼看就要成功，你何苦毁了自己的容颜？"

王妃凄然道："德勇，以色侍人，终有衰时。正是这张脸带给我一生的凄凉，毁了它也好。你成功之后，我便去皇寺出家，永伴青灯古佛吧！"

"玉波，这是什么话！"麴德勇勃然作色，"在那些艰难的日子里，你我相互扶持，难道我爱你，便是为了你这张脸吗？我不介意你的过往，不介意你受到的羞辱，因为我知道你的珍贵。按照突厥风俗，收继婚制，你便是我将来的王妃！”

麴文泰气得暴跳如雷，怒喝道：“狗男女，你们还要不要脸？”

麴德勇冷笑：“我祖父之前，高昌便是收继婚制，他也曾娶了我曾祖父的后妃，我恢复旧制，有何不可？”

麴文泰哑然无语。

麴德勇召来一名将军，冷冷道：“奉陛下旨意，查世子麴仁恕勾结外臣，意图谋逆，着即赐死。去吧，用一杯鸩酒，送我大哥体面地去地狱！”

那名将军躬身道：“遵命！”随即带着一群中兵迅速前去搜捕麴仁恕。

玄奘悲哀地道：“二王子，手足相残，你想入阿鼻轮回么？”

麴德勇冷冷道：“大唐皇帝陛下若没有手足相残，如何来的这宝座？”

玄奘想上前阻止，却被中兵们用刀剑逼着，丝毫动弹不得。麴文泰叹息一声，泪水喷涌而出。

麴德勇满意地看着整个局势都在自己掌控之下，但在处理焉耆人的问题上，他却有些犯难。

“龙王，不知你们焉耆是否理解我的苦衷？”麴德勇含笑问龙突骑支，笑声里，却带着杀机。

龙突骑支在西域摸爬滚打一辈子，虽然性情暴躁，却如何不明白，当即笑道：“贵国政变，与我焉耆何干？我只是来和高昌王谈判，既然高昌王换人，只要我焉耆的条件能满足，自然恢复两国友好关系，全力支持高昌的稳定。”

麴德勇心中一动，沉吟道：“你们的条件，霜月支嘛，自然是要送还的。麴智盛……却不能交给你们处置。”他朝麴智盛瞧了瞧，露出一丝歉意，“他到底是我亲兄弟，麴氏王族，不能让外人折辱。我们便在高昌行刑，一刀斩了。至于丝路南移，原则上我可以同意，至于具体细节，等高昌安定下来，我愿亲自去焉耆商议。您看如何？”

龙突骑支被这巨大的惊喜击中了，脑子竟然有些迟钝。他来谈判，本就是漫天要价，只等着高昌人还价，但没想到一场政变，居然兵不血刃，拿到了丝路控制权！只要麴德勇愿意去焉耆谈判，就表明他有着十足的诚意，龙突骑支如何不答应？当即慨然表态：“陛下，您继承高昌王位，非但是高昌万民之福，也是我焉耆国的福分。您必定能得到我焉耆最诚挚的友谊。只要陛下一句话，我焉耆三国驻扎在边境的大军，愿意为了高昌国的安定付出最大的努力。”

麴德勇也被巨大的惊喜击中了。有了焉耆、龟兹、疏勒等三国的鼎力支持，莫说高昌国内的反对势力，便是整个西域，又有谁动摇得了自己的地位？麴文泰和张雄面如死灰。

两人达成盟约，龙突骑支不愿再掺和这场政变，当即大踏步走到龙霜月支面前，一把抓住她：“霜月支，跟我走！”

龙霜月支紧紧抱着麴智盛的胳膊，一脸惊恐：“父王，我不……智盛，救我——”

玄奘和阿术冷眼旁观着龙霜月支的表演，有些不解，到了此时，她的计划可以说已经实现大半，为何还要把这场戏演下去？

“放开她！”麴智盛两眼顿时通红，嘶声大吼。

龙突骑支脸色铁青，唰地抽出弯刀，一刀劈了过去，吼道：“小畜生，老子就在这里斩了你！”

刀光如雪，眼看就要将麴智盛斩于刀下，玄奘大吃一惊，急忙冲过来挡在麴智盛的面前：“阿弥陀佛！陛下手下留情——”

龙突骑支大吃一惊，他可没胆量斩杀一位大唐来的高僧，硬生生收住了刀。龙霜月支急忙提醒：“三郎，大卫王瓶！”

麴智盛醒悟了，趁机拽着龙霜月支跑到了大卫王瓶的后面，脸上露出疯狂之色，抽出小刀割破自己的手指，将鲜血滴入瓶口的大卫六芒星封印上。

众人都被他这古怪的举动惊呆了。只见麴智盛仿佛一头被逼到绝境的恶狼，表情狰狞，嘶声大叫："谁敢夺走霜月支，我要他永世不得超生！"

龙突骑支露出嘲弄之色："装神弄鬼，这破瓶子吓唬得了——"

话音未落，他顿时一脸愕然，只见大卫王瓶的瓶身忽然发生了诡异的变化，鲜血注入之后，一条细细的血线迅速在镂空的纹理间蔓延，那血线仿佛有生命一般，瓶身散发出一层蒙蒙的红光，内胆和外层之间，云蒸霞蔚，一股黑气四下盘绕，仿佛一条恶龙挣扎欲出。

第十章
魔鬼自瓶中生

玄奘、阿术、麴德勇、王妃、麴文泰全都呆住了，所有人的心中都涌出深深的恐惧——这个大卫王瓶里，竟然真的有一只无所不能的魔鬼么？

“恶魔阿卡玛纳，听我号令！”麴智盛手按大卫六芒星，嘶声大吼。

瓶身的黑烟更加浓烈，缓缓从镂空的花纹里涌了出来，凝聚成一团，笔直上升，直到屋顶才被阻挡。黑烟越来越浓，忽然剧烈地抖动起来，仿佛有个东西正在烟雾里挣扎，过了片刻之后，黑烟凝成一团，只有一点余尾和瓶口相接。

这时，更惊人的事情发生了，大殿中竟然响起轰隆隆的大笑声，黑烟不停地变换形状，抖动不已，似乎在兴奋地大笑：“尊贵的王子，这是您第二次召唤我。”

那恶魔的口音有些含混不清，居然带着股异域腔调。众人都骇然不已，玄奘更是目瞪口呆地注视着宛如有生命般的黑烟，他虽然信佛，却实在无法想象，光天化日，王宫之内，这大卫王瓶中竟然真的能释放出魔鬼。

“第二次，我清楚。”麴智盛不耐烦地道，“我会履行承诺，此生必定许下三桩心愿，然后将你彻底释放。”

“可恶的萨珊波斯皇帝，欺骗了我四百年，我只希望你能信守承诺。”恶魔阿卡玛纳沉闷地道，“你若是完成两个心愿就让我沉睡，那么你的后代子孙一旦唤醒我，我势必会报复他！我再也不能容忍了！”

“知道，莫要再废话。”麴智盛哼了一声，“现在听我第二个心愿！”

恶魔阿卡玛纳不说话了，麴智盛冰冷地扫视着大殿里的众人，这时的大殿里，除了麴德勇、王妃和薛先生，就是麴文泰、玄奘、阿术、朱贵这些被看押起来的人，以及龙突骑支和他手下的十六名龙骑士，一百多名中兵。麴智盛不带丝毫人间感情的冰冷目光注视过来，无论国王还是勇将，战士还是普通人，大家都是一身鸡皮疙瘩，谁都不敢与他对视。

“父王、伴伴、法师、阿术，你们过来。”麴智盛朝他们招了招手，四人依言走过去。

“二哥，我不杀你。”麴智盛道，麴德勇张了张嘴，却不知该说些什么，“王妃是我的母后，我也不杀您。”

“龙王陛下……您是霜月支的父亲，我不想让她伤心，也不会杀您。”麴智盛冷笑一声，指了指其他人，疯狂地大笑道，“你们阴谋叛乱，你们拆散我和霜月支，靠的就是这手中的刀剑么？那么，我就剥夺你们的力量吧！阿卡玛纳，让这些叛乱者，让这些强抢霜月支的人，统统去死吧！”

“哈哈哈哈！”烟雾里的恶魔阿卡玛纳放声大笑，“尊贵的王子，你的第二个心愿竟如此简单？”

“没错。”麴智盛恶狠狠地道。

“不要这个王国的王座？”

“不要！”

“不要做西域的万王之王？”

“不要！”

“不要拥有这个世上最强大的军队，最富有的宝藏，最美丽的女子？”

“不要！”麴智盛温柔地拉着龙霜月支的手，不耐烦地道，“你废什么话？有了霜月支，我什么都不要！”

“好！”恶魔阿卡玛纳低低地说了一声，突然之间，烟雾消失不见，就仿佛从未出现过。

“救我——”众人正在诧异，突然薛先生用一只手抓住自己的喉咙，眼珠凸出，失神地凝视着王妃，他伸出另一只手，似乎想抓住什么，猛然间嘴角渗出了一丝鲜血，扑通栽倒在地。

“薛先生——”王妃嘶声大叫，冲过去抱起了他。

薛先生挣扎着，似乎想跟王妃说什么。王妃把耳朵凑在他嘴边，薛先生喃喃地说了一句，随即气绝身亡。王妃脸色一变，惊讶地朝玄奘看了过来。玄奘纳闷不已，和阿术对视了一眼，两人都有些诧异。

玄奘还没来得及深思，十六名龙骑士、一百多名中兵、三十多名流人便同时口角淌血，哼也不哼一声，一个个翻身摔倒，一动不动。一百多人的死亡，就仿佛是一座森林被一种无形的力量瞬间砍伐，并不宽敞的宫殿里眨眼间尸横遍地，变成了一座修罗杀场！

“不——”麴德勇彻底惊呆了，他的弯刀还搭在麴文泰的脖子上，但整个人都呆住了，似乎浑身上下所有的精气神被抽取一空，成了一副躯壳。

其他人也好不到哪儿去，一个个有如木雕泥塑，心底涌出深深的恐惧，寒意自尾骨蹿上脊背，头发几乎要直竖起来。此时正是黄昏，日光透过穹顶照耀在众人的脸上，地面的尸体上，所有人的眼睛里都闪耀着浓浓的血色。

麴德勇大叫一声，疯狂地跑到了大殿外，一眼望去，顿时一个踉跄，口中喷出一股鲜血，扑通跪倒在地。这时玄奘、阿术、龙突骑支、麴文泰、王妃、朱贵等人也纷纷走出来，顿时一个个身子发软，惊恐得说不出话来。

——庭院中原本有八九百名中兵，麴德勇派了三百人去杀麴仁恕，还剩下五百人，除了包围这座宫殿，还看押着张雄和宿卫。但此时，展现在他们眼前的，却是满地的尸体，横七竖八，狼藉不堪。无声无息地，五百余人尽数死绝！只有张雄和那些宿卫傻呆呆地站在尸体堆里，似乎还没明白发生了什么事。庭院里还有一些薛先生手下的流人，早先被麴德勇撵了出来，没有遭到大卫王瓶的杀戮，一个个吓得发傻，拎着刀剑不知所措。

玄奘惊骇地望着龙霜月支，见她脸色虽然苍白，但眼神里却有一股掩饰不住的兴奋，忍不住浑身打了个寒战。这女人，难道连这一幕也控制在手中么?

玄奘正想着，张雄闪电般冲到麴文泰身边:“陛下，您没事吧?”

麴文泰这才醒觉过来，但仍旧浑身颤抖，几乎站立不稳。张雄的统率能力在这一刻展露无遗，命令宿卫迅速控制了场面，麴德勇、宇文王妃和那些流人纷纷被刀剑制住。

麴德勇无论如何也不会想到，一场策划周密、毫无破绽的政变，在成功之际竟然被大卫王瓶杀光了所有人。他在最接近成功的时刻，瞬间跌到了谷底。

这时，麴智盛拉着龙霜月支的手走了出来，冷漠地看了看满地的尸体，叹道:“真是何苦来哉?父王，麻烦您让人把我宫中的尸体都搬出去，霜月支不喜欢见这些东西。还有，你们不管谁做国王，都不要再来搅扰我，就让我和霜月支享受几天宁静吧！”

说完他拉着龙霜月支回了宫。龙霜月支回头叫道:“父王，霜月支对不起你！”

龙突骑支似乎早已经吓得心胆俱裂，似乎没听见女儿的声音，只是盯着麴智盛，就像见了鬼一样。

麴文泰已经慢慢恢复了勇气，他知道此时自己必须掌控局面，处理善后事宜。他冷漠地看了一眼麴德勇：“你还有什么话说？”

麴德勇惨笑：“天命在你，不在我，如此而已。十八年前，我们兄弟和睦，父子亲善，又是谁让事情走到了今天这个地步？”

麴文泰终于暴怒，猛地冲上去一脚将他踹翻，嘶声吼道：“谋逆的是你，难道错的是我吗？”

“你没错？”麴德勇慢慢地爬起来，脸上却露出讥诮的笑容，“为什么你每个儿子都恨不得你死？为什么你的每一任王后都在内心诅咒你？”

麴文泰脸色突然煞白，踉踉跄跄倒退几步，几乎站立不稳。麴德勇泪如雨下：“从少年时起，我便以你为豪。那时，你辅佐祖父，保护丝路，剿灭盗匪，对抗外国，在我心中，是一个功勋赫赫战无不胜的英雄！我从小立下心愿，将来也要做一个大将军，辅佐大哥，为高昌打下赫赫声名！可是，又是谁激发了我的野心，诱惑我走上了夺权谋逆、杀兄弑父的绝路？”

麴文泰嘴唇嚅动，忍不住望着玄奘痛哭起来：“法师啊，难道这是上苍对我的惩罚吗？”

“陛下，”玄奘轻叹一声，“因缘种下，种子发芽，可以锄掉；树苗生长，可以砍掉；花开之后，可以摘掉；可是这颗有毒的果子既已成熟，就必定会落在地上。”

“是啊，果子熟了，无论香甜也好，有毒也好，终究要落地。”宇文王妃默默地走到麴德勇身边，挽住他的胳膊，轻叹道，“二郎，事已至此，多说何益？你我功败垂成，只能怨恨上苍不公吧！”

麴德勇痴痴地望着她，一个身躯娇小，一个雄壮如山，两人牵手而立，竟有一股霸王别姬般的悲凉。

麴德勇托起宇文王妃的脸，用袖子轻轻擦着她脸颊上的血痕，笑了笑："既然要走，我让你漂漂亮亮的。从我十五岁的时候就和你在一起，多少年了！唉，为何这世上的女人，总是没有一个能超过你呢？"

宇文王妃失声痛哭，麴德勇也泪流满面："莫哭，莫哭，今生不能娶你，到了地狱能在一起也是好的。到那里，咱们再也不入轮回了，我要让你永远幸福。"

"父王，"他朝麴文泰笑了笑，"我只是想效仿玄武门兵变而已，从未想过杀你，也不会让你背负杀子的罪孽。"话音未落，他的口角忽然淌出一缕鲜血，宇文王妃低头一看，他的胸口赫然插进了一把短刀！

这短刀长有六寸，深深地插进了胸膛，只剩刀柄。

王妃毫不吃惊，只是痴痴地凝视着。麴德勇努力笑笑："我实在不忍杀了你，玉波，我先走啦！"

说完，他无力地松开了她的手，庞大的身躯轰然倒地。王妃凄凉地笑了笑："傻子，为何如此残忍，让我眼睁睁看着你死去？"扑过去就要拔麴德勇胸口的短刀。

麴文泰漠然看着，朱贵手疾眼快，就在王妃的手指触及短刀之时，一把攥住她的手腕："王妃，不可如此！"随即将王妃拖离了麴德勇的尸体。他跪倒在麴文泰面前大哭："陛下，她是王妃啊！"

麴文泰有些愤怒于朱贵的自作主张，但王妃既然没能自杀，终究不能在众目睽睽之下将她杀掉。他神色复杂地凝视着这个女人，只好挥手命令张雄："先带走吧，我不想再见到她！另外，你立刻控制兵部和中兵营，将一干人等悉数抓起来！"

张雄知道耽搁不得，急忙押着宇文王妃匆匆离去。王妃一边被推着走，一边嘶声大笑："你让我活着，就像把那颗有毒的果子捧在手心！我会日日诅咒你！”

麴文泰惨笑：“我麴氏王族已经中了魔鬼的诅咒……”猛然想起一件事，“朱贵，快带人去救仁恕！”

朱贵脸色大变，刚才麴德勇已经派人去杀麴仁恕了！从这里到东宫，距离并不远，麴仁恕此时只怕凶多吉少。他急忙答应一声，匆匆点了几十名宿卫，朝着东宫狂奔而去。

东宫，此时早已尸横遍地，血流成河。麴德勇派中兵来杀麴仁恕，麴仁恕虽然不知详情，却也不愿束手就擒。张雄为了他的安全，派有一百名都兵保护他，若是暗杀，这些兵力足够阻挡任何一个刺客，但面对中兵的精锐却远远不够了。

中兵们宣读了诏令，见麴仁恕不自裁，立刻强攻，用圆木撞塌围墙，杀进了东宫。麴仁恕拼命抵抗，但寡不敌众，片刻间死伤遍地，一百名都兵几乎被斩尽杀绝。麴仁恕见势不好，在几名残兵的保护下，架起梯子翻过围墙，逃之夭夭。

他在高昌国最大的倚靠便是张雄，此时他还不知道张雄已经率人去王宫平乱，惊慌失措之下便在王城的民居中东躲西藏，朝张雄的府邸逃去。穿过七八个院落之后，他身边已经空无一人，但好歹中兵们似乎也被甩开了。

麴仁恕松了口气，悄悄摸向张雄的府邸。不料刚路经一处院落，门内猛地伸出一只手将他拽了进去，麴仁恕魂飞魄散，转身就跑。

“世子，不要惊慌！”那人沉声喝道，声音似乎挺熟悉。

麴仁恕颤抖着转回身，这才松了口气，却是朱贵。朱贵一身便装，神情冷峻地将他拽到葡萄架下：“世子，外面到处都是二王子的人，大将军也在王宫平叛，并不在府中。”

“伴伴，救我啊！”麴仁恕几乎要哭出来，像碰到救命稻草一般抓住朱贵的胳膊使劲儿摇晃。

朱贵极为冷静，安慰他："世子放心，是陛下命老奴来救您的。二王子已死，此时外面还有叛党未清，您只要待在这个院子里，过得一时三刻，便会安然无恙。"

麴仁恕这才长出一口气，流泪道："兄友弟恭，何以闹到如此地步啊！"

"只因世子错生在了帝王家。"朱贵笑道。

麴仁恕愕然，猛然间只觉胸口一痛，他骇然低头，只见一把短刀插进了自己的心脏。麴仁恕呆呆地抬起头，嘴角淌出了鲜血，喃喃道："伴伴，为何杀我……"

朱贵沉默片刻，叹道："诸般恶业，报应在我。愿世子早入轮回，早得解脱。"

麴仁恕喉咙里发出咯咯的声音，想问个明白，却再也发不出声音，双手拽着朱贵的衣襟，慢慢滑在了地上。

朱贵平静地蹲下去，用麴仁恕的衣服按住伤口，轻轻抽出短刀。鲜血瞬间涌出，但量却极少，那短刀拔出之后，霜刃如雪。这是上好的乌兹钢所铸，他生平只铸造过两把。

朱贵离去之后，又过了许久，一个年轻男子走进了庭院。他似乎知道院子里必定有一具尸体，径直走到葡萄架下，蹲下去打量早已冰冷的尸体。他看得很仔细，仿佛一名仵作，甚至把一根钢针探进了伤口，测量深度。

"深入寸半，恰好刺穿心脏。"年轻男子喃喃自语，"看不出来，这老太监倒是个高手啊！高昌乱局，越来越有意思了，这厮究竟想干什么？"

这时，胡同里响起急促的脚步声，夹杂着兵刃与甲胄的碰撞声。年轻男子眉毛一挑，悄悄地从院子另一侧穿了过去。他刚走，就听见有人惊叫："世子……"

王城的民居大都相连，年轻男子穿过几座院子，走到了正街上。

市面繁华，商贾买卖热火朝天，即使到了黄昏也不曾稍减。年轻男子负手在大街上悠闲地走着，看得很仔细，店铺种类、贸易额度、货物名目、商品价格，他就像一个第一次行商的商贾，贪婪地获取着一切知识。

忽然间，身后一阵大乱，一群宿卫抬着麴仁恕的尸体狂奔而来。每个人脸上都带着惊恐绝望的神情，满头大汗，朝着王城的方向飞奔。

年轻男子遗憾地摇了摇头，却没有理会，躲避在了道旁，等宿卫们抬着尸体过去，才又开始慢悠悠地走着。他似乎一点也不着急，到了晚餐时间，他还特意走进一家龟兹人开的"白氏名食店"，吃了一顿正宗的西域毕罗饼。

年轻男子啧啧赞叹："倒不比昔日长安西市上的韩约做得差！"

正在这时，忽然街上人群大哗，纷纷朝王宫方向拥去。年轻男子露出诧异之色，丢下几枚高昌吉利铜钱，跑出店铺，揪着人就问："发生什么事了？"

"杀人了！"那人头也不回。

年轻男子随着人流到了王宫外，顿时吃了一惊，的确是杀人了，不是一人，王宫西墙密密麻麻跪满了待斩的囚犯，粗略一数，竟有六七十人！每人身后，都站着一名宿卫，手提长刀。而更诡异的是，这些囚犯的对面，却跪着一名年轻的僧人！僧人的身边，跪着一名八九岁的孩子！至于左卫大将军张雄，则一脸烦恼，正弯腰劝说那僧人。僧人只是闭目诵经，毫不理会。

年轻男子越看越奇，问旁边一名老者："老丈，这是怎么回事？"

老者见他衣衫华贵，也不敢怠慢："公子，据大将军言道，此乃是前隋流人，窜居高昌，图谋叛乱。老朽听说，方才王宫之内喊杀震天，估摸便是这些流人作乱。"

"那这僧人呢？"年轻男子问。

老者合十念诵："阿弥陀佛，公子，这位僧人乃是大唐来的高僧，玄奘法师，是高昌王请来的最尊贵的客人。他的声名传播西域，就像那天山上终年不化的积雪，我们每个人都看得到。高昌王想处决这些流人，法师得知之后，便来到这刑场，跪在他们面前，只是念经，一句话不说。大将军劝也劝不走。想来法师是可怜流人之苦，想为他们超度吧！”

年轻男子怔住了，脸色严峻起来，默默地注视着局势的发展。

这时张雄苦口婆心劝了半天，玄奘只是不理，默默诵念经文。张雄无奈地道：“法师，我不是不知道您的心思，可是我实在无法违逆陛下的旨意啊！您不如进宫去见见陛下，若是他能赦免，我自然放人。”

玄奘睁开眼睛，淡淡道：“陛下痛失两名王子，心摧肠断，早已对你下了严令，必定要斩杀这些流人。只要贫僧离开一步，六七十颗人头便会落地。”

张雄哑口无言，恭恭敬敬地朝玄奘施礼，道：“法师，我乃陛下的臣子，没有陛下的命令，如何敢释放这些亡隋流人？法师只要请来陛下的一句话，我必定放人。我保证，法师离开之后，我绝不擅自处置。”

玄奘还没说话，那年轻男子笑吟吟地走进了刑场：“既然是亡隋之人，如何处置，为何要高昌王来决断？”

张雄和玄奘同时转身望着他。见此人二十出头，长手长脚，相貌文雅中带着一丝粗粝，服饰也是唐人打扮，略微与高昌汉人有所不同。张雄皱了皱眉：“你是何人？怎么敢擅闯刑场？”

年轻男子笑了笑，从怀中掏出一枚两寸长的铜质鱼符，递给了张雄。张雄纳闷地接过去，翻来覆去地看，这枚铜质鱼符只有半边，仿佛一条鱼从中剖开，只是内里的铜面上刻着一个阳文的“同”字，而鱼符的中缝仿佛还刻着两个字，仔细辨认，却是“合同”二字从中分开的半边字。想必拿到了另一半鱼符吻合，才会形成完整的“合同”二字。那铜面的“同”字下方，还刻着一行小字：右卫率府长史王玄策，钦命出使。

张雄脸色顿时大变：“你是……”

年轻男子沉声道：“大唐使者王玄策，求见高昌王陛下。”

麴文泰此时心力交瘁，卧病不起，但听得大唐使者来到王城，还是抱病接见。张雄陪着王玄策和玄奘来到宫中，阿术照例像个小跟班，寸步不离地跟着玄奘。

麴文泰裹着厚厚的毛毯，脸色蜡黄，半躺在王座中。见他们进来，他先朝着玄奘抱歉地苦笑，随即对王玄策说：“贵使远自大唐而来，本王原本应该出城迎候，只是贱体有恙，浑身无力，实在是失礼了。”

王玄策笑着拱手：“哪里，哪里，下官原本是出使西突厥的王廷，只是路经贵国，不曾递交国书，还请陛下谅解。”

面对大唐这个庞然大物，麴文泰还有什么不谅解的？他只好苦笑：“好说，好说。对了，贵使怎么一个人来到王城？使团呢？”

王玄策笑了笑：“万里西域，有我一人足矣。”

麴文泰赞叹：“到底是上国使者，气度不凡哪！贵使今日来见本王，可是有所见教么？若是需要酒水干粮的供应，请尽管吩咐就是。”

王玄策回道：“酒水干粮，我会自行购买，不敢有劳陛下。我今日来，是看见王宫外要处斩我大唐百姓，心里颇为不解，所以特来问问陛下。”

麴文泰脸沉了下来，道：“贵使，那些乱民，可算不得大唐的百姓吧？自隋末起，他们就流亡西域，到了我高昌，自然便是高昌人，他们在我高昌叛乱，本王处斩他们，有何不可？”

王玄策不动声色，淡淡地道：“自从我大唐替代前隋，前朝所有的一切，无不是我大唐所有。他们既然曾经是前隋的百姓，那自然也是我大唐的子民。即便他们流亡到了西域，他们故乡的户籍上，也还有着他们的姓名。陛下擅自杀我大唐子民，下官若是没见，倒也罢了，可如今见了，等回到长安，要如何向陛下交代？”

玄奘内心禁不住感慨，他自从来到西域，虽然受到各国国王的热情招待，但作为僧人，倒并没有感受到太多大唐的国威，如今见这王玄策孤身一人，却在高昌王的面前软硬兼施，甚至出言威胁，他才看到，大唐的崛起，对西域各国是何等的威压。

麴文泰到底是一国的国王，听了这话，面上现出一丝愠色：“贵使可知道，这些人在我高昌国犯了罪，意图谋反！这等谋逆大罪，放到哪个国家都不会赦免吧？”

王玄策恍然大悟：“原来如此！这倒是，这些人必须严厉惩罚。要不这样吧，陛下，您先把他们关起来，等我从西突厥王廷回来，将他们带回大唐，依照唐律，严加处置，如何？”

麴文泰顿时张口结舌。他沉默地盯着王玄策，脸色潮红，深深地感受到一种屈辱。王玄策面带微笑，和他对视着。

“陛下，”玄奘急忙道，“可否听贫僧讲一个故事？”

麴文泰道：“能听法师讲法，乃是弟子的无上荣幸。”

“昔有一人，养育七子。”玄奘道，“一子先死。此人见儿子已死，便欲将其尸体停置家中，自己携其他六子离去。有邻人见到，问之：生死殊途，你应当将尸体远远地埋葬，为何将死者留在家中，生者反而离去？那人听到，暗中思量：人死之后，的确应当远埋他处，可我用什么方法把他拿出去埋葬呢？看来必须再杀一个儿子，便可凑成一担挑出去。于是他便杀了一子，将二子放在担子两头，恰好平衡，担出去埋了。”

这个故事一讲完，麴文泰禁不住苦笑：“法师，世上哪里有这样愚蠢之人！”

张雄也惊讶：“是啊，这委实不可思议。此人太过愚蠢。”

玄奘道："此愚人并非别人，正是陛下您啊！"

张雄为了缓和气氛，正在凑趣，顿时不敢再说了。麴文泰大吃一惊，忍不住苦笑："法师何出此言？"

"两位王子相继死去，此中缘由，陛下您难辞其咎。"玄奘淡淡地道，"然而死者已矣，对于陛下而言，当远葬山陵，召集众僧做法，超度亡者升天。一为死者灵魂安息，二也为陛下清赎罪孽。可陛下怎么做呢？迁怒于亡隋流人，斩杀六七十人，这岂不是正如那愚人一般，为了两肩的平衡，不惜罪上加罪，杀子成担吗？"

"说得好！"王玄策叹服不已，"法师，早在大唐时就听说您的名声，弟子学的是儒家，颇不以为然，今日一见，实在是叹服啊！"

麴文泰早已呆若木鸡，凝望着大殿外的虚空，忽然一声惨笑："法师，弟子受教了！杀子成担！哈哈，杀子成担！我那两个儿子，当真是死于我的手中啊！"

麴文泰老泪纵横，竟然在这大殿里号啕痛哭。

朱贵侍候在身边，眼见麴文泰哭成这样，也伤心不已，走上前："陛下，您身子虚弱，还是回后宫歇歇吧！"说着命几名宫女把他搀扶了起来。

麴文泰拭了拭泪，长叹一声："太欢，把那些人放了吧！"

声音凄凉不堪。这半日的时间，麴文泰竟仿佛老了十多岁。玄奘默默地望着他，看见他的头上竟然多了一些白发。

麴文泰正打算走，欢信突然急匆匆地跑了进来："陛下！陛下！焉耆有国书送到！"

麴文泰愣了愣，又蹒跚地回到王座，命欢信将国书呈了上来，他展开羊皮卷轴一看，顿时脸色灰白，呆若木鸡！

张雄急忙道："陛下！"

麴文泰呆呆地想了想，把国书交给欢信："拿给大将军和大唐使者都看看。"

众人一愣，连王玄策也有些不解，焉耆给高昌的国书，为何会让他这个外国使者看？

欢信将国书递给了张雄，张雄一看，脸色也变了，神情复杂地又交给了王玄策。

王玄策展开看了看，焉耆使用吐火罗语，高昌使用汉语，因此国书是用两种语言写成，事实上王玄策作为右卫率府的文职官员却出使西域，正是因为他对西域诸国的语言极为精通。

王玄策看完，脸上却一片平静。

麴文泰朝着玄奘苦笑："法师想必还不知道焉耆人发来什么国书吧？龙突骑支向本王宣告，三国正式对高昌宣战，丝绸之路暂时封闭。"

张雄霍然而起："陛下，臣去交河城，势必将焉耆人挡在国门之外！"

麴文泰流泪不已："太欢，德勇已经去了，你若不在，王城谁来镇守？再说了，三国联军多达八千人，便是我高昌举国出动，也不过五千之数，若是龙突骑支将我国的大军吸引到了交河，然后出奇兵横渡沙漠来攻打王城，那又该如何？"

张雄心有不甘，却终究无可奈何。没办法，实力悬殊。高昌与这三个国家分别相比，实力相差并不大，甚至还略有胜之，但三国联军，那就远远不是高昌所能及了。八千大军，在西域诸国已经是无可匹敌的兵力。

麴文泰殷切地望着王玄策："贵使，大唐和我高昌一样，都是汉人之国，这么多年来，中原衰微，汉人在西域备受夷狄欺压，如今大唐雄视天下，还请贵使看在汉家血脉的分上，能出手助我高昌啊！"

王玄策默然片刻，拱手道："陛下，我大唐当然希望西域安宁，可我此次是奉旨出使西突厥，我皇并未允许我插手西域各国的纷争，便是我有心帮您，名不正言不顺，该如何做才是呢？”

麴文泰求助似的看着玄奘，玄奘左右为难，却知道自己不该插手这种国家大事，只好默默地闭上了眼睛，捻着念珠念佛。麴文泰无奈，只好问王玄策：“贵使，那要如何才能求得大唐的援手？”

“陛下，”王玄策道，“扫平三国之患，对我大唐而言不过是挥手间的事。但是陛下与西突厥关系匪浅，在你高昌国的每一座城池，如今都驻有西突厥王廷的吐屯，每年从您这里征收商税，同时也监控着国中的动向。我大唐若是插手，让统叶护可汗知道却颇为不美。”

麴文泰沉默了。他心里很清楚，自己实际上算是西突厥的属国，若是求大唐援手，就等于对西突厥的背叛。王玄策特意提到吐屯，便是在说，你给西突厥交着税，碰上事却让我大唐帮忙，这是什么道理？他甚至在微妙地暗示自己驱逐吐屯，做出向大唐效忠的诚意。但这么重大的国策问题，连麴文泰也不敢擅自做主。

大殿里一片沉默，麴文泰忽然惨笑不已：“想我麴文泰，少年时手握大军，纵横西域，三十六国无不俯首。即便有逆贼篡权，国破家亡，也依然能扫平叛逆，重振高昌。可为何……到老来却一日之间痛失二子，内外交困？这是为何？到底为何？”

他猛地一声大吼，噗地喷出了一口鲜血，摔倒在了王座上。

众人大吃一惊，一起拥过去呼唤，少时宫中的太医也急匆匆地跑过来，当场急救。过了好半晌，麴文泰才悠悠地醒转过来，左右看了看，眼中老泪纵横，握着玄奘的手道：“法师，人生八苦，为何要让我一一尝遍？”

玄奘却无法回答。

第十一章
大唐使者、突厥权贵、还魂之术

麴文泰苏醒后，进入后宫调养，命张雄送玄奘和王玄策等人离开。

张雄是高昌有名的汉派，见了王玄策自然亲热，刻意交结："贵使，要不要入住驿馆？"

王玄策摆了摆手："多谢了，但这次来并未持国书，不敢违了大唐的律令。大将军，还请您尽快放了那些流人，等我从西突厥归来，就带他们回去。"

张雄点头，向二人告罪，急匆匆地去了法场。

待张雄走远，玄奘朝着王玄策深深合十鞠躬："这次幸好有王大人援手，这才救下了六七十条性命，贫僧在这里多谢了。"

王玄策急忙将他扶了起来："不敢当，不敢当！您乃是陛下所敬仰的高僧，在下怎么敢受您的大礼。"

两人聊着一路离开了王宫，走上喧闹的大街，阿术满腹心事，百无聊赖地跟在后面。玄奘有些好奇："王大人，您既然是使者，为何会孤身一人出使，连个随从也不带？"

王玄策笑了："法师，请到寒舍一坐。那里有大唐带来的好茶。"

玄奘大喜，两人年龄相仿，王玄策身上的气质如同青崖冷岸，冷静沉凝，虽然面容粗粝，一看就是长久在外奔波，但是浑身却透着儒雅，使人亲近。

“是吗？那贫僧倒要尝尝了。”玄奘很高兴，“贫僧自从出了瓜州，就再也未尝过家乡的茶了。”

“师父。”阿术忍不住了，“我想出去走走。”

“哦？”玄奘惊讶不已，“你想去哪里？”

阿术闷闷地道：“祆祠。我想找找城里是否有撒马尔罕的同乡，托他们把叔叔的遗骨运回去。”

玄奘没想到这孩子有如此孝心，不禁肃然起敬：“阿术，要不要贫僧与你一起去？”

“不必，不必。”阿术道，“师父，您且去饮茶吧！您是异教徒，祆祠之内多有不便。”

玄奘也知道拜火教的规矩繁多，便不再坚持，只叮嘱道：“入夜之前，你可一定要回到王宫，知道吗？你一个孩子家，不可到处乱跑。”

阿术有些感动，咧嘴笑道：“师父，我都走了上万里路了。”

“走再多的路也是孩子。”玄奘第一次板起了脸。

“好吧！好吧！”阿术急忙妥协，“便依了师父。”

说着，他朝王玄策微微施礼，便钻进了人群。他个子矮，只片刻便不见了踪影。

王玄策笑道：“法师，这孩子倒也有趣。”

玄奘叹息着，把遇见阿术的经过讲述了一番。王玄策听到大卫王瓶一事，脸色不禁怪异起来：“瓶中有鬼？那耶兹丁竟如此说？”

“是啊！”玄奘感慨，“如今看来，耶兹丁也知道这瓶中封印着魔鬼。只是他却不曾想到，这大卫王瓶失落之后，竟然搅动了西域风云！”

两人聊着，便到了王玄策居住的地方。这是城东一座偏僻的院落，院子极大，里面停着四五辆马车，牲口棚里不但有骡马，还有几十头骆驼。院子里竟然有不少人，虽然身穿便装，但一个个神情剽悍，面容冷峻，一看就是百战沙场的铁血精锐。玄奘不禁倒吸了一口冷气，仔细观察，只见油毡覆盖的大车上，偶尔露出弓弦，甚至有一辆车上还露出半截重型弩机！

见王玄策进来，众人都停下手里的活计躬身施礼："见过大人！"

王玄策随意摆了摆手，请玄奘进了屋子。这是夯土的房子，简单粗陋，地上散乱地堆着一些卷轴。里面居然也有四五个汉人，正围着一块木板在绘制地图！

玄奘心中一动，却并不询问。

见到王玄策，其中一名老者躬身施礼："大人回来了？"

"回来了。"王玄策淡淡地道，"有什么最新情况？"

那老者道："启禀大人，现已查明，交河城外的焉耆、龟兹、疏勒三国共有大军八千人，两日前有一名西突厥的贵族秘密进入龙突骑支的大营，但此人身份还未查明。"

王玄策皱眉想了想："还有么？"

老者拿过一卷卷轴："大人，高昌国的六部情况已经搜集完备，吏部、民部、库部、仓部、礼部、兵部都已经分门别类，誊抄成册，我等特意将高昌兵部的人数、装备、粮草、马匹，包括五兵统帅的个人情报单独成册，您是否要看看？"

"不看了。你们先绘制舆图吧！"王玄策朝那老者摆摆手。

"来，法师请。"王玄策请玄奘在羊毛毡上坐下，坐毡上有茶有炉有水，他亲自烧水沏茶，"这是今春的湖州顾渚紫笋，茶香浓郁，可谓上品。"

玄奘端起茶碗，呷了一口，赞叹不已："没想到在异国他乡，竟然能品到国中的春茶。"

王玄策笑了："我这里还有更好的，可那是陛下送给统叶护可汗的，法师要不要尝尝？尝过了，咱们再给他换上别的，谅来统叶护这蛮夷之人，也尝不出来。"

玄奘悚然一惊，这大唐使者，胆子也太大了，为了喝口茶，竟然琢磨将贡品偷梁换柱。他当即笑了笑："贫僧可没胆子私拆贡品。"

王玄策略显遗憾："法师和陛下交好，本想拿法师当个挡箭牌的。反正法师此番西游，也回不到大唐了，陛下知道了，也是伤心多于恚怒……"

玄奘奇怪："大人怎么知道贫僧此番回不到大唐呢？"

"西域风云将起，马上便是天翻地覆，国家灭亡，百姓离乱，"他凝视着玄奘，"如此境地，法师能否安然无恙，平安西去呢？"

玄奘沉默不答，轻轻捻着颈上的佛珠，平淡地道："若是贫僧所料不错，王大人此番出使西突厥，想必负担有极重的使命吧？搜集沿途诸国情报，制作舆图，恐怕只是其中之一罢了。"

"是啊！"王玄策毫不隐讳，"您是大唐高僧，在下不需隐瞒。如今我大唐铁骑正在大草原上和东突厥厮杀，节节胜利，但是陛下忧心西突厥的态度，此番出使，陛下的原意是让我轻装简行，暗中观察诸国动向，设法离间东西突厥的关系。此次为了救这些亡隋流人，迫不得已暴露了行藏，还不知道陛下如何恼怒呢！"

玄奘急忙致歉："是贫僧的鲁莽，才让大人陷入这等窘境。"

"法师请勿多礼。"王玄策叹道，"您是慈悲为怀，为了救护大唐百姓，身为大唐子民，我又怎么会袖手旁观？自隋末乱世以来，大唐边民屡屡受这些异族的欺辱，有心无力倒也罢了，如今大唐雄霸天下，铁骑震动四方，我国威正盛之时，若是还让大唐子民受欺辱，我等堂堂男儿，还有脸立于这天地之间么？哼，哪怕是他们在异国犯了罪，要审也只有我大唐能审，即便他是一国之王，也由不得他主宰！"

玄奘点头同意，事实上也是，自从贞观三年来，大唐国力日盛，此前那种屈辱的时代一去不复返。即便有些小国在边境搞点事端，大唐也并不在意，力量积蓄充足，十万铁骑直击当世最强大的帝国之一——东突厥。这一来，四周小国震恐，鸦雀无声。

“但是，法师！”王玄策道，“大唐的力量再强，终究有力所不及的地方。尤其是在这西域，我们力量微薄，您一旦出事，恐怕救援不及。法师，听在下的劝，此时的高昌乃是祸乱之源，恐怕有大动荡，法师还是不要在此久留，速速西去吧！”

玄奘点头致谢：“王大人，贫僧有一事不解。如今麴文泰刚刚平定了叛乱，虽然外有三国大军，但是交河城易守难攻，当年匈奴人控弦数万围攻也无法攻破，贫僧不信龙突骑支这八千人能对交河形成多大的威胁。为何在您看来，高昌国简直要即刻覆亡了一般？”

王玄策笑了笑，皱着眉沉吟：“法师，您刚进门的时候，想必看到我的随从了吧？也不瞒您，这些人都是我从长安带过来的骁骑卫精锐，共有一百多人，人人披甲，携有重弩长弓。凭着这些兵力，我在这万里西域，可以说是纵横无敌，对一些小国，甚至能一战而灭之！但是高昌的内情之复杂，远远超过您的想象。麴德勇叛乱，只不过是冰山一角，其中凶险之处，连我也惊心不已，不敢稍有差错。”

玄奘沉吟着：“王大人说的可是焉耆人图谋高昌的事？”

王玄策摇摇头：“那场战争么？嘿，无非是争夺丝绸之路而已，区区三国联军，我还不放在眼里。”

玄奘愣住了：“那您所担心的是什么？”

王玄策沉声道：“大卫王瓶！”

玄奘瞠目结舌：“大卫王瓶？”

“没错。”王玄策。

玄奘纳闷：“大卫王瓶，难道不是焉耆公主弄出来的阴谋吗？

它虽然可怖，贫僧至今也没有弄清楚，它如何将那一百多人斩尽杀绝，但既然是局，便必定有破绽。大人为何对它如此看重呢？”

王玄策倒有些愣了：“大卫王瓶是焉耆公主的阴谋？您说的是那龙霜公主吗？”

“正是她。”玄奘点头。

“这怎么可能！”王玄策笑了，“那大卫王瓶来自萨珊波斯，它的内幕远远比您想象得更为复杂，您说的焉耆公主，至多是利用了王瓶，但要说是她弄出来的，绝无可能。因为那魔瓶抵达西域，不过是一个来月的时间，而我大唐从一年前就开始警惕这个魔瓶了。”

玄奘吃了一惊：“一年前？大人，这是怎么回事？”

“具体的内情我不便向您透露。总之，我大唐朝廷，为了这个大卫王瓶可谓耗尽心神。”王玄策苦笑，“法师，您听我的劝，还是早早西去吧！您是陛下牵挂的人，一旦出事，我担不起这个责任！”

“阿弥陀佛。”玄奘向王玄策合十致谢，“多谢挂怀。贫僧此前受麴文泰国王所托，也在破解这大卫王瓶的真相，受人之托，岂有半途而废之理？假如大卫王瓶的确如您所言，是高昌国动荡之源，贫僧倒更要镇压了这邪物，还诸国百姓一个平安。”

王玄策无奈：“法师，在下所言并没有丝毫夸张。如果您不信，不如随我出城去看一看。”

“出城看什么？”玄奘不解。

“西域的风云动荡已经开始，法师不如亲眼见证一番！”王玄策笑道。

玄奘与王玄策交往了几日，原本想多打探些内幕，但王玄策不说，玄奘也无可奈何。

这一日，二人从王玄策住处出来，已经是霞光暗淡，落日西斜，因为天气寒冷，商人们散得也早，纷纷开始收拾货摊，集市上乱糟糟的。但是城门外却有不少远途的商旅赶着在黄昏前进城，在门口挤成了一团。

高昌王城是西域的商贸中心之一，对商旅极为优待，平日里城门处只有民部的税官把守，征收入城税。今日不知怎么回事，居然有大批王宫宿卫在城外把守，还有一些工匠正在用丝绸装饰城门，商人们都被驱赶到了路边。

玄奘不禁好奇，问王玄策，王玄策却笑而不言，玄奘只好找来一名商人询问。那商人一见是个僧人，当即恭恭敬敬道："禀告法师，今日西突厥的莫贺咄驾临高昌，调解高昌与焉耆三国的战事，因此高昌王亲自出城迎接。"

"莫贺咄？这是何许人也？"玄奘惊讶道。

王玄策笑道："莫贺咄是统叶护可汗的伯父，西突厥的设[①]，地位仅次于统叶护可汗。"

"这位小哥当真博闻！"那商人夸道，随即告诉玄奘，"这位莫贺咄设据说生性贪婪，这次趁着战事紧张来到高昌，恐怕要狠狠勒索高昌王一笔了。不过倘若他真能让三国罢兵，丝路上恢复和平，对我们商贾而言倒是好事。"

玄奘明白了，问王玄策："大人，您让贫僧来这里，想必就是要见见此人了？"

"正是。"王玄策点头。

"难道您所说的西域之祸，便是着落在此人的身上？"玄奘思索着。

王玄策大笑："法师当真了得。要使西域陷入动荡，区区高昌

---

① 设，突厥汗国的官号，仅次于大可汗，可领兵别部，建立牙帐，专制一方。

又怎么会有这种本事！”

正说话间，城门口响起号角之声，麴文泰率领高昌国的群臣来到了城门口，这次的规模可比当初迎接玄奘时大多了，只怕不下千人，还有数百名僧侣。玄奘远远地望去，麴文泰的病情还未康复，半躺在一张肩舆上，那肩舆由四名魁梧的宿卫抬着，上面铺着厚厚的毛皮，麴文泰身上也盖着毛皮，几乎看不见人影。

此时莫贺咄还没有到，城门口搭建了临时休憩的帐篷，麴文泰带着一群重臣正在帐篷里休息。

大道上不时有快马奔驰，汇报着莫贺咄的行程。麴文泰几乎是掐着莫贺咄的时间来等候的，因此不到半个时辰，就看见北方火焰山的方向卷起了阵阵烟尘，一大群人马朝着王城方向疾奔而来。麴文泰闻讯，急忙让人把他从帐篷里抬出来，恭候在城门外。

才过片刻，就听见铁蹄震动着大地，也不知莫贺咄带来了多少人马，大地在颤动，铁蹄在轰鸣，周围人的耳朵都麻木了，即使大声喊话也听不见任何声音！其他人还好，虽然震动，却没有太深刻的感受，玄奘远远望去，只见麴文泰挣扎着坐起身朝远处望去，脸上更加惨白，颇有些惴惴不安。玄奘心中明白，像莫贺咄这等政治人物，每一个举动都富有深意，如今莫贺咄摆出如此威势，似乎来者不善！

骑兵们速度极快，一眨眼就见一道黑色洪流席卷而来。麴文泰脸色凝重，表情异样地站在原地。

一旁的王玄策喃喃道：“竟然是附离兵！”

玄奘好奇：“大人，什么是附离兵？”

“法师，”王玄策解释，“突厥语中附离便是狼的意思，是突厥汗的侍卫部队，精锐中的精锐。”

玄奘看了看，果然清一色配备着马刀、长矛、匕首和弓箭，精挑细选的突厥马都筋骨强壮，比例匀称。

到了近前，队伍里响起一声号角，突厥骑兵一勒缰绳，战马一声嘶鸣，齐刷刷停住，仿佛一条凝固的巨蟒，由极动到极静，更加摄人心魄。

这时，骑兵分到两侧，一名腰挎弯刀的突厥贵族骑着马缓缓从队伍中间走了出来。玄奘打量了一眼，此人想必就是莫贺咄，五十余岁，眉目粗犷，眼睛细长，华贵的袍服上缀满了金珠。

麴文泰没法下肩舆，催促宿卫们抬着到了莫贺咄面前施礼，其他高昌臣子则一起下跪迎接。莫贺咄也不介意，哈哈大笑着似乎安慰了麴文泰几句，两人聊了片刻，玄奘距离颇远，也听不太清，只看见麴文泰赔着笑脸，显得极为恭敬。莫贺咄意气风发地指着自己背后的骑兵说了些什么，麴文泰脸上现出一抹羞怒，但随即掩饰了，艳羡地望着这群骑兵。

随即开始了欢迎仪式，僧侣们诵着经，为莫贺咄祈福。突厥人大都信仰萨满教，但并不是单一信仰，佛教、拜火教、景教在突厥也有广泛的信徒。莫贺咄低头接受着祝福，态度颇为恭谨。

玄奘和王玄策混迹在人群中，一直等在路边，等麴文泰陪着莫贺咄进了城，城门口才撤去守卫，商旅开始陆陆续续进城。

玄奘望着附离兵的背影，突然感慨起来："高昌之祸终于来了。"

"法师明白了？"王玄策望着他。

玄奘点点头："此时此际，莫贺咄来到高昌，人人都以为是调解三国战事，但他的真意恐怕并非如此。调解别人的纷争，为何带着上千的精锐铁骑？"玄奘苦笑，"这分明就是一种示威。凭莫贺咄的地位，还需要靠大军的逼迫才能得到的东西，一定不小。真不知麴文泰该如何应付。"

"法师一定知道他所图的是什么了。"王玄策点头。

"是啊，怀璧其罪，此时的高昌，能让莫贺咄动心的，只有大卫王瓶！"玄奘道。

“法师高明。”王玄策赞道，“在下所说的西域之祸，便是这一桩。大卫王瓶这个东西，对所有人都是难以抗拒的诱惑。莫贺咄一来，丝绸之路将再也无法安宁，整个西域将陷入血与火的纷争之中。在下所担忧的，也正是此事。”

“大人，”玄奘思忖片刻，“麴文泰本就有依附大唐的意思，若是您在这个关头出手帮他一把，消了这场灭国危机，他必定会对大唐感激涕零。”

“东突厥未灭，大唐绝不干涉西域。”王玄策正色道，“这是陛下所定的国策，身为臣子，不敢违背。法师，今日我为了救那些流人去见了麴文泰，已然犯禁，我还有更重要的使命，以后这种事决不能再做了。等到明日，在下就会离开高昌，前往西突厥王廷。”

玄奘有些失望，但也知道王玄策身负使命，身不由己，只好黯然点头。

此时天色已晚，两人又聊了片刻，便各自回去。

玄奘回到王宫，守门的宿卫都认识他，当即恭恭敬敬地请他入内。不料刚进了宫门，就见一个老太监鬼鬼祟祟地走了过来。那太监神情紧张，一见玄奘，急忙朝左右看了看，见没人，才安了心。

玄奘惊讶地看着他。

“法师，我家主人想见法师一面。”老太监低声道。

玄奘奇怪：“你家主人是谁？”

老太监轻轻地道：“便是王妃。”

玄奘大吃一惊。王妃自从和麴德勇一同政变失败后，就被麴文泰囚禁了起来，玄奘其实也牵挂不已，但又不好打听，没想到今日王妃竟派了太监找自己。

“王妃在何处？”玄奘问。

老太监叹息了一声：“这几日陛下将王妃囚禁在原来的寝宫中，

看守甚严，王妃屡屡想见您，却不得其便。正巧今日陛下在内廷陪伴莫贺咄设，这才能得便请您前来一叙。”

玄奘沉吟着点了点头：“那好。”

玄奘跟着那老太监往后宫的方向走去，那老太监说得果然不错，此时麴文泰病重，又有莫贺咄率兵前来，宫中人心惶惶，显得空荡荡的，路上虽然撞见了几个宫人，但看见玄奘，都知道他是麴文泰最尊敬的客人，毕恭毕敬，谁也不敢多问半句。

王妃的寝宫玄奘曾经来过一次，当日虽然是从井渠里的暗门进去，但出来之时，却也能感受到这座宫殿的辉煌与气派，然而今日一见，玄奘不禁怔住了。宫殿四面的门窗均被厚厚的土坯给堵死，只留下侧面一个小小的窗口，估计是为了往里面送饭。门口还站着四名宿卫在把守。那四名守卫恐怕已经被买通，见玄奘过来也没说什么，只是神情更加警惕。

玄奘的心情有些沉重，左右看了看：“贫僧从哪里进去？”

老太监做了个手势，那四名守卫悄悄地从另一个院落搬来了一把梯子，搭在院墙上，老太监带着玄奘上了梯子，顺着院墙走到宫殿二层，到了一扇隐蔽的气窗前。这气窗也被土坯堵死了，但显然早已经被人破坏，土坯居然是活动的。老太监搬下土坯，便露出了一道口子。

“法师，您从这里进去，便到了宫中的二楼。”老太监道。

玄奘点点头，从豁口钻了进去，一进去便感觉到了这座大殿里的阴暗与寒冷，空荡荡的，连个侍女都没有，就仿佛一座空置百年的坟墓，透着浓浓的死亡气息。玄奘不禁有些奇怪，既然连出口和守卫都安排好了，这王妃为何不肯逃走，要独自一人被锁在这幽深寒冷的大殿中？

二楼空荡荡的，玄奘顺着楼梯走下去，便看见王妃盛装坐在大殿的中央，长裙曳地，宛如盛开的莲花。

但此时的王妃，早已不是当初玄奘刚见到时那个雍容华贵的一国之母，更不是当初交河城酒楼上挥锤劫人如入无人之境的神秘女郎，仅仅几天未见，容颜憔悴衰老，脸上的伤疤已然结痂，一道黑色的瘢痕几乎将整个面孔分成了两半。她的满头青丝竟变得灰白，仿佛老了二三十岁！她仍旧穿着政变那日的华贵袍服，血迹斑斑，破烂不堪，有些地方还有破洞，在寒冷的天气里将肌肤冻得发青。

看见玄奘到来，王妃淡淡地道："法师，请坐。"

玄奘趺坐在她对面的坐毡上。王妃道："以我今日的处境，法师能不避嫌疑来探望我，足见法师的慈悲。"

玄奘默默地望着她，心情沉重："在佛家的眼里，罪与非罪，并非由世人裁决。"

"我宁愿由世人裁决，让麴文泰将我凌迟处死，也不愿入那泥犁地狱在来生赎罪。法师知道为何么？"王妃自嘲地笑了笑，"因为，人间于我已经无所挂碍，而在阴间，在来世，德勇还在等我。"

玄奘叹道："公主，世间诸灾害，怖畏及众生，悉由我执生。你一念执着，便是在轮回中度过百世，仍然认妄为真，不知我是假我，不知爱是空妄。公主，放下吧！"

王妃脸上露出淡淡的笑意："放下了，我去何处？"

不待玄奘说话，王妃又道："这一生，父母将我舍弃给了皇帝，皇帝将我舍弃给了高昌王，高昌王又将我舍弃给了突厥贵族。如今，家族破了，故国亡了，夫妻之情死了，我的容颜与青春也枯萎了。法师，在这寂寞的宫殿里，唯一能陪伴我的，是风，是寒冷，是黑暗，是德勇不散的幽灵。若是放下了，今生我到底拥有过什么？"

"公主，何必非要拥有？"玄奘低声道。

"因为，"王妃凄凉地道，"手里握着，心里就会满足。在泥犁地狱的审判与惩罚中，才不会恐惧，也不会孤独。"

玄奘真不知该如何劝解了，显然，眼前这个女人已经彻底枯萎，只剩下一缕火苗在跳动，玄奘真不忍心扑灭她最后的执念。众生轮回不息，也许有些执念需要带到下一个轮回去重新体悟吧！

“公主，您今日让贫僧来，可是有何交代么？”玄奘问。

王妃点点头：“是有一事，要请法师成全。”

“公主请讲。”玄奘道。

“我要与德勇合葬！”王妃盯着他，一字一句地道。

玄奘顿时瞪大了眼睛。王妃与麴德勇合葬？莫说在中原儒家观念里，这是最大的乱伦之举，便是在信仰佛教的西域，不信仰佛教的突厥，也实在匪夷所思。

“德勇的尸体并未安葬，如今就停在王宫的寺庙中，日日请高僧诵经，要停够七日才会下葬。”王妃却不管玄奘的感受，自顾自地道，“我想拜托的，就是请法师把德勇的尸体偷出来，到时候，我会自裁而死。在火焰山的北面，天山的峡谷之中，有一座巨大的火焰熔炉，便请法师将我二人的尸体丢进那熔炉之中，化为灰烬。”

“阿弥陀佛。”玄奘顿时急了，“公主，贫僧如何能做这等事？”

“法师，我能拜托的人，只有您了。”王妃凄然道，“这世上之人，只有法师没有任何目的，没有恩怨挂牵，只为普度众生而来。我和德勇拜求法师，请在这阳世送我们最后一程！”

“不不不，”玄奘断然拒绝，“公主，非是贫僧不愿帮你。盗窃尸体，毁人尸身乃是大罪，贫僧承受不起。”

“法师不必亲自做。”王妃道，“自然有人配合法师。”

“这也不行。”玄奘摇头，“贫僧虽然是出家人，却也受人间律令的约束，实在不敢做下这等事情。”

王妃露出笑容：“法师第一次从益州偷越关隘，游学天下；第二次从瓜州偷越边境，来到西域。哪一次不曾违反大唐的律令？”

玄奘顿时张大了嘴，作声不得。王妃道：“法师若是答应，我这里有一桩大秘密，不妨与您做个交换。”

“大秘密？”玄奘诧异道，“与贫僧有关么？”

“当然有关。”王妃点头道，“与法师身边之人有关，更与法师的生死有关。”

玄奘思忖片刻，却还是摇头：“贫僧的生死并非是什么大事。”

“那么，阿术的生死也不是大事么？”王妃道。

玄奘大吃一惊，将信将疑地盯着王妃。王妃叹道：“法师，如果您实在为难，能否等我与德勇的尸身运出之时，送我们一程？若是能诵念几句往生咒，我便感念法师的大恩了。”

玄奘默默地点头。王妃从袖中取出薄薄的一张纸片，递给了他：“那桩秘密，这上面写得很清楚，法师看了，可自行决断。”

玄奘拿过来，纸条上的字并不多，却宛如在玄奘的内心掀起了一道惊天骇浪，饶是他恒定如山，也不禁惊得脸上色变。但他并没有说什么，片刻即恢复了平静，将纸条收好。

“法师好定力。”王妃赞道，“我刚知道时，也是震骇非常。这等神鬼手段，哪里是人间所有？”

玄奘默默地叹息：“公主，若没有别的事情，贫僧这就告辞了。”

“日色一落，这大殿就会成为坟墓。漆黑，寂静，污秽，法师不必沾染。”王妃眺望着送饭的窗口，幽幽地道，“该说的我已经说了，何去何从请法师自便。法师身负重任，为了您的安危，还是早日西去吧！”

玄奘没有说话，站了起来，道：“公主，要不要贫僧劝说陛下，送一些炭火过来？”

“不！”王妃厉声道，“今生今世，我再也不愿听到这个名字！若非为了等待与德勇合葬，我何必在这里苟延残喘？法师，我已经向您说了那个大秘密，我拜求您的事情千万莫忘，您弄来德勇的尸体之日，便是我自裁之时！”

“贫僧知道。”玄奘苦涩不已。

玄奘走到送饭的窗口，又回过头来：“公主，秀莲生水中，瓣瓣不染尘，在贫僧看来，您此时比任何时候都要美丽。”

王妃惨白的脸上透出一丝红晕，她穿着破烂的盛装坐在大殿中央，竟真如一朵不染的莲花。

从王妃的宫中出来，玄奘往自己的住处走去。不料走了一圈，竟然迷路了。

高昌王宫虽然不大，但布局杂乱，也不像中原建筑那样有一条中轴线，房屋层层叠叠，中间夹着过道，玄奘绕来绕去，竟到了一个陌生的场所。

他正打算找一个宫人问问，忽然发现前面有一座高耸的佛塔，建筑也与民居不同，金碧辉煌，竟然是一座佛寺。玄奘突然醒悟，他早知道王宫内有一座佛寺，刚到宫中时就想来拜佛，后来得知是麴氏皇族的家庙，才算罢了。没想到今日竟然走到了这里。

玄奘乃是至为虔诚之人，逢寺必拜。何况听王妃的意思，麴德勇的尸体还停在庙中，虽然盗尸合葬之事实在荒唐，玄奘断断不肯做，但多少心里也有些愧疚，心道，若是念几遍往生咒，也算聊补心意了吧！

玄奘思忖着，走进佛寺，一进去便觉得怪异，寺中竟然空空荡荡，不见一个僧人。麴文泰常年在寺中供养着高昌国的僧人，这些僧人哪儿去了？

玄奘信步走进大殿，此时日已落，天色昏黄，大殿里点着几盏烛火，在夜风中摇曳不定，昏暗无比，隐约可以看见殿中摆着一具棺木。玄奘心中一动，想必便是麴德勇的棺木了吧？

玄奘疾步走进去，顿时一怔，大殿中竟然有人！两人都背朝着他，一人则侍立在一旁，一言不发，另一人跪在棺木前的蒲团上，在佛前燃香，长跪合掌，嘴里还诵念着经文，念的乃是往生咒，这经咒玄奘很熟悉，用于超度亡灵，共五十九字十五句，日夜各诵念二十一遍，就可以为亡灵消灭四重罪、五逆罪、十种恶业。

那人念着念着，忽然号啕痛哭："德勇！德勇！你睁开眼睛看一看，看一看哪！我还有什么没有给你？啊？自从你呱呱落地，我就视如珍宝，哪一天不曾把你抱在怀中，哪一天不曾对你呵护备至？你长相似我，秉性似我，你虽非长子，不能继承王位，我宁愿不顾祖宗成法，不顾朝野反对，也要扶持你做这高昌国王，连我王宫的中兵都交给了你，这……这是把我的脑袋交给了你啊！德勇，你说……你说，我到底哪一点对不起你？你竟然伙同那个贱人来废黜我！"

玄奘停步，在门口默默地看着。那人自然便是麴文泰。

看看时间，应该已经宴请完了莫贺咄，麴文泰身子虚弱，白天还吐血昏迷，此时不到后宫调养，却跑到麴德勇的灵前哭泣。玄奘不禁感慨万千，麴文泰虽然对妻子残暴，但对百姓仁爱，对这二王子更是疼惜非常，便是他打算政变、弑父，都难以舍掉这父子亲情，一时间，玄奘真不知心中是何滋味。

"德勇，你怪父王把你逼上了谋逆的地步，父王也知道错了！可你既然想当这国王，为何不敢对父王明明白白地说出来？却要受那贱人的蛊惑，发动政变？嗯？你是怕说出来，会被父王责骂么？你错了！德勇，你错了！便是我将这王位禅让给你，那又如何？我便是在那宫中养老，在寺庙参佛，那又如何？德勇啊，你为何那么傻呢？"麴文泰说着说着，又号啕痛哭，随即剧烈地咳嗽起来，朱贵急忙上前扶住，轻轻拍打他的后背。

玄奘叹了口气，走进大殿："陛下，请节哀吧！"

两人吃了一惊，一起回头，见是玄奘，麴文泰顿时又大哭起来："法师，法师，德勇死啦！德勇死啦！是我把德勇逼死的——"

玄奘急忙上前扶住，离得近了，才看清麴文泰满脸憔悴，皱纹横生，原本只有几绺白发，现在已是满头花白。从政变到此时不过一日，就已老去了十余岁。

“陛下。”玄奘道，“死者已矣。你们父子一场，德勇犯下如此大错，你能念往生咒来消他罪业，让他在阴间不受苦楚，德勇想必也会感激的。”

麴文泰渐渐止住了哭泣，无力地歪在玄奘的怀里，喃喃道：“法师，弟子不要他感激，只想德勇活过来。仁恕死了，德勇死了，智盛的性子做不得国王。法师，弟子死后，这高昌国就会四分五裂，亡国灭种。弟子……弟子对不起祖上八代先王啊！”

说起这个问题，玄奘真没什么办法，在任何一个国家，王嗣断绝都意味着可怕的灾难，四方觊觎者必定会蜂拥而起，抢夺这个王冠，国家灭亡，尸横遍野几乎是无可避免的结局。虽然还有一个麴智盛，但此人对做国王兴味索然，他的性子所有人都了解，即便当上国王，也维持不了这个国家。

“陛下，”玄奘只好温言劝勉，“人死不能复生，一个国家却还需要维持。您还要保重身子，让百姓安居，至于德勇的身后事，贫僧会亲自为他超度。你们父子一场，缘分已经尽了，便是决了交河之水，也无法阻止这命中的定数。”

麴文泰苦笑：“弟子……弟子的身子大不如前了，便是苟活，又能再活几年？德勇这一去，弟子更是万念俱灰。”他忽然两眼通红地抓着玄奘的手，“法师，弟子不甘心……不甘心！您是大唐高僧，据说中原有那起死还魂之术，法师能否帮弟子求来？”

玄奘顿时愣住了。起死还魂？哪里有这个东西？旁门左道的笔记传说固然荒诞不经，便是佛经中记载的，能让某人从地狱归来，玄奘也不以为然。在他看来，佛家讲的是一种无上大道，而六道轮回便是这道中之术，人死之后入得轮回，便意味着这一世的劫难终了，来世重修，直到解脱之后，往生净土。

玄奘苦笑不已："陛下，您痴妄了。人生的命数早已注定，每一世都有每一世的劫，二王子此生既了，又如何能还魂？陛下，您信的是佛家正道，切不可误入歧途。"

麴文泰失望已极，喃喃道："道理弟子如何不知？弟子只是不明白，我此生广造寺院，礼敬三宝，却为何会受这般折磨？"

玄奘黯然不语，朱贵忽然道："陛下，您想让二王子还魂，也未必没有办法。"

玄奘和麴文泰都愣住了，麴文泰半信半疑："朱贵，你有办法？"

朱贵道："陛下，老奴自然没办法，可有一样东西能。"

玄奘猛然一惊："你是说——"

"大卫王瓶？"麴文泰也骇然。两人面面相觑，纵然是玄奘，也禁不住头皮发麻。

朱贵却冷静地道："不错，大卫王瓶！陛下，大卫王瓶中藏的东西且不说是魔是妖，它的威力您也亲眼见了。若是它果真能向自己宣称的那样，让二王子还魂又有什么困难呢？"

"对啊！"麴文泰顿时亢奋不已，望着玄奘，"法师，这真是一个办法！"

玄奘真不知该怎么好了，苦笑道："陛下，这等魔物……"

麴文泰亢奋地挥手："弟子才不管它什么魔物不魔物，只要它能让德勇活回来，弟子不管付出什么代价都愿意！"

玄奘隐约觉得此事有些非同寻常，但一时又琢磨不定，他凝视着朱贵，淡淡道："总管大人，这个建议想必考虑很久了吧？"

朱贵谦恭地道："不敢瞒法师，老奴也是刚刚才想到。"

玄奘又道："总管大人，如今大卫王瓶在三王子的手里，虽然还有一个心愿未用，但你用什么办法才能从他手中拿到魔瓶呢？"

朱贵依旧谦恭："这老奴哪里敢多嘴，要看陛下用什么办法。"

麴文泰不以为然："法师，不管用什么办法，一定要老三把大卫王瓶拿出来！复活德勇！”

玄奘道：“陛下，大卫王瓶恐怕不能强行夺取吧？”

麴文泰一怔：“这倒是。不说那孽子会做出什么事端，他要想鱼死网破，再许下一个心愿，那魔鬼被释放出来，可就无用了。法师，您有什么好办法吗？”

玄奘依然不想放过朱贵，淡淡地道：“这要看总管大人有什么手段了。”

麴文泰此时正亢奋，脑子也乱了：“对对对，朱贵啊，智盛是你从小看着长大的，你可有什么法子？”

朱贵无奈：“陛下，仓促之间老奴也没什么好主意。不过，既然三王子宣称，这大卫王瓶是为了保护霜月支，那您能否在这上面想想法子。若是能让三王子跟霜月支缔结良缘，又能受到妥善的保护，想必三王子就不会对大卫王瓶那般依赖了。”

麴文泰迟疑：“这法子虽然好，可这霜月支……”他苦笑不已，“如今龙突骑支的大军就在国门之外，本王若是让智盛娶了霜月支，这老龙非要气炸了不可。双方就是不死不休了呀！法师，您有什么好办法没有？”

玄奘很平静：“贫僧还是听听总管大人的看法。”

麴文泰醒悟：“对对，朱贵，这法子是你想的，定然有办法！”

朱贵深深地看了玄奘一眼，但在麴文泰的逼问下颇有些无奈：“陛下，三王子求的无非是一场姻缘而已，眼下当务之急是让二王子复活。老奴想，若是您肯让三王子和霜月支离开高昌，前往大唐，以大唐的富庶，想必他们能平安度过一生吧！”

麴文泰抚摸着麴德勇的棺木，道：“这样虽然会承受龙突骑支的怒火，但若能换来德勇的复活，一场战争又算得了什么！朱贵，你去把智盛叫过来。”

朱贵：“是！”

他定定地看了玄奘一眼，弓着身子倒退了出去。

麴文泰拖着病体，在大殿里走了几步，颇有些患得患失：“法师，您认为智盛会同意么？”

玄奘想了想，默默地点头：“会同意的。”

麴文泰一怔：“法师，为何如此笃定？”

“总管大人既然提出这个法子，必定不会无的放矢。”玄奘笑笑，“在您的面前，他岂敢胡言乱语？”

麴文泰的心略微松了松，叹道：“朱贵是智盛母亲一系唯一的老人，他对智盛是最了解的，想必会如法师所言吧！”

“只是……”玄奘叹了口气，“这里的难题不在于三王子，而在龙霜公主。若是她不同意离开，不知总管大人又有什么法子。”

在玄奘看来，龙霜月支是绝对不可能离开高昌的，她一旦离开，整套计划就是无本之木、无源之水。但朱贵显然也是个有秘密的人，他提出这个法子，不会是无缘无故的，且看看他如何应付龙霜月支的怒火吧！

两人又聊了片刻，不久，就听见脚步声响，朱贵带着麴智盛、龙霜月支急匆匆地走了过来。看来两人还不清楚发生了什么事，龙霜月支一脸狐疑，玩味地打量着玄奘，深为戒备。

麴智盛看见麴文泰站在二哥的棺木前，不禁愣了愣，躬身施礼：“父王，您找我？”

麴文泰一看见他就气不打一处来，此时虽然耐着性子，却也忍不住嘲讽：“老三，见你一面，可当真不容易。”

麴智盛有些尴尬：“儿子听说父王病了，正要去探望，却没想到您竟然在这里。”

“难得你还能想起父王病了。”麴文泰感慨不已，“老三，我是要跟你谈一桩生意。朱贵跟你说了吗？”

“生意？”麴智盛惊讶地看了看朱贵，摇头，“没有啊！他只说您在家庙中召见，儿子便来了。”

麴文泰点了点头：“老三啊，父王打算让你和霜月支成婚，你看如何？”

麴智盛惊呆了：“父王……”

龙霜月支也吃了一惊，但并没有表态，神情冷凝，犹如一只遇见敌人的美丽猎豹，面带冷笑，等着对手出招。

此时，麴智盛早已喜呆了，扑通跪倒在地：“儿子感念父王的大恩大德，若能与霜月支成婚，我们将孝顺父王，决不会再惹您生气。”

“呵呵，”麴文泰朝着玄奘苦笑，“这就是女人的魔力啊！法师，弟子怎么觉得比大卫王瓶还要神通广大？”

玄奘也报以苦笑。

麴文泰把麴智盛扶了起来，脸色立刻就和缓了许多，在他身上轻轻捶打着：“更壮实了。有多少年你我父子未曾这般谈过话了？这些年对你疏于管教，为父也有责任。老三哪，你可知道，为父让你和霜月支成婚，要冒多大的风险么？”

“风险？”麴智盛想了想，“您是怕霜月支的父王反对吗？”

麴文泰苦笑：“何止反对，他带着大军已经在交河城外打了好几仗了，若非交河城池坚固，只怕他如今已经兵临城下。若是父王允许你跟霜月支成婚，龙突骑支势必会发疯，咱们高昌面临的就是一场灭国之战哪！”

麴智盛瞠目结舌，茫然地望着他，不知道该说什么。

“霜月支，你能明白吗？”麴文泰问。

“嗯。”龙霜月支柔顺地点了点头。

“老三，即便这样，为父还是会让你和霜月支成婚。”麴文泰道，“只是，你们婚后，却不能在高昌国待了，我会派人护送你们去大唐。

你和霜月支，就在大唐的繁华世界度过这辈子吧！你可愿意么？”

“去大唐……”麴智盛和龙霜月支都惊呆了。尤其是龙霜月支，眼睛里忽然射出两道寒光，森冷地在朱贵和玄奘的脸上一掠而过。两人只作不见。

“陛下，”龙霜月支忽然道，“我想知道，这个建议是法师的主意，还是总管大人的主意？”

麴文泰愣了愣：“是朱贵的意思。怎么了？”

龙霜月支笑了笑：“没什么。”

这时，龙霜月支显然明白了，这是针对自己的一场驱逐！她也知道，自己虽然通过麴智盛把朱贵掌控在了手中，但这老太监显然不甘心，终于出招了。

玄奘一直旁观着，此时笑了笑：“公主，若是您真爱三王子，又何必停留在这个得不到幸福的地方？贫僧来自大唐，那里民风淳朴，诗歌酬唱，想来公主必会喜爱。”

龙霜月支当然知道这是玄奘在落井下石，恨得牙痒痒的，脸上却不得不做出喜悦的模样：“法师说好，那一定是极好了。小女子就看三郎的意思吧！”

麴智盛挠了挠头皮，颇有些烦恼，道：“父王，霜月支倒是很喜欢大唐，那里不像西域这般苦寒，据说江南水乡温润，对霜月支的皮肤想必是极好的。”

麴文泰听了这话，气不打一处来，刚要发火，玄奘冲他摇了摇头，只好强行按捺。只听麴智盛又道：“可儿子若是去了大唐，您又让谁来照顾呢？大哥和二哥已经去世了，我再一走，父王您可怎么办？”

麴文泰顿时呆住了，怔怔地看着麴智盛，眼眶顿时红了。他似乎有些想哭，却努力抑制着眼泪，露出温和的笑容，狠狠捶了麴智盛一拳，叹道：“好小子，长大啦！你终于长大啦！有你这句话，不枉为父养育你二十多年。”

麹智盛也流露真情：“父王，儿子不孝，让您操心了。我不是不想去大唐，我和霜月支一走，那老龙会更恼火，他们三国联军，您一人可怎么应付？所以儿子思来想去，宁可躲在宫中，也不愿一走了之。”

“对对。三郎乃是孝子，陛下，我爱智盛的，就是他的淳朴至孝。”龙霜月支终于找着借口，急忙道，“在这种关头，若是他离您而去，又如何值得我爱呢？”

“这些事情你们就不要操心了。”麹文泰凄然道，“你们走之后，这场大战便是不死不休，若是你们能为我麹氏留一支血脉，那才是真正的大孝，父王这些付出也就值了。”

龙霜月支有些无语了，恨恨地瞪了朱贵一眼，没有再说话，似乎在思忖着对策。

“老三哪，事情就这样定了。”麹文泰当机立断，挥了挥手，“但是，父王对你有个请求。”

麹智盛急忙施礼：“父王，求字儿子断断不敢当，您吩咐就是。”

“你那大卫王瓶，还剩下一个心愿吧？”麹文泰问。

“嗯，是啊！”麹智盛不明白他要干吗，诧异地回答。

麹文泰盯着他，一字一句地道：“帮为父许个心愿，让你二哥复活！”

“啊？”麹智盛立刻就惊呆了，傻傻地盯着麹文泰，似乎没听明白。

“我让你和霜月支成婚，并且送你们去大唐。”麹文泰盯着他道，“你帮我许下心愿，让你二哥复活！”

麹智盛急了：“可……父王，二哥他死了！”

麹文泰露出恳求之色：“大卫王瓶无所不能，复活一个死人难道便不行吗？”

"这……"麴智盛也难以确定，"这我也不晓得。按道理，应该能吧！"

"那就许愿，复活他！"麴文泰热切地道，"如此，你和霜月支有了幸福的一生，父王也能有个儿子陪伴。老三，父王求你！"

麴文泰说着就要跪下，吓得麴智盛抢先跪下，托着他的膝盖，道："父王！父王！您让我想想，让我想想。"

众人都没打搅他，麴智盛愁眉苦脸地想着："父王，这瓶子我是要用来保护霜月支的，且不说二哥能不能复活，即便能，以后霜月支有事怎么办？"

麴文泰哼道："大唐富庶繁华，江山稳固，一派盛世迹象，我再给你足够的金银，你和霜月支到了大唐，又会碰上什么大事？"

"说是这样说，可……"麴智盛犹豫不决。

"老三，你的性子不适合西域这种动荡，霜月支在这里，更会遇上难以估测的祸端，你们到了大唐，再没有世事的纷扰，幸福和美，生儿育女，岂不甚好？"麴文泰苦苦劝解。

"好是好。"麴智盛想起未来的幸福就眼睛放光，但又有些犹豫，"可没有了大卫王瓶，我……我心里不踏实。"

"你……你如何不踏实？"麴文泰勃然大怒。

玄奘赶紧制止了他，笑道："三王子，若是你真愿意去大唐，贫僧可以修书一封，给秘书监魏徵大人。魏大人为人方正，在朝中颇有地位，必定能妥善地照顾好你。"

"这样啊！"麴智盛不禁心动，却又难以割舍，当下望着龙霜月支。

龙霜月支急忙道："陛下，您让智盛想想，行吗？"

"不行！"麴文泰断然道，"目前事态紧急，必须马上进行。"

"这……"麴智盛有些无奈。

麴文泰神情冷峻："老三，你可知道，今日突厥的莫贺咄设来到了高昌？”

麴智盛点了点头：“知道。父王好像还把他迎入宫中宴请。”

“没错。”麴文泰脸色铁青，“本王刚刚送他回馆舍休息。你可知道此人来做甚？”

麴智盛摇摇头。

麴文泰沉声道：“他以协调我与焉耆的战事为借口，想谋夺大卫王瓶！”

麴智盛吃了一惊，麴文泰焦虑不已：“老三哪，他是统叶护可汗的伯父，在西突厥手握重兵，他若要来抢夺，便是统叶护可汗也无可奈何。因此，为今之计，你必须立刻许愿，复活德勇！哼，哪怕他用武力抢夺，能夺走的，也是一个用完的空瓶子！”

麴智盛和龙霜月支不禁面面相觑。

玄奘深感忧虑：“陛下，若是这样的话，您要小心莫贺咄的怒火了。”

“顾不得那么多了。他没有直截了当提出来，弟子便装糊涂好了。”麴文泰道，“眼下最重要的就是让德勇复活，只要他活着，我高昌国无论眼前再艰难，都能熬过去，他若活不过来，高昌哪怕能熬过现在，最终也是亡国灭种之祸。老三，为父求你了！”

第十二章
大卫王瓶第三愿：死者复活

麴智盛张了张嘴，看看龙霜月支，又看了看停在大殿里的棺材，不再犹豫："父王，这便开始吧！二哥复活后，希望您遵守诺言，让我们离去。"

"当然！当然！"麴文泰喜出望外，"我会派大将军亲自送你们前往瓜州。老三，大卫王瓶在哪里？"

麴智盛长叹一声："我这便去拿。"

他牵着龙霜月支的手就要离去，朱贵忽然低声道："三王子，还是请公主留在这里等候吧！"

龙霜月支怒视了他一眼，狠狠地甩开了麴智盛的手。麴智盛没说什么，依依不舍地望了她一眼，转身离开了家庙。

众人就在大殿里等着，没有人说话，一片沉默。麴文泰轻抚着麴德勇的尸身，哀痛难言。

过了不久，麴智盛便取来了大卫王瓶。那瓶子甚重，由两名宿卫扛着，放在了大殿的中央。令玄奘意外的是，随着麴智盛一起来的，竟然还有阿术。

玄奘去了王玄策住处之后，阿术便自行走了，说是寻找相熟的粟特人。诸事繁多，玄奘也没顾得上他。见阿术回来，玄奘有些心安，低声道：“阿术，你怎么来了？”

“师父。”阿术喜滋滋的，“终于让我找到您了。我一直在住处等您，却迟迟不见您回来。眼见天色这么晚了，我就去三王子的宫中寻找，恰好碰上了三王子，才知道您在这里。”

“好孩子。”玄奘抚摸着他的头。

这时，麴文泰扯了扯玄奘，低声道：“法师，可以开始了。”

玄奘心中一紧，众人的目光顿时全落在了大卫王瓶之上，那上面覆盖着黑色的丝绸，麴智盛一把掀开，大卫王瓶妖魅的光芒映入了所有人的眼中。

这一刻，所有人都呼吸停顿。

这一刻，风不起，日无光，它夺去了天与地的颜色。

这一刻，耳边隐隐有神鬼呼号，似乎有无数的幽灵，向它跪伏膜拜……

这一刻，王城中一户普通的农家院落里，王玄策手里的一片木简咔地折断。他低头看着木简上的文字，悠悠地叹道：“西域从此陷入血与火了！”

这一刻，王城中最豪华的馆舍内，莫贺咄正在用银刀切割着烤熟的羊肉。他突然暴怒，猛地将刀子插入羊肉中，大吼一声：“来人！”

一名附离兵走了进来，叉手施礼：“大设！”

莫贺咄喝令：“附离兵全体出动，给我包围王宫！”

“是！”

片刻之后，整个馆舍纷乱起来。突厥骑兵是这个时代最强大的军队之一，单兵素质更是找不到可以抗衡的对手，莫贺咄一声令下，一千名附离兵开始备甲，给战马套上鞍鞯，准备刀弓箭器械。

莫贺咄嘴里叼着一块羊肉，手里提着银刀，在附离兵的簇拥下大踏步走出馆舍。高昌礼部的主事一看架势不对，赔着笑脸一溜小跑迎了过来：“大设，您有何吩咐，直接命令在下就是了，何必劳师动众？”

莫贺咄斜睨了他一眼，喝令：“张嘴！”

主事诧异无比，却乖乖地张开嘴，莫贺咄将羊肉塞进他的嘴里，手中的刀噗地插进了他的咽喉。那主事瞪大眼睛，捂着喉咙，鲜血奔涌。

莫贺咄一脚将他踹翻，喝道：“出发！”

附离兵纷纷跨上战马，就像饮了醇酒一般，野蛮和血性立刻展露无遗，每人手持一支火把，纵马在大街上狂奔。黑暗中，犹如一条火焰巨龙，在狭窄的街道间狂飙。

王宫家庙，仪式正在进行。

麴文泰、玄奘、龙霜月支和朱贵等人站在一旁，每个人都面色凝重，甚至带着隐隐的恐惧。麴智盛站在大卫王瓶的旁边，抚摸着瓶身，缓缓道：“把二哥抬出来吧！”

不等麴文泰吩咐，朱贵便带着几个小太监走过去，掀开了棺材盖。此时还在停灵，棺材盖并未钉死，几个小太监踩着凳子，俯下身躯，将麴德勇的尸身抬了出来，放在大厅正中的木板上。

麴德勇仅仅死了三天，此时又是严冬季节，滴水成冰，尸身虽然僵硬，但面孔还是栩栩如生。他自杀之时，胸口插着一把短刀，当日被王妃拔了出来，胸口留着深深的刀痕，鲜血浸透了衣衫，如今都化作褐红色。

麴文泰看着麴德勇的尸体，禁不住老泪横流，他擦着眼睛，满含期待。正在这时，一名宿卫急匆匆跑进来，在他耳边说了些什么。

麴文泰冷冷一笑:“知道了，这些事情且交给大将军吧！”

宿卫答应一声，躬身退了出去。麴文泰见麴智盛还在迟疑，禁不住道:“老三，快点吧，莫贺咄的大军已经包围了王宫，时间拖得久了，你和霜月支便走不了了！”

麴智盛吓了一跳，当即不再犹豫，从腰间抽出一把短刀，割开了自己的手指。鲜血淋漓，他将伤口放在瓶口的位置，鲜血滴下，瞬间就被瓶口的锡封吸收，顺着大卫六芒星的纹理，渗入了瓶中。大卫六芒星吞噬着鲜血，仿佛畅快无比，众人似乎听到了咕嘟咕嘟的声音，禁不住一个个脊背生寒。

过了片刻，镂空的瓶身上忽然血光涌动，瓶子仿佛活了过来，血线布满了瓶身的表面，看起来就像是人体的血脉，似乎还在一动一动地膨胀。整个大卫王瓶，此时看来就如同刚刚被挖出来的心脏，在生机勃勃地跳动！

玄奘看着这种异象，便把目光瞥向了朱贵。朱贵也呆呆地看着，眼睛里充满了恐惧，失魂落魄的。

“阿卡玛纳，出来吧！我需要你！”麴智盛大声道。

话音刚落，只见瓶身突然开始冒烟，烟雾丝丝缕缕，仿佛活物一般围绕在王瓶的周围，片刻之后烟雾越来越浓，将整个瓶子都包裹其中。烟雾缓缓抬升，直冲七尺，在众人的眼前形成了一朵巨大的蘑菇云。那云变化不息，其中似乎有活物翻滚，诡异无比。

“我的王子，阿卡玛纳向您致敬。”烟雾中忽然响起一个沉闷的声音。

铁蹄轰鸣，震颤着大地。

莫贺咄的附离铁骑顺着大街奔驰到了王宫门前，随着一声令下，人随马动，朝着两侧分流，将王宫的大门紧紧围困。

莫贺咄骑着马到了宫门前，一声大喝:“麴文泰，出来见我！”

宫墙上突然鼓声震动，咚咚咚的鼙鼓声撼动人心，随着鼓声响起，宫墙上火把闪耀，冒出黑压压的中兵，一个个张弓搭箭，对准了墙下。大将军张雄站在宫墙上，朝着下面一拱手："莫贺咄设，您这是什么意思？为什么要领兵犯我王宫？"

莫贺咄深感意外，嘿嘿一笑："原来是张雄！你们竟然有准备？甚好，甚好！这倒省得我花费口舌了。张雄，让麴文泰出来见我！"

张雄笑了笑："大设，高昌王身子有恙，这您也知道，此时正在调养，不方便见客。而且您带着大军围困王宫，陛下若是受了惊吓，该如何是好？"

"放屁！"莫贺咄破口大骂，"当老子不知道么？麴文泰这老小子如今正在用那大卫王瓶！他娘的，老子明里暗里跟他说了半晌，他只当听不懂啊？老子想要大卫王瓶，听懂了吗？"

张雄露出诧异的表情："大设，您想要王瓶，去找三王子啊！高昌王宫不比统叶护可汗的大帐，您想来便来呗！何必带这么多兵马呢？"

"张雄！好好好！"莫贺咄怒不可遏，"你跟我兜圈子是不是？告诉你，老子把话撂到这儿了，他麴文泰敢用王瓶许下最后一个愿望，把那魔鬼释放出来，我必定率领附离铁骑，踏平你高昌王城！"

张雄也勃然大怒，猛地一拍墙壁："莫贺咄！你莫要欺人太甚！大卫王瓶是你家之物么？我高昌国身为西突厥的属国，这几十年来哪一年没有向汗庭纳税？我高昌向你突厥纳税，要的是你突厥提供保护，这是西域铁一般的规矩。如今你看着我家有重宝，就率兵来抢夺，你可把草原的规矩放在眼里么？你可把统叶护可汗放在眼里么？"

莫贺咄愣了愣，忽然笑了："哈哈哈，张雄，你对麴文泰倒是忠心耿耿。老子且问你，待得他复活了麴德勇之后，凭你跟麴德勇的关系，这高昌国还有你立足之地么？"

张雄眼中闪过一丝悲痛，脸色却不变：“这是我高昌的家事，与你无关。大设，王瓶断然无法给你，请速速退去吧！凭你的这些人马，不足以攻克王宫！”

“是吗！老子倒要试试！”莫贺咄大喝，“来人，推撞木！”

附离兵早有准备，只见两辆大车上装着一根一人合抱粗的撞木，朝着宫门缓缓推了过来。推撞木的并不是附离兵，而是就近抓的一些百姓和商贾，这些人一边哭喊着，一边在附离兵的皮鞭下拼命地推。

张雄脸色不变，手一摆，城头上响起呜呜呜的号角声，随着号角响起，王城之内的大街小巷忽然传来轰隆隆的震颤声。莫贺咄大吃一惊，只见火把闪耀，涌来了无数骑兵，在各处房顶更有弓箭手张弓搭箭，对准了他们。

莫贺咄大怒：“好一个西域之虎，老子倒小看了你！张雄，老子就在这儿，有本事你就射死老子，要不然，这王宫，我破定了！来人，给我撞！”

麴智盛失神地望着眼前的烟雾，慢慢地道：“阿卡玛纳，我要向你许下第三个心愿了。”

烟雾翻滚，响起轰隆隆的大笑声，似乎愉快无比：“敬爱的王子，你是这天上地下最守信诺的人。我等待这一天，已经很久了。说吧，王子，说出你的心愿。”

麴智盛开始最后的挣扎，脸上神情变幻，众人都紧张地盯着他。麴文泰更是额头冒出了汗水，身子瑟瑟发抖。玄奘从容地注视着麴文泰。麴文泰感应到了他的目光，冲他点了点头，才松弛了下来。

“让我的二哥复活。可以吗？”麴智盛终于说出了这句话。

“哈哈哈哈。”阿卡玛纳笑道，“王子，我说过，我拥有天上地下，无所不能的神通，令死者复活是最简单的事情。”

“真的啊？”麴智盛默默地看着地上的尸体，又看了一眼麴文泰，决然道，“那你就让我二哥复活吧！我父王很想念他！大家也都需要他……不需要我……”

说到最后，他有些心酸。

“王子，你想好了吗？”阿卡玛纳道，“这是你最后一个心愿。死者复活之后，你就要撬开锡封，放我出来！”

“想好了。”麴智盛面无表情，“我会放你出来。”

魔鬼不再说话，烟雾翻滚得却更剧烈了。便在这时，众人眼前忽然一闪，那团烟雾中猛地射出几条手指粗细的烟柱，快如闪电，无声无息地打在了麴德勇尸身的眼睛，鼻孔，嘴巴和伤口等处。

这一瞬间，情景诡异到了极点，五条烟柱仿佛五根长长的触手，虽然是烟雾，却仿佛凝结为了实物，直到过去许久，触手和烟雾的连接处才开始变淡，慢慢地断掉，五根触手也消失在了空气中。

“阿卡玛纳，这是怎么回事？”麴智盛诧异地问。

但阿卡玛纳已经不再回答，笼罩着大卫王瓶的烟雾也慢慢地稀释，消散。大殿中恢复了平时的模样。众人面面相觑，就仿佛做了一个诡异的噩梦。

麴文泰急忙冲到麴德勇的尸体边，轻轻地呼喊：“德勇，德勇！”

所有人都屏息凝神，整个心都提了起来，默默地看着尸体的变化。过了许久，阿术突然大叫：“他动了！手指头动了——”

王宫大门，此时已经变成了人间地狱。

莫贺咄的人已经撞破了城门，张雄却并未下令放箭，莫贺咄到底身份特殊，如果伤了他，无论什么原因，高昌国都难以承受突厥人的怒火，因此连高昌的骑兵也未出动，只是张弓搭箭扼守四周，形成对附离兵的包围之势。

莫贺咄极为无赖，见张雄不敢放箭，干脆自己跑到城门口站着，命令撞木过来。张雄并未阻止，只是冷冷地看着。高昌王宫的城门再厚，也抵不住撞木的冲撞，十几下之后，城门轰然破碎，附离兵发出欢呼之声。

然而就在附离骑兵催动马蹄，要冲进王宫之时，他们却赫然发现，城门门洞里架起了好几重鹿角和栅栏！无数的长枪兵蹲伏在栅栏后，严阵以待。每个人面前都有盾手手持大盾护持！

“就这点本事？”莫贺咄哈哈大笑，喝令冲锋。

但接下来的一切令他瞠目结舌。那些鹿角尖刺朝外，令附离骑兵放慢了马速，前面的附离兵跳下马背开始搬栅栏，想不到长枪兵们长枪突刺，一伸一缩之间，只听见噗噗噗的钢刃入肉声，附离兵大声惨叫，纷纷倒地。

附离兵这才醒悟过来，对方不敢杀莫贺咄，可不见得不敢杀自己，纷纷抽出弓箭开始放箭。高昌盾手们将长盾一支，叮叮当当密如爆豆的响声中，大部分箭镞都落了空。莫贺咄大怒，喝令进攻，随即双方就在城门洞里展开了一场惨烈无比的肉搏。

附离兵远比高昌宿卫精锐，人数也多，但张雄扬长避短，选择了狭窄的门洞作为搏杀的场所，人多的优势根本体现不出来，再精锐的战士到了这等密集的战场上，也避不开密如丛林的矛刺。区区一百多名宿卫，竟然把上千名附离骑兵阻挡在了王宫之外！

“杀！杀！给我杀——”莫贺咄气得眼珠子通红，大声催促。

附离骑兵也红了眼，不少人催马狂奔，到了鹿角前纵马跃起，连人带马都被穿在了鹿角上，以这种自杀式的冲锋，险些撕开了枪盾兵防线。但高昌宿卫训练有素，死了一层便涌上一层，与附离兵贴身搏杀，不到一炷香时间，门洞内层层叠叠都是人尸马尸，几乎垒了一个人高。

莫贺咄气得暴跳如雷，却没有办法。这时，张雄忽然哈哈大笑：“莫贺咄设，告诉你一个好消息，大卫王瓶最后一个心愿已经许下，我家二王子，复活了！”

莫贺咄顿时呆若木鸡，正在厮杀的战士们也惊呆了，仿佛一道凝固的海浪。整个夜晚就这么悄然死去，只有火把的光芒在簌簌颤抖。

王宫家庙中，所有人都被一股灵魂的震颤与恐惧所笼罩，连麴文泰也被死者的复活震惊到了，惊恐地看着麴德勇的尸体，竟没有扑上去。比起失而复得的喜悦，难言的恐惧让他浑身颤抖。

唯一冷静的人只有玄奘。他凝定的禅心经过短时间的震颤之后，很快便恢复了平静，口中诵念《般若波罗蜜多心经》：“观自在菩萨，行深般若波罗蜜多时，照见五蕴皆空，度一切苦厄。舍利子，色不异空，空不异色，色即是空，空即是色，受想行识，亦复如是。舍利子，是诸法空相，不生不灭，不垢不净，不增不减……”

玄奘的诵经之声越来越大，整个大殿内都回荡着浑厚神秘的梵唱，众人的心神这才渐渐凝定了下来。这个时候，麴德勇整个手臂都开始动弹，眼皮也开始抖动，似乎想睁开，但又被来自幽冥的鬼物强行压住了。

大殿之内冷飕飕的，每个人却都汗流浃背，便是内心最喜悦的麴文泰，此时也不敢上前。玄奘的诵唱声越来越急：“舍利子，是诸法空相，不生不灭，不垢不净，不增不减。是故空中无色，无受想行识，无眼耳鼻舌身意，无色声香味触法，无眼界，乃至无意识界。无无明，亦无无明尽，乃至无老死，亦无老死尽……”

“尽”字一出，就见麴德勇身子猛地仰起，嘴一张，哇地喷出了一口黑血，随即倒在了木板上，一动不动了。

众人不禁发出了一声惊呼。玄奘充耳不闻，只是诵念着经文。麴文泰却再也忍不住了，冲上去抱着麴德勇的肩膀摇晃了起来：“德勇！德勇——”

众人又是一声惊呼，只见麴德勇慢慢地睁开了眼睛，目光散乱，似乎还是一副魂魄未归的样子。但这已经让麴文泰惊喜交加，老泪纵横，他嗓音颤抖，哇地痛哭了出来：“德勇！你活了！德勇！德勇——”

麴文泰失声痛哭，这种失而复得的喜悦几乎让他不知该如何表达自己的心情。就在此时，猛地听见麴智盛一声惊叫：“父王，小心——”

麴文泰愕然地看着他，却见众人都惊恐地望着自己的背后，他一回头，顿时吓了一跳，原来麴德勇不知何时竟然坐了起来，眼睛里散发出血红的煞气，双手扣住了麴文泰的脖颈！

麴文泰顿时瞪大了眼睛，呼吸艰难，麴德勇面容扭曲，眼睛血红，嘴里发出嗬嗬的声响，两条手臂宛如铁铸一般，使劲掐着麴文泰的脖子。麴智盛大叫一声冲了上去，朱贵、玄奘、龙霜月支甚至阿术也都跑过去，几个人抱腿的抱腿，掰胳膊的掰胳膊，拼命去救麴文泰。也不知这麴德勇到底有多么大的力气，几个人竟然按不住他。

直到麴德勇大吼一声，双臂一抖，众人有如麻袋般飞了出去，麴文泰才被松开脖子，逃过了一劫。

众人都被摔得够呛，一个个爬不起身来，门外的宿卫们发现不妙，全都冲了过来，将麴德勇团团包围。麴文泰急忙大吼：“滚！滚！不要伤了他——”

宿卫们面面相觑，只好依言退下，但也不敢走远，就在门口剑拔弩张，严阵以待。

麴德勇摔开众人之后，摇摇晃晃地站了起来。脸上依旧表情扭曲，仿佛承受着极大的痛楚，但似乎又不知道该怎么办，眼珠子呆滞地朝着众人一一扫过，神情木然。

麴文泰又惊又怒，问麴智盛：“老三，这是怎么回事？”

麴智盛正抱着龙霜月支检查她的身子，听见父王的质问，也是茫然无比：“我……我不知道啊！要不找阿卡玛纳来问问？”

“你问！快问！”麴文泰一连声地催促。

麴智盛到大卫王瓶旁边，敲着瓶身：“阿卡玛纳，出来，出来！”

大卫王瓶没有任何动静。麴智盛大惑不解：“难道还要喝血？”

麴文泰大步走过去，递给他一把刀子。麴智盛接了过来，割开手指，将鲜血滴入瓶口的大卫六芒星，鲜血迅速被喝了下去。瓶身又泛起了血光，那股人体脉络般的诡异纹理开始闪耀出血红的光芒，但烟雾却没有冒出来。

麴智盛喊：“阿卡玛纳，出来！到底怎么回事？我二哥怎么了？”

大卫王瓶一动不动，没有丝毫变化。

众人面面相觑，麴智盛朝父王看了一眼。

朱贵道：“三王子，您这是不是算第四个心愿了？”

“嗯？”麴智盛挠挠头，“算吗？难怪它不搭理我。”

“想来是了。”朱贵道，“或许二王子刚刚复活，需要一段时间的适应吧！陛下，这种诡异的事情老奴当真也说不上来。”

此时麴德勇正茫然地站着，似乎是一具行尸走肉。麴文泰发愁地看着麴德勇，神情中露出些许欣慰：“罢了，罢了，好歹人算活过来了。只要人活着，不管怎样，本王都能请来名医诊治，总能把他调理好的。德勇，来，跟父王回家吧！”

他正要走过去，只听头顶轰然一响，家庙的房顶突然裂开一个大洞。高昌的房顶都是泥土混合着沙柳版筑，相当厚实。猛然一裂开，无数的碎土块哗啦啦地掉了下来。麴文泰身子有病，行动不灵活，朱贵手疾眼快，一把将他抱了过来，护在了身后。落下的碎土砸了麴德勇满头满脸，他却只是呆呆地抬头看了看，不知做何反应。

众人还没醒过神来，就见破洞之中，一条人影嗖地落了下来，正好落在麴德勇面前。此人满头白发，穿着华丽却污秽的宫装，竟然是宇文王妃！

玄奘擦了擦脸上的碎土，不禁苦笑，这个王妃的剽悍他是深有领教。没想到被困后宫数日，竟丝毫不改。

“贱人！”麴文泰大怒。

但王妃根本不理会他，见麴德勇复活，惨白的脸上狂喜无比，一把抱住麴德勇：“德勇！德勇！”

这时，外面的宿卫纷纷围了过来，要拿下王妃。麴文泰冷笑不已，摆手让他们退下，等着看王妃生生被麴德勇扼死的一幕。没想到麴德勇木讷地看了她一眼，脸上露出古怪的神情，似乎痛苦，似乎挣扎，呆呆地道：“玉波……”

这真是几家欢乐几家愁，麴文泰惊呆的时候，王妃却大喜，抱着他喊：“德勇，你活过来啦！真好！真好！”

麴德勇却只是呆呆地看着她，喃喃道：“玉波……玉波……”

王妃也看出不对了，扭头问麴文泰：“他到底怎么回事？你们对他做了什么？”

“放屁！他复活之后便是这个样子！”麴文泰又喜又恨，大喝道，“放开他！来人，给我拿下！”

周围的宿卫将王妃和麴德勇团团包围，就要扑上去。王妃冷笑一声，拔出短刀横在麴德勇脖颈：“麴文泰，莫要再逼我，否则要死我和德勇一起死！”

麴文泰大吃一惊：“你……放下！快放下刀子！”

王妃惨笑一声：“我们在这个世上活够了，也活腻了，能与德勇一起死，也是我的福分！”

“别别别！”麴文泰大骇，“你快放下刀子，有话好好说！”

“让他们都散开！”王妃厉声喝道，“我要带德勇走！”

“你……你带他去哪儿？”麴文泰问。

“我还有哪里可去？”王妃凄凉地一笑，“故国灭了，家族散了，夫妻之情断了，这寂寞的王宫，便是我葬身之地！这个世上，只有德勇会陪着我。麴文泰，让你的人散开，我要带着他回后宫！”

“哦……”麴文泰这才松了口气，虽然不舍，却不敢在此时触怒了王妃，朝宿卫们摆了摆手，“散开，放他们走！”

王妃带着麴德勇，充满戒备地朝外走去。麴文泰大声道：“玉波，你若是敢带着德勇离开，杀无赦！”

王妃理也不理，带着麴德勇扬长而去。麴文泰踉踉跄跄地追了出去，看着两人的背影，疲惫地摆了摆手，宿卫们纷纷跟了过去。

众人谁也没想到会发生这种变故，都有些不知所措。但是对麴智盛来说，这些事情却完全不放在心上，见麴文泰似乎要跟着走，他急忙喊：“父王，我呢？你何时放我和霜月支离去？”

麴文泰愣了愣，回过身来，神情复杂地看着他，微微叹道：“老三，想走，你这便走吧！”

麴智盛喜出望外，拉着龙霜月支的手，两人一起跪了下来：“儿子叩别父王！”

“走吧！走吧！高昌国覆灭在即，为我麴氏留一根血脉吧！”麴文泰疲惫不堪地道，“老三哪，此时莫贺咄包围了王宫，你无法从正门出去了，让朱贵带着你，从井渠里出去吧！”

麴智盛重重地叩了几个头，和龙霜月支站了起来。

麴文泰又交代：“朱贵啊，王宫里的金银财宝，能带多少便带多少吧！够老三这辈子的花销，他不会种地，不会行商，恐怕到了大唐，连个普通的官职也做不了，你好好为他安排一下！”

“是，老奴知道。”朱贵眼眶也红了。

“唉！”麴文泰柔和地看着这个儿子，“朱贵，你是老三的娘家人，想陪他去，就一起去吧！好歹有个人照顾他。”

朱贵大哭，道：“陛下，公主的坟还在这里，老奴这辈子要死在高昌！”

他说的公主，是麴智盛的母亲，麴文泰的第二任王妃。麴文泰心里也不好受：“随你吧！”

第十三章
玄奘的推论

莫贺咄还在与张雄僵持，他骑着马，在城下团团转圈，朝着城上破口大骂："麴文泰！麴文泰！竟然敢毁掉我的大卫王瓶，老子跟你不共戴天！我迟早要率领大军，踏平你高昌国！"

张雄却既不怕，也不恼，淡淡地道："大设，便是你不提此事，这场官司咱们也要打到汗庭，请统叶护可汗评评这个理！"

"哼，老子怕他么？"莫贺咄冷笑不已，"让麴文泰出来见我！"

"大设，本王来了。让大设久等了。"麴文泰突然出现在了城头。

莫贺咄深感意外："麴文泰，你终于露头了！哼，大卫王瓶现在如何了？"

"劳大设关心。"麴文泰拱了拱手，"瓶中魔鬼已经现身，复活了本王的犬子。此时，那大卫王瓶再也无用了。"

莫贺咄又嫉又恨："好呀！好呀！麴文泰，你不怕老子的报复么？"

麴文泰喟叹一声："大设，本王信佛，国家兴灭，在佛家的眼中，无非是一场轮回。若是天意让我高昌灭亡，便是没有大设，它也终究会灭的。若是高昌不该灭，便是大设提兵百万，也抗不过这天意。”

“在西域的草原、大漠、雪山，老子就是这天意！”莫贺咄大吼道。

正在这时，一名附离兵策马狂奔了过来：“大设！”

莫贺咄正烦躁：“什么事？”

那名附离兵道：“交河城出了变故！”说着低声在他耳边说了一番。

“什么？”莫贺咄深感意外，“怎么会这样？老子得保存实力了。撤！”

“是！”那附离兵答应了一声，又问，“去哪儿？可汗浮屠城么？”

“放屁！正有一出好戏要看，老子怎舍得走？回馆舍喝酒吃肉！”莫贺咄也不多说，一兜马，调转了方向，泼剌剌地朝着大街奔去。

附离骑兵一起兜转马头，跟着他驰上了大街，剩下一群人打算留下来收拾战死者的尸体。莫贺咄遥遥地喊道：“留在那儿，让麴文泰用上好的棺木入殓！”

面对这种无赖作风，麴文泰也摇头不已，但又奇怪，问张雄：“莫贺咄怎的走了？”

张雄也大为不解：“臣也不太清楚。要不要我派人守着馆舍四周？”

“罢了，罢了。这个仇已经结得大了，何必再触怒他！”麴文泰看着城下满地的尸体，叹道，“照他的话，用上好的棺木入殓吧！”

莫贺咄撤兵的时候，天色已经亮了。

这时倒不用从井渠里出城了，朱贵便收拾一应物资，装了三辆大车，一辆由麴智盛和龙霜月支乘坐，一辆给阿术坐，第三辆则盛满了麴文泰从王宫中搬出来的金银珠宝名贵香料等物，作为麴龙二人在大唐的花销。

打点完一切，已经到了辰时，又开始了新的一日。

玄奘陪着阿术坐在第二辆车里，朱贵骑着马，带着十几名宿卫亲自陪同，径直从北门出城，驶上了通往胜金口的官道。

此时朝阳正浓，照耀着远处的火焰山，前方一片辉煌。这个时候，往往是赶远路的商贾出城时分，路上颇为热闹。众人出城数里，突然碰上不少商贾急匆匆地朝城里赶。

这些商贾不知道为何，一个个都神情凄惶，仿佛逃命一般。玄奘看得奇怪，于是跳下马车，想拦住一队商旅。护卫在一旁的朱贵急忙命车队停下。

“阿弥陀佛，施主请慢走。”玄奘招呼商旅中一个老者。

那老者牵着一头骆驼正在跑，见玄奘喊他，急忙停了下来：“法师，有何吩咐？”

“施主是行商的吧？既然出城了，为何又回来？”玄奘问。

“法师，您不知道？”那老者吃惊地看着他们。

“贫僧不知道啊，怎么了？”玄奘摸不着头脑。

“嘿！”那老者顿足，“我看你们有骑兵保护，还以为是特意要往北去，这才没有提醒！法师，快回吧！前面有大批的骑兵杀过来啦！”

“什么？”玄奘大吃一惊。

朱贵也发觉不妙，赶紧跳下马来追问：“老丈，哪里来的骑兵？”

麴智盛和龙霜月支撩开车帘，朝这边张望。

那老者道：“当然是焉耆人了，据说不下五千之众，已经快到王城边上了！”

朱贵面如土色，下意识地朝麴智盛和龙霜月支瞧了一眼：“焉耆人……焉耆人不是在交河城外么？他们难道攻破交河城了？”

“没有。我听说他们不知从何处绕过了交河城，突袭王城。”那老者急匆匆说完，不敢耽搁，向玄奘施个礼，赶紧牵着骆驼走了。

玄奘还要再问，朱贵看着前方，苦涩地道：“他们来了。”

玄奘霍然回头，只见火焰山的方向沙尘遮天，仿佛一道风沙之墙在沙漠里涌起，形成一道将近十里宽的浪潮，向着王城的方向推了过来，竟如同平地里隆起了一道山脉！而玄奘等人则像是山脉下的蚂蚁！

仅仅是一瞬间，众人就感觉到了大地的震颤，轰隆隆的震动有如奔雷，那种威势，直如天崩地裂！

朱贵突然怒不可遏，大踏步走到龙霜月支跟前，吼道：“是不是你？是不是你让他们来的？”

龙霜月支冷笑：“伴伴，你算无遗策，从进入家庙就一直监视我，我哪来的机会通知他们？”

麴智盛看不过去，急忙护住龙霜月支：“伴伴，你疯了么？霜月支要跟着我一起走，她怎么会通知焉耆人？”

“嘿！”朱贵咬牙切齿，怒视着龙霜月支，“三王子，您看看，五千人的兵力，为何会排成一线齐头并进？那是因为他们在搜索！堵截！他们知道你们要走，是专门为了堵截！”

“三郎，”龙霜月支搂着麴智盛哭了起来，“真的不是我，我想跟你到大唐去。”

“还在演戏！”朱贵冷笑，“公主，你这个局该到结束的时候了！”

“伴伴！”麴智盛大怒，“不准你怀疑霜月支！”

朱贵脸色铁青，只好转过头去，朝宿卫们吼了一声：“赶紧撤！撤回王城！”

玄奘抬头看去，这时已经能隐约看见焉耆骑兵的身影了，黑压压一片，左侧看不见头，右侧看不见尾，五千人并成一线，齐头并进，他们纵马在葡萄园里驰过，葡萄藤纷纷伏倒。日光下，不停有刀光闪烁，骑兵们手握长刀砍伐着挡路的葡萄藤。玄奘心中沉重，看来朱贵说的没错，他们的确是为了堵截。在这样密集的搜索下，恐怕一只老鼠也躲不过去。

众人赶紧上了车马，车夫调转方向，朝着王城狂奔。

此时，麴文泰和张雄也得到了消息，两人魂不附体，立即号令全城戒备，整个高昌王城全军动员，骑兵和都兵从四面八方赶赴北面的玄德门，连麴文泰的中兵也开始出动。高昌王城现有兵力三四千人，再加上散布在各郡的兵力，从兵员上可以说雄冠西域诸国。但这么一分散，就明显不够了。尤其是守卫王城，城池这么大，兵力再分散到各个城门，力量就更加薄弱。但不分散的话又无法判定攻城者主攻的方向，在对方五千铁骑的进攻下，可以说是危险到了极点。

张雄号称西域之虎，当即号令将主力放在了北门，其他城门则征召城内的居民协助士兵把守。他亲自率领最精锐的中兵作为机动部队，随时支援，更下令拆毁街上商户临时搭建的棚子，廓清道路，供骑兵随时支援。

城内居民不分国别，都是惶惶不可终日，哪怕是焉耆人，此时也不得不站在高昌的立场上，因为所有人都知道，城池一旦被破，随之而来的就是乱兵抢掠。哪怕能侥幸在屠刀下逃得一命，货物也会被抢个精光。西域灭国战的残酷每个人都深有体会，屠城之举各国干得多了。以焉耆和高昌的深仇，以及其他两国对高昌的嫉妒，什么事儿都能干出来。

百姓们眼看着大将军指挥若定，心里才稍微放松一下，命令一下来，忙不迭地帮助士兵们搬运守城器械，整个城市成了一部巨大的战争机器。

等到麴文泰和张雄到了北门的城楼上，向北一望，顿时倒吸了一口冷气。黑压压的骑兵沿着天际线一字排开，所有阻挡在他们面前的东西都被破坏一空。马蹄溅起的尘土宛如一道巨大的风暴，覆盖了火焰山，有如掀起了整座沙漠，朝着王城推了过来。

“陛下，联军为何会排成这样的阵形？”张雄纳闷不已，“这样看来虽然声势浩大，但阵形太薄，稍微一冲就会冲出一个缺口。他们想干什么？”

“难道他们想包围王城？”麴文泰也惊异。

张雄摇摇头：“他们是骑兵，想包围王城，只需在城南城北各布下一支人马，从任何一个方向出城都逃不开他们的追杀。恐怕另有缘由。”

这时，城下聚集着一大群商队和百姓，正哭嚷连天，拥挤着要入城。张雄皱了皱眉，喝令：“让他们速速入城，再过半炷香时间，关闭城门！”

“不行，不行。”麴文泰于心不忍，“太欢啊，还是让他们都入城吧，这些商贾虽然不一定是高昌子民，但他们既然到了高昌境内，就应受到咱们的保护。本王实在不忍让他们死在乱军之中。”

张雄苦笑：“陛下仁厚，但城门一旦无法关闭，这些骑兵跟在后面杀进来，高昌就是灭国之灾。”

“坚持一下！坚持一下！”麴文泰流露出哀求的口吻，“太欢，你让士兵们准备好弓弩，哪怕阻一阻，也能多救一些人的性命！”

“陛下！”张雄却不敢拿国家来冒险。

“太欢，”麴文泰泪如雨下，“本王两个儿子都遭了横祸，难道不是天谴么？也许是本王年轻时杀戮太多，你就让本王多救几个百姓吧！”

张雄无奈，只好下令：“弓箭手准备，推迟半炷香关闭城门！”

号令一声声传递下去，这时，麴文泰忽然一惊，指着远方：“那是什么？”

张雄抬头看去，不禁大吃一惊，只见在那座骑兵掀起的山脉下，十几名骑兵正簇拥着三辆大车朝着王城的方向狂奔！

“是三王子他们！”张雄惊叫，“他们被堵回来了！”

朱贵催促着车夫快马加鞭，向着王城疾奔，但马车的速度哪有骑兵快，很快他们就听见轰隆隆的铁骑声由远而近，追了过来。朱贵扭头一看，几乎整个身子都僵住了，距离近得已经能看见身后骑士的面孔！

他还看见不少骑士张弓搭箭，一时间箭雨纷飞，朝着众人射了过来，一些箭镞射在了马车上，还有一些则射中断后的宿卫，不少人惨叫着摔在了马下，随即就被赶来的骑兵踏为肉泥！

车上的麴智盛、龙霜月支、玄奘和阿术等人纷纷趴在车厢上，不少箭镞贴着头顶脊背射了过去。突然间，只听一声马嘶，玄奘这辆车的马匹被箭镞射中，嘶鸣着摔倒，大车呼的一声倒翻了出去，玄奘和阿术从顶上被掼出了车厢，一下子摔出去四五丈远。

玄奘刚爬起来，就见麴智盛那辆车的马匹也被利箭射翻，麴智盛和龙霜月支搂抱着从车厢里跳出来，翻滚着倒在了路边。朱贵见状，长叹一声，勒住了战马，迎着扑面而来的骑兵，惨笑着闭上了眼睛。

数十名骑兵举起弓箭，对准他们就要射杀，正在这时，只听一声大吼：“不准放箭！住手！住手！”

玄奘搀扶着阿术站起来，抬头望去，只见一名戴着青铜面具的骑士率领几十名骑兵飞马从后面追了过来，一边飞奔，一边呼喊。不知此人什么身份，他刚一发话，那些骑兵便急忙垂下了弓箭，勒住马匹，不再有所动作。

玄奘回头看看王城，不禁苦笑，此时，他们距离王城只不过一里多。

眼前的骑兵越聚越多，黑压压的一片，足有上千人，没有人说话，只是默默地看着他们。那名戴着青铜面具的骑士从后面赶了过来，骑兵们恭恭敬敬地让开一条通道。那名骑士走出人群，在他身后，竟然是龙突骑支！

龙突骑支神情复杂地凝视着自己的女儿，却没有说话。所有人隐隐然以那个青铜面具骑士马首是瞻。

那面具骑士策马上前两步，凝视着龙霜月支，眼睛里闪耀出灼热的光芒，忽然摘下面具，露出一张英俊的面孔，喃喃道："霜月支，我来接你啦！"

龙霜月支神情迷茫："泥孰……"

玄奘下意识地看了麴智盛一眼，不由得低低一叹，只见麴智盛露出嫉恨交加的神情，紧紧攥着龙霜月支的手，似乎有些惊惧。

玄奘知道，眼前这位俊朗高大的青年，便是西突厥的天之骄子，阿史那·泥孰——达头可汗的曾孙，十姓部落的主人，同时也是龙霜月支尚未定名分的夫婿！

"是我。"泥孰跳下马，温柔地笑着，"霜月支，原谅我这么晚才来到你身边。我一直陪着统叶护可汗在大清池，离这里三千余里，自从听说你被大卫王瓶蛊惑，迷失在高昌，我便星夜赶来，一路把自己绑在马背上，累死了三十多匹马，才在太阳升起的时候来到了你的身边。霜月支，跟我走吧！"

泥孰的出现显然出乎龙霜月支的意料，想来此人并不在她的计划之中，一时不知该如何应付。

但麴智盛却勃然大怒，指着泥孰大吼："泥孰，霜月支是我的，你休想把她抢走！"

泥孰的脸冷峻了起来，嘲讽地望着他："你便是麴智盛么？你的大卫王瓶呢？"

“在这里！”麴智盛踉踉跄跄走到破烂的马车前，将大卫王瓶拖了出来，砰的一声放在了地上。

三国联军的战士望着这只传说中的大卫王瓶，都不禁有些紧张，军阵一阵骚动。泥孰却冷笑不已：“这就是传说中无所不能的大卫王瓶？你为何不让里面的魔鬼出来，要了我的命！”

“我——”麴智盛张口结舌，有些恼羞成怒，“哼，不管怎么样，你休想带走霜月支！她爱的人是我！”

“一派胡言！”泥孰勃然大怒，拔出弯刀指着他，“早在三年前，焉耆王便答应了我的求婚，只不过霜月支还小，我便没有迎娶。你竟然施展妖法，迷惑霜月支，让我蒙受羞辱，这笔账咱们今天就算一下！”

“杀了他！”龙突骑支也大吼，“泥孰，先斩了这个狂妄的小子，然后我们攻破高昌城，用麴文泰的血来洗刷这份耻辱！”

“杀了他！杀了他！”三国联军的战士一起鼓噪，声震大地。

麴智盛毫不畏惧，紧紧握着龙霜月支的手，与泥孰冷冷地对视。龙霜月支却一言不发，静静地看着。

玄奘不禁有些愤怒：“阿弥陀佛，公主，这便是你想看到的结局么？”

龙霜月支不说话。

就在三军的鼓噪呐喊中，泥孰大吼一声，拖刀疾奔，凛冽的刀光朝着麴智盛怒斩而来。麴智盛静静地望着刀光，忽然感觉有些凄凉，看了看怀里的龙霜月支，喃喃地道：“霜月支，这辈子，我没法陪你度过了！”

龙霜月支脸上神情变幻，似乎在剧烈地挣扎。这时，刀光已经到了面前，忽然朱贵大吼一声，从腰里抽出短刀，大吼着朝泥孰刺了过去，泥孰冷笑一声，刀光一闪，将短刀劈飞，随即弯刀架在了朱贵的脖子上。

泥孰正要说话，一看自己的弯刀，顿时愣了一下，那弯刀上竟然被朱贵的短刀崩出个缺口："老太监，你那短刀倒不错。看来也是个英雄，我不杀你！"

随即飞起一脚，将朱贵踹翻。

"伴伴！"麴智盛正要跑过去，泥孰的弯刀已经架在了他的脖子上。刀锋如雪，压着脖颈，割破了肌肤，一滴滴的鲜血渗了出来。

麴智盛看着脖子上的弯刀，温柔地看了龙霜月支一眼，淡淡地道："杀了我吧，我死之后，霜月支依然不会爱你！"

"放屁！"泥孰大怒，一刀就要斩下。

"住手！"玄奘急忙跑过来。他拾起短刀交给朱贵，将朱贵扶了起来，然后张开手臂，阻止了泥孰。

泥孰愣了愣："您便是大唐来的玄奘法师？"

"阿弥陀佛，正是贫僧。"玄奘道。

泥孰想了想，收回弯刀："这两日，焉耆王向我提起过您。法师，我是你们皇帝李世民的结拜兄弟，据说您与他交好，那便是我的兄弟，我不能杀您。"

"哦？"玄奘倒有些意外，"您认识皇帝陛下？"

"没错。"泥孰感慨，"武德年间，我曾经到过长安，与世民结为异姓兄弟。那时候，他还是秦王。"

玄奘没想到这位西突厥的贵族竟然和李世民有这种渊源，急忙躬身施礼："阿弥陀佛，贫僧有礼了。"

"不敢，不敢。"泥孰收刀抚胸施礼，"听说法师只是路过高昌，打算前往天竺国求佛，既然如此，这些俗事便与您毫无关系。法师，这便请您让开吧，等我处理完高昌之事，必定护送您安然抵达天竺。"

玄奘苦笑道："这件事……"他看了看龙霜月支，见她仍旧神情淡漠，似乎眼前发生的一切完全与她无关，不禁心中有气，"阿弥陀佛，公主，高昌国内有两位王子毙命，外有大军围城，风雨飘摇，破灭在即，您布下的局实现得如此完美，难道还不到结束的时候吗？”

“什么局？”泥孰惊讶无比。

“大卫王瓶之局。”玄奘道，“想必阿史那殿下有所不知，这场关于大卫王瓶的迷局，是这位焉耆公主一手策划出来的。当日三王子得到大卫王瓶之后，对着王瓶许愿，要龙霜公主爱上自己。这个大卫王瓶到底有没有魔力，贫僧并不清楚，但贫僧知道的是，公主并未被大卫王瓶迷惑神智，她听说了这个消息之后，假装受到迷惑，引诱三王子将自己接到了高昌王宫，滞留不回，从而给予焉耆口实，挑起三国与高昌的战争，企图灭亡高昌，争霸丝绸之路。”

泥孰顿时惊呆了，傻傻地望着霜月支，一时竟然说不出话来。龙霜月支仰起头，凝望着远处的火焰山，对玄奘的指控充耳不闻。

“胡说八道！”麴智盛突然嘶声大吼，“法师，我敬您是有德高僧，您为何要捏造言辞，侮辱霜月支！”

玄奘怜悯地看着他：“三王子，佛家讲因缘生灭，此灭故彼灭，此生故彼生。龙霜公主爱上你，自然有它的因，也有它的果。一个人爱上另一个人，又岂能凭空许个愿，便会没有因果，不讲生灭，一生相爱呢？”

“可我有大卫王瓶！”麴智盛两眼通红，“是阿卡玛纳改变了霜月支的心！”

“法师！”龙突骑支冷笑，“您这可是对我焉耆最严厉的指控，既然您污蔑我女儿，那就请您拿出证据！”

“是啊，法师。”泥孰也疑惑，“这大卫王瓶的神迹已经传遍了西域，据说麴智盛许愿时，瓶中烟雾缭绕，当真有魔鬼出现，与他对话。这是很多人都见到的。”

“这只是一种幻术而已。”玄奘叹道，“也许是一种巧合吧，武德九年，天竺高僧波颇蜜多罗来到大唐，在大兴善寺说法时，曾经演示过天竺一个教派蛊惑信徒的幻术。他将一撮尘土放在日光下，口诵咒语，那尘土忽然化作浓烈的烟雾，翻卷成各种形状，有如无数鬼魂在其中挣扎。那时，道教的李仲卿正与佛门争辩，当场破解了此术，据他所言，那撮尘土乃是用硝石、水银、丹砂混合天竺的一种奇特香料，稍微遇热，就会冒出剧烈的烟雾。那烟雾奇形怪状，经久不散。以贫僧想来，这大卫王瓶的锡封内必然有这种粉末。”

“你胡说！”麹智盛大声叫道，“那烟雾里明明还有魔鬼跟我说话！”

“三王子，”玄奘悲哀地望着他，“贫僧认识一位名僧，叫作法雅。他最擅长的便是腹语。事实上，这腹语便是从西域传入中土的，在西域，懂腹语的奇人比比皆是。”

“很好！”龙突骑支露出嘲讽的表情，“照法师的意思，是有人操纵大卫王瓶冒烟，又有人用腹语假装魔鬼说话。那么此人当时必定在场了？”

“没错。”玄奘点头。

“可麹智盛第一次许愿时，我女儿却并不在高昌。”龙突骑支冷笑。

“是啊！”玄奘点头承认，“当时龙霜公主并不在场，魔鬼第一次出现，是有另一个人在暗中操纵。”

“那个人是谁？”泥孰问。

玄奘遗憾地摇了摇头：“其实，在赭石坡的时候，公主已经把她的谋划向贫僧和盘托出，贫僧之所以没有告诉高昌王和三王子，就是一直没有找到这个隐藏在暗中，操纵大卫王瓶的人。原本贫僧一直怀疑她与二王子合谋，可惜，前几日，二王子却自杀了。眼下，贫僧心中有了另外的人选，但此人的最终目的，贫僧还是没能搞清楚，所以如今却是说不得。”

“哈哈。”龙突骑支大笑，“世上竟然有你这么迂腐的僧人。好，那本王问你，麴智盛第二次许愿，魔鬼杀光我焉耆勇士和那数百名反叛者，也是我女儿所为吗？那本王倒要请教了，若是我女儿有如此神通，我焉耆，还至于被那高昌欺辱么？”

“好。”玄奘干脆席地趺坐了下来，“既然龙王动问，那咱们就追根溯源吧！咱们不妨从龙霜公主的目的说起，她既然假装被迷惑，进入王宫，打算覆灭高昌国。那么，她就必然要有一个合谋者，这个合谋者必定要在高昌或者王宫之内拥有权势，而且对现状不满，才能与她彼此呼应，实现这个大卫王瓶的阴谋。”

玄奘娓娓而谈，除了龙霜月支和麴智盛，其他人竟然听得入了神，纷纷围了过来，如泥孰者，竟然拿过一副马鞍放在地上，把弯刀横在膝盖上，坐在了玄奘的对面。

“大家都知道，二王子早已有反叛之意，为了得到王位，与龙霜公主合谋也不无可能。因此贫僧原本怀疑的是他。”玄奘苦笑，“可惜了，大卫王瓶第二次许愿，导致二王子兵败自杀，贫僧才明白，龙霜公主仅仅是利用二王子和王妃，真正的合谋者却不是他。”

“师父，那合谋者是谁？”阿术问道。

玄奘却不理会：“这个人且不必管他。咱们先谈谈公主。公主与王妃暗中有来往，贫僧是深知的，因为在交河城时，便是龙霜公主暗中鼓动王妃劫持了贫僧。也就是说，龙霜公主早就知道二王子和王妃的关系，也知道他们一定会谋反。贫僧甚至相信，二王子的谋反，还有公主在暗中鼓动，因为这场谋反符合焉耆的利益。”

“荒谬！”龙突骑支大笑，“法师，你刚才还说，是我女儿操纵大卫王瓶许愿，致使麴德勇兵败自杀，这会儿又说麴德勇的谋反符合我焉耆的利益，这分明是自相矛盾。”

“不矛盾。”玄奘淡淡地道，“麴德勇谋反，当然符合焉耆的利益。因为这场谋反可以大大削弱高昌国的力量，狠狠打击麴文泰。但是，龙霜公主绝不愿意看到麴德勇谋反成功，当上高昌之王。龙王陛下，想必您也知道，麴文泰虽然是一时豪杰，毕竟垂垂老矣。而麴德勇勇武善战，威震西域，你们难道想看到继任的高昌王比麴文泰更有野心，更加骁勇，更加强硬么？”

龙突骑支哑然无语。

“所以，对龙霜公主而言，她所要做的无疑是在走钢丝。既要促成这场政变，又不能让政变成功。最好麴德勇和麴仁恕统统在政变中死掉，这样的政变，才最符合焉耆的利益。”玄奘道。

此言一出，不但龙突骑支无话可说，连泥孰也频频点头。因为对西域人来说，各国的情况无不了如指掌，哪国跟哪国有什么仇，哪国国王做梦时最想得到的是什么，无不清清楚楚，焉耆想要什么，谁也瞒不过。

“可是，法师，”泥孰思忖道，“您刚才的说法，毫无疑问是焉耆王今生最大的梦想。可是这谈何容易？就算您说的是真的，霜月支孤身进入高昌王宫，又如何能如此精准地控制这场政变的程度？坦白讲，法师，哪怕您给我五千雄兵，让我枕戈待旦，我也不见得能把一场政变控制得恰到好处。”

“殿下。”玄奘感慨道，“这恰恰是龙霜公主的高明之处。您所依仗者，乃是武力，而公主所依仗的，却是自己的智慧。何谓算无遗策，这便是了。”

“请法师明示。”泥孰道。

“这场政变，要是让贫僧来控制，也的确跟您所疑惑的一样，难于登天，不知从何处入手。但龙霜公主找到了法子。”玄奘望了一眼旁边的龙霜月支，见她仍旧一副漠然之态，不禁感慨无比，“她所找到的法子，能够随时随地、随心所欲地杀光二王子的兵！”

第十四章

有佛，必然有魔

不远处的高昌城头，麴文泰和张雄的心都提到了嗓子眼，紧张地注视着城外。此时经过玄奘等人的耽搁，城外聚集的商队和百姓都已进了城，城门也已经关闭。但麴文泰二人却仍然忐忑，两人都是戎马半生，都知道今日高昌王城危在旦夕，一个不慎，今日就是高昌国的灭国之日。

“太欢。”麴文泰眉头紧皱，“这三国联军停留在城外作甚？他们为何包围着老三和法师等人迟迟不动手？”

张雄摇头：“陛下，他们好像是在说话。距离太远，臣也不知道在说什么。”

“刚才那个戴着面具的骑士你能看清模样么？”麴文泰揉了揉眼睛，“本王这两年眼睛也不好了！看着一片模糊。”

“陛下，有点像阿史那·泥孰。”张雄道。

麴文泰大吃一惊，问道：“泥孰？泥孰不是在大清池么？离这儿数千里，他怎么可能突然出现在三国联军之中？”

张雄苦笑：“陛下，泥孰跟龙霜月支的关系，您又不是不知道。

以此人的脾性，只要他听说三王子抢走了龙霜月支，在哪里不都得跑回来？”

“完了！完了！”麴文泰脸色灰白，“有泥孰在，只怕统叶护可汗也不会偏袒我们了。难道我高昌真的要亡国么？”

“陛下不要担心。”张雄急忙道，“这里面的内情极为复杂，玄奘法师早就胸有成竹，有他在，必能护佑我高昌国安然无恙。”

“哦？”麴文泰惊讶，“法师如何能退了这五千大军？”

“这……”张雄苦笑，“具体的内情恐怕只有法师才清楚，臣只是略知一二，但法师再三交代先不要告诉您，他怕您一时忍耐不住，做出过火之事。”

麴文泰诧异地望着张雄，想问，但出于对玄奘的信赖，竟然点了点头，没再说什么。

“陛下。”张雄道，“虽然有法师在，但咱们也不能放松警惕。看样子泥孰若要攻城，首选的地方就是北门，臣去将骑兵主力都调集到北门，一旦有事，也好保护陛下。”

麴文泰默默地点了点头，见张雄要走，急忙交代：“太欢，派本王的宿卫去保护德勇，一旦城破，立刻斩杀了王妃，带着德勇杀出城外。”

“遵命。”张雄急忙下了城楼。

高昌城外，军阵之中。玄奘说出了那番话，所有人都骇然失色。连龙霜月支也忍不住悚然一惊，凝视着玄奘。

“这不可能！”泥孰大叫，“麴德勇是什么人？戎马半生，纵横西域，他的中兵更是西域首屈一指的精锐，霜月支凭什么能随时随地杀光他的人？”

龙突骑支也大笑：“法师当真糊涂了，若是我女儿能杀光高昌国的骑兵和中兵，本王早就直接挥师攻打高昌王城了。还跟麴文泰这老匹夫废什么话！”

玄奘笑了笑：“但公主的的确确做到了。阿史那殿下，西域盛产苜蓿，这苜蓿也是喂养战马的最好饲料。对吧？”

“没错啊！”泥孰点头。

“贫僧听说苜蓿田中，往往会长一种草，名叫热那草，这种草与苜蓿极为相似。”

泥孰自幼就与马匹为伴，自然清楚：“是的，法师。这种热那草如今已经不多见了。因为它有毒性，若是马匹误食，就会引起体内血热，往往奔驰不了多久，就浑身汗出如浆，心脏难以负荷，最终心脏爆裂而死。所以，牧人只要见到这种草，就会用火连种子一起焚烧掉。如今是越来越少了。”

“少并不等于没有吧？”玄奘问。

泥孰惊讶地点点头：“当然，这种东西肯定是除不尽的。法师到底想问什么？”

“贫僧想问的，就是如果人吃了这种草，会发生什么事？”玄奘问道。

“人吃了……”泥孰愣了愣，“还真听说有人吃过，吃了之后浑身血脉加速，面色潮红，心脏跳动极快。但只要不剧烈运动，过不了多久就会平复下来。这种草如今连西域人也很少听说了，法师究竟是从哪里知道的？”

玄奘指了指阿术：“是阿术告诉贫僧的。他是粟特人，来自撒马尔罕。”

泥孰恍然大悟：“哦，撒马尔罕靠近费尔干纳，费尔干纳盛产汗血宝马，那里牧草茂密，想必还会有热那草。可是法师，这种草跟霜月支又有什么关系呢？”

“当然有关系。”玄奘道，“中兵主要职责是保卫王宫，军营就在宫墙南面，平时饮食主要由王宫内供应。倘若公主将这种热那草磨成粉末，命人放进中兵们的羊汤中，那会发生什么呢？”

泥孰脸色慢慢变了，思忖了好久才慢慢点头：“士兵们喝了这种羊汤，体内自然血热，急速奔跑之下，有可能心脏爆裂而亡。”

“哼，一派胡言！”龙突骑支冷笑，“那些中兵喝了羊汤，只有奔跑或者剧烈运动才会难以承受，谁知道他们什么时候运动奔跑？可你刚才又说了，我女儿随时随地能让这些中兵死于非命。法师，这又如何解释？”

“热那草并不是唯一的。”玄奘道，“假如这半个月来，中兵们日日食用热那草，但每次的量又不大，这些毒素慢慢积累于血液之中呢？然后，突然有某个瞬间，在一个密闭的空间内，这些中兵又吸入了一股烟雾，这烟雾里有刺激血流加速的药物，龙王陛下，您觉得会发生什么事？”

所有人都惊呆了，怔怔地看着玄奘，又看看龙霜月支，同时情不自禁地打了个寒战。只有麴智盛还愣愣的，似乎没有听懂。

玄奘道：“为何那些流人不死？因为他们秘密屯驻在井渠，公主无法接近。为何大殿外的中兵不死？因为他们虽然吃了热那草，却没有吸入这粉末凝成的烟雾。”

“不可能！”泥孰一跃而起，大叫道，“哪里有这种药物？那岂非可以杀人于无形么？”

“啊呸！玄奘，”龙突骑支更是怒不可遏，“你这妖僧，纯属一派胡言！什么热那草，什么某种药物，统统都是子虚乌有的东西，统统都是你的猜测！和尚，你就凭这编造的故事，就要置我女儿于不义么？难道你以为本王的弯刀，斩不掉你的头颅吗？”

“贫僧并非虚言。”玄奘无比平静，他从怀中拿出一个布包，慢慢打开，“各位请看，这就是热那草的粉末。”

龙突骑支的脸色变了，怔怔地盯着那个布包，一时竟忘了说话。泥孰脸色凝重，接了过来，打开布包，果然看到一撮土黄色的粉末，凑到鼻子底下一闻，顿时打了个喷嚏，脸上一阵潮红。他急忙凝神静气，过了好半晌，脸色才恢复正常，默默点头："这果然是热那草。法师，这是从哪里弄来的？"

"麴德勇政变之后，高昌王命张雄去控制兵部和中兵营，贫僧私下委托他，控制了中兵营后勤的主事。"玄奘道，"经大将军秘密审讯，在那主事的一个秘密住处，搜出了五篓热那草粉末，其中三篓已经空了。"

众人都不说话了。

玄奘又从怀里掏出一个小瓷瓶，递给了泥孰："这是贫僧昨夜从大卫王瓶的瓶口刮出来的黑色粉末。这究竟是什么东西，贫僧也不得而知，但贫僧相信，食用过热那草之后，再将这种粉末点燃，吸上一口，就会重演那日上百名中兵倒地毙命的惨状。"

泥孰小心翼翼地拿过小瓷瓶，打开，果然里面有指甲盖大小的黑色粉末。他不忍心去逼问龙霜月支，朝龙突骑支瞥了瞥，问："龙王陛下，您还有何话说？"

"哼。"龙突骑支冷冷地道，"谁能证明这东西是他从大卫王瓶的瓶口刮出来的？"

泥孰指了指麴智盛身边的大卫王瓶："难道需要再刮一些么？"

龙突骑支哑然无语，半晌才道："大设，这和尚妖言惑众，凭他空口白牙，您便要怀疑我的女儿么？本王绝不信这两样东西能无声无息致人死命。世上哪有这样的东西。"

泥孰不理他，霍然站起，走到那五千骑兵的对面，举起手里的瓷瓶大叫："我西域的勇士们，现在有大唐高僧怀疑焉耆的公主，拿出了这证物，说是可以致人于死！焉耆王不信，我也不敢信，你们可有人敢以身试毒，让真相大白于天下吗？"

这话一说，军阵中顿时阵阵骚动。玄奘大吃一惊："阿史那殿下，何苦牺牲无辜者的性命——"

泥孰挥手打断他，脸色铁青："法师，我西域勇士最重声誉，您指控霜月支，便是对我最大的侮辱！若是无人敢以身试毒，我将亲口尝尝这混毒之术，还我所爱的人一个清白！"

玄奘还要再说，这时麴智盛默默地走了上来，伸手从泥孰手里拿过瓷瓶，就要抛进口中。泥孰急忙夺了过来："你疯了？"

"你不信，我也不信。"麴智盛两眼通红地望着他，"凭什么只能你为霜月支去死？她的荣誉比我的命更重要。"

泥孰愤怒无比，却没说什么，冷冷一笑，把瓷瓶夺了过来："麴智盛，咱俩的事还没完，我倒不愿意让你这么死了。"

"那么你是觉得我吃下去一定会死了？"麴智盛凄凉一笑，"我是绝不会死的，因为我相信霜月支。"

泥孰一愣，竟然被他堵得无话可说。

正这时，军阵中有一名骑士纵马跑出，到了两人面前翻身下马，跪在地上："阿史那殿下，小人是焉耆龙骑士，我愿意用生命来验证公主的荣誉！"

泥孰点点头："勇士，你叫什么名字？我会让焉耆王善待你的家人。"

"不必。"那骑士自信地道，"我相信我绝不会死！"

"好！"泥孰大喝一声，把热那草扔给了那骑士，那骑士打开口袋，一口吞进嘴里，然后从马背上取下酒囊，咕嘟嘟喝了几口酒，将热那草咽了进去。

众人静静地看着他，玄奘满脸忧虑。过了片刻，那骑士忽然面色潮红，像喝了几袋子烈酒一般。泥孰叹了口气，拉着他的手，走到上风处，将瓷瓶里的黑色粉末挑出来，用火折子点燃，果然，那指甲盖大小的黑色粉末，竟然冒起了浓烈的烟雾，烟雾翻卷蒸腾，犹如煮沸的汤水。

众人心情不禁沉重起来。

那骑士毫不犹豫，将鼻子凑到烟雾里吸了一下，顿时，他浑身一抖，扣住了自己的喉咙，两眼突出，眼珠上布满了血丝。泥孰一惊，急忙放开了他远远离开。那骑士挣扎着，双手挥舞，似乎想走过来，但走了没两步，便一头栽倒，立时毙命。

"阿弥陀佛。"玄奘合十诵念，两眼盈满了泪水。

天地间一时鸦雀无声，阳光浓烈，照耀着这数千人的面孔，所有人都冷汗涔涔，脸色发白。

泥孰神情痛苦，脸上的肌肉抽搐着，他默默地看了龙霜月支一眼，却问龙突骑支："陛下还有什么话说？"

"本王……"龙突骑支额头冒出热汗，结结巴巴地道，"构陷！这完全是构陷！"

"如此说来，法师是一口咬定我了？"龙霜月支忽然转过头来，幽幽地一叹。

"霜月支，我不怀疑你！"还没等玄奘说话，麴智盛抢先表态，他神情激动，脸上带着一种潮红，然后转头怒视着玄奘，"法师，弟子到底跟您有什么仇？您为何要诬陷霜月支？"

"三王子，醒醒吧！"玄奘长叹一声。

"我不醒！"麴智盛失声痛哭，"法师，我不想失去霜月支！我们是真心相爱的，是阿卡玛纳赐给了我今生的幸福。法师，我不能没有霜月支！"

他快步冲到龙霜月支面前，拉住她的手，一脸期待："霜月支，我相信你，咱们走吧！咱们不要在这西域了，离开这里。去大唐，去江南。好不好？好不好？"

但龙霜月支却没有看他一眼，摔开了他的手，只是冷冷地盯着玄奘。玄奘沉默片刻，淡淡道："公主，一场局，总会有终了的时候。正如人的一生，总将归于尘土。如今，你的计划已经成功，你为刀俎，我为鱼肉，眼前这高昌可以任凭你的铁蹄践踏，但贫僧不希望那个被你愚弄的人，带着遗憾离开这个世界。”

“说得好！法师，说得真好啊！”龙霜月支冷冷一笑，身子挺直了起来，一瞬间，方才那个柔弱无依，楚楚可人的小女子顿时凛冽生威，重回昔日伊吾城外的冷艳公主形象。麴智盛看得目瞪口呆，顿时不安了起来，连泥孰都有些不适应。

她朝四周望了一眼，咯咯笑了笑:“法师，您真是个智者。当日，在交河城外，我虽然向您讲述了我的计划，与您定下赌约，却没想到，您竟然能够剥茧抽丝，把我所有的细节娓娓道来。”

玄奘苦笑:“公主过奖了，照贫僧想来，大卫王瓶可以实现三个愿望，那便有三套连环计。贫僧还有一事不解，您是如何让麴德勇复活的？他复活后，您的计划是什么？”

“哈哈哈哈。”龙霜月支大笑，“法师，您的好奇心真重。没错，让麴德勇复活，的确还有最后的计划，可是如今的形势比原先预料的更好，不必进行最后的计划，我也能灭掉高昌了。法师，您既然不解，那就在无知中郁闷吧！”

玄奘瞠目结舌，摇头不已，不再说什么了。但这番对答，已经让麴智盛陷入了疯狂之中。

“不——”麴智盛撕心裂肺地大叫，“这不可能！霜月支，你是被玄奘逼的，对不对？我这就杀了他！”

麴智盛满脸杀气，从一名宿卫的尸体上抽出弯刀，杀气腾腾地走向玄奘，咬着牙:“法师，我对你一向崇敬，从未失礼，你为什么害我？”

“三王子，在伊吾城外贫僧便向您说过，三界众生病，病根在我执。您可以不分辨是非，却不能不分辨真与假。”玄奘静静地凝视着刀锋，“贫僧从来只有救人之心，并无害人之念。”

“我不要你救！”麴智盛大喊，神情狰狞，“你管我过的日子是真是假，跟你有什么关系？我快乐就够了！你凭什么干涉？我虽然自幼信佛，可我的霜月支，胜过这世上诸佛，便是三千大世界，也比不过她的分量！”

说着，一刀劈下，刀光映入了玄奘的眼睑。玄奘长叹一声，却并未躲避。

“麴智盛！”

龙霜月支一声怒斥，麴智盛身子一抖，急忙住手，回过头，期待地望着她，脸上堆出笑容：“霜月支，你不让我杀他吗？那我不杀他好了。咱们离开好不好？去大唐找一个山清水秀的地方，安安静静地过完这一生，好不好？”

龙霜月支冷笑：“麴智盛——”

“不要说——”麴智盛浑身颤抖，忽然捂着脸扑通跪倒在地，失声痛哭，“我求求你，霜月支，不要说，什么都不要说。不管你想说什么，都不要让我听见。我不在乎的，不管你对我的爱是真的还是假的，我都不想知道，我只想跟你厮守在一起。霜月支，不要让我醒过来。霜月支……”

麴智盛伏在地上，呜呜地痛哭着。这时，大卫王瓶旁边没人，阿术悄悄地爬过去，抱起了大卫王瓶，费力地往残破的车厢底下藏。朱贵及时警觉，冷冷地看了他一眼，阿术讪讪地撒开手，爬回了玄奘身后。

朱贵看了一眼王瓶，叹了口气，也无心看管这玩意，走到麴智盛身边，搂着他的肩膀，黯然不语。

龙霜月支见麴智盛这个样子，倒有些不忍，叹了口气：“麴智盛，你起来吧！”

麴智盛慢慢仰起脸，一脸泪痕：“霜月支，你愿意跟我走了吗？”

龙霜月支默然片刻，道：“麴智盛，我想让你明白一件事。你是高昌国的王子，我是焉耆国的公主，自从我们生下来，看到这个世界，便是彼此对立的，永远不可能在一起。”

“不！”麴智盛擦了擦眼泪，“霜月支，我们可以相爱的。为了你，我不要这个国家，不要这个身份。”

“可是我不能。”龙霜月支淡淡道，“十五岁的时候，父王上朝就让我坐在他的身边。那时候我就明白了，作为一国的公主，我要做的，就是让这个国家昌盛、强大。不择手段，不惜代价。我知道，这次我对你伤害太深，但是我想让你明白的是，自从我假装爱上你，走进高昌王宫，实行我的计划，我从来没有后悔过，也从来不曾对你有过愧疚。因为在我幼年时，心中就埋下了一个信念，高昌人，是我的敌人。我与生俱来的使命，就是消灭他们。所谓兵者，诡道也。两国交锋，玩的就是诡诈。在我心中，高昌就是一个战场，与你相处的日子，也是一个战场。在王宫中，我固然欺骗了你，可与在战争中诛杀你并无二致。三王子，你是一个好人，可在政治与战争中，死的往往是好人。”

“霜月支……”麴智盛没有再说什么，痴痴地望着她，忽然身子一软，坐在了地上。朱贵急忙上前扶住他。

龙霜月支转头凝视着泥孰，淡淡一笑：“泥孰，我们虽然有婚约，但你若不认同我，可以解除。”

泥孰苦笑一声：“自从三年前第一眼看到你，我就爱上了你。你父王答应了我的求婚时，我自然也明白，那只是焉耆国的需要，并不是你爱上了我。霜月支，你放心，三年前我既然能想明白，此时为何会想不明白？”

龙霜月支神情平淡：“谢谢你。”

泥孰自信地笑了：“但是霜月支，终有一天，我会让你爱上我。”

“是吗？”龙霜月支笑了，“我也期待着。”

龙突骑支这时才最后放下了心，开怀大笑：“泥孰，以后你就是我的女婿啦！等咱们灭亡高昌国，斩掉麴文泰的头颅，我就为你们成婚！”他转头问女儿：“霜月支，咱们马上挥兵攻城吧！高昌王城此时一片混乱，定能一举攻克！”

龙霜月支点了点头，骑上了一匹战马，举头眺望着不远处的高昌城。她筹谋月余，费尽心机，终于将高昌国的存亡握在了掌中，但脸上却没有丝毫兴奋的表情。三国联军的骑兵都亢奋不已，摩拳擦掌地等着她下令攻城，龙霜月支却望了麴智盛一眼，神情中似乎有一些凄凉。

“父王。”龙霜月支道。

“哎。”龙突骑支乐颠颠地跑了过来，这些年他一向唯女儿马首是瞻，这次女儿奇计告成，更令他佩服不已，“女儿，什么事？”

龙霜月支用马鞭指了指麴智盛和玄奘等人，道：“命令大军让开道路，这些人，就放他们离去吧！”

龙突骑支犹豫了一下，低声道：“这里面可有高昌的孽种啊！”

龙霜月支不答，淡淡地道：“放他们走吧！”

“好吧！”龙突骑支无奈地点头，心有不甘地走到麴智盛面前，朝他踢了一脚，“哼，小兔崽子，便宜你了，滚！”

麴智盛被踢得滚到了地上，满身尘土。他慢慢地爬起来，脸上的眼泪和尘土混合在一起，异常狰狞。这时，龙霜月支率领三国联军已经集结成了冲击型的军阵，所有人都弓箭上弦，只等着她一声令下，便双腿夹紧马腹，发起冲锋。

“哈哈哈哈——”麴智盛忽然一声惨笑，奔过去抱起大卫王瓶，拦在了龙霜月支的马前，神情癫狂地凝视着她。

龙霜月支皱了皱眉：“你抱着这个破瓶子作甚？赶紧让开，小心马蹄将你踏为肉酱。”

麴智盛却嘿嘿嘿地傻笑着，抚摸着大卫王瓶，像抚摸着一个新生儿，喃喃道：“阿卡玛纳，你出来吧，让我和霜月支在一起。你答应过的啊！”

“你疯了么？”龙霜月支失声道，“这只是个骗局！”

“三王子！”朱贵抱着他失声痛哭，“你醒醒！三王子！”

玄奘也瞧出麴智盛有些不对了，看样子竟是精神刺激过重，得了失心疯。

麴智盛只是傻笑，对着瓶子说话：“阿卡玛纳，为什么不理我？你想要什么？想喝我的血吗？来，我给你，喝饱了，喝足了。祝福我和霜月支一辈子相爱，好不好？”

说着，他拿起弯刀，朝着自己的手臂一划，刀刃深深地割了进去，鲜血喷涌而出，他疯狂地大笑着：“来，喝吧！喝吧！”

他将伤口放在了瓶口，那鲜血汩汩地朝瓶口的锡封灌去。这锡封也不知是怎么做的，仅仅一个六芒星印鉴，竟然能迅速吸血。手臂中的鲜血朝着瓶内涌了进去，麴智盛兴奋地看着，抱着个瓶子手舞足蹈。

龙霜月支长叹一声：“朱贵，赶紧带他去诊治吧！”

“三王子，您不要再吓唬老奴了，咱们走吧！”朱贵一边哭，一边抱着瓶子往回夺，阿术也跑过去帮他，三个人拉扯在了一起。

玄奘看得叹气不已。龙霜月支也摇了摇头，一抬手臂，道：“全军听令，绕过他们，出击高昌城！”

军中的号角顿时响了起来，凄厉的呜呜声中，骑兵们纷纷策动马匹，就要冲锋。这时，正在拉扯的三人忽然同时停了手，呆呆地看着那大卫王瓶。龙霜月支觉得有些异常，低头看去，不禁骇然，只见那大卫王瓶的瓶口，竟然冒出一缕黑烟！

第十五章
我的归宿在天山雪海、火焰地狱

高昌城的城头上，麴文泰和张雄也听到了呜呜呜的号角声，两人心里一沉，知道三国联军马上就要发动进攻了。

张雄仔细观察着对方的阵势，长久不语。

麴文泰急忙问："太欢，你看他们会怎么发动进攻？"

"不好说。"张雄摇摇头，"骑兵攻城机动性太强，很难预测到进攻的方向。但有一点，骑兵想进攻城池，必须下马。他们仓促而来，没有携带攻城的器具，现在造云梯肯定来不及，唯一能采用的，就是寻一些圆木来撞破城门。咱们城外没有民房，却有一些高大的胡杨。陛下，只要看他们在哪里砍伐胡杨，大体就能知道进攻的方位了。"

麴文泰正要回答，忽然愣住了。只见城外的军阵内，冒起一股浓烈的黑烟。这黑烟他当然不陌生，至少已经见过三次了，但没有一次比这次更浓！

"大卫王瓶！"两人失声惊叫。

"啊哈，大卫王瓶！"两人话音刚落，城楼上噔噔噔地跑上来一人，两眼放光地望着城下，一脸亢奋。

竟然是莫贺咄！

的确是大卫王瓶。

先是正在拉扯的三人惊呆了，麴智盛被这黑烟一冲，稍微清醒了一些，心中震骇，手一松，大卫王瓶咚的一声砸在了地上。

随后，龙霜月支、泥孰、龙突骑支等人，甚至他们身后的三国联军也震惊了，大家一时忘了冲锋，一个个垂下手里的弓箭，呆呆地看着这只传说中的神魔之瓶。

“霜……霜月支……”泥孰喃喃地问，“是你吗？”

他的话没头没脑的，但龙霜月支显然明白，也怔怔地摇头：“不是。你看这烟雾。”

众人凝视着冒起的烟雾，那烟雾极为诡异，颜色也与龙霜月支搞出来的不同，黑中略微带着血红色，两种颜色竟然纠缠在了一起，偏又泾渭分明。更奇的是，那烟雾似乎有生命一般，冉冉升起的时候，不像从前那样整团地冒出来，而是只有瓶口细细的一缕，上冲之时才慢慢变粗，直升上一丈的高度，偏偏又凝聚不散。此时那黑色的烟雾在外围裹着，而血红色的东西在里面翻滚扭曲，似乎一片混沌中生发出霹雳闪电，里面有东西正在组合、变形。

玄奘心中震慑，急忙跑过去将阿术拉了过来。那边朱贵也惊恐地将麴智盛拉开。

玄奘低声道：“阿术，刚才怎么回事？”

“不知道啊！”阿术纳闷道，“我帮朱总管从他怀里夺王瓶，王瓶忽然变得滚烫，然后就……就冒烟了……”

玄奘第一次有些怔忡不安，眼睛里露出浓浓的忧虑，喃喃地道：“难道贫僧想错了么？”

但麴智盛看着那烟雾，却发疯一般地狂笑，大叫道：“阿卡玛纳，出来！快出来！”他边笑着，边指着面前的骑兵，“把这些人统统给我杀掉！杀掉！杀掉！”

三国联军的将士骇然后退，一时人喊马嘶，阵容混乱，好半天才算安定下来。黑烟仍在翻卷，但并没有魔鬼现身说话，龙霜月支松了口气，回头向骑兵们笑道：“这世上哪有什么鬼神，或许是我的墨烟石还没用完吧！”

她话音未落，只听空气中猛地响起一声尖锐的呼啸，似乎有一股急速的风掠过大地。随即队伍最前面的一名骑士大叫一声，翻身栽下了战马，挣了一挣，就此毙命。

龙霜月支惊呆了：“不！这不可能！”

泥孰也脸色发白，跳下了战马，飞快地跑到那骑士的尸体边，细细查看起来。玄奘也过来翻看尸体。两人将尸体身上的铠甲脱下，查遍了全身，却没有发现伤痕。

“法……法师……”泥孰浑身颤抖，“这是怎么回事？他没吃过热那草啊！”

玄奘脸色难看，翻开尸体的眼皮，顿时手臂抖了一下。那尸体的瞳孔上，赫然有一个小米粒大的血点！

玄奘倒吸了一口冷气：“阿弥陀佛，这死状，贫僧见过！当日贫僧困在井渠中，被那些亡隋流人追杀，追杀者后来都是这般死状！”

话音未落，只听空气中又响起一声呼啸，随即又有一名骑兵掉下马身亡。众骑兵大骇，随即又是一声声凄厉的呼啸，骑兵们犹如割麦子般纷纷倒毙，三国联军顿时大乱，人喊马嘶，一片惶恐。

没有人看见凶器是哪里来的，没有人知道他们是怎么死的，纵然这些骑士再勇武，再无畏，面对一个看不见的敌人，无法与之搏杀的对手，也不禁心惊胆战。

“稳住阵形！稳住阵形！”龙霜月支也乱了方寸，方才，她细细观察了每一个人，想寻找真相，却没有丝毫发现。这个以智慧著称的公主，禁不住涌出一股无力感，切切实实地体会到了当初麴文泰的困境。

高昌城头上，麴文泰、张雄和莫贺咄三人也看得瞠目结舌，他们并不知道发生了什么事，只是影影绰绰看见不停有联军的骑兵摔下马来，然后联军阵容大乱。

张雄突然道："陛下，这是咱们反败为胜的良机啊！"

"你是说——"麴文泰也猛地醒悟。

"臣虽然不知城外到底发生了什么事，但联军士气已经不稳。臣已经聚集了一千精锐铁骑，若是此时出城冲击敌阵，必然能大破之！"张雄慨然道。

"好！"莫贺咄也兴致勃勃，"张雄，你若敢出击，老子的一千附离兵也助你一臂之力！不过，击溃联军之后，大卫王瓶需得交给我！"

张雄和麴文泰面面相觑，麴文泰到底是西域枭雄，当然知道这一千名附离兵的威力，略一思忖，便知道国家生死事大，也不在乎这大卫王瓶了："好！大设，请命人马上出击！"

张雄和莫贺咄二人急忙跑下城楼，召集自己的骑兵。张雄是早就有备，莫贺咄也早就把附离兵聚集在了一起，打算城破时保护自己逃跑，此时正好两军合在一处。张雄命人打开城门，一声怒吼，两千铁骑犹如奔腾的铁流呼啸着杀了出去。

城门口距离三国联军的军阵不过一里多远，恰好是骑兵最适合的冲锋距离，人力和马力都到了巅峰，有如两把锋利的匕首，直插入三国联军之中！

龙霜月支和泥孰早就知道不妙，拼命收拢队伍，可联军的骑兵一直在纷纷倒毙，直到整个军阵恐慌地后退，距离大卫王瓶足足有七八十丈远，才算离开了死亡的漩涡。然而这一来，已经埋下了致命的祸患，战场之上，不管什么原因后退，都会引发一连串的反应。同伴的死亡，未知的恐惧，阵形的混乱，士气的颓丧，早已让气势如虹的联军骑兵成了一群待宰的羔羊。

张雄和莫贺咄突然冲杀出来，两者之间距离太短，联军士兵根本来不及反应，便被这两股铁流狠狠地撞进了军阵。骑兵间的对决，靠的就是机动力和速度，一方固守在原地，被另一方高速冲进来，整个军阵会顿时崩裂塌陷。张雄和莫贺咄戎马一生，深深明白这个道理。他们撞入军阵后丝毫不停，继续保持着马匹的冲刺速度，一边用手中的弯刀屠杀着联军战士，一边率领骑兵往来奔驰，将密集的军阵搅得支离破碎。

战场瞬间成了人间地狱，惨叫声、呐喊声、刀剑碰撞声、锋刃入肉声、铁骑奔驰声、人体马匹倒地声、利箭呼啸声，一声声震动了大地，满目的黄沙眨眼间便被鲜血浸泡成泥泞的血地！

"不！"龙霜月支被一群骑兵保护着，虽然无事，但看着眼前的惨象，禁不住心如刀割。她无论如何也难以相信，自己如此缜密的计谋，明明已经把高昌逼到了亡国灭种的边缘，只消自己轻轻一挥手便会永远消失于这个大漠，为什么突然之间，一切都颠倒过来了呢？那个大卫王瓶里的魔鬼，明明只是自己设计出来的假象，怎么会突然又发挥了魔力呢？

龙霜月支呆呆地望着自己的战士像绵羊一样被屠杀，心中激怒，猛然喷出一口鲜血，掉下了战马。

"公主！"她身边的骑兵大骇，急忙跳下马把她抬了起来。龙霜月支牙关紧咬，却是昏迷不醒。

这时泥孰披头散发地杀了出来，一看见龙霜月支昏了过去，急忙冲到她面前："把公主交给我！快随我冲杀出去！"

骑兵们急忙把龙霜月支交给他，泥孰将她放在自己马背上，在一群骑兵的保护下拼命往外冲杀。

在修罗场之外，玄奘惶惑地注视着这场惨烈的屠杀，脸色惨白，他紧紧搂着阿术，默默地念着佛号，心中生起难以言喻的悲哀。他旁边，是朱贵护着麴智盛，被面前的惨烈厮杀惊得发呆。大卫王瓶就在一旁，烟雾也慢慢地散了，两人无心管它。

“快走！”四个人正看着，忽然军阵里响起一声大吼，玄奘急忙望去，只见泥孰浑身是血，狼狈不堪地提着一把弯刀，保护着龙霜月支冲杀了出来。

龙霜月支此时仍然昏迷不醒。泥孰奋力两刀，将两名高昌骑兵斩下马，策马冲出了包围，朝着北面火焰山的方向落荒而逃。

“泥孰！”麴智盛大怒，“放下霜月支！”

他四下看了看，跑过去牵来一匹无主的战马，翻身跳了上去，朝朱贵吆喝：“伴伴，把大卫王瓶给我！”

“哎，好好。”朱贵答应一声，吃力地抱起大卫王瓶。

麴智盛用缰绳把王瓶捆在马背上，两腿一夹战马，泼剌剌地朝泥孰追了过去。

“师父，我也去追！”阿术飞快地跑到一边，牵了一匹马跳上去，纵马也追了过去。

“阿术！”玄奘焦急不已，这时朱贵也找了一匹马，打算去追麴智盛，玄奘不由分说夺了过来，翻身上马，朝着阿术追了过去。

“哎哎，法师，您怎么抢我的马！”朱贵跳着脚追，但玄奘已经去得远了。

朱贵焦急不堪，四处乱寻，终于找到一匹马，刚骑上去，猛然一支利箭呼啸而来，正中马颈，那马长嘶一声，翻身栽倒。朱贵扑通跌了下来。还没等他爬起来，就见莫贺咄大呼小叫着：“麴智盛，给老子停住！你父王答应老子了，那王瓶是我的！”

他率领十几名附离兵从军阵中杀了出来，朝麴智盛追了过去。

朱贵呆呆地看着战场，此时三国联军已经彻底溃败，五千骑兵战死者将近三千，战场上层层叠叠都是人尸马尸，惨不忍睹。剩下的人在龙突骑支的率领下仓皇而逃，张雄苦追不舍，竟然以不到一千人追得龙突骑支上天无路，入地无门。

追的追，逃的逃，方才还如修罗地狱般的战场，眨眼间已是寂静无比。此时是正午时分，阳光照耀着满地的鲜血，有些人刚刚死去，鲜血仍在汩汩流淌，寒冷的空气里，还冒着腾腾的热气。天上不知何时盘旋着大片的秃鹫，这些猎食者即将享受一顿难得的美餐，耐心地等候着，等候着战场上的呻吟者、挣扎者最终毙命的一刻。

朱贵默默地看着，忽然长叹："这场局终了的时候，到底谁才是那陷坑里的猎物？"

这时王城城门大开，马蹄声震动大地，却是麴文泰眼见大胜，率领大军出城了。朱贵整了整衣袍，脸上露出淡淡的笑容，朝着麴文泰的方向迎了过去。

玄奘策马狂奔，很快就追上了阿术，两人循着麴智盛奔行的轨迹，朝着火焰山的方向追了过去。

高昌城外是连绵的葡萄园，再往北就是通往火焰山的荒凉沙碛，走十几里就到了火焰山下，二人顺着河谷进入新兴谷，就开始在西岸狭窄的山路上飞驰，向着河谷深处走去。两侧的火焰山在暗淡的烈日映照下，通体火红，有如两座烧红的熔炉，使人心神恍惚，只怕瞬息间就化作了飞灰。

山路曲折，两人都看不见前面的麴智盛，更看不见泥孰和龙霜月支，然而山谷内蹄声回荡，倒也不虞追丢了。

"阿术，"玄奘瞧着阿术紧张专注的模样，忍不住叹了口气，"这大卫王瓶，对你就那么重要么？值得你不惜生命也要得到它？"

阿术愣了愣："师父，您知道了？"玄奘默默地点了点头，阿术露出羞愧之色，“对不起，师父，我骗了您。”

“无妨。”玄奘笑着摆手，“贫僧便如那和尚手里的木鱼，只要能让你心愿达成，随意敲便是了。”

“师父，我……”阿术眼圈红了，“师父，这世上从未有人像您对我这么好。”

玄奘长叹一声：“你还是个孩子，等你长大后便会明白，对你最好的是你的亲人。他们才是这世上最关心你的人。”

“亲人么……”阿术怔怔地想着，泪水滚滚而落，他拭拭泪，似乎下定了决心，仰起头看着玄奘，“师父，我骗了您，我不是撒马尔罕人，我是波斯人！”

“我知道。”玄奘笑着。

阿术顿时惊呆了：“这您也知道？”

玄奘点点头：“当初我埋葬你叔叔耶兹丁的时候，发现他身上有帕提亚和麻里兀等国的关防过所。帕提亚和麻里兀都在撒马尔罕以西，靠近波斯。所以你们必定是从波斯出发，经过帕提亚和麻里兀等国，再经由撒马尔罕，到达西域。”

阿术这下真的震惊了：“那……那您为何……”

“为何不揭穿你么？”玄奘笑了笑，“你还是个孩子，在这异国他乡，孤身一人，想要隐瞒自己的身份，贫僧又怎么会揭穿呢？阿术，你的确有个父亲么？”

阿术露出浓浓的思念：“嗯。”

“那么，贫僧的承诺依然有效。”玄奘道，“我会将你送回家乡，送到你父亲身边。”

阿术苦涩无比：“可是，师父，我却不能回去。”

玄奘惊讶无比：“为何？”

阿术犹豫半晌，才道：“师父，我跟您说实话吧！我叔叔耶兹丁，其实是波斯皇帝的密使，他不远万里来到西域，负担着皇帝的秘密使命，就是要护送那大卫王瓶前往大唐！”

玄奘一怔：“那大卫王瓶是波斯皇帝要送到大唐的？”

“没错。”阿术道，“具体原因我并不清楚，我还小，有些事叔叔也不会跟我讲。来的时候，叔叔向皇帝许下了誓言，哪怕死后不得葬入寂静之塔，也要完成使命。我的家族在波斯是个望族，父亲正是要让我见识丝路的繁华，以后接手家族的生意，才让叔叔带我一路东来。没想到叔叔却……”他声音哽咽，擦了擦泪水，“师父，大卫王瓶在叔叔的手中失落，我必须帮他找回来，然后送到大唐！”

玄奘皱紧了眉头，似乎思忖着什么，半晌才道：“当初在伊吾，也是你暗中潜入驿馆去刺杀麴智盛吧？还杀了他的三个守卫？”玄奘问。

“是我。”阿术坦然道，“但是我不想杀人，只想拿走大卫王瓶，我用砖头砸了他们的后脑勺。”

玄奘哭笑不得，这孩子当真是人小鬼大，竟然敢闯进驿馆，还把身经百战的王宫宿卫给整得灰头土脸。

阿术见他不说话，以为他生气了，不禁有些忐忑，侧过头望着他，道：“师父，帮帮我。”

“阿术。”玄奘想了想，道，“佛家讲因缘生灭，此灭故彼灭，此生故彼生。这大卫王瓶既然来到高昌，自然有它的因，还会有它的果。这些事情是你所无法控制的。你还小，不要去承担你无法承担的责任。正如高昌王城即将破灭之时，多少勇士手中有刀，胯下有马，却依然看着城头的烟火垂泪泣血，而无法阻止。阿术，我不希望你为了这个邪物而徒然牺牲。”

“师父。”阿术低声道，“我明白您的意思，可这是我的使命。失落了大卫王瓶，我的生命就再也没有意义了。师父，我想完成使命，然后站在波斯的阳光下。”

玄奘没有再说什么，心中暗暗感慨。

这时，两人已经追进了天山深处，山路上已经有了白皑皑的积雪，湿滑无比，两人放慢了速度，小心谨慎。正奔行中，玄奘忽然勒马停住。

路已经到了尽头。前面是一座低矮的山岭，泥孰牵着龙霜月支的手，就站在山峰上，两人的马匹则留在了山下。或许是因为前面无路可走了，两人眺望着前方，有些惶惑。而在山脚下，麴智盛正抱着大卫王瓶往上爬，距离两人已经不远了。

阿术大喜，跳下马来："师父，快走！"

玄奘急忙阻止："等等，阿术，你有没有发觉这山岭有些古怪？"

阿术诧异地看了看，似乎有些不解。玄奘指着周围："你看，这里是天山深处，隆冬积雪，大雪铺满了所有山峰，为何这座山岭却没有一点积雪？"

阿术这才注意到，这座山岭果然没有雪，光秃秃的石头和植被裸露着，也没有什么大树，只有低矮的野草。更奇的是，不少野草都绿意盎然，似乎严寒隆冬丝毫侵袭不到这里。

两人这么一耽搁，就听见身后的山谷中传来急促沉闷的马蹄声，两人回头望去，只见远处的山路上，一队十余人的骑兵正疾驰而来。虽然看不清面孔，但从装束上却能分辨，竟然是莫贺咄到了。

"走，先上去再说。"玄奘当机立断，拉着阿术往山上爬去。

两人越爬越感到怪异，只觉越往上走，温度越高，到了后来，竟然浑身闷热，似乎地下有一座巨大的火炉烤灼着山岭。

这时，麴智盛已经爬上了山岭，他把大卫王瓶放在地上，擦了擦脸上的汗水，气喘吁吁地望着龙霜月支，一脸温柔："霜月支，不要怕，我来救你了。"

"呸！"泥孰大怒，抽出弯刀指着他，"麴智盛，莫要以为我怕了你！"

麴智盛踢了踢脚下的大卫王瓶，狞笑道："泥孰，如今大卫王瓶已经证明了它是真正的魔物，也证明了霜月支不曾骗我，你还纠缠着她作甚？”

泥孰又急又怒，但看着大卫王瓶，眼神中却充满了恐惧：“你……你疯了吗？霜月支的确只是在骗你，她没有爱过你！”

“放屁！”麴智盛大吼，唰地抽出弯刀，搭在了自己胳膊上，“她到底爱不爱我，咱们就让大卫王瓶来评判吧！”

说着，他就要一刀割下。玄奘和阿术恰好此时爬上了山岭，急忙叫道：“三王子，不可莽撞！”

玄奘一边喊着，一边跑到麴智盛身边，这时玄奘才赫然发现，泥孰和霜月支的身后，竟然烈火熊熊，仿佛整座山都在燃烧，巨大的热浪扑面而来，整个人犹如置身火炉之中！

他仔细一看，原来这山峰的后面，竟然是一座巨大的天坑，坑里面布满了火红的石炭[①]。那石炭裸露地表，堆积如山，也不知何年何月，竟然自行燃烧起来，将整座山峰烧得通红，昼夜不息。玄奘这才恍然大悟，想起昨日王妃拜求自己，将她和麴德勇的尸体合葬在天山峡谷里的火焰熔炉中，原来便是此处！

玄奘跑到麴智盛身后，便被那股热浪吹得无法再前进，前面的泥孰和龙霜月支，实在是已经到了走投无路的地步。

麴智盛见玄奘上来，立刻将弯刀指向了他，冷冷地道：“法师，你把我害到了这种地步，还不够吗？”

玄奘诚恳地道：“三王子，贫僧是佛徒，断然不敢有害人之心。贫僧来到这里，是不想三王子铸下大错！”

“我会铸下什么大错？”麴智盛冷笑。

玄奘指了指龙霜月支：“你再催逼一步，难道要让她跳下火焰

---

① 石炭，即煤炭。在西域使用得比较早，东晋道安法师所著《西域记》记载：屈茨（即龟兹）北二百里，有山。夜则火光，昼日但烟，取此山石炭，冶此山铁，恒充三十六国用。

熔炉吗？”

麴智盛似乎这时才注意到，龙霜月支的身后是燃烧的煤田，顿时吃了一惊，急忙扔下弯刀，一脸焦急：“霜月支，你……你怎么跑到这种危险的地方？快回来！快回来！”

泥孰鼻子都气歪了，心道，这还不是被你逼的吗？这时又假惺惺的，到底玩什么花样？

龙霜月支对麴智盛了解甚深，知道他哪怕行事再荒唐，也都是一片赤诚，忍不住苦涩地一笑：“三王子，我究竟有没有骗你，你心里其实是明白的，对么？”

麴智盛见燃烧的煤田烤得她头发都有些焦枯，焦虑无比，哀求道：“霜月支，你骗不骗我都不打紧，你先……先过来这边好不好？那太危险了……太危险了啊！”

“危险么？”龙霜月支扭头看了一眼脚下燃烧的煤田，凄凉地笑了笑，“三王子，自从在交河城外，我骑着马从赭石坡上一跃而下，就已经把命赌进了这场局中。我随你前往高昌王宫，密谋覆灭高昌，身边到处都是敌人，一个不慎，就会死无葬身之地，我能活到今日，已经是侥幸了！”

麴智盛痛苦地凝视着她，说：“霜月支，他们都当我疯了，都当我傻了，其实我没有疯，也没有傻，法师他们一直让我相信你是在骗我，来到我身边是为了灭亡高昌。我不愿相信，为什么？不是我糊涂到了是非不分的地步，而是我想留着你和我最美的回忆。真的，霜月支，你在我身边这一个月，是我这辈子最快乐的日子，也是我这辈子最快乐的回忆。你既然终将离我而去，为什么我不能留着这段回忆来陪伴自己？为什么我非要让自己面对真相？”

“可是，”龙霜月支有些吃惊，“可是我对你的感情都是假的！”

“假的吗？”麴智盛温柔地笑了，“让法师说说，什么是真？什么是假？在佛家看来，眼前这个世界都是虚妄，可在我看来，脚下的蚂蚁也在真实地生活着。霜月支，便是你欺骗我，在演戏的时候，不是也在用心地演吗？你难道不曾将自己当作那个爱我的人，难道不曾让自己沉浸在爱我的情绪中吗？”

龙霜月支听着，神情似乎有些恍惚，她慢慢回忆着自己在高昌王城时与麴智盛在一起的点点滴滴。

“霜月支，如果你对我真正用了心，那就是爱呀！这辈子，你可曾对别人这么用心过吗？”麴智盛幸福地笑着，慢慢向她伸出了手，“来吧，霜月支，如果你想走，那便走吧！我只当你离我而去了，但我仍然相信我们爱过。”

龙霜月支也有些迷茫了：“那是爱吗？”

“是。”麴智盛肯定地点头。

“不是！”泥孰大吼，“霜月支，你的智慧哪里去了？你的聪明哪里去了？他是在蛊惑你！”

麴智盛愤怒地盯着他：“泥孰，我问你，你是爱她的吗？”

“是！”泥孰毫不犹豫地大声道。

“我也是。”麴智盛点了点头，“那么，到底是你爱她深？还是我爱她深？”

“我！当然是我！”泥孰大声道，“三年前，我看到她的第一眼就爱上了她，当年焉耆王答应了我的求婚，要把她嫁给我。是我觉得她年龄尚小，我爱她，疼惜她，才约定三年之后再娶。你为了所爱的人，愿意忍受等待她三年吗？”

“很好。”麴智盛凝定无比，走到了泥孰身边，两人面对面怒目而视。

“泥孰，”麴智盛有些凄凉，“我今生是注定要失去霜月支啦！但我相信，我爱她一定比你多，今日，我们下个赌注！”

“啊哈，他们在这里！”这时，山坡上传来了莫贺咄的声音，玄奘和阿术扭头看去，只见莫贺咄率领十几个附离兵也爬上了山坡，呈半包围状，将他们团团围住，一个个弓箭上弦，箭镞对准了众人。

麴智盛扭头看了莫贺咄一眼，没有理会，冷冷地盯着泥孰：“咱们赌的就是，到底谁最爱霜月支！”

“如何赌？”泥孰问。

“你让霜月支到一边去。”麴智盛语气平静。

泥孰有些诧异，麴智盛把手中的弯刀一扔，嘲讽道：“怕我伤害你吗？两个男人的事，何必让女人夹在中间？”

突厥战士最受不得这种羞辱，泥孰脸色铁青，轻轻把龙霜月支推到了一边。龙霜月支低声道：“泥孰，别跟他赌。”

泥孰也把弯刀扔掉，傲然道：“我，阿史那的子孙，狼祖的后裔，如何会惧怕一个小小的赌约？麴智盛，你要怎么赌？”

“大卫王瓶就在这里。”麴智盛指了指旁边的王瓶，“我，麴智盛，今天就向阿卡玛纳许下最后一个愿望：咱们携手跳下这火焰熔炉，谁爱霜月支多一些，大卫王瓶就让谁活下来！”

玄奘等所有人都愣住了，连山腰处的莫贺咄也被吓住了。这个高昌王子疯了，真的疯了。那燃烧的煤田便是扔下一块钢铁也能熔成水，何况一个大活人？只怕把大卫王瓶给扔下去，阿卡玛纳也得完蛋。

“你……你他妈疯了！”泥孰看了看身后的火焰熔炉，擦擦脸上的热汗，一时无语。

“哈哈，我疯了吗？”麴智盛哈哈大笑，回头朝着龙霜月支凄凉地一笑，“霜月支，我是为你而疯。”

说着他大吼一声，合身扑了上去，抱着泥孰的腰，滚下了山崖，泥孰躲闪不及，两人翻滚成一团，朝着火焰熔炉跌了下去。

“啊——”玄奘和龙霜月支同时发出一声惊叫，扑过去抓两人，但谁也没来得及，两人已经滚下了山坡。玄奘和龙霜月支到了悬崖边，身子险些栽下去，幸亏这时阿术跑了过来，伸手拽着玄奘，玄奘又拽着龙霜月支，虽然阿术人小力气小，但这么稍微一借力，便没掉进去。

龙霜月支站稳后，立刻丢开玄奘，冲到山崖边往下看，这才暂时松了口气。此处的悬崖并非笔直的，而是呈八十度的陡坡，山坡上有不少突起的石头，此时，泥孰两只手紧紧搂着一块突出的岩石，麴智盛却抱着他的腰，脚下明明有借力的石块，却不踩，两条腿乱蹬，拼命把泥孰往下拽。泥孰一张脸憋得通红，那灼热的岩石烧得他的手吱吱冒烟，却死也不敢撒手。

“麴智盛，咱们有话好好说，你赶快上来！”龙霜月支急得花容变色，急忙解下腰带垂了下去，玄奘也趴在她身边，帮她拉着腰带。即使趴在山崖上，他们也被煤田那股燃烧的热浪冲得两眼睁不开，头皮都似乎烤焦了一样。

泥孰两只手抱着岩石，眼见得腰带垂在面前，却不敢松手去抓，嘴里憋着一口气，更不敢开口说话。麴智盛全身悬空，听到龙霜月支的声音，喃喃地道：“霜月支，这个世上最幸福的事，你知道是什么吗？”

“不知道。你上来跟我说好不好？”龙霜月支焦灼无比，却没有一点办法。

“那就是，为你而生，为你而死。”麴智盛声音哽咽了，“霜月支，我是真的爱你，但这辈子我没有福气陪伴你了。这个泥孰，我知道你并不爱他，只是你父亲贪图他的权势才把你嫁给他的，那我就拖着他一起死。让你自由自在地活在这个世界上。”

“放……放屁。”泥孰好半晌才憋出一句话，随即就手一松，险些脱手，吓得他赶紧抱紧了岩石。

龙霜月支眼泪喷涌：“智盛，你就是这样爱我的吗？你拖着泥孰一起死，你固然清净了，可他死后突厥王廷迁怒于我，你让我怎么承受？”

这一节麴智盛却没想到，不禁有些愕然，犹豫片刻："法师，麻烦您告诉统叶护可汗，就说泥孰是死在我的手中。请他不要为难霜月支。"

"三王子，"玄奘道，"泥孰是突厥十姓部落的主人，即便统叶护可汗能谅解，可你难道要贫僧挨个去劝说十个部落吗？快上来吧，你的心，公主已经看到了，相信你们定能有一个圆满的结局。"

"她不爱我。"麴智盛失声痛哭，"我即便等到天山的雪全部融化，交河的水全部流干，也无法让她爱我。"

这时，泥孰已经撑不住了，手掌慢慢地往下滑，他不敢说话，只是仰着脸祈求地望着龙霜月支。龙霜月支凄然道："麴智盛，你真的要逼死我吗？好，你想死，我就陪你一起死！"

说着，她松开腰带，霍然站了起来，飞身向下跳去。玄奘大骇，急忙扑过来拽住她，将她拖在了山崖边："公主，千万不可！阿术，拿好腰带！"

阿术赶忙趴在地上，抓住腰带。

龙霜月支两条腿坠在下面，手臂却被玄奘拉着。麴智盛在底下喊："法师，霜月支怎么了？"

"她要往下跳！"玄奘喊，"贫僧快拽不住她了。"

麴智盛大骇，声音都颤抖了："法法法……法师，麻烦您千万拽紧了，别让她掉下来。霜月支，你别吓我好不好？"

龙霜月支神情凄凉："智盛，泥孰，我不知道我爱谁，但我知道，这世上最爱我的只有你们，你们死了，我何必苟活？我的局已经了结，那就让我这条命也随之而去吧！咱们三个人死在一起，不是很好吗？"

"不好！"麴智盛大哭，"霜月支，你上去好不好？"

"你死，我必死。"龙霜月支道。

"我……"麴智盛低头看了一眼脚下的火焰熔炉，一脸留恋，仿佛那里是天堂，“法师，我求求你拽紧了。霜月支，我不死了，你也别死好不好？我求求你了，你要真爱泥孰，我放你们走！只要你一辈子幸福，让我怎么样都行。”

“好！”龙霜月支道，“你放了泥孰，你们一起上来。”

麴智盛长叹一声：“我会放了泥孰，但我就不上去了。霜月支，这里就是我的归宿了。祝你和泥孰一生幸福吧！等你们孩子大了，带他来这里看看我，我就满足了。霜月支，再见了。”

第十六章
占卜师、赠马人、西游僧

麴智盛说罢，就要撒手放开泥孰，龙霜月支魂飞魄散，厉声喊道：“麴智盛，我不准你死！”

“霜月支，死是自由的。”麴智盛笑道，“就让我在你面前化作飞灰吧！”

“你敢死，我就跳。”霜月支大声道。

“你——”麴智盛正要撒手，一听顿时愣住了。

“你敢死，我就跳！”龙霜月支一字一句道，“我不准你死！”

泥孰这时真撑不住了，努力张开嘴，大骂：“麴智盛，我……我撑不住了！”

麴智盛正在犹豫，一听之下急忙两脚乱蹬，就在他两脚蹬着一块石头的当口，泥孰的手终于松了，身子一坠，麴智盛急忙踩紧了，两手抱着他的腰往上一推。泥孰两只手重新抱紧了岩石，才长出了一口气。看看脚下燃烧的煤田，他忍不住心有余悸。

“上来！”龙霜月支也松了口气。

“阿弥陀佛。”玄奘也忍不住念佛。

这边刚刚好转，只听身后响起莫贺咄的声音：“哎？你们都他娘怎么了？挂葡萄架呢？啊哈，大卫王瓶！快快快，去给我抢过来！”

原来莫贺咄也来到了山顶。这时泥孰和麴智盛挂在悬崖上，龙霜月支半挂，玄奘则拽着龙霜月支，阿术拽着腰带，大卫王瓶倒孤零零地扔在了一边。莫贺咄一到，就看到了王瓶，顿时跑了过来。

阿术扭头一看，立刻急了，把腰带往玄奘胳膊上一缠：“师父，我得保护大卫王瓶！”

说着他跑过去，抱住了大卫王瓶。他力气小，于是便把大卫王瓶推倒，往山崖的另一侧滚动。

“阿术——”玄奘侧头看着，却没法动弹。

阿术一边滚动着王瓶一边喊：“师父，对不起了，我必须把大卫王瓶送到大唐，这是我今生的使命！”

“放你娘的屁，给老子放下王瓶！”莫贺咄勃然大怒，喝令，“给我射！射死他！”

“大设手下留情！”玄奘急得大叫。

莫贺咄却毫不理会，挥手命令放箭，附离兵各个神射，一听号令，闪电般地弯弓搭箭，朝着阿术射了过去。阿术一看不好，身子急忙扑倒，他却没想到，这里是山坡，自己又滚动着大卫王瓶。这王瓶甚重，这么一倒，那王瓶带着他，顿时咕噜噜朝山坡下的火焰熔炉滚下去。

玄奘骇然不已，眼看着阿术滚下一边的山坡，瞬间就没了影子，忍不住叫道：“阿术！阿术！”

耳边传来咕咕咚咚的滚动声。

“师父，”阿术的声音从另一侧山坡传来，“我死之后，请您务必把大卫王瓶送往大——”

话音未落，只听咚的一声，声音全无。莫贺咄率领附离兵跑了过去，玄奘禁不住心急如焚，但此时麴智盛已经屈服在龙霜月支的要挟之下，正和泥孰一起往上爬。龙霜月支先爬上来，和玄奘两人一起拉着腰带，玄奘没法动身。

半晌，先是泥孰灰头土脸地爬了上来，他已经彻底脱力，两只手都烫焦了，一上来便躺在山上动弹不得，呼哧呼哧喘气。随即玄奘和龙霜月支又合力把麴智盛拽了上来，麴智盛也是满脸煤灰，但精神还不错，一上来就抓着龙霜月支的手，急急地问："霜月支，你刚才说，我死你也死，你……你这是不是意味着，你爱我？"

"放……放屁……"泥孰有气无力地骂道。

玄奘见他们都上来了，无心再掺和，撒腿跑向另一侧的山坡。这侧山坡下也是燃烧的煤田，烈焰熊熊，不过坡度稍缓。这时，莫贺咄带着附离兵已经互相扶持着下了山坡，玄奘急忙也追了下去。

"阿术！阿术！"玄奘一边跑，一边大叫。此时他也是灰头土脸，头上脸上衣服上到处都是漆黑的煤灰，狼狈异常。他顺着山坡一路往下滑，一路喊叫，却无人应答。

"别喊了！"莫贺咄仰起脸，懊恼不已，"这地方掉下去还有活路么？他死就死了，连老子的大卫王瓶说不定也给他陪葬了！这小崽子！"

玄奘愤怒不已，却没说什么。一行人往山下摸索，这处山坡虽缓，但往下走了二三十丈，已经感觉到热浪袭人，烤灼得头发衣衫似乎都要燃烧了。但这莫贺咄却执着无比，仍旧往下搜索。

正这时，一名附离兵大叫："大设，快看！大卫王瓶！"

莫贺咄和玄奘一起望去，只见大卫王瓶静静地躺在一块岩石的上面，想来是它往下滚的过程中撞上了这块岩石，正好给拦住了。但阿术却不见踪影。

"啊哈！我的王瓶！"莫贺咄急忙跑了过去。

玄奘却挂念着阿术，一路上不停地喊着，顺着陡坡直下到煤田的顶上，直到衣衫都开始烤焦，脚下的鞋子都变得滚烫时，他忽然发现一块火红的岩石边正燃烧着什么。玄奘无法走近，仔细察看，顿时呆住了。那燃烧的东西，分明是阿术身上的一角衣衫！

"阿术——"玄奘忽然泪如泉涌，失声痛哭。

衣衫燃烧的地方，已经是人类无法抵达之处。想来是阿术下滚的过程中和大卫王瓶分开，王瓶撞在了岩石上，他却直接滚进了燃烧的煤田！

玄奘一屁股跌坐在了山坡上，滚烫的土地烧灼着他，他却仿佛痴了一般。这一瞬间，与阿术的相识相伴，一幕幕浮现在眼前。

一个异族孩子，万里丝路，从波斯来到西域。

商队灭绝，他孤零零地流落大漠，恐惧地躲在泉水中。

他说:"师父，您能否带我回家？"

他说:"师父，我想念我的父亲。"

他说:"师父，大卫王瓶是家族赋予我的使命，我必须把它送往大唐。"

他说:"师父，我想站在波斯的阳光下。"

这个仅仅八九岁的孩子，相处两个月，竟然让玄奘有了至亲骨肉般的感觉。仿佛他就是自己的亲人，自己的子侄，自己在孤独的西游路上，唯一可以互相慰藉的人。

可如今，他却随着自己的梦想，一起化作了永世的劫灰。

正痛哭时，莫贺咄已经到了王瓶所在的地方，得意扬扬地朝玄奘望了一眼，"法师！他已经死了！快回来吧！否则您也要圆寂了！"

玄奘没搭理他，莫贺咄大大的无趣，想把王瓶提起来，随手一提，竟然没提动。他有些意外，命令那些附离兵:"真他娘的重，竟然是纯铜的。快快快，给老子抬上去。"

两名附离兵当即过来了，一起抬着王瓶，在众人的帮助下，搀扶着向山顶攀爬。

玄奘急忙站了起来，喊道："大设！"

"作甚？"莫贺咄回头问。

"请留下王瓶！"玄奘神情严肃，"这是阿术家族之物，并非大设所有。"

莫贺咄笑了："若是老子所有，还用费这么大的周折？法师，他们家族的人都死绝了，这神物已经是无主之物，老子拿去，正好成就我西突厥的大业。"

"大设，"玄奘一边朝山上攀爬，一边道，"您刚才也听到了，阿术希望贫僧能将此物送到大唐。这本身就是波斯皇帝送给大唐皇帝的东西，您半途抢夺去，岂非让西突厥得罪了两大帝国？大设，为了这个不祥之物，为西突厥东西树敌，贫僧以为不智。"

这时莫贺咄爬到了山顶，笑呵呵地道："法师，您在大唐虽然有名气，可实在是个糊涂和尚。我们西突厥跟萨珊波斯打了好几年的仗，早就跟他们树敌了。至于大唐嘛，这会儿正跟东突厥的颉利和突利打得热闹，他李世民敢打老子？哼，老子如今有了这王瓶，等召唤出魔鬼，他李世民不来找我，我倒要找他去！哈哈哈，走了，走了。法师，您念几遍往生咒，帮我祈祷祈祷……哎，不对，那玩意儿叫什么咒？"莫贺咄苦恼地挠着头皮，招呼着附离兵兴高采烈地走了。

玄奘回头望着燃烧不熄的煤田，长长一叹，随即手脚并用，爬上了山顶。到了山顶，才发现麴智盛、龙霜月支和泥孰竟然也走了，不知三人间又发生了什么事。

莫贺咄已经到了山下，命附离兵将大卫王瓶捆在他的马背上，亲自驮着，一行人催马扬鞭，朝着山谷的方向奔去。

"大设！"玄奘急忙骑马追去。

莫贺咄回头看看，恼怒道："这和尚讨厌。"

"大设，要不要小人射死他？"一名附离兵问。

莫贺咄更恼了："这和尚如今闻名西域，你想让老子背负上杀僧的名声吗？走走走，不理他。"

一行人快马加鞭，在险峻的山路上奔驰。山路上积雪湿滑，但这帮突厥人控马之术很是熟练，速度丝毫不减，玄奘的马术却奇差无比，很快就被甩在了后面。双方一跑一追，转眼就出了天山峡谷。

过了新兴谷，就是火焰山下的商路，莫贺咄径直调转马头，向西而去，瞧来竟是要返回西突厥。玄奘急了，此时道路平坦，他催动战马，加快速度追去。莫贺咄的马背上驮着大卫王瓶，速度开始变慢，竟然被玄奘给追了上来。

莫贺咄对这个和尚也是苦恼无比，杀不能杀，逐又不走，只好拼命打马。正奔跑间，忽然前面出现了一支商队，这商队规模不小，足有一百余人，人人骑马，中间有十几辆大车。莫贺咄有些疑惑，眯着眼一看，心里便是一沉，这些骑士坐在马上身躯笔直，马匹行走之时下身颠簸，但腰部以上纹丝不动。

更惊人的是，这些人明明听见了身后的马蹄声，竟然谁都不回头看一眼，仿佛丝毫没有觉察。但莫贺咄何等眼力，早就发现这些人浑身戒备，手臂下垂，摸着马腹上的袋子，想来里面藏着武器。

"不要惹他们，绕过去，走！"莫贺咄低声命令。

附离兵们刚要兜马从侧面绕过，只见队伍中间一名青年男子轻轻一摆手，队伍齐刷刷分开，让出了一条道。显然是让他们先过。莫贺咄吃惊更甚，因为那青年男子是在队伍的中间，他这么一摆手，命令如何传达到队伍的最前面？

莫贺咄心里狐疑，这些人如果是战士，恐怕便是西域最强悍的军队之一了。莫要看只有一百余人，如果全副武装，实力之强，不下于一个小国的全国之兵。

他虽然自信自己的附离兵足以与之一拼，但此时大部队却没带在身边，自己身上又有大卫王瓶这个重宝，不敢招惹，当即默不作声，从道路中间奔过去。经过那名青年男子身边时，莫贺咄瞥了一眼，对方的相貌竟然是汉人，面色微黑，儒雅中透着冷厉，一看就是不凡之人。

“难道是大唐的军队？”莫贺咄心中一震，思忖着疾驰而去。

他刚走，玄奘便纵马到了。经过这群人时，玄奘一瞥眼就看见了这位青年男子，不禁一怔，失声道：“王大人？”

原来，这名汉人男子，竟然是大唐右卫率府长史，王玄策！

王玄策看见玄奘，也愣了一下：“法师，您这是……怎么追着一群突厥附离兵？”

“快快快，王大人，快帮贫僧拦住莫贺咄！”玄奘来不及解释，催促道。

王玄策恍然：“哦，那就是莫贺咄么？我说怎么会有附离兵呢！法师，您追他们作甚？”

“他抢走了大卫王瓶！”玄奘急忙道。

王玄策深感意外：“是吗？”

“他马背上的包裹里便是！”玄奘急不可耐。

王玄策倒笑了：“法师，您倒急个什么？他拿走便拿走吧！这里是突厥人的地盘，我怎么能来西域抢劫人家突厥的大设？”

玄奘瞠目结舌：“可这大卫王瓶……”

“我可没听说过什么瓶。”王玄策笑道，“法师想要什么瓶子？我这车上瓶瓶罐罐甚多，还有陛下给统叶护的茶叶呢，法师想喝，就送您一罐。”

玄奘顿时冷静了下来，看看前面的莫贺咄已经跑远，他知道，就算自己追上也无济于事，禁不住叹了口气，默默打量着王玄策。王玄策也微笑着与他对视。

“老瘦红马，鞍桥有铁。”玄奘忽然道。

王玄策一怔：“法师——”

“这句话想必王大人听说过吧？”玄奘跳下马来，淡淡地道。

王玄策哑然，随即苦笑，也跳下马来，招呼手下：“铺上坐毡。”

亲兵们急忙从车上搬下坐毡，铺在路旁的草地上。王玄策又命人摆了一张胡床，端上了吃食，请玄奘坐下。玄奘不说话，沉默地坐在他对面。

大漠黄昏，长河落日，火焰山的红光照耀着两人的脸，为这场对话涂上了一层血色。

“法师，您为何这么说？”王玄策问。

“因为有一种被操纵的感觉。”玄奘坦然道，“今年秋八月，贫僧离开长安西游时，曾经遇见了长安术士何弘达，他为贫僧卜得一卦，说贫僧西游时，骑着一匹老瘦红马，那马的鞍桥上有铁。”

“何弘达乃长安奇人，他的占卜神乎其神，想来是应验了吧？”王玄策问。

“是的。”玄奘道，“贫僧当初被困在瓜州，无法离开国境，有胡人石磐陀愿意送贫僧离开。他带来了一个胡人老翁，那老翁牵着一匹老瘦红马，说这马来往伊吾十五次，熟悉道路，愿意赠给贫僧。那红马的鞍桥上箍着一块铁。”

“何氏占卜，名不虚传。”王玄策鼓掌笑道。

玄奘也笑了笑，道：“贫僧虽然对占卜所知不多，却也知道，所谓占卜，上察天机，下察人事，中察世事变迁，从而体悟到未来的征兆。天机渺不可测，未来变幻无常，原本就难以测度，只需估测出大概，就是惊人的预言，贫僧无论如何都难以相信，何弘达能够清晰地看到未来那马鞍上的一块铁。”

“法师是个睿智的人，崇信我佛，却不执于虚妄。这个小小的计谋，倒是让您见笑了。”王玄策感慨道。

“果然是您安排的？”玄奘问。

王玄策叹口气：“法师，我有一事不解，即便您怀疑是有人在操纵您的西游之路，可为何偏偏就怀疑到我呢？说起来，我这个右卫率府长史，与何弘达、胡人老翁八竿子打不着啊！”

玄奘露出缅怀的神情：“去年，贫僧曾经在长安路上收留了一个天竺人，名叫波罗叶，他的秘密身份是朝廷的不良人。故意接近贫僧，是受秘书监魏徵之命，随从贫僧暗查崔珏和法雅的秘密。据说，不良人这个组织隶属内廷，首领称为贼帅，职责主要是刺探情报，最近几年，主要针对的目标是西域各国，其成员分布于各行各业，胡汉都有，西域人、突厥人、天竺人，甚至还有西方的波斯人。贫僧自从西游以来，这一路上始终有一种熟悉的感觉，何弘达、胡人老翁，他们身份不同，行止诡秘，路数为何跟波罗叶如此相似？”

“我明白了。”王玄策点点头，“所以法师就想，倘若真有人控制你的西游之路，在西域这个地方，有这么大能量的组织，只有不良人了。”

“没错。”玄奘点头。

“那么，法师为何怀疑我呢？”王玄策问。

“右卫率府是太子东宫的护卫府兵之一，长史是右卫率将军的首席幕僚，从五品。贫僧一直很好奇，陛下派人出使西突厥，为何派了一个军方的文职官员，而不是礼部官员？”玄奘一边思索着，一边娓娓而谈。

王玄策苦笑：“西突厥人可不像法师一样精通咱们大唐的职官制度。”

“是啊，他们当然不明白，可陛下明白，既然如此，你这个军方的长史出使西突厥必有原因。”玄奘道，“贫僧上次去了你的住处，看到你搜集沿途情报，绘制舆图，便都明白了。其实你的使命，跟那些不良人一样，无非是搜集西域情报而已。既然不良人已经领了这一任务，以魏徵大人的精明，又怎么会派一个跟不良人毫无瓜葛的人出来？除非是因为你身份特殊。”

“高明！”王玄策赞道，“法师当真高明！话已至此，我也不瞒您了，法师，在下便是不良人的首领，贼帅！”

玄奘大吃一惊，虽然想过他是不良人，却没想到他竟然便是贼帅！玄奘禁不住苦笑：“贫僧还以为贼帅是魏徵大人那样的高官，却没想到是从五品的长史。”

“哈哈！”王玄策大笑，“法师啊，这您就不了解了。不良人是个秘密组织，负责缉事、刺杀、安插密谍、刺探情报。它的权力太大，太难以控制，用得好了，就是朝廷的利刃，用得不好，就是朝廷的毒瘤。倘若贼帅是秘书监或者尚书那样的高官，谁还能控制它？因此，我能动用的权力虽大，官职却很低微。这也是魏徵大人当初创办不良人的一个原则。”

“哦，贫僧明白了。”玄奘恍然大悟，他对这种政治性的东西虽然所知不深，但也感觉这种设置甚有道理，“那么……”玄奘想了想，“大人现在可以讲讲为何要控制贫僧的西游之路了吧？”

“话已至此，我还有什么好隐瞒的呢？”王玄策苦笑，“但是法师要记住了，我所说的一切，都是法师自己推断出来的。”

玄奘笑着点头。

王玄策想了想：“这件事过于复杂，既然法师对大卫王瓶所知甚详，那我还是从它说起吧！法师可知道，这个大卫王瓶乃是萨珊波斯的镇国之宝，在历代波斯皇帝手中传承了四百年？”

“高昌王曾对贫僧讲过。”玄奘点头。

“但法师可知道，这大卫王瓶之所以来到西域，是因为波斯皇帝要将它当作礼物送给我皇陛下！”王玄策轻轻地道。

他望着玄奘，等待着他吃惊的表情，没想到玄奘却一脸平静地点头：“贫僧知道。”

“你知道？”王玄策吃惊不小。

“是啊！”玄奘有些伤感，“阿术临死前告诉我，他的叔叔耶兹丁，便是波斯皇帝派来护送王瓶的使者。”

王玄策钦佩地看着他：“法师，您真是耳目通天，连这等机密也被您打听到了。那我就更没必要隐瞒了。不错，就在去年，波斯皇帝库斯鲁二世派遣使者来到长安，恳求陛下出兵攻打西突厥。”

“攻打西突厥？”玄奘疑惑，“波斯皇帝为何万里迢迢派人来求陛下出兵打西突厥？”

“哦，是这样。”王玄策解释道，“当今世上，有几个大国，最东方便是我大唐，在前隋时，突厥分裂为东西两部，西突厥掌控着整个西域和丝绸之路，在西域以西，便是强大的波斯帝国和拜占庭帝国。这三个大国彼此之间的矛盾错综复杂，波斯和拜占庭是宿敌，双方经历了长达四百年的战争，中间有战有和，无休无止。大约二十五年前，波斯皇帝库斯鲁二世进攻拜占庭，所向披靡，这一仗打了将近二十年，险些将拜占庭灭亡。不料拜占庭出了一个希拉克略皇帝，这个皇帝是个天才统帅，秘密与西突厥达成协议，对萨珊波斯东西夹攻，这下子波斯大败。去年春天，希拉克略甚至打到了波斯帝国的都城，泰西封。整个萨珊波斯摇摇欲坠，处于灭亡的边缘。”

“哦。”玄奘点点头，他长年浸淫于禅机佛理，第一次听到这种世界格局的大国争锋，顿时耳目一新，眼界为之宽阔，“贫僧明白了，库斯鲁二世是想让我大唐攻打西突厥，为他解燃眉之急。”

“没错。”王玄策点头，“凭萨珊波斯的国力，如果仅仅对抗拜占庭，不至于败得如此凄惨，但拜占庭和西突厥联手，他是万万抵挡不住的。”

“陛下是如何答复的？”玄奘问。

“当然拒绝了。”王玄策道，“当时陛下正筹备对东突厥的战事，打算以倾国之力，一战攻灭东突厥，彻底解除大唐帝国的心腹之患，与西突厥修好还来不及，怎么可能打它？”

“可是……”玄奘迟疑道，“想来那库斯鲁二世也是个枭雄，不会以为仅仅恳求一番，大唐就会出兵吧？”

“当然。”王玄策神色凝重，“陛下拒绝之后，那使者就提到了大卫王瓶，讲述了它的种种神异之处，说只要拥有大卫王瓶，就能许下三个愿望，无所不能。他答应，只要大唐愿意出兵，库斯鲁二世就会把那大卫王瓶送给陛下。”

“原来如此！”玄奘这才明白大卫王瓶的来龙去脉，“那陛下怎么答复的？”

“陛下当然颇为心动了。”王玄策苦笑，“可咱们的皇帝陛下是何等人物，又怎会为了一个充满无稽之谈的东西而更改大唐国策？”

“这倒是。”玄奘点点头，有些疑惑，“既然陛下拒绝了，大卫王瓶怎么又给送了过来？”

“因为……”王玄策叹道，“因为那使者说，可以先把大卫王瓶送来长安，待到陛下见识完它的魔力再做决定。如果陛下见到大卫王瓶，仍然拒绝出兵，波斯人就把它无偿送给陛下。”

玄奘顿时惊呆了：“那波斯使者竟然如此有信心？”

“信心十足。仿佛在他看来，只要大卫王瓶来到长安，就必定能让陛下出兵西突厥。”王玄策道。

“这不可能。”玄奘震惊不已，“那陛下怎么说？”

“陛下当然感兴趣了。”王玄策苦笑，“大卫王瓶这个东西，只要是人，谁会不感兴趣？不说别的，陛下倘若许愿永生不死，法师您想想这是多大的诱惑？所以陛下当场就应允了，让波斯人把王瓶送来长安，这下子就在朝廷里引起了轩然大波。”

“哦？”玄奘惊讶，“什么风波？”

“右仆射长孙无忌、中书令房玄龄、吏部尚书杜如晦等重臣习的都是儒家，对这种怪力乱神之事深恶痛绝。他们觉得，让这种邪物来蛊惑陛下，乃是大唐君臣的奇耻大辱。秘书监魏徵大人是我的直属上官，他虽然早年当过道士，其实骨子里也是儒家一系，一再面圣，要求拒绝接受大卫王瓶。陛下只是不允，听说还在长孙皇后面前摔烂了碗碟。”王玄策想起此事不禁心中烦闷，叹道，“于是，这几位大人便秘密商议，想出一个胆大包天的计划，决定将大卫王瓶阻截于国门之外！”

“什么？”玄奘吃了一惊。贞观以来，李世民为政开明，广开言路，虚心纳谏，与众位大臣甚是相谐，尤其是魏徵，以诤言出名，屡屡犯颜直谏，而李世民从不怪罪。但皇帝毕竟是皇帝，也有自己的逆鳞，朝中重臣秘密联合，违逆他的旨意，这是最忌讳的事情，放到哪个帝王身上都无法容忍。魏徵等人看来是对这大卫王瓶过于忌惮，才不惜拿着身家前途冒险。

玄奘定了定神：“他们如何阻截大卫王瓶？”

王玄策顿时苦笑起来：“法师，还有比在下更适合的人吗？魏大人管辖着不良人组织，他的计划便是，命在下率领精锐以出使西突厥为名前往西域，暗中查访大卫王瓶的运送路线，想办法让大卫王瓶永远去不了大唐。”

“原来如此！”玄奘恍然大悟。

“我临行前，魏大人千叮咛万嘱咐，万万不可暴露身份，必须秘密进行，更不可诉诸武力，直接杀害波斯使者，失了大唐的体统。法师，您想想，这也不行，那也不行，这西域还是西突厥的地盘，我能有什么好办法？”王玄策诉起了苦。

玄奘对他的处境能够理解，毕竟大卫王瓶事关重大，不但牵涉大唐无数中枢大臣的身家性命，还牵涉大唐和西突厥的邦交，几乎他的一举一动，都会影响整个天下的格局。

“后来法师您的出现，让魏大人有了一个计划。”王玄策笑吟吟地看着他。

玄奘愣了：“贫僧让魏大人有了计划？”

“是啊！”王玄策大笑，“法师您还记不记得，您从霍邑回来后，向朝廷上书，请求出关，西游天竺？”

“记得。”玄奘苦笑，“正是因为贫僧的上书被陛下拒绝了，才只好偷渡出境。”

“那是陛下心疼法师。西游之路何其艰难，跋涉数万里，几百年来无数僧人打算到天竺求佛，可有几人归来？陛下是担心您路上出事呀！”王玄策道。

玄奘感慨不已，李世民的关怀，他自然深深感激，可西游天竺是他此生宏愿，又如何肯放弃？

“法师，你与此事的关系就在于，陛下虽然拒绝了，可魏徵大人知道此事之后，决定秘密助您出关！”王玄策道。

玄奘顿时目瞪口呆：“什么？”

王玄策笑了：“法师不是有被人操纵的感觉吗？长安市上何弘达给您占的一卦，便是魏徵大人精心设计出来的！”

“原来如此！”玄奘恍然大悟，“可这……可贫僧与你们阻截大卫王瓶的计划有什么关系？魏大人为何要秘密助我出关西游？”

“法师，您想想，西域有妖，佛子东来。两者相遇，那会发生什么？”王玄策笑眯眯地道，“魏徵大人的计划，就是让大卫王瓶在西域人所皆知，搅得西域天翻地覆，然后您这位佛子抵达西域，自然就会理所应当地与大卫王瓶较量一番。而我呢，则躲在暗中将大卫王瓶的秘密搞清楚，看看波斯人到底有什么图谋！”

“原来还是让贫僧来降妖。”玄奘无语了。他总是不适应一提起和尚，就跟降妖伏魔扯在一起，但是对魏徵的谋略，不禁深为佩服。两人在霍邑时，算是明里暗里交过手，当时玄奘就坠进了他的局里，没想到这次又被他算计了。

王玄策哈哈大笑:“计划拟定之后，在下就秘密跟着您离开长安，还记不记得在瓜州，凉州都督李大亮下访牒要抓您？”

“是啊！”玄奘道,“是瓜州小吏李昌撕毁访牒,劝我尽快出关。”

“李昌是在下的人。”王玄策笑道。

玄奘苦笑不已。

“那个赠您红马的胡人老翁，自然也是我手下的不良人。当时我原本想让他送您前往伊吾，没想到您竟然自己找了个胡人石磐陀，让他送您。我没了办法，只好让那老翁把红马送给您，好歹不能辱没了何弘达的名头，得把这‘老瘦红马，鞍桥有铁’八个字给圆了呀！”王玄策笑着讲述，“然后呢，我就在伊吾等待法师，没想到过了好几天，法师竟然还没到伊吾。”

“贫僧在莫贺延碛中迷了路，”玄奘感慨，“进入沙漠的第二天便失手打翻了清水，四夜五日没有喝过一滴水，险些倒毙于沙漠之中。”

王玄策大为意外，仔细一想，不禁阵阵后怕:“阿弥陀佛，神佛保佑。我当时竟然没算到这种意外，倘若法师真有个闪失，魏徵大人非把我斩了不可。”

随即王玄策开始仔细讲述自己的行动。他知道波斯使者冒充的商队与焉耆使者同行之后，便安排人把焉耆人前往大唐、要求更改丝路的消息透露给了麴文泰，麴文泰果然派出麴德勇和麴智盛来截杀焉耆人。

按他原本的计划，并不想让波斯使者死，而是想在伊吾城公开大卫王瓶，引起焉耆人、高昌人的争夺，然后安排玄奘介入，彻底搞清王瓶的真相。结果玄奘在沙漠里迷了路，迟迟没有赶到伊吾。而这时波斯使者已经上路了，一旦过了莫贺延碛就算进了大唐国境。王玄策无奈，只好推动麴德勇出面，截杀焉耆使者。

后来的结果玄奘都知道，王瓶被麴智盛得到，许下了愿望，从而被龙霜月支乘虚而入，险些灭亡了高昌。

玄奘听完，半晌无言。已是黄昏时分，大漠落日斜照在火焰山上，映出熔炉般的光芒，在王玄策脸上铺了一层血色。

“大国争锋，奈何视人命如草芥。”玄奘慢慢道。

“比起战争杀人盈城，我的手虽然沾上了鲜血，却是不得不为之。”王玄策解释，“法师您想想，倘若真让这大卫王瓶进入大唐，蛊惑了陛下，不说别的，仅仅是出兵西突厥，那会死多少人？有多少孤儿寡妇望着万里外的沙场夜半啼哭？”

玄奘默然，他是经历过隋末之乱的人，那种残酷景象至今想来犹自悚然，王玄策这种做法虽然让他极端反感，但也不想说什么反驳的话。

“大人，”玄奘问，“大卫王瓶如今被莫贺咄夺走，您为何不阻拦？”

“为什么要阻拦？”王玄策反问，“法师难道没看出来吗？这大卫王瓶乃是个不祥的妖物，它到哪里，哪里就会灾祸连天。若是它能让西突厥乱成一团，对我大唐实有百利而无一害。”

“难道在大唐的眼中，突厥子民便该承受这祸患吗？”玄奘问。

“难道要让我大唐子民承受这祸患吗？”王玄策冷笑，“法师难道忘了薛举、窦建德、王世充、刘武周之流吗？隋末大乱之时，若非突厥在幕后支持挑拨，我中原何至于内战十七年，百姓十室九空，千里无鸡鸣！要让我大唐百姓丰衣足食，不受兵灾，唯一的办法就是让自己强大，让敌人衰弱！”

玄奘不想再说什么了，站起身来合十：“既然如此，贫僧便去走那如来大道，大人就去西突厥看那烟花满天吧！”

“法师要去哪里？”王玄策追过来问。

“高昌。”玄奘牵来自己的马匹，骑了上去。

“法师，”王玄策牵住他的马，“高昌的危机已经化解了，法师何必再去？不如赶紧西行吧！您在西域通行，肯定要去西突厥王廷取得他们的关防过所，恰好我也要去见统叶护可汗，不如咱们一路同行，也好有个照应。”

“多谢王大人。”玄奘摇了摇头，“贫僧恐怕还要在高昌多待些时日。贫僧心里一直有个隐忧。大卫王瓶留给高昌的祸患，只怕才刚刚开始。高昌王对贫僧如此厚待，此时此刻，我又怎么能离开？大人，告辞。”

玄奘说完，催动战马，泼剌剌地朝着高昌王城的方向疾驰而去。

王玄策久久站立，凝望着他的背影，良久才道：“列队，前往西突厥王廷。”

第十七章
复活的死者，死去的生者

玄奘在日落闭城时分回到王城，此时的王城陷入了狂欢的海洋。日间，张雄一举击溃了三国联军，虽说偶然的成分很大，但内中详情普通百姓并不知晓，他们所看到的，就是焉耆三国大军围城，张雄率领高昌健儿果断出击，获得前所未有的大捷。

麴文泰也刻意广为宣传这次大捷，几乎整座高昌王城都陷入了狂欢，张灯结彩，到处都燃烧着火盆，百姓身穿盛装，围绕火盆跳着西域盛行的歌舞。麴文泰更是全城赐酒，几乎将窖藏的葡萄酒搬运一空，在街上堆得如同小山一般，随取随饮。这下子更加热闹，连城内行商的焉耆人、龟兹人和疏勒人都按捺不住，偷偷摸摸舀了来喝。一时间满城都醉醺醺的。

玄奘牵着马，从酒气熏天的人群中挤过去，到了王宫。王宫的正门也在庆祝，热闹无比。玄奘只好从角门进了宫。

麴文泰和张雄正布下人手找寻他的下落，两人都忧心如焚，一听说他回来了，急忙到他的住处探望。

这几天玄奘真是累坏了，又在天山煤田滚爬了半天，浑身都是漆黑的煤烟，一回来先洗个澡，换了身衣服，然后与麴文泰和张雄一同用餐。

麴文泰虽然在陪玄奘用餐，但他整个人都躺在软榻上，脸上皱纹深重，白发丛生，当真是憔悴不堪，玄奘看着也难过不已。

席间，玄奘问起那场大战的善后事宜，麴文泰叹了口气："法师，这次算是侥天之幸，我高昌躲过了灭顶之灾，大将军以寡敌众，击溃了龙突骑支的五千骑兵，斩首千余，俘虏数百，龙突骑支跑回焉耆时，身边的残兵败将只剩下两千人。最近一直得到法师的教诲，弟子不敢再造杀孽，正在组织百姓将那些尸体装车，送还给龙突骑支，好歹让他们魂归故里吧！另外，本王已命人将受伤的俘虏妥善治疗，等到伤势好转，就让龙突骑支接他们回去。"

"善哉！"玄奘合十感谢，"陛下能顾惜普通将士，足见仁德。"

"唉，一方面是这样，另一方面，弟子也不想和周边三国结下难以化解的死仇啊！"麴文泰凄然一笑，"我高昌虽然躲过了灭顶之灾，可德勇神志不清，智盛又是这般性子，将来我百年之后如何维持，也只好仰仗菩萨保佑了。"

"陛下不用忧心。"张雄劝，"您春秋正盛，身子一向康健，这些日子也是压力太大。这次咱们打了胜仗，心中放松下来，身子就会慢慢康复。"

"希望如此吧！"麴文泰感慨，"这些年我高昌与焉耆各国屡屡摩擦，这一仗他们实力大衰，想必会让我过几天安生日子了。"

"大将军。"玄奘想了想，"虽然今日大获全胜，但仍然不可轻忽，能否让您的军队加强战备，日夜值守？"

"加强战备？"张雄和麴文泰都是一怔，麴文泰问，"提高到什么地步？"

"枕戈待旦，以备不测。"玄奘道。

两人的脸色都变了，对视了一眼。张雄忍不住问："法师，您可是听到了什么风声？”

“没有风声，没有征兆，也没有蛛丝马迹……”玄奘满脸忧虑，“太平静了。平静得有如沙暴前的大漠，只看见脚下的沙粒在走，但抬起头来，阳光美得令人沉醉。正因为如此，贫僧才恐惧。”

两人面面相觑，虽然听不大懂，心里却也开始发沉。

“法师，”麴文泰惴惴不安，“您能否透露一二？”

“不是贫僧不愿意透露，”玄奘苦笑，“而是……而是这个人隐藏得太深，贫僧根本不知道他是不是会动。他会怎么动？他目的何在？贫僧一概不知。而且，此人眼线遍布，人又深不可测，贫僧原本就不是他的对手。现在若是说了，您必定会露出破绽，这一来，贫僧就更拿他没办法了。”

“陛下！”张雄对玄奘甚是信赖，当即劝麴文泰，“法师这么说，肯定有他的道理，您也不用担心。我全城戒严，日夜守备王宫，誓死保护您的安危。”

“不可，不可。”玄奘急忙阻止，“大将军，绝对不能露出丝毫风声。也无须大动干戈，您只要调集一支精锐，日夜听命，能随时支援就够了。至于王宫内部，一切如常。”

张雄不敢擅自答应，看着麴文泰。麴文泰点点头：“明白，法师，您随便安排。弟子的命，就交给您了。”

他这么一说，玄奘压力更大了，连吃饭都没了精神，随便喝了半壶葡萄汁，吃了两块馕饼，就不吃了。

“陛下，三王子回来了吗？”玄奘问。

“朱贵在新兴谷找到了他，将他带了回来。”麴文泰顿时苦笑，“同时带回来的，还有两个俘虏。弟子这会儿正不知道该怎么处置，还得请法师指点。”

“两个俘虏？”玄奘诧异，“谁？”

麴文泰唉声叹气：“当然是泥孰和龙霜月支了。”

玄奘顿时哑然。原来，那日泥孰、龙霜月支从悬崖下爬上来之后，便纵马离去。两人原本想回焉耆，不料刚出新兴谷，正好碰上朱贵率领骑兵来寻找麴智盛，二话不说，将二人给擒拿。正苦追不舍的麴智盛喜出望外，将龙霜月支和泥孰带回了王城。

这下子给麴文泰又出了大难题。

将二人杀了是万万不能的，泥孰是西突厥的设，地位与莫贺咄相当，比麴文泰的地位可高多了，他怎么敢得罪？便是囚禁也万万不敢，一旦被西突厥的十姓部落知道他囚禁了自家主人，还不率领数万大军来灭了高昌？

至于龙霜月支，麴文泰虽然恨得咬牙切齿，却也无可奈何。他若是处置了龙霜月支，不但跟焉耆结下死仇，还彻底得罪了泥孰。况且，麴智盛也是万万不能答应的。

这会儿，麴智盛就在宫中陪伴着龙霜月支，寸步不离。

麴文泰对泥孰更是以礼相待，一再宴请赔礼之后，要礼送他出境，但泥孰坚决要带龙霜月支走，偏生这麴智盛又不肯放人。麴文泰无奈，专门腾出一间宫室让他居住，泥孰也拒绝了。他担心麴智盛对龙霜月支不利，一直守在她身边，把麴智盛气得怒火万丈，却毫无办法。

玄奘一听，苦笑不已："陛下，此事贫僧当真是无能为力。三王子的性情您知道，让他放龙霜公主回国，无异于要了他的命！"

"可是……法师，"麴文泰哀求道，"我高昌再也经不起折腾了。龙霜月支留在王宫，终究是个祸患哪，还请法师想想法子才是！"

玄奘一想起麴智盛就头大，他倒也能体谅麴文泰的心境，事情就是龙霜月支留在高昌王宫引起的，好容易平息下去，麴文泰哪有胆子还让这位公主住在这儿？

"好吧，贫僧先去见见三王子他们。"玄奘点头答应。

"多谢法师。"麴文泰放下了心，"那就有劳法师了。弟子先去看看德勇，听朱贵说，这些天他一直昏迷着。”

“他还在王妃的寝宫吗？”玄奘问。

麴文泰露出羞怒的神色，无奈地点头：“是啊！那贱人一直不肯放德勇出来。弟子延请了十几位西域名医等着给德勇诊治，可她就是不肯放人。弟子……弟子真是放心不下呀！”

玄奘想了想：“陛下，您不如先回宫休息片刻，等贫僧从三王子那里回来，再陪您一起去看二王子。”

“这是为何？”麴文泰诧异。

玄奘脸上露出浓浓的忧虑，摇了摇头，没有说话。

王妃的寝宫一片幽暗，只有墙壁上的一盏油灯散发出微弱的光芒，有如暗夜中的孤星。

王妃坐在冰冷的大殿里，怀里抱着麴德勇。她娇小的身体仿佛依偎在岩石上的一朵花。麴德勇此时正在昏迷中，有些躁动，脸上肌肉扭曲，时而狰狞，时而温柔，似乎承受着极大的煎熬。

王妃忧心忡忡，从旁边的地上摸过一只水罐，拿勺子喂他喝了一口，麴德勇慢慢沉静下来。王妃抱着他，将脸贴在他的脸上，轻轻拍打着。

“德勇，好些了吗？”王妃呢喃着，“你知道吗，德勇，此时此刻，是我今生最幸福的时候。没想到还能失而复得，还能在这里拥抱着你直到老死。德勇，你说，我这个受汉家庭训的公主，怎么会爱上了你呢？他们都说你粗鲁，残暴，好战，是个喜欢衣襟向左掩，头发梳辫子的蛮夷。可是，他们谁也不知道，自从我看到你的第一眼，就喜欢上你了！那还是大业八年，我刚刚随你父亲来到高昌。那一年，我这个远嫁的公主愁思满肠，每日里思念着故乡。然后就遇见了你。那时候，你还是个十三四岁的孩子，一本正经地拿着一把刀来问我，你便是我的新娘吗？我当时就笑了，然后你的刀落在了地上，一脸发窘地跑掉了。是啊，德勇，无论如何我也没有想到，仅仅两年后，我真的成了你的新娘。在冰天雪地的突厥，你受突厥少年的毒打，我用自己的身体保护你，我受麴文泰的毒打，你拿着刀挡在我身前。那时候，我就知道，我们注定会死在一起。因为我们的生命，已经无法分离。德勇，你相信吗？我们是一对被上苍残忍分开的恋人……”

王妃诉说着，眼泪大颗大颗地滴在了麴德勇的脸上。麴德勇的眼皮挣扎着，干裂的嘴唇颤动片刻，喃喃地道：“玉波……”

王妃霍然抬头，难以置信地望着他：“德勇，你……你醒了？”

“我……这是……在哪里？”麴德勇仍旧虚弱，“咱们……死了么？”

“没有！没有！”王妃喜极而泣，紧紧搂着他，泣不成声。

“没死，咱们怎么能在一起？”麴德勇疲惫地闭上了眼睛。

“是上天垂怜，让咱们再相聚片刻。”王妃凄凉地笑了笑，“德勇，咱们自由了，再也不用偷偷摸摸了。你看，这个大殿里只有咱们两个，所有人都知道咱们在这里私会，却谁也不敢进来。这样不是很好吗？你再也不用担心啦！”

麴德勇艰难地抬起手臂，握着王妃的手：“玉波，对不起。我答应过，要收继你为王后，生儿育女。我努力了二十年，还是辜负了你。”

“德勇，你做得很好了。”王妃贴着他的脸，失声痛哭，“我不要做王后了，我只想做你的女人。那天，你告诉全天下我是你的女人，我已经很满足了。在你死后，我们还能有今夜的相聚，我已经很满足了。”

麴德勇失神地张开眼睛：“原来，我真的死了。”

“不要怕，我会和你死在一起。”王妃露出满足的神情，“等咱们死后，我会一把火烧掉这座宫殿，这样，咱们就永远在一起了！”

麴德勇没有听到，他的神情发生了一种诡异的变化，肌肉渐渐僵硬，瞳孔变得通红，他似乎有些迷茫："原来，我真的死了……"

忽然间，他神色狰狞起来，一声怒吼，双臂一挣，王妃娇小的身子给抛了出去，重重摔在了地上。随即麴德勇站了起来，神情呆滞而狰狞，肌肉似乎不受控制，突突乱颤，仿佛一头惊醒的猛兽般低声嘶吼着，四处寻找宫殿的出口。

"德勇，你怎么啦？"王妃惊恐地从地上爬起，见麴德勇要闯出去，急忙飞身扑过来，双臂缠着他的胳膊，两条腿绊住他的左腿一拧，扑通一声，两人搂抱着摔倒在地。麴德勇怒吼着奋力挣扎，但王妃死不撒手，娇小的身子就像铁铸一般缠绕着他。

两人就这么无声地搏斗着，王妃满脸流泪，但神情坚决，丝毫不肯放松，也不知道这个娇小的女人到底有多大力量，麴德勇健壮的身子竟然无法挣脱。

挣扎了半晌，麴德勇的身子开始软下来，王妃怕他受伤，把胳膊和双腿略略一松，见他不再挣扎，这才松了口气，腾出一只手，擦了擦他额头的汗水："德勇，到底是谁把你害成这样？"

麴德勇牙关紧咬，似乎又陷入了昏迷中。

王妃凄凉地叹了口气："我知道，你是好不了了。这样也好，就算你好了，咱们也活不下去。德勇，不要着急，再陪我待一会儿，然后咱们就一起死，好不好？"说着说着，她失声痛哭，"再陪我一会儿吧，德勇，我怕……我怕到了地狱中，会找不到你。"

她就这么哭着，见麴德勇不再挣扎，又担心起来："德勇，你休息一下，我给你喝点水。"

她四处看了看，见那水罐就在旁边不远处，便爬过去想取水，不料刚到水罐边，寝宫的几扇窗户突然轰然碎裂，随即一支利箭朝着她激射而来。

箭镞呼啸中，王妃身子一滚，利箭咄的一声斜插在地上。她刚刚起身，又是一支利箭迎面射来，王妃头一偏，箭镞射在了柱子上。此时窗户破碎了四五扇，殿外月光铺地，隐约可见几条黑色的人影手握长弓，利箭纷飞。

王妃虽惊不乱，柔韧的身子在箭雨中左摇右摆，每每于呼吸之间避开利箭的射杀。箭镞密集，她怕误伤了麴德勇，也不敢靠近，那刺客看来是有意要射杀她，并不朝麴德勇放箭。

王妃虽然避过利箭，但一直关切着麴德勇，忧心如焚。一名刺客似乎看了出来，长弓调转方向，一箭朝麴德勇射了过去。借着月光，箭镞宛如一道银色的电光呼啸而来。王妃骇然色变："德勇——"

她不顾一切地扑了过去，堪堪在利箭射到之前扑在了麴德勇的身上。噗的一声，利箭射入王妃的后腰，王妃一声惨叫，随即又是一箭射进了她的后背。王妃挣了一挣，凄凉地笑了笑，伏在麴德勇的身上，不动了。

鲜血从王妃的口角溢出，流在了麴德勇的脸上。王妃努力伸出手，温柔地给他擦拭着脸上的鲜血："德勇，咱们要死了！要干干净净的，别弄脏了脸，免得……免得我在地狱里找不到你……"

正擦着，王妃的手忽然停了下来，因为她看见，麴德勇的眼又慢慢地睁开了。瞳孔一片血红。

庭院中月华如洗，充满西域风情的宫殿映照着月光，显得如梦似幻，玄奘走在月光中，有如行走在梦境。这一刻，不知为何，他有些恍惚。

宫墙的门早已被麴智盛拆了，一路上畅通无阻。宫室里灯火通明，门虚掩着，里面有影影绰绰的人影在晃动，还没到门口，就听到龙霜月支的声音在说："三王子，请你不要这般说话。我们如今是你的囚徒，若三王子生气，那便一刀将我们斩了。"

"霜月支……"麴智盛似乎在哭泣，"你睁开眼睛看我一眼好不好？咱们到底谁是谁的囚徒？很久以前，我就被你俘虏了，这辈子都已经是你的囚徒了！”

“别废话了！”泥孰大声叫嚷，“她已经说了不想看见你，你还赖在这里做甚？”

麴智盛不理他，继续哀求着：“霜月支，你好歹吃一口呀！这都一天一夜了，你不吃不喝，我……我真的很难受啊！我知道，今日是我让你生气了，我愿意接受你的一切惩罚。你说吧，若是我的眼睛得罪了你，我就把它挖出来；我的手脚得罪了你，我就斩掉它；若是你讨厌听到我的声音，我就把舌头割掉。霜月支，一切我都愿意为你做，只要你高兴。”

“你这人……”泥孰也有些无奈了，“真他妈无赖！”

“三王子，”龙霜月支有气无力地道，“你不用这般作践自己。我说过，我焉耆和你高昌，是世世代代的仇敌，我说我爱你，那是在骗你，是为了灭亡高昌。如今，梦醒了，局散了，谎言也破了。你又何必如此？”

“你骗就骗了，高昌灭就灭了，我统统不在乎！”麴智盛失声痛哭，“霜月支，我只求你安好。”

玄奘走到庭院中，便看见宫室里，龙霜月支躺在胡床上，麴智盛跪在床前呜呜地哭着。泥孰咬牙握拳，在一旁踱来踱去，偏生没有一点办法。玄奘叹了口气，没有进去，凝望着西域的夜空默默地长叹。

“何必如此……何必如此……”龙霜月支声音凄凉，“往事真如一场梦幻。佛家讲，一切有为法，如梦幻泡影，如露亦如电。我曾经不信，到如今却不得不信了。我自负谋略，掌控西域风云，没想到最终却给焉耆酿成如此大祸。有多少勇士因为我的愚蠢战死沙场，有多少孤儿寡妇泣血垂泪。三王子，等我死后，麻烦你割下我的头颅让泥孰带走，交给我的父王，请他替我向焉耆子民谢罪吧。”

“不不不……”麴智盛慌了，“霜月支，你别吓我……我放你走好不好？”他忍痛说出了这句话，随即哭了起来，“霜月支，你好好活着，我放你走。我再也不纠缠你啦！你不要死，你要是爱泥孰，就嫁给他吧！”

泥孰有些惊讶，对麴智盛的观感倒有些改变了。

龙霜月支却闭上了眼睛：“三王子，你放我走，我又能去哪里？回到焉耆接受子民的唾骂么？罢了，咱们之间，原本就是一场战争，我若死在你宫中，或许算是战死沙场吧！”

“这……这这……”麴智盛彻底慌了。

玄奘叹了口气：“公主，您既然知道一切有为法，如梦幻泡影，为何看不穿这荣耀与耻辱？”

“法师来了？”麴智盛回过头，一看见玄奘，顿时如寻着了救命稻草，跌爬着过来，“法师，法师，霜月支要绝食，您救救她吧！”

泥孰向玄奘躬身施礼，玄奘合十还礼，然后走到床榻前。一日前英姿飒爽，集美貌与智慧于一身的龙霜月支，此时面色苍白，嘴唇开裂，整个人已经憔悴得不成模样。

“公主，”玄奘道，“贫僧刚从高昌王那里过来，焉耆三国的伤者，他已经命人好生诊治，待到伤势好转，便会送回焉耆。另外，战死者也妥善安置，陛下承诺，会将他们的遗体送归故里。”

龙霜月支闭着眼睛，半晌才幽幽一叹：“如今想想当初在交河城外对法师的那种狂妄，真是可笑无比。”

“公主，菩萨畏因，众生畏果。为何菩萨畏因？因为菩萨成就了大智慧，他知道什么样的因会种下什么样的果。而众生呢，虽然自负智慧，但并不足以看透大千世界，直至品尝到恶果，才会知道当日种下了什么因。”玄奘道，“公主，您犯下的错，是自己种下的因，结成的果。”

“法师说得不错。”龙霜月支眼角淌出了泪水，仿佛一朵柔弱的花，飘零在夜风中。

“公主，为什么而苦？”玄奘忽然问。

“为焉耆而苦。”龙霜月支道。

“那便舍却焉耆。”

“为我自己所苦。”

“那便舍却自己。”

“如何舍？”

“不思得。”

“如何不思？”

“寻你自己。”

“我在哪里？”

“孩提梦中。”

“梦中有何物？”

“公主，贫僧给您讲一个故事吧！从前，贫僧与友人行于道上，路边有一个幼儿在玩耍，自娱自乐，自由自在。友人问他：你与我一样是人，为何你这般快乐，而我如此劳苦？幼儿答道：你懂得和泥巴么？”玄奘问，“公主，您懂得和泥巴么？”

龙霜月支慢慢睁开了眼睛：“那是幼儿玩的东西，我如何会？而且我一国公主，岂能去碰那等东西？”

玄奘笑了：“那么，当年您年幼之时，见有同龄玩伴在和泥巴，不曾羡慕么？”

龙霜月支似有所悟。

玄奘叹道：“公主，成年人为何不能如幼儿般快乐？因为他年岁渐长，从这世上拿走了一些东西，从自己身上又丢掉了一些东西！正如您堂堂公主不能碰泥巴一样，您为自己套上了焉耆国运的枷锁，自然便丢掉了普通人的欢乐。”

龙霜月支默然良久，才慢慢道：“法师，我懂了。也许，我该去寻我真正想要的东西了。”

麴智盛急忙举起了手：“霜月支，我陪你去。”

“多谢三王子，”龙霜月支摇摇头，“如果你允许，我希望能一个人离开这里。离开高昌，也离开焉耆，在大漠与雪山中，寻找我丢失的东西。”

麴智盛傻了，半晌才喃喃道：“霜月支，我没有别的奢望，只想陪伴你，哪怕做你的奴隶，哪怕你不看我一眼，不跟我说一句话，只要能让我默默地跟着你，为你牵马坠镫，那也是好的。”

龙霜月支不说话，眼角淌着泪，默默地摇头。

泥孰也急了：“霜月支，你和法师说的我听不大懂，可是……可是你不用去别的地方呀！你不想回焉耆，可以去我的部落呀！在那里，整个大漠雪山都会属于你的。”

龙霜月支沉默着摇头。

“可……可咱们有婚约！”泥孰急红了脸。

“泥孰，我想问你一个问题。”龙霜月支挣扎着从床上下来，凝视着他。

“嗯嗯，你问吧，霜月支。”泥孰急忙点头。

“我早年丧母，父王虽然宠爱我，但他性子粗疏，从我幼年起便请了无数人教我宫廷礼仪，看到我懂事的样子，他便觉得满足。长大后，我殚精竭虑为父王谋划国策，镇压异己，在各国间纵横捭阖，诸王都称我作西域的凤凰。父王很开心，他希望我能嫁给你，为焉耆换一个辉煌的国运。”龙霜月支凝视着他，“我的问题就是，我算什么？父王养育我，是因为爱我，还是为了焉耆？我努力让自己成为最优秀的公主，便是为了嫁给一个男人，成为他无数妻子中的某一个，等他死后再嫁给他的儿子或者兄弟？泥孰，请你告诉我！”

泥孰张口结舌：“可……可每个人的婚姻不都是这样的吗？”

“我不同。”龙霜月支骄傲地扬起了下巴，“因为，我是焉耆的凤凰。所以，我要有自己的人生。”

说着，她慢慢朝宫殿外走去，两个男人凄凉地望着他。麴智盛忽然跪倒在地，嘶声大叫：“霜月支，我就这样失去你了吗？”

龙霜月支不答，一步步地走出大殿，走到月光下。明月照耀着洁白的衣衫和曼妙的身姿，她似乎要融化在月光中。

“霜月支，”麴智盛放声大哭，“我这一生都是为了等待你，既然今生等不来，那我就来生再求！霜月支，你不要改变了模样！”

说着，他从旁边抽出一把弯刀，直插小腹。玄奘大骇，但已经阻止不及，泥孰手疾眼快，一脚将他的弯刀踢飞，喝道：“麴智盛，就你这副孬样，值得霜月支爱你吗？”

麴智盛愣住了，他就这么跪着，痴痴地凝视着龙霜月支的背影，再也没有说话。

玄奘摇头不已，却没说什么，这种痴恋哪怕是最高深的佛法，也是无济于事的吧？

就在龙霜月支走出院子的时候，外面忽然传来杂沓的脚步声，间或还有铁甲和兵刃的碰撞声。泥孰大吃一惊，生怕龙霜月支有事，急忙提着弯刀跑了出去，护在她面前。

这时一队宿卫飞奔进来，也不理会泥孰，大声喊：“法师，法师在吗？”

玄奘急忙出来：“阿弥陀佛，贫僧在这里。”

“法师，出大事了！”为首一人施礼道，“有人想袭击二王子，王妃寝宫正在血战，陛下请您赶紧过去。”

寝宫院内，尸体枕藉。

玄奘抵达的时候，一场搏杀刚刚结束。院子里躺着十几具尸体，其中五名身穿黑衣，身上还背着箭筒，瞧来便是刺客了。剩下则是宫中的宿卫，足有七八具之多，大部分是被利箭所射杀。

麴文泰一脸铁青，在小太监的搀扶下站在院子里，周围簇拥着大批宿卫，灯笼火把将整个庭院照耀得如同白昼。

玄奘急匆匆地跑了过来，麴智盛、龙霜月支、泥孰也跟了过来。麴文泰见玄奘到了，蹒跚着走过来施礼："法师来了。"

"陛下，"玄奘急忙问，"发生什么事了？"

"唉！"麴文泰先是瞧了一眼麴智盛和龙霜月支，将玄奘拉过一边，低声道，"法师，您真是神算。弟子原本听您的话，没有擅自来看望德勇，就在寝宫等您。可随后就听朱贵来报，说有黑衣人潜入王妃所在的寝宫。弟子急匆匆地带着人赶来，遭遇到刺客的阻击，好容易才将这些人斩杀。这会儿朱贵已经带人冲进了寝宫。"

"陛下莫要惊慌。"玄奘点点头，"所有的事情都会在今夜结束，贫僧已经安排好了，必定能保护陛下。"

"有劳法师了。"麴文泰信赖地点头，"张雄的骑兵已经调动，随时听候法师的命令。"

"请大将军暗中控制王宫的出口，还有各处的井渠密道，不使一人漏网即可。"玄奘感慨，"贫僧之所以忧心，是因为不知道他的计划，但如今动用的是刺客而不是军队，说明规模不会很大。"

"明白。"麴文泰急忙叫过心腹太监，叮嘱了一番，那太监领命而去。

这时，朱贵率领宿卫从寝宫里跑了出来，众人抬着两扇门板，都是一脸惊慌。朱贵更是整张脸都皱到了一块，瞧来又惊又怕。麴文泰顿时慌了，挣脱搀扶的小太监，疾步走上去："如何？如何？德勇有没有事？"

"陛下，刺客已经肃清。"朱贵声音颤抖，"二王子没事，可……可王妃已经被射杀了……"

"哦。"麴文泰松了口气，"那贱人，死了就死了吧！"

宿卫们把两扇门板并排放在了地上，一边是麴德勇，一边是王妃。麴德勇牙关紧咬，额头青筋绽出，气息粗重，但人还在昏迷中；王妃侧卧在门板上，浑身都是鲜血，背上还插着两支利箭。

麴文泰看也不看王妃一眼，立即蹲在麴德勇面前，伸手抚摸着他，低声呼唤："德勇……德勇……对了，"他急忙回头叮嘱，"快去把本王延请的那些名医找来！快快快！"

当即有小太监撒腿就跑。

麴德勇仿佛承受着极大的痛苦，努力挣扎，但手脚似乎被无形的东西束缚着，一动不动。麴文泰看得忧心忡忡，扭头问玄奘："法师，德勇这是怎么了？"

玄奘正蹲在王妃身边检查，听到他的话，愣了一下，低声道："陛下，王妃还活着。"

麴文泰哑然，看了王妃一眼，果然发现她的睫毛还在颤动，手指也轻轻地动着。麴文泰的怒火顿时勃然而起，但玄奘就在旁边，他只好按捺情绪，道："法师，这个女人害我如此之深，弟子实在是……"

"贫僧知道。"玄奘劝解，"我昔所造诸恶业，皆由无始贪嗔痴。此事陛下也未尝没有错处，事已至此，还是先把人救过来再说。"

玄奘这话说得甚重，麴文泰是佛家居士，自然懂得。这两句是《华严经》里的句子，就是说，你与她以前所造的诸般恶业，无论是有意还是无意，都是源于自己的贪嗔痴念。后面还有两句，玄奘没有说出来：从身语意之所生，一切我今皆忏悔。如今你该后悔那些罪孽，真心实意去忏悔。

麴文泰知道玄奘给他留着面子，只好闷闷地点头答应："弟子晓得了。"

这时，王妃嘴唇一张一合，似乎在说着什么。玄奘俯下耳朵，王妃的眼睛慢慢睁开，凄凉地看了一眼旁边的麴德勇，喃喃道："小心……"

"什么？公主，您说什么？"玄奘没有听清。

"小心……德勇……"王妃挣扎着道。

玄奘愣了一下，还没反应过来，忽然朱贵一声惊呼："陛下，小心！"

麴文泰愕然回头，只见门板上的麴德勇不知何时睁开了双眼，眸子里一片血红。他嘶吼一声，有如僵尸仰面坐起，双手咔地扣住了麴文泰的脖子！

"德勇——"麴文泰惊骇起来，双手推着他，朝四周喊，"快救本王！"

宿卫们呼啦啦地围过去要将二人扯开，但这时麴德勇有如一只野兽一般，张开白森森的牙齿，一口咬了下去。麴文泰伸出胳膊抵挡，麴德勇一口咬在他胳膊上，顿时鲜血喷涌，麴文泰一声惨叫，麴德勇趁机将头拱进他脖颈，寻机要咬断他的脖子。麴文泰一把搂住他的头，狠狠地将他的嘴巴按在了自己脖子旁边，两人就这么搂抱着，翻来滚去。

麴智盛、龙霜月支、泥孰等人早已经看呆了。

玄奘没想到会发生这种事，急忙喊着："快！快！分开他们！"

但这时两人搂抱得太紧，根本分不开。麴文泰被麴德勇压在下面，他最近一直生病，身体虚弱，根本抵挡不住麴德勇狂猛的力量，很快那牙齿就要咬着脖子。麴文泰面孔涨得通红，却没有丝毫办法。

这时朱贵从一名宿卫手里夺过弯刀，倒转过来，把刀柄塞向麴文泰的手："陛下，拿刀！"

玄奘一怔，顿时脸色大变，叫道："不可——"

朱贵朝他瞥了一眼，还是将刀递了过去。

麴文泰这时被掐得几乎窒息，本能般地拿过弯刀，随手刺了出去。噗的一声，那刀刺进了麴德勇的胸口。此时麴德勇正要一口咬断麴文泰的颈部动脉，刀锋刺入前胸，他浑身一颤，顿时没了力气。

麴文泰使劲推开他，惊魂甫定地滚爬到一边，一屁股坐在地上，看看自己手中的弯刀和鲜血，又看看浑身鲜血的麴德勇，一时竟吓得呆住了。

玄奘也惊呆了，他知道，自己犯了个错误！一个天大的错误！

“德勇……”门板上，王妃流着泪亲眼见证了这一幕，喃喃地呼唤着。

也许是因为王妃的呼唤，也许是因为这一刀刺入体内的剧痛，麴德勇似乎清醒了，他艰难地撑起胳膊，摸了摸胸前的伤口，望着麴文泰，露出苦涩的笑容：“父王……咱们的仇怨……了了吧？”

“德勇——”麴文泰嘴唇哆嗦着，只知道傻傻地看着自己手中的刀，“怎么会这样？怎么会这样？”

麴德勇随后凝视着王妃，眼神里透出无限的温柔，艰难地朝她爬了过去，身下拖出长长的血痕。王妃也翻身滚下门板，挣扎着朝他爬了过来。谁都没有动，这对曾经大逆不道的乱伦恋人，这时似乎给了人们一种说不清道不明的味道。

地上的两条血痕慢慢地会合，麴德勇攥住了王妃的手，一寸寸地挨到她身边，王妃将他抱在怀里，满足地叹了口气：“德勇，咱们到底还是死在一起了。”

“玉波，”麴德勇躺在她怀里，大口喘着气，嘴里咕嘟嘟地冒着血沫，“是谁……是谁伤了你？我……我要杀了他……”

“不要问了！”王妃将自己的脸贴在他脸上，“归根到底，咱们都做了别人的棋子。这会儿要死了，就不用计较了！德勇，我真的很幸福。”

麴德勇的目光渐渐涣散，声息低了下去：“我也是……”

王妃怜惜地将他脸上的血污擦得干干净净，嘴里慢慢地吟唱着：“吾家嫁我兮天一方，远托异国兮乌孙王。穹庐为室兮毡为墙，以肉为食兮酪为浆。居常土思兮心内伤，愿为黄鹄兮归故乡……”

歌声凄凉，月光澄澈，那歌声仿佛揉碎在月光里，一片片沁入众人的心坎。

“德勇，陪我回家吧！”王妃的头慢慢靠在麴德勇的肩上，一动不动了，脸上仍旧带着笑容。

第十八章
一个人，掌控娑婆世界

“德勇——”麴文泰呜咽一声，扑了过来，他想把王妃的尸体推到一边，但两人抱得太紧，竟掰不动。麴文泰只好抱着麴德勇的半边身子，放声痛哭。这是他一生最心爱的儿子，耗费了他无数的心血，也是整个王国未来的希望，如今，却变成一具冰冷的尸体，躺在了他的怀中。麴文泰涕泪纵横，满头的白发不停地颤动，嗓子都嘶哑了。众人不忍目睹，默默地垂泪。

“陛下，”朱贵走了过来，“陛下要节哀才是。”

“是我……是我亲手杀了德勇……我杀了他！”麴文泰号啕痛哭，“为什么？为什么会这样？上天啊，你为何要这般惩罚我？我到底犯了什么错！”

“陛下，”朱贵卑躬屈膝地站在他身后，低声道，“老奴知道。”

麴文泰一怔，正要回头，朱贵脸上露出狞笑，手中突然多了一把短刀，闪电般刺进了麴文泰的后心，直没刀柄。

“啊——”麴文泰大叫一声，身子一倾，扑通倒地，后背还插着短刀。

“伴伴！”麴智盛忍不住惊呼。

玄奘这时早有防备，冲上去一把拖着麴文泰的胳膊，将他扯到了一边。这时周围的宿卫呼啦啦上前，保护好麴文泰，将朱贵团团包围。无数的弯刀弓箭，月光下，映得朱贵脸上斑驳不定。

朱贵却毫不在意，佝偻的身子慢慢挺直，浑身上下散发出一股山岳般的气度。

“朱总管，原来贫僧一直高看你了。”玄奘苦笑着叹道。

“哦？”朱贵笑了笑，“我也知道法师瞧出了我的秘密，可您为何高看我？”

“因为，我一直摸不准你的目标。”玄奘叹气，“贫僧以为，你如此高深的谋略，必定志在天下，目标应该是高昌的江山。没想到你仅仅是要刺杀陛下。”

朱贵哈哈大笑：“法师，您的确高看我了。对我来说，快意天下，岂能比得上快意恩仇？”

“哦？”玄奘问，“那你跟陛下有什么仇怨？”

朱贵嘲弄地望着他，伸手一指麴文泰：“你问问他。”

“朱贵——”麴文泰嘶声大叫，“你这个狼心狗肺的东西，本王待你不薄，你为何要弑杀本王？”

“是啊！”麴智盛也慌乱地跑了过来，“伴伴，父王待你不薄，你怎么能杀他呢？”

朱贵凝视着麴智盛，忽然一巴掌扇在了他的脸上，把麴智盛打糊涂了：“伴伴——”

“跪下！”朱贵大喝道。

麴智盛眨着眼睛，纳闷地看着他。这番变化连麴文泰都看呆了，和玄奘对视了一眼，都有些不解。

“三王子，老奴让你好好看看。”朱贵从怀中掏出一卷丝帛，慢慢地展开。那丝帛甚薄，从背面也能看清，上面似乎画着一幅画。

那丝帛看起来只是一卷，但越展越长，朱贵将一头交给了麴智盛，另一头递到泥孰手中："大设，麻烦您来展开。"

泥孰依言拿着丝帛的另一头，和麴智盛合力展开，众人才看清，上面竟然画着十余幅画！

"伴伴，这……这是什么？"麴智盛不解，"跟你杀我父王，有什么关系？"

朱贵端详着第一幅画。这幅画色彩鲜艳，画工细腻，画的是一座城池下的战争场面，手持弯刀头缠白布的波斯战士和面目扁平的突厥战士正在攻打一座城池。画面上尸山血海，狼烟滚滚，整个场面很是惨烈。

"三王子，想必你也知道，你母亲是嚈哒的公主。"朱贵怜爱地看着麴智盛，讲解道，"这座城池便是如今的吐火罗城，六十多年前，嚈哒人伟大的都城！我们嚈哒人是鲜卑族，祖祖辈辈生活在金山的大草原上。两百年前，我们的祖先开始向西迁徙，他们灭亡了贵霜帝国，向西打败了当世最为强大的波斯帝国和拜占庭帝国，向东打败了天竺人。他们在阿姆河的两岸建立了西域最强大的国家。然而，正如佛家说的造化无常，仅仅过了一百多年，嚈哒国势衰微，在波斯和突厥一西一北的联合夹击下，终于灭亡了。族人们四散逃逸，我的家族是王宫的将军，便保护着王室的血脉开始在西域颠沛流离，我和你母亲就出生在逃亡的路上。"

麴智盛似懂非懂地看着，点了点头。朱贵又指着第二幅画，上面是个美丽的少女，骑着骏马，带着一群恓恓惶惶、艰难跋涉的旅人，奔驰在草原与雪山之间。

"这……"麴文泰望着那幅画，脸上露出吃惊的神色，"这是贵娜呀！"

朱贵没搭理他，温和地瞧着麴智盛："三王子，这便是你的母亲。你母亲是王室唯一的血脉，高贵的嚈哒公主，我比她大十岁，从小就陪伴着她。在我的眼中，她便如同我的亲人。当我的家人一一战死之时，他们给我留下的遗命，便是要求我保护公主，伺机复国。可是在我看来，复国有什么打紧？那么强大的国家，还不是说灭就灭了么？我最大的信念，就是要照顾好公主，让她幸福快乐地度过今生，不再遭受灭国之痛，人生之苦。”

这个看法麴智盛极为赞同：“是啊，伴伴，当国王真没什么好的，还是找个相爱的人过完今生才要紧……”

他望了一眼龙霜月支，黯然神伤。

朱贵打断他：“三王子，你听我说。对于公主而言，她也并没有复国的野心，我们在西域流浪，走过一个又一个国家，她似乎也喜欢上了这种生活。她说，将来她一定要走到最东方的大隋去看看，听说那里是丝绸的故乡，美丽的瓷器像皎洁的月光。她喜欢汉人的笛子，她说那笛声如同阿姆河上的波纹。她最大的心愿就是嫁给一个会吹笛子的汉人。可是，那一年，我们来到了高昌，一切都变了。”

第三幅画，是那个少女带着她的族人来到了高昌城外。

麴智盛一一看过去，第四幅是那个少女和她的族人在街市上贩卖羊毛，一名身穿黑色华贵汉服的年轻男子倾慕地凝视着她。麴智盛端详了麴文泰一眼，笃定地点点头：“这个是我父王。我知道，她嫁给了父王。”

玄奘也向麴文泰瞧去，果然，那华贵汉服的年轻男子与麴文泰颇为相似。麴文泰苦笑一下，疲惫地坐在地上，背靠着墙壁呼呼喘息。他身边早就拥过来一群名医，七手八脚地帮他疗伤。

朱贵凝视着那幅画，道：“麴文泰那时还很年轻，突厥王妃刚刚去世，他一见你母亲，就惊为天人，发誓要娶她，可是你母亲只想带着自己的族人去往东方的大隋。于是麴文泰就告诉她，只要她愿意嫁给他，他就在高昌国划出土地，供嚈哒人居住，并且庇护我们。高昌国一直是突厥的属国，而我们却受到突厥的追杀，你母亲没想到一个世子竟然有如此勇气，敢于收留突厥的仇人。她一时感动，便答应了下来。”

其后的几幅画一一展现了这些过程，王宫里举行了盛大的婚礼，世子与公主互相依偎，极为甜美。

“是这样啊，然后便有了我嘛。”麴智盛道，“而且父王说，他和母后感情也一直很好。”

“很好么？”朱贵眼睛里冒出火焰，憎恶地盯着麴文泰，“当然很好了，麴文泰终于有了发泄之人，他当然认为很好了。婚后仅仅一年，麴文泰的嘴脸就暴露无遗，他这个人生性狂躁，却喜好名誉，平日里做出温文谦恭的表象，博得百姓的赞颂，时间久了，恶毒的天性无处发泄，便发泄到了你母亲的身上！”

朱贵指着下一幅，画的风格立时变了，阴森，冷郁，在一座金碧辉煌的宫殿里，洁白的婚床上，麴文泰满脸狰狞，正挥动皮鞭，狠狠地抽打着公主。鲜血迸飞，美丽的躯体上鞭痕密布。这幅画的画功极为了得，气氛营造极为真实，连人物最细腻的表情都展露无遗。

麴智盛看得不禁惊住了。众人都向麴文泰瞧了过去，他刚挨了一刀，脸色惨白如纸，神情却黯然无比，想来并不是朱贵胡说。

后面那幅则是个中年男子，正挥刀斩向自己的下身，鲜血淋漓，他的脸上露出无穷的痛楚。

“这个中年男子便是我。”朱贵淡淡地道，“我知道你母亲在宫中过得不快乐，便想去陪着她，尽量使她免于被虐待。但高昌国实行的是汉制，入宫男子需要净身，于是我就阉割了自己。”

“伴伴！”麴智盛感动地看着这个从自己一出生就陪着自己的老太监，眼圈有些发红，“你对我们母子的大恩，我真是……”

朱贵长叹：“你母亲是嚈哒唯一的公主，你便是嚈哒王室唯一的血脉，我从小看着你长大，与我的亲人有什么区别？”

“那你入宫后呢？”麴智盛急忙往后看。

后面的画则更加残酷，公主日复一日地遭受着无法言喻的虐待和凌辱。甚至有一次朱贵跪下磕头，磕得头破血流也无法阻止。麴文泰如同发疯的恶魔一般，在外温文尔雅，在家里便丧失理智，用尽一切匪夷所思的手段向公主施暴。

玄奘目不转睛地盯着那些画，他虽然距离远，但结合朱贵的讲解，却也能感受到那种凄凉的痛苦。想起前几日他对宇文王妃的虐待，玄奘才知道，他对妻子的暴虐竟是天性，数十年来以此为乐！

麴文泰呆呆地看着丝帛画，苍白的脸上泪水纵横，羞愧地低下了头。

麴智盛一边看着画，一边身子颤抖，有些画面实在过于血腥，让他不忍再看。到了最后一幅，他不禁惊呆了，大声叫道："伴伴，我娘她……她竟然是自杀的？"

玄奘也吃了一惊，果然那最后一幅画中，嚈哒公主满脸绝望，挥刀割下了自己的头颅！朱贵一手抱着还在襁褓中的婴儿，一边痛哭失声。

"陛下！"玄奘忍不住对麴文泰有些恼怒。

麴文泰满脸羞愧："法师，弟子……"他哆嗦了半天，最终什么也没有说出来，哭道，"弟子也不知道，为何一回到家中，就变成了恶魔！"

"是！"朱贵忽然暴怒了起来，"来人，抬上来！"

众人都有些诧异，随后寝宫的院子外忽然响起沉重的脚步声，众人惊讶地回头，只见十几名太监合力抬着一具巨大的石棺，步履蹒跚地走了过来。玄奘更加震骇，朱贵设计今晚的一幕看来是煞费了苦心，竟然让人把棺材都准备好了。

太监们把石棺放在了地上，一个个累得气喘吁吁。

朱贵悲哀地望着他们："众位族人，今日局已了，命已终，咱们谁都走不了了。"

这时众人才注意到，这些太监一个个高鼻深目，竟然都是嚈哒种。

一名太监笑了笑，从腰里抽出一把弯刀，二话不说，朝着脖子一割，顿时动脉切断，鲜血奔涌。他含笑将刀递给了另一人，然后自己一头栽倒在地，就此毙命。

另一名太监也是二话不说，挥刀自刎。随后，短短的时间内，十几名太监全部挥刀自杀，由始至终竟然没有人发出一丝声响，没有人有过片刻犹豫！

众人目瞪口呆地看着，从脊骨到脖颈冒出森森的冷气。世上竟然有这种死士！

但同时众人也好奇起来——那石棺里到底藏着什么？竟让这十余名热血死士以身相殉？

太监们死光后，朱贵脸上流着泪，上前掀开了棺盖，麴智盛壮着胆子，走上前一看，顿时骇然色变，几乎昏厥。

众人全都好奇起来，这石棺内到底是什么？

朱贵狞笑着，大踏步朝麴文泰走来。麴文泰一脸惊慌：“你……你要干什么？拦住他！拦住他！”

宿卫们用刀剑对准朱贵，但朱贵仍旧一步步走到麴文泰身前，直到刀剑刺入胸膛才停了下来。他怨毒地凝视着麴文泰：“陛下，想知道棺材里的是什么吗？我可以告诉你，那里头，便是陪伴你数年，与你同床共枕，享尽鱼水之欢的嚈哒王妃！”

“不可能！那不可能！”麴文泰早已经吓呆了，语无伦次地嘶吼着，“她都死了二十年了！”

“她死了一百年，我也要将她的尸身保存下来！”朱贵放声痛哭，“因为，我要让她的冤屈，令天下人都看到！三王子，知道我为何要将你母亲的尸身保存下来么？就是要让你看看她身首分离的惨状！这世上有谁能够一刀斩断自己的头颅？你也见过杀人，人的颈部虽然脆弱，却也坚韧无比，多少勇士和刽子手砍掉别人的头颅，往往拼尽全力也得砍上两刀。可你母亲，她一刀就斩断了自己的脖子！这要有多深的绝望，多深的怨恨？”

玄奘等人骇然色变，这时众人才知道，那里面竟然是嚈哒公主身首分离的尸体！

麴智盛目光呆滞，贴着石棺慢慢地坐到了地上。

“从那一天开始，我就发誓，一定要报复！我一定要报复！”朱贵大哭，“她是公主啊！她是我们嚈哒人高贵的公主啊！可就这样被一个贼坯活生生给折磨死了，你说，我该不该报仇？”

所有人都沉默无语，连宿卫们的刀剑也垂了下来。

“这个仇恨，我积累了二十年，筹谋了二十年，我苦心孤诣，默默积聚。”朱贵慢慢地诉说着，“麴文泰，我若要杀你，随时随地能将你斩于刀下；我若要你高昌灭亡，也不过挥手之间。”

麴文泰等所有高昌人都不禁打了个寒战，谁也不否认朱贵的话。这些事如果他要干，真是太简单了。哪怕不处于朱贵这种总管的高位，有嚈哒人做后盾，便是一个普通人筹谋二十年要做一件事，也会拥有毁天灭地的能量。

“那你为何不报复我？”麴文泰颤声问。

“因为，”朱贵狞笑，“我要让你尝到天上地下最大的痛苦，让你国破家亡，让你众叛亲离，让你断子绝孙，还要让你亲手杀掉自己最疼爱的儿子，然后让你在痛苦与疯狂中死去！”

“你这个魔鬼！魔鬼！”麴文泰嘶声大叫。

朱贵对他的话置若罔闻，温柔地望着麴智盛：“我是魔鬼吗？若仅仅是魔鬼，那多好，这个仇我早就报了，也不用受这二十年的煎熬。可惜，我心中也有舍不下的爱，所以，我要做的事，就是天上地下最困难的一件事。一方面，要让你尝遍人世间的痛苦，一方面，我还要让三王子一生幸福。让他无忧无虑，随性自在，幸福快乐地度过这一生。”

“伴伴，我……”麴智盛呆呆地望着他。

朱贵蹒跚地走过去，抚摸着他的头发，一脸慈爱：“三王子，我之所以要等上二十年，就是要让你长大成人，能够承受这世上的风雨啊！你天性恬淡，不贪财，不慕色，没有王侯的野心，洒脱自在，无忧无虑。我原本以为，你会快乐地过完这辈子。哪知道……”他苦笑不已，“哪知道，你会爱上焉耆公主！”

麴智盛望了龙霜月支一眼，满脸通红：“伴伴，对不起，我不知道你对我的期望。”

“无妨。”朱贵挥了挥手，“爱了就爱了，你是男子汉，敢爱敢恨，我高兴还来不及，又怎么会失望？但你这样一来，可就给我出了个大难题。莫说焉耆高昌两国世仇，单单龙霜月支是什么角色，又岂会嫁给你？这些年，我愁白了一半的头发。”

麴智盛羞愧不已：“伴伴，大家说我是癞蛤蟆想吃天鹅肉……”

“放屁！”朱贵勃然大怒，“你是我嚈哒人的王子，身份何等高贵，又岂是那区区焉耆公主配得上的？哼，你既然爱上她，那我就让你得到她，三王子，只要你能够幸福，老奴没有什么不能给你做的，也没有什么是做不成的！”

众人面面相觑，这朱贵得了失心疯吧？怎么敢说出这种狂言？

龙霜月支却悚然一惊：“你……你是在骗我！”

朱贵微笑起来：“公主，我自然是在骗你。”

两人仿佛打哑谜一般的对话，让众人有些不解，瞧着龙霜月支脸上又惊又怒又羞的神情，纳闷不已。

“这些年，三王子痴爱你，我一直没有好办法。正好，那日在伊吾，三王子得到了那只大卫王瓶，传说中能召唤魔鬼，许下三个心愿，于是我心中就有了主意。”朱贵凝视着麴智盛，微笑着，“三王子，那大卫王瓶我虽然搞不清到底是什么东西，但我确定，其中并无魔鬼。当日你研究大卫王瓶，将鲜血滴入瓶中，冒出一股黑烟，魔鬼现身，你知道那是为何？”

麴智盛傻傻地摇头。

“那是我故意设计的手段！”朱贵转向玄奘，叹道，“法师，您的确了得，竟然仅仅通过推论，便将我令魔鬼现身的手段分析得一清二楚。”他嘴唇紧闭，声音却清晰地传入众人耳中，“我的确会腹语，二十年前，我们嚈哒人流浪西域，我便是以表演幻术来养活族人，因而学得了这手腹语。”

玄奘仔细听着，明知道是朱贵在表演腹语，但耳朵却无法分辨出声音的来源，禁不住啧啧称奇：“这手奇术，比当初贫僧见过的法雅和尚，更是强上许多。”

朱贵笑了：“那黑烟也的确如法师所说，是来自天竺的香料，专门用来表演幻术。当初我在犍陀罗遇见一位天竺奇人，名叫那逻迩娑婆寐，此人是我见过的最神异的术士，从他那里，我学到了这种控制烟雾的幻术，并用一百枚金币，换了三两香料。”

“你为何要设计出大卫王瓶魔鬼现身的假象？”玄奘问。

朱贵瞄了瞄龙霜月支：“当然是为了三王子。那时候，公主从伊吾回国，恰好路过高昌。我便暗中去见她，说大卫王瓶中魔鬼现身，三王子向魔鬼许愿，要得到她。龙霜公主当时大笑，极为不屑。”

龙霜月支脸色铁青，哼了一声。

“于是，我便向她献出一套借助大卫王瓶，谋夺高昌的计划。”朱贵笑眯眯地道，“我告诉她，我不但能帮你谋夺丝绸之路，还能帮你灭掉高昌。首先，你需要假装受到大卫王瓶的蛊惑，迷失了神智，被麴智盛带入王宫。如此一来，就能为焉耆提供口实，聚集起敌视高昌的国家，组成联军，压到高昌城下。公主果然心动，这是她等待了多少年的机遇，如今就在眼前，她如何不肯？”

玄奘恍然大悟，对这个老太监又是钦佩，又是忌惮，由衷赞叹，道：“朱总管，你的智谋当真是天下无双。当日我虽然猜到帮助龙霜公主的人是你，可我一直以为，你是因为三王子被她掌控在手中，受到胁迫，不得不帮她。贫僧万万没有想到，整个计划竟然是你想出来的。”

“没办法。”朱贵感慨道，“三王子既然想得到龙霜公主，若不改变他们之间那种天然的裂痕，又如何能让他如愿以偿？当日，我告诉龙霜公主，一定要演得逼真，让自己真正沉浸在爱上麴智盛的情感中。因为下一步计划，就是对大卫王瓶第二次许愿，我要在三国联军大军压境的危机下，让高昌内部大乱，趁机除掉麴德勇和麴仁恕！届时，麴文泰内外交困，高昌一举可灭！龙霜公主一听这个计划，立刻就答应了。嘿嘿，不愧是西域凤凰，冒着九死一生的危险，从赭石坡纵马跃下。她跃入了老奴的圈套，也跃入了三王子的怀中。”

龙霜月支此时虽然万念俱灰，但听到这里也不禁又羞又气，自己自负智计无双，纵横捭阖于西域诸国，又如何能想到会被一个老太监给骗得如此之惨？

玄奘也哭笑不得，他一直以为和自己斗来斗去的对手是龙霜月支，哪能想到，这竟然是个连环套。老太监将龙霜月支推出来站在台前，自己却在幕后掌控着一切。想起这些天惊心动魄的往事，玄奘忍不住打了个寒战，这老太监，实在太可怖了。

“朱总管，”玄奘忍不住问，“你虽然让龙霜公主主动来到了三王子的身边，可公主明明是欺骗他的，又如何能与三王子真心相爱？”

朱贵笑了笑，温和地凝视着麴智盛：“三王子是天上地下最好的人，他仁慈，和善，体贴，痴情，相貌又英俊，谁家姑娘会不喜欢？霜月支之所以不会爱上他，一者是因为两国的矛盾，二者是因为她没有见识到三王子的好。老奴所要做的，就是破除这些障碍，先让他们在一起。哪怕开局是阴谋与欺骗，老奴相信，结局一定是痴爱与厮守。三王子的痴与爱能穿透一切，霜月支最终必定会被三王子感动，死心塌地地爱上他。您瞧，现在不就挺好嘛，霜月支已经爱上我家王子了。”

玄奘哭笑不得，这老太监，心思也忒深沉了。

“呸。”龙霜月支脸色涨红，瞥了麴智盛一眼，“谁爱上他了？”

“没有吗？”朱贵笑眯眯地道，“公主，你掩饰虽深，却瞒不过老奴的眼睛。当日三王子去井渠搭救玄奘法师，你为何发那么大的火？”

“我……我是怕这傻子进了井渠，被王妃的流人干掉！”龙霜月支大声辩解着，“我计划未成，还要靠他实现，怎么能让他死？”

“是吗？”朱贵仍旧笑眯眯的，“你是知道老奴与王妃的关系的，你以为，若没有十足的把握保护他的安全，老奴会让他下井渠冒险吗？”

龙霜月支瞠目结舌，不知如何回答。

“爱了就爱了，公主，何必掩饰？”朱贵满意地望着她，“当日你痛打老奴，对三王子的关切之情溢于言表，那又岂是担忧计划失败？今日你在天山的火焰熔炉，要陪着三王子一起跳下去。老奴虽然没有亲眼见到，却也知道，倘若你还是那个冰冷高贵、高高在上的西域凤凰，是绝不会被三王子逼到以身相殉的地步的。公主，爱便如那早春的草芽，哪怕你盯着它，也看不到它如何萌发。等你转回身来再看，草原上已经野草萋萋了。”

龙霜月支又羞又气，跺着脚，竟然无法反驳。眼波流转中，瞟着麴智盛的眼神，就有些异样了。泥孰呆呆地站在一旁，便连他这种粗人，也能看出来她的心思了。麴智盛却仍在发傻，胆怯地偷瞟着龙霜月支，颇有些拿捏不定。

“年轻男女，本就是一团干柴烈火，他们在人世间擦肩而过，是因为没有点燃起心头的那把火。”朱贵感慨，“昔日有高僧讲法，能令顽石点头。老奴虽然愚钝，可苦心孤诣，滴水穿石，却也能令凤凰落入凡尘。三王子，老奴能为你做的，也只有这么多了。人世间的爱，是容不得第三人的力量的。老奴为你破掉了两国世仇的壁垒，为你击碎了焉耆公主的骄傲，将你们撮合在一起，至于未来如何，还是要靠你自己的。佛祖的目光尚且看不穿这三千大世界，老奴所布的局，也只能到这个地步了！”

“伴伴，”麴智盛流着泪，“不管今生能不能与霜月支在一起，我将永远感念你的恩德。”

“不必了！你是我嚈哒人最后的王子，只要你幸福，我就似乎能看到嚈哒人依然快乐。”朱贵意兴阑珊，“老奴有两大心愿，一是让你幸福，一是让麴文泰痛苦。你的幸福自己去追寻吧！至于他……”朱贵盯了麴文泰一眼，“我弄死了麴仁恕，弄死了麴德勇，可最终竟然没让高昌灭亡，着实遗憾。”

“是你？是你害了德勇！”麴文泰听到这里，再也忍不住了，大声怒吼。

“当然是我，”朱贵冷冷地凝视着他，“我说过，我要让你断子绝孙，众叛亲离，国破家亡，要让你尝到世上最大的痛苦！”

麴文泰愤怒地瞪着他，眼眶都要瞪裂了，一丝丝的鲜血顺着眼角淌了出来，形状极其可怖。他背后插着短刀，那些医生不敢拔出来，只简单处理了伤口。但他伤势太重，稍一激动，顿时伤口又崩裂了，后背鲜血奔涌。

朱贵看在眼里，快意无比，忍不住哈哈大笑：“我在这高昌王宫二十年，什么事没看在眼里？麴德勇早就和王妃勾搭成奸，有心叛乱。王妃秘密蓄养流人，积蓄力量，难道我不知道吗？我早就在麴德勇的中兵里安插下了无数耳目，将他的一举一动都掌控在手中。可惜，他只掌握了一部分兵权，忌惮张雄，迟迟不敢叛乱。好，他不敢，那我就帮他一把！那一日，玄奘法师去了交河城，机会终于来了。我趁机请龙霜公主去见王妃，告诉她，只要玄奘法师在交河城出事，张雄和麴仁恕首当其冲，必定受到牵连！”

玄奘这时候真有些无语了，这个老太监实在是可畏可怖，一连串的计策风过无痕，月落无声，不知不觉中，所有人都坠入了他的算计，连自己这个路人都逃不脱。这种智计比之谋僧法雅也不遑多让，对细节控制的精密处，甚至犹有过之。

“果然，王妃心动，她一心一意要和麴德勇在一起，碰上这种良机，便赶往交河城，于众目睽睽之下劫走了法师。”朱贵心满意足，“出乎我意料的是，她为了坐实张雄的罪状，竟然借井渠脱身，张雄回来说法师被一阵怪风刮走，顿时惹得群起而攻之，顺理成章地丢了兵权。麴德勇果然按捺不住，立刻发动叛乱。公主，”他笑容可掬地望着龙霜月支，“你看，我答应你的，一一实现了吧？”

龙霜月支哼了一声，不做理会。

玄奘感慨：“贫僧曾经在长安的太常寺欣赏到一场宫廷歌舞，数百人翩翩起舞，配合默契，动作如行云流水。太常寺的官员告诉贫僧，要排练这一场数百人的大型舞蹈，非半年不能成功。一场歌舞尚且如此，总管大人要借助大卫王瓶的第二个心愿实现计划，就必须先让贫僧被掳，再让大将军失去兵权，随后怂恿麴德勇叛乱，还要借助叛乱，暗中刺杀麴仁恕，最后还要随时置叛乱者于死地，让麴德勇功败垂成。这其中细微精密之处实在超乎想象，一个不慎恐怕就是满盘皆输，这又岂是龙霜公主这个外国人能控制的。原来此事从头到尾都是你的计划。”

“是啊！法师深知我的苦处。”朱贵也感慨万端，“这场计划我已经筹谋二十年，要实现它并无难度。其实最大的问题在于，时间上的衔接要恰到好处。”

听着两人的对答，麴文泰恍然大悟：“贼坯！原来仁恕也是你杀的！”

朱贵斜睨着他:“老贼，此时你才想明白吗?哼，一来，杀他自然是为了报复你;二来，万一我的计划失败，让你迁怒于三王子，我如何护得他周全?哈哈，老贼，如今三王子已经是你高昌国唯一的继承人了，哪怕你心里恨得咬牙切齿，也得护住他的周全吧?”

麴文泰看了一眼麴智盛，脸色涨红，却作声不得。

“罢了，原本我是要灭掉高昌国的，可惜事有蹊跷，那大卫王瓶不知为何竟然又开始出现魔鬼，让三国联军惨败，我也功败垂成。这样也好，等你死后，三王子成了高昌王，我嚈哒人的血脉终于占据了一方国土。甚好，甚好!”

他满足无比，神情陶醉。麴文泰气得死去活来，却没有办法。

“总管大人，”玄奘问，“贫僧还有一事不解。”

“法师请讲，”朱贵道，“今日我大获成功，自然言无不尽。”

玄奘皱眉思考着:“第三次对王瓶许愿，让麴德勇复活，想来也是假象了。那么，应该是当初麴德勇自杀所用的匕首有问题吧?”

“法师了得。”朱贵笑道，“麴德勇随身所用的那把短刀，早已被我换过。那是我用上好的乌兹钢所打造，做了些手脚，你看着刀刃足有六寸，但却可以收缩，进入人体一寸深便会缩进刀柄。所以，后来王妃想拔出短刀自杀，我赶紧阻拦了下来。一旦拔出，虽然刀刃会弹出来，可那上面药效不够，王妃死不了啊，那岂非便露馅了么?”

“高明!一寸深自然不会穿透心脏，”玄奘点头，“麴德勇当时却倒地假死，是刀上涂抹有致人昏迷的药物吧?”

“没错。”朱贵当即承认，“那种药也是我当年从天竺弄来的，名称我也不太清楚。它是南天竺的人用来狩猎大型野兽的毒药，进入血液之后，便会让人肌肉僵硬，进入假死状态，同时摧毁人的神智。等到这人复苏后，便是个癫狂的废物。”

“贫僧明白了。”玄奘点点头，“你之所以假借大卫王瓶让麴德勇复活，想来是要让他在陛下的面前苏醒。这时麹德勇神智失控，要伤害陛下，你才能让陛下亲手杀了他的儿子，给予他最大的痛苦。”

“法师真是明白老奴。”朱贵哈哈大笑，“今日的计划不正是如此吗？嗯，不错，不错，月朗风清夜，恩怨了断时。老贼，趁着今晚的明月，咱们一起魂归地府吧！”

“哼，做梦！”一直半躺着的麹文泰忽然在众人的搀扶下慢慢站了起来。

朱贵愣了：“你……”

“还记得今日在城外战场上么？”玄奘低声叹着气，走了过来，“泥孰劈飞了你的短刀，贫僧捡起来送还给你。那时，贫僧便用插在麹德勇身上的短刀，换走了你身上的。”

朱贵惊呆了：“你是说……我刺杀麹老贼的短刀，是那把机关刀？”

“没错。”玄奘点点头，“嚈哒人的锻造技术当真天下无匹，麹德勇自杀后，贫僧虽然拿着那把短刀翻来覆去地看，竟然没有瞧出里面的机关。可是偶然中贫僧发现，你身上携带的短刀，为何与麹德勇的短刀一模一样？贫僧从那时起，就怀疑这刀上大有文章。直到麹德勇复活，贫僧才断定，那短刀，绝对没有插进他的心脏。那么，自然是刀上有问题了，这才发现了里面的机关。”

朱贵彻底呆住了，似乎整个人都魂飞魄散，他无论如何也没有想到，二十年筹谋的复仇计划，眼看就要完美实现，最后手刃仇人之时，却被人换掉了刀子！

他呆呆地看着麹文泰，忽然暴怒：“老贼，我与你势不两立！”

说着，他虎吼一声，朝麹文泰冲了过去。那些宿卫立刻举起长矛护卫，朱贵惨笑一声，也不躲避，整个身子撞在了长矛上，无数把长矛刺穿了他的身躯，朱贵却毫不在意，眼睛里喷出火焰，愤怒地瞪视着麹文泰。

麴文泰终于长出一口气，眼见这个潜伏在自己身边二十多年的大仇敌终于就要死了，忍不住双手挥舞，歇斯底里地狂笑：“死吧！看看是谁先死！贼坯，想害本王？本王有神佛保佑！有法师保护！又岂是你这种小人能暗害的？哈哈哈，功亏一篑了吧？你这阉人，等你死后，本王要将你大卸八块，扔到荒郊喂狗！”

朱贵身子钉在长矛上，满脸悲哀，眼泪与鲜血顺着脸颊流淌，看着仇人得意兴奋的样子，他口中嗬嗬有声，却说不出话来。

麴文泰正高兴，忽然一跤跌倒，周围的宿卫急忙搀扶，但他的两条腿却完全不受控制，僵硬、扭曲。

麴文泰大骇：“腿！本王的腿……怎的不听使唤了？法师！法师！”

玄奘急忙走到他身边，伸手一摸，顿时心里一沉，麴文泰的两条腿肌肉僵硬冰凉，摸着就像是死去已久的尸体！

玄奘霍然回头，望着朱贵：“那刀刃上的毒素如何清除？”

朱贵这时也明白了，一边笑，一边咳，咳出了大团大团的鲜血：“必……必须……以烈火烧灼……”

玄奘顿足长叹：“陛下，是贫僧害了你啊！贫僧只是以烈酒擦拭了刀刃，未曾以烈火烧灼。那……那上面残留的毒素，想必已经侵害了陛下的双腿！”

麴文泰惊呆了。

朱贵放声大笑，鲜血顺着他的嘴角汩汩流淌，他笑得血泪横流，慢慢地，笑声微弱了下来。就在生命的最后，他侧头望着惊呆在一旁的麴智盛，喃喃道：“命运……竟……如此动人！”

头一歪，就此死去。身子钉在长矛上，脸上兀自带着满足的笑容。

第十九章
西游路上的王国、城池、雪山与魔鬼

又是一个日出，辉煌的阳光照耀在高昌城外，黄沙带着粼粼的血色，惹得行人的眼眶里似乎在泣血。

三个人，三匹马，行走在高昌西门，葡萄园里藤蔓枯黄，落叶纷飞，踩在脚下沙沙作响。龙霜月支白衣如雪，牵着一匹红色的骏马，怅然而行。泥孰和麴智盛默默地跟随在她的身后。

泥孰翻身上了战马，豪迈地冲着二人一笑："两位，不必送了。我们突厥男儿就像草原上的鹰，不管失去家园还是失去伴侣，都不会折断它的翅膀。"

"泥孰，对不起。"龙霜月支幽幽地叹气，"我没有遵守父王与你的婚约。"

"哈哈，霜月支，"泥孰摇摇头，"那不是你和我的约定。霜月支，去寻找你的幸福吧，如果你想留在高昌，我会用手里的刀剑来捍卫你的幸福；如果你想浪迹天涯去寻找，我会用草原上最美的歌声为你祝福。"

"泥孰！"麴智盛走过去，伸开了手臂。

泥孰跳下马，热情地和他拥抱："麴兄，在我们突厥人看来，手里握着刀剑的，并不一定是真正的勇士，但为了自己的所爱不计生死的，一定是真正的勇士。我钦佩你，我向你认输，同时退出这场角逐。"

麴智盛苦苦地一笑，没有说什么。

泥孰重新跳上马，眺望着东方的朝阳，大声吼叫："我突厥男儿的沙场，又岂会在一个女人的身上！"

说罢催动战马，马蹄卷动，朝着西方的大漠与草原疾驰而去。再也没有回头。

龙霜月支眺望着他的背影，惘然若失，她回头望了一眼麴智盛："三王子，我也该走了。"

"你要去哪里？"麴智盛一脸难舍，眼眶发红，声音也在哽咽。

"谁知道。"龙霜月支思绪惆怅，"我是焉耆的罪人，也让龟兹、疏勒蒙受了严重损失，此生将不容于焉耆，不容于西域。这样也好，自己最难舍的东西可以斩断了。"

"霜月支，"麴智盛失声痛哭，"不要走，不要走！我舍不得你！"

"不舍的，难舍的，都要舍去。"龙霜月支双掌合十，朝着大漠默默地朝拜，"积聚皆销散，崇高必堕落。合会要当离，有生无不死。国家治还乱，器界成复毁。世间诸可乐，无事可依怙。"

金黄的大漠上，一袭白衣盈盈跪拜，宛如地上莲生，大漠泉涌。龙霜月支将头磕在地上，似乎在为亲人祝福，似乎在与自己离别。麴智盛两眼泪水，迷蒙中，他看见龙霜月支站起来，骑上了马，似乎回头朝他嫣然一笑，又似乎就这么头也不回地决绝而去。

蹄声远去，白衣，红马，黄沙，雪山，一切都融入了无常的世界，化作一粒微尘。

麴智盛知道，她带走了自己的人生。

北门外，也是一场送别。

这场送别声势浩大，城门上缀着黄色的布幔，城下铺着红色的地毯，高昌王宫的乐舞歌姬排列在道路两侧载歌载舞。成千上万的人拥塞了城门，不但高昌国的王宫重臣全部到齐，连国内的三百佛寺也派出僧侣，诵经祝福。城里的行商百姓更是举着各种供奉，拥挤成一团。

因为，今日送别的是大唐来的玄奘法师。

朱贵死后，高昌国的内忧外患算是烟消云散了。麴文泰在这场事变中损失了两个儿子，一双腿，他深受打击，一病不起。玄奘日夜陪伴，为他讲经祈福，麴文泰自思罪孽，也明白正是自己对前后两任王妃的暴虐，才引发了这一场叛乱，一场复仇。因果循环，报应不爽，麴文泰终于在恐惧中看到了天道的力量。

等他病好之后，玄奘打算告辞，遭到麴文泰的极力挽留。此时对麴文泰来说，玄奘已经成了他心灵的导师和精神的支柱，他如何舍得放玄奘离去？

麴文泰态度坚决，言辞恳切，无论如何都不放玄奘走。

麴文泰好话说尽，玄奘坚决不答应。麴文泰急了，当即告诉他：“我是绝对不会放您走的，要么您留在高昌，要么我送您回大唐，您好好想想吧！”

玄奘毫不妥协，回答道：“那好吧，我的尸骨可以给您留下，但我的心愿您却留不下。”

面对麴文泰的逼迫，玄奘最终选择了绝食，端坐三天水米不进，麴文泰当即大哭，终于屈服了：“法师，弟子任凭您西行，只求您早早用一些饮食吧！”

在这种情况下，麴文泰终于知道自己挽留不住玄奘，只好为他准备一应物资，送他离去。高昌人知道玄奘要走，也不胜伤感，纷纷赶来送别。

麴文泰双腿已经残疾，他坐在肩舆上让人抬着，亲自送玄奘到了城门外，命人将赠送玄奘的东西推上来。玄奘一看，顿时吃了一惊，麴文泰送给他的，竟然是一支商队，或者说使团！

“法师，弟子无以为报，这些日子让人赶制了三十套法衣，以及遮蔽风沙的面罩手套靴袜等物。”麴文泰道，“法师西游天竺路途遥远，来回恐怕不下二十年，弟子备有黄金一百两、西域通行的银钱三万枚、绫罗及绢纱五百匹，作为法师这二十年的盘缠。”

玄奘深感不安：“陛下，这如何使得？”

“使得！使得！”麴文泰眼眶通红，“您对弟子的恩德，哪怕葱岭之高，又岂能比拟？法师这一路上旅途艰难，弟子还准备了三十匹马，二十五名仆役，另外又剃度了四名沙弥来伺候法师。这一路上，在西域大约要经过二十四个国家，弟子写了二十四封书信，给这二十四位国王，每封书信都赠送有大绫一匹，请求他们一路上对法师多多照顾。虽然如此，路上弟子仍怕有人会刁难，法师来的时候也认识欢信，弟子就让他走一趟，陪同法师到西突厥王廷拜见统叶护可汗。弟子给统叶护可汗绫绢五百匹，果食两车。他一定会对法师照看有加的，等取得了西突厥的关防过所，那在西域就再也没有障碍了。”

殿中侍御史欢信早已等候在一旁，朝玄奘躬身施礼：“法师，弟子已经准备妥当。”

玄奘凝视着路边送别的百姓，道上停放的车马，他知道，这是麴文泰以倾国之力资助自己西游：“陛下，您的深情厚谊，贫僧如何答谢呢？”

麴文泰抹了抹眼睛里的泪水，微笑着：“法师，弟子有一个请求，想与法师结拜为兄弟，不知法师能否同意？”

玄奘深感意外，面对麴文泰的情谊，他当即应允，就在这城门口，大道边，两人盟誓结拜，成了异姓兄弟。

“好了。”结拜完，麴文泰满意地笑了，“法师既然与我结为兄弟，则高昌国所有，便是我与法师共有！法师您不用再谢我了吧？”

玄奘的泪水也慢慢流淌，两个人抱头痛哭，周围的臣民也放声大哭，伤离之声振动郊邑。

伤感之中，玄奘与麴文泰洒泪而别，在盘旋的风沙中踏上了西游之路。

望着玄奘的车队辚辚离去，麴文泰放声痛哭，大声喊道：“法师，等取经回国之日，一定来高昌！”

玄奘在马上回头，默默地合十，许下了这一承诺。

出了高昌城往北就是火焰山，顺着火焰山下的商道向西，不远就是交河城，这条路玄奘已经走熟了。早晨出城，黄昏时便到了交河城。交河城的太守早已经得到消息，率领城内的官员和百姓前来迎接。

然而，玄奘却意外在人群中发现了一个人。

“三王子！”玄奘吃了一惊，急忙下马。

麴智盛身上穿着罩袍，戴着手套脚套，脸上还挂着面罩，竟然是一副远行的打扮。见到玄奘，麴智盛微笑着走过来：“法师，既然要西去，为何不跟我打个招呼？”

玄奘惭愧不已：“阿弥陀佛，是贫僧的错处。三王子，您为何来到这里？”

“当然是要陪着法师西游啊！”麴智盛一脸无所谓地道。

玄奘有些为难，看了看交河太守，那太守也是一脸无奈：“法师，中午时分，三王子已经在这里等候了。他说已经给陛下留了书信，要陪同法师前往天竺求佛，下官……下官也不敢阻拦，只好命人快马报给陛下知道。”

“陛下怎么说？”玄奘问。

“陛下说，每个人都有他命中的劫数。正如法师西游应劫，成就大道一样，三王子也该离开深宫，去寻求他此生的命数。”交河太守道。

麴智盛一脸灿烂：“法师，就让弟子追随你走一走这西游之路吧！”

“您为何要走西游之路？”玄奘问。

“弟子……”麴智盛想了想，“想追随师父，寻求我佛大道。”

玄奘摇了摇头：“三王子，请回吧！”

麴智盛急了：“师父，我跟您说实话，我是想寻找霜月支。无论她在什么地方，哪怕我的脚磨穿这个大地，也要把她找到！”

玄奘笑了：“这才是你的西游之路。走吧！”

麴智盛扑通跪了下来：“那弟子就拜您为师了！从此以后，我就是您的大弟子。”

玄奘急忙把他搀扶了起来，苦笑道：“您要拜贫僧为师也可以，却当不了大弟子。”

“为何？”麴智盛疑惑。

“有一个孩子，从贫僧认识他的时候，就一直叫我师父，他虽然不是佛徒，但在贫僧心中，他已经是贫僧此生第一个弟子了。”玄奘心中伤感，慢慢地道。

“师父说的是阿术么？”麴智盛恍然大悟，想起葬身于天山熔炉的阿术，也不禁有些难受，“好吧，师父，那我就做师父的二弟子。阿术永远是我的大师兄。”

收下麴智盛之后，玄奘在交河城休息一夜，黎明时分启程，继续西行。

丝绸之路从交河开始，折向西南，顺着山脉间的沙碛地，蜿蜒通向焉耆。玄奘的队伍有三四十人，再加上驼马，媲美一支小型商队。

此时是贞观三年的晚冬，大漠中寒冷无比。

丝绸之路说是繁华，但万里之遥，大部分路段都是无人区，进入山区以后，景致千篇一律，枯燥无比。走完一天的路，幸运的话可以遇见普通的客栈歇歇脚，通常只有露宿在道旁，跟骆驼马匹挨在一起，熬过夜晚的严寒。

丝路上的客栈大部分都在能打出井水的地方，条件也简陋，顶多有两三间破房子，一口水井，连草料也不会提供。便是如此，客栈也并不稳定，因为水井很可能再也打不出水，就得废弃。

再往前就是银山，这座山是高昌和焉耆天然的分界线，过了隘口之后，就算抵达了焉耆。前面会有较大的城镇，玄奘等人才能松一口气，找到旅店住宿，也给牲口找到饲料。同时在那里也能碰上一些大型商队，彼此交换一下目的地和路上的信息，比如哪个位置有水井，哪个旅店提供饲料，哪里有盗匪出没，甚至哪里发生战争，需要绕道。

这个信息非常重要，往往关乎性命。在距离焉耆王城近百里的一个镇子里，玄奘等人遇到一支从焉耆王城过来的商队，告诉众人，前面不远有盗匪出没，建议商旅们日出后结队而行。

玄奘和欢信商量之后，便更改了计划，休息到辰时才出发。但一支商队偷偷在日出前出发，希望比别人先到焉耆王城，把货物卖个好价钱。等玄奘等人抵达一座山谷之后，发现这支商队已经全部被盗匪截杀，无一幸免。

玄奘哀叹不已，命人把商贾们的尸体埋葬，念经超度。同时他也奇怪，此地距离焉耆王城仅有几十里，怎么还有盗匪出没？

一名胡人商旅告诉他："焉耆王性子粗疏暴躁，国内纲纪不严。以前有龙霜公主在，大小官员还算恪尽职守，自从高昌之战以后，公主离开西域，焉耆国内的政务便陷入混乱。"

麴智盛听到龙霜月支的消息，不禁黯然神伤。埋葬完那些商贾的尸体，他们继续赶路，在日落前抵达焉耆王城。

焉耆王城并不大，位于开都河南岸，东临博斯腾湖，王城的周长约六七里，四面据山，易守难攻，周围是从开都河引来的泉流，农田茂密。

欢信早已派人携带麴文泰的书信和绫绢，快马前往王城知会龙突骑支。两国虽然不睦，但一场大战后，还有许多事宜要处理，譬如伤兵和战死者遗体等事，焉耆仰仗高昌的事情很多，面子上倒也能过得去。

众人到了焉耆城外，龙突骑支率领一群臣民前来迎接，场面虽然挺热闹，神情言语间却颇为冷淡。玄奘知道他内心怨气未平，也不做计较。不过龙突骑支对玄奘客气，对欢信却没那么客气了，欢信提出希望能更换马匹，龙突骑支毫不犹豫地拒绝了："贵使，我焉耆的良马都已经死在高昌城外了，此时实在凑不出马匹。"

欢信气鼓鼓的，却没有办法。

玄奘也不想在焉耆多待，住了一夜，第二日黎明便启程，龙突骑支也不挽留，礼节做到，送了一段路便告辞。临行前把麴文泰的书信和那匹绫绢又送还给欢信："本王款待法师，是因为他是上国高僧，可不是冲着麴文泰的颜面。这绫绢，你们收回吧！"

欢信被赤裸裸地在脸上打了一巴掌，路上大骂龙突骑支，玄奘苦笑不已。看来因为大卫王瓶一事，西域各国已经剑拔弩张了。

再往西走，路途更加荒凉。此地距龟兹王城七百余里，一路上都是连天的大漠，连丝路上的商贾也少了许多，往往数百里无人烟，沿途即便有城镇，也都已经荒废倾倒，被风沙所掩埋。风化干瘪的人类尸体、动物的骨头、石化的树木，就是一路上的路标，指引着后来者行进。

龟兹是丝路上著名的音乐之都，人烟稠密，王都伊逻卢城规模宏大。城外都是丰硕的田野，路旁种植着挺拔的白杨木，周围果园密布，盛产杏桃、梨和石榴。

此时的龟兹王名叫苏伐叠。事实上，此次三国联军攻伐高昌，也是龙突骑支收买了苏伐叠手下的权臣才导致了这场大败。不过与龙突骑支不同，苏伐叠并不把玄奘看作敌人，他天性好客爽朗，对玄奘极为欢迎，热情招待。玄奘本想早日西行，苏伐叠告诉他，再往西去就是凌山，山上极为寒冷，四季冰封，即便是夏天，冰雪稍有融化，随即又会结冰。眼下这个季节，更是冰雪覆盖，无法通行。

玄奘无奈，只好在龟兹停留了下来，参拜佛寺，讲经辩难。龟兹国师木叉毱多不服，挑战玄奘，结果惨败。两个月后，春来雪融，玄奘才向苏伐叠告辞，继续西行。苏伐叠赠送驼马十几匹，又派了几十名士兵护送，才依依不舍地送玄奘离去。

凌山位于葱岭以北，终年积雪，地形崎岖，并且上有冰河，经常发生雪崩。如此险峻的道路，却是丝绸之路的要道。在玄奘的记忆里，凌山仅次于莫贺延碛。

翻越凌山之时，暴风雪扑面而来，裹挟着雪粒，宛如白色的龙卷在山间纵横飞舞，击打在人们的脸上、身上，疼痛无比。玄奘等人各个系着长绳，排成一排，在逼仄的山路上艰难跋涉。突然一声轰响，一座冰峰崩倒下来，压死了几匹骆驼和马，两名高昌仆役也被砸成肉酱，跌落山谷。

不少人都开始哭泣，玄奘只好念诵着经文，鼓励众人。麴智盛这时显现出了非凡的勇气，率领高昌随从和龟兹兵，用斧凿在冰峰上一点点地凿出冰梯和栈道，拉着后面的随从和马匹骆驼艰难地爬上去。

直到七日七夜之后，玄奘等人才走出凌山。一行人损失惨重，麴文泰给他的剃度沙弥死了两个，士兵和随从十有三四也葬身山中，骆驼马匹就死得更多。至于麴智盛和欢信等人，更是狼狈不堪，尤其麴智盛，五指上鲜血淋漓，那鲜血都冻成了冰碴。

“师父，”麴智盛却快乐无比，“过了这凌山，弟子仿佛觉得眼前这世界有了新的颜色。”

过了凌山不远，就到了大清池畔。

大清池四面环山，山中流出的水都注入湖中，湖色青黑，湖水微咸。旁边的凌山一年四季冰天雪地，而大清池从不封冻。

在西突厥，大清池地区以碎叶城为中心，不但是西突厥可汗冬天放牧的牧草地，同时也是丝路北道转入中道的枢纽，往来于天山南北、丝绸路上的各国商贾荟萃贸易，百货集散，热闹无比。尤其是这个时节，春天即将过去，马上到了剪羊毛的季节，从撒马尔罕甚至波斯一带来的商人要在这里收购羊毛，贩运到大唐，河谷里到处都是羊毛交易的集市，一到夜晚，整座河谷喧闹异常，商贾们聚众狂饮，大声谈笑。

西突厥此时的王廷在碎叶城，突厥人是游牧部落，这里是可汗冬季的住处。每年冬天，可汗就会把王廷、军队和牲口迁徙到这里，放牧、休整，度过漫长的冬季。城内除了西突厥的军队就是商贾，道路两旁的草地上，成千上万的马匹、牛羊和骆驼，一眼望不到尽头。

玄奘等人顺着牛羊相夹的道路走向碎叶城，一路上虽然马嘶牛叫，粪味冲天，但众人心情却很好。抵达碎叶城之后，欢信等人和那些龟兹兵就可以回国复命了。不料正行走之间，忽然前面尘土飞扬，马蹄声有如滚滚闷雷，敲击着大地。

众人骇然色变，以为碰上了盗匪。欢信站在马上眺望，只见一队骑兵有如黑色的洪流滚滚而来，正中间耸立着一杆金色的狼头大旄旗，顿时惊喜起来：“法师，是统叶护可汗的旗帜！”

那骑兵队伍到了近前，欢信急忙跳下马，拜倒在路边迎候。队伍停了下来，欢信急忙上前递交了麴文泰的书信和果味、绫绢等。书信被内侍呈送给统叶护，这位西域至高无上的王者看完书信，急忙赶来见玄奘。

统叶护年近五旬，身体壮实，有如一尊铁塔。他穿着甚是随意，身上披着绿色的绫袍，披散着长发，额头上束着一条长达一丈的素绸，两端飘在身后。随行的两百多位突厥高官一个个身穿锦袍，编着发辫，王廷最精锐的骑兵簇拥在两侧，极具威严。

统叶护见到玄奘很高兴："早就听说过法师的大名，听说您一路西游，所过之处，大地上的信徒就像迁徙的大雁，从四面八方追随着您。"

"那是因为贫僧追随的是我佛的脚步，四方众生祈求得到我佛的教导。"玄奘合十。

统叶护上下打量着他，禁不住频频点头："法师啊，刚才我看了高昌王的书信。信上写道，法师是奴弟，欲求法于婆罗门国，愿可汗怜师如怜奴，仍请敕以西诸国给邬落马，递送出境。唉，我这位亲家少年时便脾气高傲，从不低头，今日为了法师，竟写出这等卑辞，可见法师的魅力啊！"

"那是王兄厚爱，贫僧感激难言。"玄奘并没有看过麴文泰的书信，见这信上写的几乎是哀求，回想起麴文泰的情谊，也不禁深为感动。

统叶护哈哈大笑："法师放心，在西突厥的领地上，我包您畅通无阻。说起来，您也是我的福报，这几天我听到了一些大唐的好消息，正要庆祝，就遇上了大唐高僧，这岂非是天意吗？"

"大唐的好消息？"玄奘惊讶。

"法师难道还不知道吗？"统叶护喜气洋洋，"东突厥，灭亡啦！"

"什么？"玄奘大吃一惊。对中原王朝的任何一个百姓而言，东突厥都意味着一场可怕的噩梦。从前隋到隋末，一直到初唐，东突厥屡屡南下，边塞甚至京畿一带的百姓苦不堪言。他们所过之处，村庄化为废墟，人烟灭绝，财产洗掠一空。在隋末，东突厥更是扶持各路豪强进行厮杀，自己坐收渔利。对经历过隋末乱世的大唐人而言，东突厥就像一把悬在头顶的利剑。

可如今，这个噩梦彻底终结了？

“法师还不知道吧？”统叶护哈哈笑着，“去年十一月，李世民派遣李靖、李勣等将军，率领十万大军，分兵六路，向东突厥发动进攻。颉利那小子还狂妄自大，认为唐军不敢进攻。今年正月，李靖率领三千人突袭他的老巢，颉利这才慌了，弃城逃跑，没想到半途又遭到李勣的夹击。嘿，大唐人才辈出啊，茫茫草原，配合竟然如此精妙，颉利焉能不败？可怜，颉利这小子还跟李世民玩心眼，派特使到长安请降，打算拖延时间，转移大军。没想到李世民将计就计，让大军跟随着前去招降的使者，突袭颉利的牙帐，东突厥彻底溃败，被俘虏十多万人，颉利逃到了沙钵罗，半途也被唐军俘获，送往长安。法师啊，东突厥，彻底灭了。”

玄奘瞧着统叶护说起东突厥幸灾乐祸的样子，不禁生出怪异的感觉。事实上，东西突厥仇深似海，其矛盾比跟外族更甚。去年，东突厥遭到唐军攻击，颉利曾经向统叶护求援，但统叶护置之不理。而颉利败亡后，宁可逃往吐谷浑，也不愿跟统叶护有所瓜葛。

“法师啊，”统叶护心情很好，“您远道而来，就在碎叶城多待上些时日，我今日正要外出行猎，三两日即回。我先派人陪您到城内歇息，如何？”

玄奘自然应允，统叶护当场叫来一个名叫达摩支的达官，令他陪同玄奘回城内衙所住下，自己则率领骑兵呼啸而去。

达摩支粗通汉语，路上，玄奘向他问起了泥孰。达摩支道：“泥孰设前些日子从高昌回来，便去了自己的部落。据说过几日要来为可汗送别。”

“为可汗送别？”玄奘诧异。

达摩支听得他认识泥孰，更加恭敬，解释道：“此时春暖花开，马上就进入夏季了。等剪完羊毛，可汗就会离开这里，回到千泉。那里是可汗的夏宫，每年夏天可汗要到那里避暑。因此附近各个部落的小可汗都会来送行。”

玄奘恍然大悟，又问：“那么，莫贺咄设呢？他如今在哪里？”

达摩支没想到这僧人连莫贺咄也认识，有些敬畏了，急忙道：“莫贺咄设恐怕也会来为可汗送行，法师稍等几日，就都能见到了。”

“嗯。”玄奘一直惦记着被莫贺咄带走的大卫王瓶，他曾经答应阿术，要把这瓶子送往大唐，如今却落入莫贺咄的手中。这让他很是烦恼。

“达官，听说莫贺咄设从高昌带回一个神奇的瓶子，您可知道？”玄奘问。

达摩支顿时脸色大变，四处望了望，脸上浮出恐惧的表情，低声道：“法师，此事说不得啊！”

玄奘惊讶起来：“为何？”

“法师是外国人，小人也不瞒您。”达摩支深吸一口气，神色鬼祟，“莫贺咄设从高昌带回那瓶子，据说有无上的魔力。他回来之后，那大卫王瓶里突然冒出了一只魔鬼，做出预言，说莫贺咄设乃是未来的大可汗。此事整个草原和大漠都传遍了，但大家都瞒着统叶护可汗，谁也不敢对他说。法师也请千万不要提起。”

玄奘和麴智盛对视一眼，都感觉到了彻骨的寒意。

第二十章
古波斯的咒语

碎叶城虽说是一座城，但土坯版筑的房舍很少，突厥人喜欢住帐篷，统叶护的行宫也都是连绵的帐篷。仅仅那些往来于丝路的行商，因为要存放货物，才版筑了一些土坯房。统叶护招待玄奘住宿的地方，自然也是帐篷。

突厥人的毡帐，帐门一律向东开启，以敬日之所出。毡帐里不设床榻，因为突厥人信奉拜火教，他们认为木中含有火元素，故此敬奉而不居，而是把厚厚的草席铺在地上席地而卧，富贵人家则铺上厚厚的动物毛皮和地毯。达摩支知道玄奘是统叶护的贵客，他粗通汉人生活方式，特意在帐篷里给玄奘准备了一张铁交床，令玄奘颇为感动。

在等待统叶护的日子里，玄奘和麴智盛一直在分析大卫王瓶的秘密。此时连麴智盛也相信了，大卫王瓶在高昌的神异之事，乃是朱贵一手导演。那么朱贵已然死去，又是谁在操纵着大卫王瓶，又一次在突厥兴风作浪？

“师父，您还记得吗？”麴智盛回忆着，“那日在高昌城外，咱们被泥孰围困，大卫王瓶突然显现魔力，让七八名三国骑士死于非命。那一次，伴伴说，并不是他所设计。”

经过这几个月的坎坷磨炼，麴智盛沉稳了许多，玄奘颇为欣慰，点头赞同：“没错，那次事出突然，泥孰带人突袭王城，根本不在朱贵的预料之内，他也来不及设计。”

麴智盛想起朱贵，禁不住黯然神伤：“弟子现在才明白伴伴的苦心。他那次送我出城，是因为与我父王已经到了鱼死网破之时，趁着霜月支还在众人面前表演，故意逼迫她陪我去大唐。”

“智盛，朱贵杀了你两位哥哥，又把你父王害成那样，你不恨他吗？”玄奘问。

麴智盛苦涩地摇摇头：“师父，弟子如今是佛门弟子，有时候想想佛家因果，当真是报应不爽，我父王也算是咎由自取吧！伴伴对我母子二人赤诚以待，弟子……如何恨得起来？”

玄奘拍拍他的肩膀，宽慰着他。麴智盛擦了擦眼泪，继续刚才的话题：“师父，既然高昌城外无人设计，大卫王瓶又怎么会显现魔力呢？难道它真的还有什么未解的秘密？”

“你怎么看？”玄奘问。

麴智盛精神一振：“弟子分析，那大卫王瓶肯定有魔力，要不然，萨珊波斯能将它作为镇国之宝，传承四百年么？那里面，说不定真有魔鬼，当日弟子召唤魔鬼，想必是不得其法。”

“智盛，”玄奘想了想，才慢慢道，“你知道贫僧如何分析灵怪之事么？”

麴智盛摇了摇头。

“世上所有诡异神奇之事，无非三种，一种是天然巧合形成的自然之力，一种是鬼神的不可思议之力，一种是靠智谋设计的人谋之力。第一种且不说它，大卫王瓶显然不属于此例。那么，倘若大卫王瓶属于第二种，那并非人力可以阻止，三千大世界，无不在我佛慧眼之中，鬼神来去自然有它冥冥的定数，贫僧干预又如何？不干预又如何？所以，贫僧不谈鬼，不论神，只要我心禅定，世界人伦又岂会因鬼神作祟而倾覆？”玄奘脸上露出悲悯的神色，“很多人奇怪，贫僧敬的是神佛菩萨，如何凡事只往人为方面考虑。他们却不知，四大部洲，娑婆世界，真正能让世界倾覆，众生困苦的，只有众生自身无穷无尽的贪婪、嗔毒和痴念。贫僧西游天竺，求取大乘三藏，为的，也正是超度这人心，而不是神佛。”

麹智盛如醍醐灌顶，拜倒在地:“师父的悲悯之心，弟子明白了。弟子当初痴念过重，才引来这无穷无尽的祸端，弟子必定遵循师父的教导，以今生来世，赎清罪愆。”

玄奘笑了笑，抚摸着他的头轻叹:“智盛，这大卫王瓶能被朱贵利用，便也能被另外一人利用。为师认识一个智者，他的谋略不下于法雅，不下于朱贵，他的眼界更不是这两人所能及。这次大卫王瓶为何偏巧为莫贺咄所得？为何偏离它原本该去的路线，而来到西突厥？这里面的大国争锋，就不是贫僧所能看透了。”

“师父，您说的智者是谁？”麹智盛吃惊，“世上还有这样的人？”

玄奘苦笑一声，脸上露出浓浓的忧虑，却没有回答。

统叶护言而有信，到了第三日，果然行猎归来。他回来之前，附近部落的小可汗、设、特勤纷纷来到碎叶城，为统叶护移居夏宫送行。这些人全都带着上百的随从和牛羊礼物，狭小的碎叶城顿时热闹起来。

当晚，统叶护在行宫宴请玄奘和八方来宾。他的行宫有数百个营帐，一眼望去，就仿佛天上的云朵。主帐更是宏大无比，足以容纳数百人，外面装饰着华丽的丝绸和锦缎，内壁上则覆盖着各种金银装饰，灿烂辉煌。站在帐篷内，顶上有如穹庐一般辽远。

玄奘、麴智盛和欢信抵达的时候，统叶护亲自到帐外三十步迎接，以示对玄奘的尊重。陪同他来迎接的，竟然还有泥孰和莫贺咄。莫贺咄有些冷淡，但泥孰很是高兴，和玄奘互相诉说着这几个月来的经历。经过龙霜月支争夺战，麴智盛和泥孰也成了朋友，两人搂抱着，哈哈大笑。

大帐内排着长筵，宾客足有数百人。突厥人礼仪简单，没中原那么讲究，一说吃饭，顿时整只的羊羔、烹煮烧烤好的牛犊端上来，众人劝酒狂呼，酒杯碰得叮叮当当乱响。再加上大帐中间的突厥舞乐，喧闹成了一团。

玄奘陪着统叶护坐在客位，他不吃肉，面前放着胡饼、米饭、酥乳、石蜜、葡萄瓜果等物，配有牛奶和葡萄汁。

统叶护信的是拜火教，但突厥不是单一信仰，他对佛教也颇感兴趣，于是玄奘就为他讲了十二因缘、十种善行和波罗密多解脱之业，统叶护听得入神，于是动起了心思："法师啊，我觉得您也不用去天竺了，那地方天气湿热，阳光曝晒，把人给晒得黧黑，也没什么威仪。法师您容貌娇嫩，到那里怕是要晒化的，不如就留在我突厥吧！"

泥孰等人一起大笑。

玄奘苦笑不已："贫僧为求大道，刀枪箭矢尚且不避，又怎么会在意肤色被晒黑？"

正说着，有达官来报："大唐使者及高昌使者到！"

玄奘一愣，统叶护却很高兴："唐使回来了吗？怎么又来个高昌使者？快快请进。"

过了不久，大帐门口进来两人，为首的正是王玄策！

原来，王玄策比玄奘早两个月抵达了西突厥，他是不良人的贼帅，负担有情报任务，做完明面上的事，就在突厥四处游荡，搜集信息。今天是刚刚返回。

另一人是高昌使者，麴智盛和欢信都认识，是高昌国的都官郎中许宗，他此行是专门来看望玄奘。但玄奘又觉得奇怪，因为都官在高昌专门负责刑事缉拿，类似大唐的刑部。出使突厥，麴文泰怎么派来个刑事官员？

这会儿正在酒宴中，玄奘也不好细问。

统叶护特意将二人安排在玄奘旁边。玄奘望着王玄策，几个月没见，这位贼帅晒黑了，但更结实了，精力旺盛："大帅，这次来突厥王廷，大有收获吧？"

这个称呼让王玄策愣了一下，顿时笑了："当然有收获了。大唐灭掉了东突厥，下官这次到各部落做客，无不被待为上宾。牛羊酒水被赠了好几大车，可惜，怎么就没人赠送几个胡女？"

"阿弥陀佛。"玄奘低声诵念，"莫贺咄也忒小气了。大人送他如此大礼，他却不能满足大人所好。也罢，等大人回到长安，必定能加官晋爵，长安市上，还怕没有胡姬为大人压酒？"

王玄策勉强笑了笑："法师，莫贺咄跟我可没有关系。"

"是吗？"玄奘道，"贫僧想问一句，那瓶子里可能装下整个突厥？"

王玄策的脸色严肃起来，他拿起面前盛酒的瓶子，摇摇头："不能。下官认为，大唐端起这瓶中之物，愿意喝的人自然会喝醉，但不愿意喝的人，我大唐也不会勉强。"

玄奘点点头："莫贺咄自然便是这愿意喝醉的人了。"

"我没有劝他，"王玄策坦然道，"他抢了去自己喝。"

两人语带机锋，正在聊着，统叶护刚被众人劝了几杯，醉醺醺地扭头问："两位在谈论什么呢？我似乎听见大唐和突厥的酒量。"

"哈哈，"王玄策笑道，"可汗，下官在和法师比较，大唐人和突厥人的酒量，谁更大。"

"那当然是我突厥人酒量大了！"统叶护瞪着眼睛大喊，"众人说，是不是啊？”

大帐里都是突厥豪杰，一起起哄。

统叶护也醉了，大叫：“看来大唐使者是不信的，我们突厥男儿，有没有胆量让他见识见识？”

当即就有二三十个突厥贵族来跟王玄策拼酒，王玄策顿时傻了。这一场酒宴还没到半截，他已经口吐白沫，人事不省。

酒宴到黄昏时分才结束，玄奘和麴智盛等人回到居住的帐篷，许宗随即前来拜访。此时欢信也在，许宗鬼鬼祟祟的，朝欢信使了个眼色，欢信会意，急忙退了出去。

玄奘有些惊讶：“许大人，您这是为何？”

“法师，三王子。”许宗低声道，“下官此来，一则是陛下惦记法师和三王子，让下官来看望看望；二来，陛下让下官给法师带来个东西。临行前他一再叮咛，这个东西，只能让法师和三王子看到。”

麴智盛好奇起来：“什么东西？”

许宗深吸了一口气，小心翼翼地从怀中取出一只铁匣。麴智盛一把拿了过来，许宗急忙叮嘱：“三王子，此物千万不可翻动，只能平放。”

麴智盛愕然：“什么东西？金银财宝吗？”

许宗苦笑，麴智盛摸索了一下，掀开盒子。铁盒一打开，一股呛人的石灰味道扑面而来，麴智盛打了个喷嚏，然后他定睛一看，忍不住“啊”的一声惊叫，险些失手掉在地上。饶是玄奘禅心不动如山，也不禁脸色一变，浑身寒毛直竖。

——那铁匣子里，赫然盛着四个眼珠！人类的眼珠！

铁匣子盛了石灰，石灰上铺着厚厚的草纸，四个挖出来的眼珠就放在草纸上。虽然已经有些干瘪，但瞳孔、血丝和血管清晰可见，从血管整齐的切面来看，竟然是被人以利刃从眼眶中挖出来的！

“这……这是谁的眼珠？”玄奘骇然不已，“陛下为何送贫僧这个东西？”

许宗见玄奘脸上有些怒气，急忙解释：“法师请息怒，这眼珠不是从活人身上挖出来的，是从死人身上挖的。陛下交代，这个物事一定要让法师亲眼见到，说您一看就会明白。”

“贫僧不明白，陛下为何从死人身上挖出四个眼珠？”玄奘知道麴文泰对子民并不残暴，相反是西域难得的仁慈之王，但对他这种举动，也觉得难以接受。

“法师，这四个眼珠分别属于不同的四个人。”许宗指着铁匣子，低声道，“这边的两个，是死在井渠中的亡隋流人，这边的两个，是那日在高昌城外被大卫王瓶杀死的焉耆骑士！”

玄奘心里顿时咯噔了一下。

“许大人，父王干吗挖出他们的眼珠？”麴智盛这时也缓过劲来。这两起事件，都是他亲身经历，说起来自然熟悉无比，但对麴文泰的举动也充满不解。

许宗不说话，小心翼翼地把草纸从盒子里拿出来，将四个眼珠放在了桌子上，然后从袖子里拿出一块漆黑的东西。

“这是什么？”麴智盛问。

“磁石。”许宗把磁石放到了眼珠上面，“法师，三王子，请看。”

他拿着磁石在眼珠上面悬着，过了片刻，那眼珠的瞳孔之中竟然有个小黑点在缓缓蠕动，看得两人脊背上寒气直冒。许宗渐渐抬高磁石，只见眼珠里慢慢拱出来一根细细的长针！那针细如发丝，长有两寸，通体银白色，但既然能被磁石所吸，料来是钢铁所制。

许宗将银针拿在手上，托到了玄奘的面前：“法师请看！”

玄奘早已经看得呆了，一颗心怦怦乱跳：“许大人，这是怎么回事？”

“法师想必也知道，您离开高昌的时候，陛下正在收拢三国战死者的尸体，打算送还给焉耆三国，缓和一下彼此的关系。”许宗脸色也很难看，声音里带着惊悚之意，“下官是都官郎中，陛下就将此事交给了下官。在高昌城外，一共收拢了焉耆三国的尸体一千三百二十六具。因为是战死，动辄断肢断头，其状惨不忍睹。陛下仁善，说生恐他们的父母妻子看到死状凄惨，心里难受，就命下官好好整饬，然后再成殓。”

玄奘感慨不已，麴文泰此举绝不是伪善，他无论对高昌的官员还是普通百姓，都关爱体恤，甚至对侵略高昌的异国人都能想得这般周到，这个人的本性何等诚朴？却为何对妻子暴虐到了这种地步呢？人心之复杂，真是难以思量。

“下官整饬尸体的时候，发现其中九具身上无伤。”许宗苦笑一番，“三王子也知道，下官负责刑律，平素勘验尸体这勾当干得多了，当时就有些好奇，想搞清楚这九个人的死因，于是就对这九具尸体进行验尸。”

麴智盛插嘴：“这九个人，其中一人是吞服了热那草，吸入粉末，中毒而死。另外八具则是被大卫王瓶里的魔鬼所杀。”

“眼下下官当然知道了，可当时不知啊！”许宗唉声叹气，“结果一勘验……”

“大人就发现他们浑身无伤，只有瞳孔上有米粒大的出血点。”玄奘把他的勘验结果说了出来。

许宗吃了一惊：“法师真神人也！确实如此！”

玄奘苦笑：“当日他们刚死的时候，贫僧在战场上粗粗检查过，也是发现瞳孔出血。但并没有深入来想。大人想必是剖开了他们的眼珠，发现了里面的银针吧？”

“没错。”许宗看着这银针，有些沉重，“法师请看，这银针乃是上好的乌兹钢打造，里面也不知道掺杂了什么东西，细如发丝，但颇为沉重。射入眼珠后，直贯脑中，使人当场立毙。这就是大卫王瓶杀人的真相！”

玄奘沉默半晌，问：“死在井渠中的亡隋流人，也是这般死法？”

许宗点点头，拿磁石在眼珠上吸，果然，那眼珠里也冒出了一根银针。

“下官将此事禀报陛下后，陛下就让下官去将死去的流人尸体挖出来勘验，果然也是如此。”许宗道，“知道大卫王瓶的秘密后，陛下极为担心法师，因此才命下官携带着这几个眼珠，星夜兼程来突厥见您，把这个秘密告之与您。陛下说，大卫王瓶过于危险，法师万万要以自身安危为要，切不可自蹈险地。”

“多谢许大人，”玄奘这才明白麴文泰为何派了一个刑事官员出使西突厥，急忙合十感谢，“回到高昌后，请代贫僧向陛下致谢。就说我心中已有计较，请他放心便是。”

许宗点头：“法师既然知道了这里面的凶险，那下官的任务也就完成了。明日下官就去向统叶护可汗辞行，赶回高昌复命。”

许宗离开后，麴智盛忍耐不住：“师父，大卫王瓶果然如您所说，乃是人谋！可……可这到底是怎么回事？它杀死焉耆人且不说，那日在井渠中，明明只有你我和阿术三人，这些流人又是被谁所杀？”

“那日你也在现场，你的看法呢？”玄奘问。

麴智盛深吸一口气：“师父，方才在酒宴中，您和王玄策谈话，弟子也听到了。弟子以为此事必定是王玄策所为！”

“哦？”玄奘微笑着鼓励，“分析分析看。”

“前些天，师父跟弟子说过，您认识一个人，他的谋略不下于伴伴，眼界之阔更有过之。”麴智盛原本不是庸人，只是碰到了龙霜月支才有些发傻，经过这几个月的历练，恢复了一国王子的敏锐，“弟子听说过，在大唐有一个智者，名叫魏徵，是皇帝的重臣。您说的想必就是他吧？”

玄奘很欣慰："智盛，能猜到他，你的智慧也很是不凡哪！"

麴智盛挠挠头皮，有些不好意思："都是师父的教导。这些天跟着师父，也了解到了大唐的一些事情，尤其是您跟王玄策对答，显然，大唐对西域、对西突厥，也是有野心的。那么，西域和西突厥的内乱对谁有利？自然便是大唐！大卫王瓶原本就是波斯皇帝送给大唐皇帝的东西，这东西充满魔力，世上众生，谁没有欲望？谁不想拥有？只怕是大唐皇帝为了让西域内乱，故意要让这瓶子在西域搅起一番风云。因此，魏徵才派了王玄策假借出使为名，让这大卫王瓶祸乱西域！否则，堂堂大唐使者，为何要暗中出使？"

玄奘没想到麴智盛一番分析，竟然与事实所差无几，禁不住赞叹。

麴智盛很高兴，继续分析道："王玄策此人，之前一直潜伏在高昌王城，他为何要救那些流人？恐怕他早就知道有这股势力的存在，甚至有所收买。那日咱们被流人追捕，师父是大唐的高僧，王玄策不敢让您发生意外，这才用秘密手段，暗中射杀了那几个流人，帮助咱们脱困！"

"嗯，"玄奘频频点头，"那么在高昌城外呢？王玄策当时可不在场呀！"

"这……是啊，当时除了你我、霜月支、阿术、伴伴，就只有那些三国联军了……"麴智盛有些哑然，想了想，忽然灵机一动，"师父，别忘了，泥孰是大唐皇帝的结拜兄弟！"

玄奘倒没往这方面想过，顿时愣了："你是说泥孰与王玄策联手设局？怎么可能？他是西突厥的设，怎么会干出这种祸乱西域、危及西突厥的事情？"

麴智盛冷笑："师父，您参的是佛，对这种政治角逐见得少。弟子虽然不长进，但自幼生长深宫，见得多了。您想想东突厥的突利可汗便明白了。"

玄奘也哑然无语。突利是颉利的侄儿，最初与李世民为敌，后李世民采取怀柔之策，与突利结为兄弟。突利于是暗中投靠大唐，与颉利决裂，这才导致颉利被俘，东突厥被灭。

两人正聊着，欢信进来禀报：“法师，阿史那·泥孰前来拜见。”

两人面面相觑，麴智盛猛地跳了起来：“这泥孰也知趣，竟然应声而来。我去会会他！”

还没说完，他已经旋风般地冲了出去。玄奘阻止不及，刚想站起来，却又心事重重地坐了下去，也不知道为什么，对大卫王瓶那股难言的忧惧越来越浓烈。他看着木箱上的铁匣子，四枚眼珠默默地与他对视，似乎在诉说着一件极为可怕的秘密，玄奘禁不住打了个寒战。他忽然有种恐惧，自己以往的猜测，全盘错了。

这时，门外响起麴智盛的大叫。这位王子也太沉不住气了，刚出门，就与泥孰吵了起来：“胡说八道？哼，不用你拔刀子，我若是猜错了，不用你动刀，我自杀谢罪！”

“好，说出你的理由！”泥孰愤怒的声音传来。

随后又听见麴智盛的声音道：“你是十姓部落之主，在西突厥是权倾一方的小可汗。你敢说，你对大可汗的位置没有野心？倘若西突厥内乱，统叶护死去，西突厥实力最强的就是你与莫贺咄。届时你成为西突厥的大可汗，并不是什么难事。”

“放屁！”泥孰大怒道，“姓麴的，你脑袋被驴踢了么？我率领三国联军为的是救霜月支，干吗弄那么一出，让大军惨败，自己还被俘虏？你他妈好好动脑子想想！”

“哈哈，泥孰，在你的眼里，是霜月支重要还是突厥可汗重要，那可难说得很！”麴智盛冷笑，“你和王玄策原本想把大卫王瓶弄到西突厥，引起祸乱，眼见它的真相已经被法师戳破，没有人再相信，这才上演了一出好戏，让大卫王瓶重新发出魔力，引得莫贺咄上钩！至于联军惨败嘛……嘿嘿，哪怕三国联军死绝了，跟你有屁关系？”

“你——”虽然在激动中，麴智盛条理依然清晰，说得泥孰张口结舌，竟然无法反驳，“我以阿史那高贵的姓氏发誓，我泥孰忠于突厥，忠于大汗。”

“嘿嘿，”麴智盛不依不饶，“难道突利不忠于东突厥吗？你与李世民是兄弟关系，这也是李世民一贯采取的策略。泥孰，你便是又一个突利！”

“我要和你决斗！”泥孰大声咆哮。

玄奘眼见两人吵得不可开交，急忙走了出去，顿时吓了一跳，只见泥孰气得整个人几乎要爆炸，弯刀甚至架在了麴智盛的脖子上。

见玄奘出来，泥孰愤愤然地问：“法师，您知道麴智盛如何指责我么？”

“贫僧知道。”玄奘平静地道。

泥孰愣了愣，收了刀：“法师，您也这么想？”

“贫僧倒不曾这么想，”玄奘坦然回答，“不过因果循环，乃是天道。哪怕事实真的如此，贫僧也不会轻看了你。”

“可我会轻看我自己！”泥孰平静下来，“法师，我知道，我和统叶护可汗之间颇有嫌隙。我十姓部落这些年人口繁多，地域日渐广大，早已让大可汗猜忌。我这人性情骄傲，也对他颇有冒犯，可那是我突厥内部的家事，我从未想过借外人的力量来赢得一己之私利。今日当着法师的面，我愿向狼祖盟誓，无论统叶护待我如何，我绝不叛他！请法师见证！”

“泥孰，您何必盟誓！”玄奘苦笑，“贫僧虽然不懂政治，却也知道无情最是帝王家，突厥内斗激烈，您这等于自缚手脚。”

“哪怕被统叶护杀了，我也不能受别人的冤枉！”泥孰大声道。

听他这么说，麴智盛也有些怀疑自己的判断了：“泥孰，你真的跟大卫王瓶没有关系？”

“好好好！”泥孰气得几乎要疯狂，“麴智盛，大卫王瓶就在莫贺咄手里，他的营帐就在附近，我带你去，问他要出大卫王瓶送给你，行了吧！”

“他要不给呢？”麴智盛问。

“老子提兵灭了他！”泥孰大吼。

玄奘急忙阻止，但泥孰被麴智盛激起了火气，死活不依，当即召来几十名亲兵，不由分说请他上马，一行人轰隆隆地朝城外驰去。

莫贺咄的帐篷并不在碎叶城内，毕竟这个城池太小，统叶护又占了大半，附近来的突厥贵族就纷纷在城外扎下帐篷，反正他们逐水草而走，倒也习惯。

莫贺咄将营帐扎在城外的一片湖边，他带有上千附离兵，几十个营帐连成了一片。此时夜色慢慢重了，夜幕笼罩着草原。本来突厥贵族因为需要放牧，都喜欢分散驻扎，占据大片的草地，彼此之间距离颇远，可众人一路行来，遇见两三股突厥贵族带着随从经过，去的竟然是同一个方向。

泥孰让亲兵问了问，大家去的竟然都是莫贺咄那里。一开始，泥孰以为这些贵族是去拜访莫贺咄，没有在意，没想到走了不到十里，竟然遇上了七八个部落的俟斤和小可汗。泥孰这下子知道事情不对了，莫贺咄人缘再好，也没道理这么多部落同一时间去拜见他。

“法师，事情颇有些不对。”距离莫贺咄营帐二三里的时候，泥孰勒住了马。

玄奘点了点头：“贫僧也看出来了。泥孰，咱们还是不要贸然闯进去。”

泥孰这时也冷静了下来，他明白，像他和莫贺咄这种级数的人物一旦开战，那就意味着突厥内乱。他思忖片刻：“法师，不如咱们先潜进去。看看这莫贺咄在搞什么鬼。”

众人商量了一下，泥孰找出一个亲兵，让他冒充弩失毕部落的俟斤，大摇大摆地到了营寨前。莫贺咄的附离兵一问，禁不住惊喜起来：“弩失毕部落也来人了？快快请进，大家都等着呢！”

竟然连问也不问。

泥孰等人面面相觑，没想到这么容易就混了进来。这时门口又来了一支部落的队伍，众人也不说话，就跟随着那个部落，纵马在营帐间奔驰。不多远，就到了一处湖岸边。只见湖岸上灯火通明，人声鼎沸，足足有上千人聚集在一起，众人围着一堆堆的篝火，烧烤着牛羊，纵酒喧闹。

泥孰倒吸了一口冷气："莫贺咄到底要干什么？竟然请来了二十多个部落！"

人群乱糟糟的，一时也找不到莫贺咄，泥孰等人就找了个地方，围着一堆篝火，一边吃着烤全羊，一边等候。

半个时辰之后，忽然沉闷的马蹄声响起，一队队的附离兵举着火把，纵马而来，莫贺咄满面春风，策马到了湖边，跳下马来。四周喧闹的人群顿时安静了下来。

湖边早已经堆了一座土台，莫贺咄跳上土台，朝着四周抚胸施礼："我，达头可汗之子，都六可汗的哥哥，射匮可汗的伯父，也是他统叶护的伯父！我，侍奉过四位可汗，帮助达头可汗缔造了西突厥，在西方，击败过拜占庭，在东方，击败过东突厥和大隋，在南方，击败过萨珊波斯！"

底下就有人哄然大笑："大设，你是阿史那的子孙，大家都认识你。"

又有人叫："是啊，莫贺咄设，你邀请我们来见识大卫王瓶，可不是来见识你的！快把大卫王瓶拿出来吧！"

泥孰和玄奘等人这才恍然，原来莫贺咄今夜邀请这么多部落，竟是来炫耀大卫王瓶。

"让我把心里的苦水倒完！"莫贺咄有些生气，继续喊道，"大家都知道，我是阿史那的子孙，像雄鹰包围蓝天一样守护着突厥人的草原。可是今天，东突厥灭亡之后，各个部落趁机东下抢占草场，却没有我莫贺咄的份！”

这话一出，大家都没了声息。

玄奘有些不明白，泥孰向他解释，原来，东突厥被灭后，各大部落被大唐打得四散而逃。统叶护把握形势，立刻命令西突厥的大军东进，去抢占原先属于东突厥的地盘。这也是统叶护见到玄奘时那么高兴的原因。无本万利的生意，只要西突厥的军队一出现，几乎不用死一个人、一匹马，就能占据广大的草场、河流、雪山甚至子民。整个西突厥都沸腾了，各部落纷纷要求出兵，但统叶护却只允许与自己亲近的部落出兵，对那些疏远的、猜忌的、实力大的，一概不允。像莫贺咄和泥孰这种实力本就强大的人，那更是没份，这才激怒了莫贺咄。

“可是，天狼神是与我站在一起的！”莫贺咄大声吼叫，“因为，天狼神将这个世界上最具有魔力的大卫王瓶，赐给了我莫贺咄！”

他手一挥，四名勇士抬着大卫王瓶走上土台，将王瓶放在了地上。四周火把照耀，大卫王瓶散发出神秘的光晕，镂空的瓶身斑驳迷离，充满着神性与诱惑。那些小可汗、俟斤争先恐后地跑到土台下，端详着大卫王瓶，神情迷醉，羡慕不已。

“莫贺咄设，”有人问，“这大卫王瓶真的具有魔力吗？”

“是啊！”有人怀疑，“当真能许下三个无所不能的心愿？”

莫贺咄哈哈大笑：“你们中有很多人，当年曾经和我一起攻打过萨珊波斯，难道这个王瓶的传说你们没有听说过吗？”

“莫贺咄，你许愿让我们看看吧！”有人喊。

莫贺咄细长的眼睛冷冷地凝视着众人，等他们喧闹尽了，才缓缓地问：“倘若是真的，你们愿意奉我为突厥的大汗么？”

此言一出，众人都惊呆了。麹智盛骇然：“他竟然要反叛！”

“闭嘴！”泥孰低声道，“他早就有这个心思了。”

这时，莫贺咄继续慢悠悠道：“诸位，大卫王瓶只有两个结果，真的和假的。待会儿我自然会向诸位展示。如果它是假的，诸位便冲上来，一人一刀将我斩了，献给统叶护，换一片草场，谋一场富贵。如果它是真的，那么我就能许下任何愿望，成为这个大地上最有权力的人，诸位追随我，又有什么损失呢？”

这话极有道理，众人开始低声议论。半晌，才有人说：“大设，倘若大卫王瓶真的能许愿，我们自然愿意追随你。但你许下的愿望它能否实现，一定要让我们亲眼见到。”

“这是自然。”莫贺咄哈哈大笑，“现在，我就许下一个愿望，它马上就会实现。”众人都好奇起来，静静地等着，莫贺咄嘲弄地看着台下的人群，“今天，我向你们发出邀请，请大家来欣赏大卫王瓶的神迹，你们都愿意来，我很高兴。可是，我也知道，在你们中间，有些人是统叶护的人，来这里，只是想打探我的消息，报告给统叶护。这些人，我不知道是谁，但大卫王瓶一定知道。我的第一个心愿，就是让大卫王瓶将这些人找出来，杀死！”

台下的众人禁不住面面相觑，更有些人露出惊恐的神色。

莫贺咄手里拿着一把银刀，割破自己的手指，缓慢地将鲜血滴入王瓶的六芒星印鉴之中，随即整个王瓶就呈现出玄奘和麴智盛等人所熟悉的那种景象，一条血红的丝线迅速在瓶身游走，瞬息间布满了瓶身的花纹，瓶子散发出妖异的红光，有如恶魔睁开了无数只眼睛。

这些小可汗和俟斤们第一次见到这种景象，纷纷惊恐后退，敬畏不已。莫贺咄双手高举，嘴里念出一连串晦涩古奥的语言，玄奘却听不懂。泥孰低声道：“法师，这是波斯语。”

“他在说些什么？”玄奘问。

泥孰仔细听着，皱眉：“我也不太懂波斯语，只能听个大概。这似乎是一种咒语，意思是说，我的孩子，我为你的降生等待了一千年，今后却需你为我等待九千年。如今永恒的世界已经降临，我将履行我的诺言。出来吧，我的孩子，我将把这个世界交给你，让你行走在波斯的阳光下。”

“什么？”玄奘脸色一变，“你再说一遍？”

泥孰有些不解，又念了一遍，玄奘浑身颤抖着，闭目不语，口中默默地诵念着经咒。泥孰还要再问，忽然间，异象突发，那王瓶的瓶身里突然冒出一团漆黑的烟雾，烟雾如旋风般环绕着瓶身，翻滚涌动，似乎有魔鬼在其中挣扎欲出。

这景象麴智盛见得多了，禁不住冷笑：“哼，还是伴伴的那种伎俩——”

但他笑声未停，那黑烟里突然间噗噗噗地弹出五股烟雾，在半空中迅速生长，蔓延。这时候看来，那瓶子仿佛是一条章鱼，正伸开它长长的触手。麴智盛目瞪口呆之时，那烟雾触须突然暴长，射入台下的人群中，众人顿时惊骇地四散而逃，等大家都散开了，再一回头，才发现台下还有五个人站立不动。那烟雾触须，竟然伸入了他们的口鼻之中，使劲往里钻！

这回连玄奘也惊骇了，这完全非人力所能解释，彻底是神魔手段了！上千人的湖岸一片寂静，只有马匹喷鼻的声音，只有湖水拍打着湖岸，只有燃烧的篝火和火炬毕毕剥剥地响着，在死亡般的静谧中，往日微不可察的轻响，有如在众人的耳边炸起惊雷。

站在台上的始作俑者莫贺咄也吓住了，呆呆地望着王瓶，浑身颤抖。

“嗬嗬嗬嗬——”笼罩着大卫王瓶的烟雾忽然发出沉闷的大笑，那烟雾抖动，如同一个巨人在大笑时的颤抖，“我尊敬的王，您的愿望已经完成。如果没有别的吩咐，我就要继续沉睡，直到您再次将我唤醒。”

“不——”忽然底下有个俟斤大声嘶吼，“莫贺咄，这是你在说话吗？”

莫贺咄脸色惨白，恐惧地望着大卫王瓶，连滚带爬地跳下土台，站在人群中望着大卫王瓶："不是我！不是我！"

"我的王，记得履行你的誓言。"大卫王瓶发出一声叹息。众人仔细倾听，那声音显然来自王瓶，并不是他们身边的莫贺咄所发。

随即烟雾开始凝聚，那五个人口鼻中的烟雾触须嗖地缩回，整个烟雾凝成一小团，然后消失不见。王瓶的瓶身显露在众人面前，又变成了普通的黄铜胆瓶。

站立在台下的五个人扑通栽倒，脸上漆黑一团，显然已经气绝身亡。

第二十一章
突厥王廷的竖井、政变与尸体

台下悄无声息，连这五个俟斤手下的战士也吓呆了。莫贺咄好半晌才反应过来，忍不住狂喜起来：“哈哈哈，大家看到了吧？这就是大卫王瓶！这就是天上地下，无所不能的神魔！”他走到那五具尸体跟前，仔细端详着，“柯比略、沮牧健……啧啧，还有沙钵罗？哼，原来你也是统叶护的奸细，亏你与我兄弟相称！来人，杀光他们的部属！”

莫贺咄的附离兵早已经秘密调动，彻底包围了这片湖岸，一听命令，顿时纵马驰入人群，将那五个部落的部属包围起来以利箭射杀。谁也没想过会发生这种事，再加上还没从大卫王瓶的震撼中醒来，这五个部落的突厥战士措手不及，霎时间箭镞嘶鸣声、弓弦震动声、惨叫声、怒骂声，响成了一片。附离兵不管其他人，只顾纵马围绕着这些人骑射，片刻之后，这五个突厥贵族所带来的部属已经被射杀殆尽，满地都是尸体。

莫贺咄满意地点点头，重新走上高台，大声喊道：“诸位，叛徒已经除掉了，大卫王瓶的神力也证明了，你们遵守你们的承诺吗？”

这下子还有谁不愿遵守？大伙儿纷纷拜倒，纷纷叫道：“我等愿意追随大汗！”

莫贺咄哈哈大笑，正笑着，忽然愣了。原来，泥孰和玄奘等人也跟这些人混在一起，这些人一跪拜，顿时把泥孰等人给显露了出来，他们有如鹤立鸡群，更像是海潮退却后的礁石，异常醒目。

泥孰知道不好，正要命令属下，莫贺咄已经看见了他，顿时哈哈大笑：“泥孰？哈哈，泥孰！好一条大鱼！来人，给我拿下！”

泥孰只带了几十个人，又没有骑在马上，眼见得附离兵纵马弯弓围了上来，只好苦笑一声，命令手下摘下背上的弓箭扔在地上。这是突厥人的规矩，扔掉弓箭就表示不再抵抗。

一旁的小可汗和俟斤也都认识泥孰，不少人还与泥孰的十姓部落关系匪浅，一看见他顿时担忧起来，议论纷纷。

莫贺咄听着这些议论，面无表情地走下高台，眯着眼睛，阴沉沉地朝众人打量一眼：“泥孰，麴智盛，哦，连法师都来了？这倒有些难办了。法师，听说杀掉和尚，罪孽深重？”

玄奘笑了笑：“世间众生无二，和尚的性命并不比众生珍贵。”

莫贺咄倒愣了：“你不怕我杀你？”

“怕。”玄奘坦然道，“不过贫僧此去灵山求佛，一路艰险，何尝不是佛祖安排给贫僧的灾难？倘若佛祖让你杀掉贫僧，你杀就是了。”

“这样啊！”莫贺咄烦恼地挠了挠头，“佛祖让我杀和尚，这算怎么个说法？你这个和尚啊，屡屡跟我作对，若不是老子实在不愿背上毁佛杀僧的坏名声，早就宰了你了。这你让老子怎么办才好？”

这时，一旁有个小可汗问：“大设，这就是那个从大唐来的僧人吗？他在西域好大的名头！”

“你……你他妈的！”莫贺咄更气了。此时佛教在西域影响力极为庞大，又被这小可汗点出了玄奘的身份，他想秘密杀掉玄奘也办不到了。

莫贺咄望着三人思忖半晌，望着泥孰冷冷地道：“泥孰，你愿不愿奉我为突厥之主？”

泥孰露出讥讽的神情：“你说呢？”

莫贺咄倒也有自知之明，摇了摇头：“我知道你不愿。眼下，这西突厥，除了统叶护，便是你我二人实力最强，你跟统叶护不睦，却不敢反抗他，我也能理解。今日我不杀你，也不逼迫你，等我杀掉统叶护，成了突厥的大可汗，我会再来问你，看看你和你的十姓部落，何去何从。”

“你以为你能灭掉统叶护？”泥孰冷笑。

“能不能就不消你操心啦！”莫贺咄自信地笑了笑，“你眼光狭窄，目光短浅。我就在这湖边挖一个地穴，将你囚禁在此处，让你明白什么叫坐井观天。”

他当即下令，命人在湖边挖了个两丈深的竖井，收了泥孰、玄奘和麴智盛的兵器，用绳子将他们缒了下去。至于泥孰那几十名手下，则都捆绑起来扔进了帐篷里。

这里距离湖边太近，井底湿潮无比，一脚踩下去，甚至能踩出水来。泥孰和麴智盛坐立不安，四处抠摸着井壁，寻找出路。玄奘却闭目坐在井底的泥地中，捻着佛珠，诵念着经卷。

“师父，”麴智盛苦笑，“您倒能坐得住，也不怕湿潮。”

玄奘睁开眼睛：“达摩面壁九年，他怕硌得慌么？”

麴智盛顿时无语。

泥孰笑了：“法师是佛子，你连个沙弥都算不上，不懂佛性。”

“你懂？”麴智盛怒目而视。

泥孰哈哈大笑。这人当真是粗犷，身临险境，生死一线，倒是笑得出来。

“泥孰，”玄奘有些奇怪，“莫贺咄为何不杀你？”

泥孰撇撇嘴：“杀了我，那就等于跟十姓部落决裂。眼下他要对付统叶护，若是我的部落跟统叶护联合起来，他死无葬身之地。再说了，这里这么多小可汗和俟斤，大部分跟我的部落有联姻，他急于收拢人心，哪里敢当着他们的面杀我？”

“那咱们岂非能活着出去了？”麴智盛高兴起来。

“做梦。”泥孰冷冷道，“若是他杀了统叶护，平定西突厥，他杀我就跟宰只羊一般。”

麴智盛的脸又耷拉下来了。

这时，上面喧闹的声音逐渐消散，传来马蹄远去的声音。想来是众人盟誓后开始散去。原本还有些篝火的光芒射在井壁上，渐渐地，连篝火也熄灭了，只有一线月光照耀着井壁，清冷无比。

“等到明日，统叶护可汗恐怕就会成为一具尸体了吧？”泥孰幽幽叹道。

“等不到明日。”玄奘摇了摇头，“今夜必见分晓。”

统叶护已经睡了。

古老的月光照耀着白色的营帐，营地内的篝火映照着巡夜人的脸，脚步悄寂无声，谁都不敢惊扰了大汗的睡眠。

这时，营寨外马蹄声骤起，一行十余人的队伍从远处而来。守夜的士兵立刻警醒，纷纷弯弓搭箭，对准了他们。那些人到了营寨前齐齐勒住战马，当先一人掀起头上的罩巾，守夜的战士才看清，竟然是大汗的亲伯父，莫贺咄设。

“原来是莫贺咄设。”一名负责守夜的梅禄看清他的样子，松了口气。

莫贺咄笑吟吟地道：“原来今夜是你值守，大可汗睡了吗？”

“今晚大可汗喝多了，早已经睡了。”那梅禄回答，“不知大设深夜来这里，有什么要紧的事？”

“我新近得了一件宝物，今夜是来向大可汗献宝的。”莫贺咄笑道。

梅禄愣了，有些为难：“大设，若是献宝，大可汗肯定高兴。可是……他近来经常失眠，难以入睡，今晚好容易睡了，若是将他吵醒，怕是……”

“你不知道我送给大可汗的是什么宝物，若是知道，只怕打断你的双腿，你也要爬到大可汗面前，告诉他这个好消息。”莫贺咄呵呵地笑着。

梅禄有些吃惊：“什么宝物，这般紧要？”

“大卫王瓶！”莫贺咄缓缓地道。一挥手，跟在他身后的骑士从马背上将大卫王瓶抬了下来，月光下，黄铜的瓶身散发出璀璨的光芒，连月光也为之黯淡。

梅禄顿时惊呆了，他周围的士兵也惊呆了，愣愣地看着大卫王瓶。好半晌，梅禄才反应过来：“快！快！打开寨门！大设，我……我亲自去禀告大汗，请将这个功劳给我！”

莫贺咄含笑点头，等营寨打开，那梅禄急忙骑上马，朝着王帐奔驰而去。莫贺咄笑着，率领众人跟在后面。

统叶护今晚的确喝多了。自从他哥哥射匮可汗死后，他继承大可汗之位，夙兴夜寐，率领着草原狼族在这片广袤的大地上四处扩张。他有勇有谋，擅长攻战，向东屡败东突厥，向北吞并了铁勒，向西接连击败萨珊波斯，向南打到旁遮普地区，震慑天竺。控弦数十万，统霸整个西域。西突厥的盛况，在他手中达到了空前绝后的巅峰。

但是这些年，统叶护老了。就像一头掉了牙的狮王，充满警惕，充满怀疑并且不安，对外与葛逻禄关系紧张，时常发生战争，对内疑惧各大部落，对他们横征暴敛，苛刻以待，部落咸怨，西突厥内部暗流涌动。这更加深了统叶护的疑惧，日夜精神紧张，难以入眠。

而今夜，是他这些年睡得最香的一夜，但是听得莫贺咄来献大卫王瓶，统叶护还是狂喜而起，马上命人召莫贺咄进来。

但天生的疑虑并没有让他放松警惕，他这座王帐极大，容纳数百人也不成问题，听到莫贺咄只带了十几个人，当即又召来一百多名亲卫进入王帐，这才觉得安全了许多。

等了不多久，莫贺咄带人抬着大卫王瓶走了进来，见到统叶护，躬身施礼："参见大可汗。"

统叶护急忙起身："伯父，快快起来，快起来，您是我的至亲，不用这些虚礼。嗯，听说您得到了大卫王瓶，想献给我？"

莫贺咄回头一招手："抬上来。"

手下的附离兵将大卫王瓶抬过来，放在了统叶护的面前。统叶护顿时整个心神都被吸引了，他迷醉地打量着这只神秘的王瓶，喃喃地道："难道这就是萨珊波斯的镇国之宝，大卫王瓶？"

"没错。"莫贺咄笑道，"大汗若是不信，可以召唤瓶中的魔鬼出来，许个心愿。"

"好好好。"统叶护兴奋无比，"怎么许？"

"大汗，这只瓶子只能许下三个愿望，无所不能，既然要实现这种神迹，为何不让王廷中那些忠于您的臣子们来见识一下，让他们对您更加忠心耿耿？"莫贺咄笑道。

"对对对。"统叶护猛然醒悟，"伯父，您这话没错，这种神物既然被我得到，自然该让他们见识见识。哼，萨珊波斯靠这只王瓶震慑大地四百年，我有了这王瓶，苍天之下，大地之上，谁敢不服？来人，把留在王廷的设、特勤、亦都护、俟利发，统统都给我叫来！"

有内臣领命而去。

统叶护望着大卫王瓶笑得合不拢嘴，但心里也有疑虑："伯父，我想问问，既然这只大卫王瓶能满足人的任何愿望，而您又得到了它，为何不向它许愿，而要把它送给我呢？”

“大汗，”莫贺咄长叹，“我老啦！这些年辅佐了四代大汗，虽然南征北战，却从不曾有太大的野心，我又能许下什么愿望呢？长生不死？恐怕大卫王瓶没法满足我，否则萨珊波斯的皇帝早就永生了，我的儿子们不争气，传给他们无疑是个祸端。至于其他的，对我来说有什么用呢？大汗您的功绩，这草原上只要有眼睛的，都看着呢，我献给您，只望等我死后，您能好好照顾我的部落，我的儿子们，这已经是我最大的心愿了。”

统叶护心中感动：“伯父，一直以来是我误会了您。从今往后，您将是我最亲近的人。若是将来我能拿下葛逻禄，我会把整个葛逻禄，分封给您的儿子。”

“多谢大汗。”莫贺咄施礼。

说话间，接到诏命的突厥贵族们纷纷赶到，这些人都是统叶护的心腹，就住在王廷内，因此距离也不远。

统叶护朝四下看了看，有些不满意：“咥力怎么没来？”

咥力是他极为宠爱的儿子。

“大汗，”内臣禀告，“咥力特勤去城外弩失毕部探望泥孰，泥孰却不在，他等得晚了，就在那里睡下了。”

统叶护摇了摇头：“罢了，不等他了。伯父，您让魔鬼现身吧！我要许下第一个愿望！”

突厥贵族们都围拢过来，好奇地看着。莫贺咄仍然像湖边那次一样，用银刀划开手指，将鲜血滴入六芒星封印，大卫王瓶体表开始黑雾缠绕，越来越浓。

众人看得目不转睛，一个个既恐惧，又期待，统叶护更是张大了嘴巴合不拢。

莫贺咄开始用波斯语低声吟唱：“我的孩子，我为你的降生等待了一千年，今后却需你为我等待九千年。如今永恒的世界已经降临，我将履行我的诺言。出来吧，我的孩子，我将把这个世界交给你，让你行走在波斯的阳光下。”

话音刚落，黑雾翻卷，形成隐约的巨人形状，黑雾间传来轰隆隆的大笑：“我的王，您第二次将我唤醒，有什么心愿让我实现？”

统叶护一听，顿时就愣了，隐隐感觉有些不对，还没醒过神，莫贺咄哈哈大笑，伸手一指他：“阿卡玛纳，将统叶护和那些阻碍我的人，统统杀死吧！”

“遵命，我的王。”

沉闷的声音令所有人骇然变色，统叶护知道上当，刚要大叫，那烟雾中猛地冒出几股细长的烟雾，嗖地伸入了他的嘴巴和双耳之内，远远望去，竟像是有三条长蛇钻进他的体内一般。

统叶护顿时神情呆滞，脸上漆黑一片，一声不响地翻身倒地。雄霸大地的一代王者，就此毙命。

王帐内的贵族们顿时大乱，统叶护的亲卫们纷纷拔刀，要冲杀过来，莫贺咄哈哈大笑，站在王瓶的旁边，伸手朝他们一指：“给我杀！”

大卫王瓶周围的烟雾突然爆散，黑色的浓烟瞬息间充满了整座王帐，吸入烟雾的人无不呼吸艰难，两眼突出，伸手扼住自己的脖颈，挣扎不已。片刻之后，上百名亲卫、十几个贵族，纷纷倒地毙命，刀剑落了一地。除了莫贺咄的人，整座王帐内的人无一幸免！

莫贺咄站在黑烟中，神情狰狞，如同恶魔一般。他走到统叶护的尸体前，伸脚踢了踢，喃喃道：“突厥大汗的位置，在你们父兄的手里传了三代，如今该交给我了！”

他缓缓地在满地的尸体间行走，走到王帐门口，吩咐附离兵：“去，告诉他们，统叶护已死，整个王廷的中枢官员也都死了。让他们出动大军，控制碎叶城！所有不尊奉我为大汗者，杀！”

两名附离兵答应一声，正要离开，莫贺咄又交代道：“去，杀了咥力，我不允许统叶护还有儿子活着。”

竖井内的地下水慢慢上涨，已经没过了膝盖。深井漆黑一团，三个人坐在水里，彼此无言，只有玄奘平静的呼吸声传来。

“师父，您睡着啦？”麴智盛问。

“唔。”玄奘迷迷糊糊地答应了一声。

“唉，这光景也能睡着。”麴智盛喃喃地道，“师父，咱俩聊聊天吧！”

玄奘打了个呵欠：“聊什么？”

“师父，我有点怕死。”麴智盛老老实实地道，“您用佛法开导开导我吧！”

“贫僧无法用佛法开导你。”玄奘继续打呵欠。

“为什么？”麴智盛纳闷。

“因为……”玄奘伸了伸腿，坐得舒服了些，井里的水哗啦哗啦乱响，“贫僧心里念的是阿弥陀佛，我怕死的时候就想，或许死了，一闭眼就能见到佛。这样就会高兴起来。可你呢？心里念的是龙霜月支，一闭眼见到阿弥陀佛，你不会太高兴的。”

泥孰哈哈大笑：“胆小鬼，死有什么打紧？像法师这样，才是真洒脱。”

麴智盛呸了他一声：“你懂什么？僧人怕什么？怕死后不得见阿弥陀佛。我怕，是怕死后不得见霜月支。她一个人流落在外，若是我死了，以后又有谁能陪她？”

“这个就不劳你操心了。”泥孰哼了一声，“想陪她的人，比想投胎的人还多。”

麴智盛正要反唇相讥，忽然砰的一声，脑袋上挨了一土块，禁不住勃然大怒：“泥孰，你干吗砸我？”

"我砸你作甚？"泥孰也恼了。

"不是你还有谁？"麴智盛从水里摸出那块泥土，在黑暗里晃着。

"是我。"头顶忽然传来一个懒洋洋的声音。

三人顿时愣了，这时，头顶两尺多高的井壁上，忽然透出一点微弱的光亮。三人这才赫然发觉，井壁上，不知何时竟然出现了一个洞口，一个人的脑袋露了出来，正含笑打量着他们。

"王玄策？"麴智盛急忙跳了起来。这才看见，井壁上竟然被横着凿出了一条隧道，王玄策正趴在隧道里，手里拿着把铲子。隧道里隐约还有几个人。

"法师，"王玄策拿着火折子朝下面照了照，看见玄奘才松了口气，笑道，"下官是不是打搅您的清梦了？"

"阿弥陀佛，"玄奘笑了笑，"王大人今晚明明喝得大醉，没想到醉梦之中依然耳聪目明，竟然知道贫僧三人被困在这里。"

王玄策尴尬地一笑："法师，什么都瞒不过您。若是我睡觉不睁着眼，让您圆寂在这里，只怕回到长安后，我想睁开眼也办不到了。快请进来吧，下官挖了好几个时辰，才挖出来这条地道，若是让地面上的守卫听到了，咱们就走不脱了。"

三人不再耽搁，相继爬进了地道。这地道甚是狭窄，王玄策拿着火折子在前面爬，地道里水汽湿重，有些地方都积了水，想来他挖的时候也颇费力气。大约爬了十几丈，众人才算出了地道。

这地道口在一座小土丘的后面，土丘上是茂密的树林，树林外，便是莫贺咄的营寨。

出了地道，王玄策累得躺在了地上："当了几年官，吃了几年民脂民膏，才发现力气活竟然如此累人。"

泥孰问："王大人，您怎么知道我们被莫贺咄关在这里？"

王玄策露出为难的表情，玄奘明白，急忙岔开："王大人，您既然来救我们，外面肯定出大事了吧？"

泥孰忽然醒悟："对对对，王大人，此刻情况如何？"

"很不好。"王玄策坦然，"今夜丑时，莫贺咄借着献宝的名义，进入统叶护可汗的王帐，刺杀了统叶护和十几位王室要员，而后，联合十几个部落对碎叶城发动进攻，此时，城内正在激战。"

"什么？"泥孰一下子惊呆了，他想过事情糟糕，却没想到会如此糟糕。整个王廷一下子全被莫贺咄给端掉了。这下子，西突厥乱无宁日了。

"我来的时候，莫贺咄的人正在围攻你的营地。"王玄策叹了口气，"因为咥力今夜侥幸不在王廷，他在你的营地过夜。"

泥孰一下子就急了："法师，各位，我先去救我的族人。你们先找地方躲起来。"

说完，他眼睛一扫，就看见王玄策拴在树林中的马匹，急忙跑过去，解开一匹翻身上马，疾驰而去。

玄奘望着泥孰的背影长叹："王大人，你与莫贺咄到底是一桩什么交易？"

"政治上的交易。"王玄策苦笑，"法师想必记得，来碎叶城的路上，我和莫贺咄恰好遇见。我奉命出使，皇帝命令我不得干涉西域和西突厥的争斗，我身为使臣，怎敢不遵圣旨？我只是告诉莫贺咄，大唐不会干涉西突厥的内部事务。他就放心大胆地发动了政变。"

玄奘沉默片刻："你陪贫僧去见一见莫贺咄。"

玄奘平时说话温文儒雅，冷静从容，但这句话斩钉截铁，不容商量。王玄策愣住了。

此时，天色已经亮了。

草原上的日出照耀着碎叶河河谷，日色苍茫，仍与昨日一般无二，可河谷之上已经不是青草，而是满地的尸体，鲜血染红了大地，景色迷人的可汗冬宫，变成了人间地狱。

从碎叶城一直到楚河南岸，原本分布的白色营帐都已经被烧毁，焦黑的残骸铺在草原上，引得无数兀鹰飞来啄食，偶尔有行人马匹奔过，兀鹰也并不飞走，嘴里叼着肠子，警惕地望着。

这是西突厥有史以来最大的一场内乱。碎叶城已经被莫贺咄的人彻底控制，统叶护的王廷虽然驻守着上万大军，可他本人已死，指挥中枢又被摧毁，这上万精锐成了无头的苍蝇，在莫贺咄和那些反叛的部落联军攻击下，根本闹不明白怎么回事就被击溃。将近五千人战死，三千人被俘，只有两千多人逃了活路。

泥孰在乱军之中最终杀出了一条血路，保护着咥力逃往西方的弩失毕部落，那里是泥孰的地盘。莫贺咄就在尸山血海中宣布继位西突厥大可汗，号称莫贺咄侯屈利俟毗可汗，是为西突厥第六任大可汗。

玄奘和王玄策就在这满地的尸体中走进了碎叶城。莫贺咄的人正在收拾路上的尸体，断臂残肢铺满了街道，城内的路都是泥土地，被鲜血浸泡得软了，一脚踩上去，发出哧哧的声响，似乎踩穿了人的肚皮。

玄奘小心翼翼地走着，王玄策眉头紧锁："法师，马上就要到了，您总得告诉我到底为什么要见莫贺咄吧？眼下这帮突厥人杀心正浓，万一触怒了他们，我可不好保护您的安全哪！"

玄奘不答，过了半晌，才问："王大人，您这次回到长安，一定会加官晋爵吧？"

王玄策苦笑："这是哪里话？"

"一个使者，纵横万里西域，挑动世上最强大的帝国陷入仇杀和纷争，从此永无宁日，这为大唐立下了多大功劳？难道皇帝会不犒赏你？"玄奘冷漠地道，"只怕陛下一高兴，会封您公侯的爵位，位极人臣。这也算是满足了您的心愿吧？"

王玄策沉默以对，两人走了很久，才慢慢道："不瞒法师，下官的确是有意促成这场政变。如今东突厥已灭，大唐左近的强敌唯有西突厥，我来时陛下虽然交代不得干涉突厥事务，但那时陛下正用兵东突厥，不敢分心西顾。此时天下格局已经变化，身为臣子，当捕捉战机，当机立断。法师，一个陷入内战的西突厥才符合大唐的利益。这是我身为使臣的职责，也是我大唐子民捍卫家园的天职。虽然造下这无穷杀孽，但我绝不后悔。”

玄奘小心地把脚从一具尸体旁边移过去，遥望着眼前巨大的王帐：“贫僧终于知道，此去天竺，求的是什么了。”

王玄策叹了口气：“法师，前面就是王帐，我是使臣，在这场西突厥内乱中，只能适逢其事，却不能与莫贺咄会晤，恕我不能陪您进去了。我在这里的任务已经完成，明日就会赶回长安复命。法师，您一路保重。”

这个理由玄奘自然能理解：“大人，若是能见到陛下，请为贫僧带一句话。”

“什么话？”

“欲树功德，何最饶益？”

王玄策沉默半晌，点了点头：“下官记住了。”

王玄策回到长安后，果然将这句话带给了李世民。但李世民此时追求的，不是功德，而是功业，这个问题很快便被抛之脑后。直到十八年后，贞观二十二年，李世民去世前的那一年，他日夜为噩梦所折磨，才想起了这句话。李世民召玄奘入宫，问了他相同的问题：欲树功德，何最饶益？

王帐之内，昨夜的尸体都已经运了出去。空阔巨大的帐篷内，莫贺咄独自坐在王座上，面前的短几上，放着那只大卫王瓶。王瓶的身周缠绕着怪异的烟雾，那瓶中的魔鬼竟然又一次现身，与莫贺咄正在对话。

“我的王，您第三次召唤，要许下什么心愿？”

莫贺咄神情疲惫，甚至有一些惶惑：“瓶中的神，是你让我的愿望达成了。我如今杀了统叶护，得到半个突厥之人的效忠，可忽然发现，竟然没有了可以聊天的对象。我不知道谁在私下里反对我，也不知道谁在内心里恨我，我坐在王座上，看着下面的每个人，都觉得他们居心叵测。我心里很恐惧，却不敢和哪怕最亲近的人聊天。今天召唤你出来，就是想和你聊聊天。”

“我的王，如果这是您的第三个心愿，我会让您如愿以偿。”

“不不不，”莫贺咄急忙摆手，“我……我怎么会如此浪费？唉，算了，你先回去吧，等我要许愿的时候再唤你出来。”

“我的王，”大卫王瓶回答，“您呼唤我的咒语只能用三次，方才您已经念过了。倘若您不许下愿望，咱们之间的誓约一样算是完成了。我将能冲破封印，回归自由。”

“我……”莫贺咄目瞪口呆，“我没想好……”

“那么，我的王，我就离您而去了。”大卫王瓶说。

“不不不，我想想！”莫贺咄急得满头大汗，恨不得抽自己两个耳光，他妈的老子没事找魔鬼聊什么天啊！

大卫王瓶静静地等着，莫贺咄忽然想起一件事：“对了，我想起来了！我手下的梅禄向我汇报，很多部落仍然忠于统叶护，他们希望能拥戴统叶护的儿子继承大汗，与我开战！咥力不可怕，他托庇于泥孰，而泥孰与统叶护素有仇怨，不会帮他。但统叶护有个长子，是吐火罗国的国王，名叫呾度设，手下拥有强悍的军队。他听到父亲被杀，一定会带着军队来复仇。倘若他与泥孰联手，我就功亏一篑了！”

“那么，我的王，您的心愿是什么？”大卫王瓶问。

“给我杀了呾度设！”莫贺咄恶狠狠地道。

“遵命，我的王。”大卫王瓶说，“这是您的第三个心愿，完成之后，我将恢复自由。”

“好！”莫贺咄有些肉疼，这个心愿是他仓促想起来的，总觉得有些简单了，但话已出口，又没法悔改。

“我的王，请您把我送往吐火罗国。”大卫王瓶说，“等我到达阿缓城之日，便是呾度设死亡之时。”

莫贺咄愣了一下：“你……你不能在这里让呾度设死掉吗？为何要亲自去吐火罗？”

“因为，当我获得自由的时候，黑暗将会笼罩大地，万物将会灭绝。”大卫王瓶回答，“我被封印在瓶中无数个纪元，我内心的愤怒必须以生灵的鲜血来平息。我的王，您愿意让我在您身边获得自由吗？”

莫贺咄吓得连连摆手：“别别别，瓶中的神，你还是……嗯，我明日就派人护送你去吐火罗！”

大卫王瓶哈哈大笑，烟雾收拢，缩回了瓶内。

莫贺咄松了口气，想着要把王瓶送走，终归有些恋恋不舍。正这时，门外附离兵来报：“大汗，唐朝僧人玄奘求见。”

“哦？他竟然从井里跑出来了？”莫贺咄有些恼怒，他对玄奘一直怀有怨恨，“这和尚，在高昌就跟我抢王瓶，老子不想杀他，躲到了碎叶城，他还是阴魂不散，竟然跟泥孰勾结在一起反对我。难道老子真杀不得他吗？让他进来！”

附离兵出去，将玄奘带了进来。莫贺咄坐在王座上，拿出一把弯刀，狠狠地插在了地上，却没有说话，细长的眼睛森冷地注视着玄奘。

玄奘合十施礼：“见过大可汗。”

“法师，你来找我，有什么事？”莫贺咄冷漠地问。

“贫僧想为统叶护可汗收尸，超度。”玄奘平静地道。

莫贺咄勃然大怒：“和尚，你以为我当真不敢杀你？”

“大汗，佛家真谛在于因缘循环，世事轮回。自古以来，多少英雄帝王埋骨沙场，贫僧是僧人，不介入尘俗中事，只想见证这帝王末路，造化无常。”玄奘道，“今日我为统叶护可汗收尸超度，你要杀我；他日等大汗百年之后，为大汗收尸之人，不知谁又要杀他？”

莫贺咄愣了。自从他继任大可汗以来，一直对自身的命运有种难言的忧虑，玄奘此言，正好戳中他的痛处。虽然极为刺耳，却也生不出气来。

莫贺咄迟疑片刻：“你……只想为统叶护收尸？”

玄奘点了点头。

莫贺咄意兴阑珊：“和尚，我给你个面子。我本想斩下他的头颅，送给泥孰和咥力。不过……你说得对，帝王末路，英雄了一辈子，该有个人为他收尸。去吧，统叶护的尸体就在隔壁的大帐中。好好念几卷经，给他好生超度。”

“谢大汗。”玄奘合十感谢，“另外，贫僧有一个忠告。”

莫贺咄不耐烦：“说吧说吧，老子这会儿正忙，快快说完。”

玄奘指了指大卫王瓶：“这瓶子并无神异，大汗不可依赖过深，否则必遭祸患。”

“放屁！”莫贺咄勃然大怒，站了起来，“我如今是大卫王瓶的主人，它让我实现了这辈子最大的心愿，你敢说它没有神异？”

“没有。”玄奘并没有被他吓倒，平静地站在他对面，“大卫王瓶，只是一场阴谋。而你，不过是有些人借以实现阴谋的傀儡。大汗，既然你如今当上了突厥可汗，此生最大的梦想已经实现，那就不必再依赖它了。早早摆脱它，说不定还能免除祸患。”

莫贺咄笑了，但眼睛里却没有丝毫笑意，提着刀慢慢走到玄奘面前：“和尚，我如何摆脱它？”

“交给贫僧带走即可。”玄奘坦然道。

莫贺咄勃然大怒："早知道你想谋夺我王瓶！贼和尚，我杀了你！"

他大怒之下，一刀斩向玄奘的脖颈，刀光如雪，瞬息间就要斩断玄奘的头颅！玄奘眼睛眨也不眨，平静地凝视着刀光。

便在这时，大卫王瓶突然喷出一股烟雾，宛如触手射入了莫贺咄的鼻孔，莫贺咄一怔，随即无声无息地翻身倒地，弯刀也落在了一边。

玄奘丝毫没有惊异，他走到莫贺咄身边，探了探他的鼻孔，发现他只是昏迷，并没有死去，才松了口气，径直走到大卫王瓶的对面趺坐。

"阿弥陀佛，"玄奘合十，"阿卡玛纳，多谢你救了贫僧的性命。"

这次，大卫王瓶的表面没有冒出黑烟，瓶内传来一声叹息："法师，我是魔神，您是佛子，难道你我注定要决出胜负么？"

第二十二章 波斯瓶中人

玄奘悲哀地望着瓶子:“贫僧没在意过胜，也没在意过负。”

大卫王瓶冷笑:“您从高昌就开始探询我的秘密，又一路追到碎叶，敢问法师，您的目的是什么？”

“娑婆世界，万物纷纭。神魔也好，众生也好，无不在佛的关照之内，干贫僧何事？”玄奘有些难过，“贫僧是一个凡人，有着喜怒哀乐，伤痛别离，因此，贫僧所不忍目睹的，也是世上众生之苦。有那么一个孩子，他是我的弟子，他是波斯人，随着叔叔运送大卫王瓶前往长安。可是在莫贺延碛，他的叔叔与族人都被截杀，他孤身一人流落在西域，他最大的心愿，就是能够完成家族的使命，把大卫王瓶送到长安，然后回到波斯的阳光下。贫僧答应过他，要帮助他完成心愿，然后将他送回波斯。”玄奘的眼睛里闪耀着泪光，声音都有些哽咽了，“可是，他却葬身于天山的火焰之中，我连他的骨灰也找不到。后来，我在火焰之中找到一些衣物的灰烬，盛在石头匣里，因为他是拜火教徒，素爱洁净，便是死了，也不愿让自己的遗骸污染木头、铁器和这世间的万物。”

玄奘说着，从怀里取出一个石匣，打开，里面是几片破烂焦黑的衣物残渣。他将石匣放在大卫王瓶的面前："他和我都是凡人，我们牵挂的和牵挂我们的，只有这世上的亲人。贫僧五岁丧母，十岁丧父，如今长到三十岁，虽然皈依了我佛，但每每深夜梦醒，想起过世的亲人，泪水便湿透了枕头。阿术今年才十岁，他的家乡还有父亲在等待着他的归来，他也说过，他想回到父亲的膝下，牵着父亲的手，行走在波斯的阳光下。阿卡玛纳，我追索着你，就如同追索着阿术的梦想。为了这个孩子，我愿追你到天涯海角。除非，你让他复活。让我带着他回到波斯的阳光下。"

这番话很长，玄奘说得又慢，但大卫王瓶却耐心地听着，不曾打断。等玄奘说完后，它陷入长久的沉默。玄奘也沉默了。一人一物，一僧一妖，似乎在默默地对视。

"法师，"大卫王瓶发出一声沉闷的叹息，"我知道你的心了。人死不能复生，就算我无所不能，也无法让一个死者复活在你面前。"

"真的不能么？"玄奘有些遗憾，泪水慢慢地淌了下来。

"不能。"大卫王瓶斩钉截铁地拒绝了玄奘，它似乎也有些悲伤，"众生的悲伤与痛苦，又岂是死亡最大？法师，我给您讲述一个拜火教的故事吧！最初，宇宙空间万物都不存在，一片混沌，只有时间与空间的神祇扎尔万孤独地存在于这宇宙中。一年又一年，不知过去了多少时光，扎尔万寂寞了。他说，我想有个孩子。于是他暗自祝祷，在宇宙中祝祷了一千年，孩子也没有诞生。他开始怀疑：这样的祝祷是不是有用？就在这个念头从心里闪过的瞬间，一对孪生兄弟在他的腹中诞生了。一千年虔诚的期待孕育出了霍尔莫兹德，而瞬间的疑虑则产生了阿赫里曼……"

巨大如天穹的王帐中，地上仍旧是昨夜斑驳的血迹，西突厥的新可汗昏迷不醒，一个僧人盘膝坐在诡异的大卫王瓶旁边，听着它讲述一个遥远国度的神秘故事。这情景，忽然让玄奘有点恍惚。

“扎尔万许愿说：我将把世界交给先出生的孩子，由他来开创天地。阿赫里曼一把撕开父亲的腹部，跳出来说：我便是您的孩子，把世界交给我吧！眼前的孩子浑身乌黑，散发着秽臭难闻的气味，眼中还闪烁着邪恶贪婪的目光。扎尔万大为不满，他说：我的孩子霍尔莫兹德应是光明芬芳的化身，你这般乌黑秽臭，却不是我期待已久的那个孩子。

“就在这时，霍尔莫兹德在光明与芬芳中降生了，他的光彩与清新使整个世界都充满了祥瑞。扎尔万微笑着欢迎这个孩子的降临。阿赫里曼说：我是先出生的，应把世界交给我！扎尔万说道：孩子们，我将履行我的诺言，把世界交付给先降生的阿赫里曼。但是，阿赫里曼你应知道，你的兄弟霍尔莫兹德的力量与智慧均在你之上，所以你主宰世界的时间只有九千年，期限一到，霍尔莫兹德便将取代你，永远统治世界。

“扎尔万将手中的一束绿枝递给霍尔莫兹德，告诉他：我的孩子，我为你的降生等待了一千年，今后却需你为我等待九千年了。这一束神圣的绿枝象征力量与威仪，你好好珍惜它，为未来祈祷吧！说完他重新消失在时间与空间之中，再也没有回来。”

大卫王瓶讲述完这个故事，又陷入沉默，似乎在回味，很久才问玄奘：“法师，在阿赫里曼统治这个世界的九千年里，您知道父亲最爱的孩子在哪里么？”

玄奘摇了摇头。

“这是波斯拜火教所记录的《创世记》里的故事。在故事里，最高的天上有光明国度，霍尔莫兹德就居住在那里，等待着九千年后降临到这个世界。可是，在残酷的现实中，他却如我一般，被封印在狭小的瓶子里，等待着九千年后的自由。”大卫王瓶声音凄凉，“他是父亲最爱的孩子，他信守父亲的承诺，没有挣扎，没有反抗，就这么永远在封印中沉默，等待着九千年后的自由。法师，世上最大的痛苦，不是死亡，不是分别，而是你的身体与灵魂被囚禁在一个狭小的地方，寂寞，黑暗，恐惧，孤单地度过一生。”

玄奘想起了莫贺咄念过的那个咒语，喃喃地念诵：“我的孩子，我为你的降生等待了一千年，今后却需你为我等待九千年。如今永恒的世界已经降临，我将履行我的诺言。出来吧，我的孩子，我将把这个世界交给你，让你行走在波斯的阳光下。”玄奘慢慢地念着，然后问，“所以，这就是唤醒你的咒语吗？”

“法师，还有什么能比自由更吸引我吗？”大卫王瓶回答，“所以，法师，我无法让阿术复活。”

玄奘的眼里充满了泪水：“可是，我真的很爱那个孩子，他聪明，勇敢，富有爱心，他是这个世上最高贵的人。我想牵着他的手，带着他走到波斯的阳光下，把他交给他的父亲。”

大卫王瓶似乎颤抖了起来，瓶身表面烟雾缓慢地缭绕着，极为不安，似乎有一团爆炸般的力量在挣扎。玄奘默默地凝视着，泪水滚滚而落。

这个时候，大卫王瓶忽然发生了诡异的变化，花纹变幻交替，那瓶身竟然裂开了一条口子，无声无息地向左右分开。烟雾缭绕中，一团肉球从瓶子里滚了出来。离开王瓶之后，那肉球上慢慢伸出一只手，随后又长出一只脚，然后头颅四肢也冒了出来，变成一个形状毕备的人体，赤身裸体地站在玄奘面前。

“师父。”那人说。

那瓶子里走出来的人，竟然是早已死去的阿术！

“阿术。”玄奘颤抖着走过去，将他抱在怀中，号啕痛哭。

阿术静静地流着泪，咬着牙，拼命让自己不发出声响。两人就这么搂抱着，过了很久，玄奘才平静了下来，仔细打量着阿术，瘦小的身子，惨白的肌肤，他足有四尺的身躯，真不知道怎么装进这狭小的瓶子里！

“师父，现在，您知道大卫王瓶的秘密了吧？”阿术擦了擦眼泪，微笑着，“我就是萨珊波斯传承四百年的瓶中人！”

“瓶中人……”玄奘还没有从震撼中醒来，喃喃地重复着。

“是啊！”阿术凄凉难言，“在波斯，的确有这么一只封印着魔鬼的大卫王瓶。那只是故事和传说。阿尔达希尔一世开创了萨珊波斯之后，为了震慑万国，就秘密召集工匠，耗时数年，铸造了这么一只大卫王瓶。您别看它小，可它浑身上下到处都是机关，能控制黑雾，能喷发火焰，能流出鲜血，更能用银针和毒物杀人于无形。可是，它唯一的缺憾就是不能如同真正的魔鬼一般具有思维，能与人对答。阿尔达希尔一世发出奇想，让一个精通瑜伽术的人缩小身体，藏于瓶中，操纵机关。于是一个可以媲美真正魔鬼的人出现了，那就是瓶中人！四百年来，每一代的瓶中人相互传承，他们能将身子折成面团一般藏于瓶中，数月不吃不喝，甚至不用呼吸。这些人是历代波斯皇帝最终极的武器，他们躲藏在瓶中假冒魔鬼，用人类内心最深处的欲望为皇帝服务，诛杀不忠于皇帝的大臣和将军，蛊惑臣民效忠萨珊波斯。师父，我就是这一代的瓶中人。”

“难道……”玄奘难以置信，“被莫贺咄带走的这几个月，你就一直躲在瓶子里？”

“何止这几个月？”阿术的笑容里满是凄苦，“师父，我比您的年龄还要大，今年已经三十八岁了。在我八岁那年，就被父亲放进瓶中，到如今，已经三十年了。”

玄奘被这一连串的消息震惊，他上下打量着阿术：“你……你三十八岁了？难道你是……侏儒？”

“原本不是侏儒。”阿术打量着自己赤裸的身体，喃喃道，“可是，为了能够藏身瓶中，父亲用药物把我变成了侏儒。”

玄奘恍然大悟，自从在莫贺延碛接触到阿术，他就觉得这孩子过于成熟，不但对西域的风土人情、政治军事、各国语言无所不知，连人情世故都那么精通。当时他只以为是粟特人从小把孩子当成生意人培养，才会如此，现在才明白，人家已经三十八岁了。

“那你父亲是……”玄奘小心翼翼地问，“上一代的瓶中人？”

“不，”阿术慢慢地道，“他是这一代的波斯皇帝，库斯鲁二世。”

“什么？”玄奘目瞪口呆。

“师父，”阿术笑了笑，眼泪慢慢涌了出来，“四十年前，我的父王，库斯鲁二世弑杀了他的父亲霍尔莫兹德四世，当上了波斯的万王之王。他之所以敢于政变，是因为瓶中人背叛了霍尔莫兹德四世，投靠了他。萨珊波斯四百年，有无数次这样的例子，皇帝不曾死在外族人的手中，而是因为大卫王瓶的背叛，被自己的儿子所杀。所以，我的父亲当上皇帝以后，就在他的儿子里选定瓶中人。我是父亲的第六个儿子，是波斯的王子。那一年，我才两岁，被父亲选定，对外宣称我夭折，然后开始秘密训练我瑜伽术，让我变成了侏儒。”

“他怎能如此残忍？”玄奘怒不可遏。

“残忍吗？”阿术坐在台阶上，遥望着面前的虚空，“两岁之前，我并没有记忆。也就是说，我与生俱来就接受这种训练，以为人生下来就该是这个样子，就该把堂堂四尺之躯缩成一个肉球，就该赤身裸体躲藏在狭小的瓶子里，就该几个月不吃不喝，也不呼吸。我根本没有见过外面的世界，也从来没有见过绿树、青草、房屋和为生活所忙碌的人群。那些年，我渴望只见到一样东西，阳光。因为我记忆中一直残留着一个画面，赤身裸体在阳光下奔跑，暖洋洋的太阳照耀着我的身体，它不像铜瓶那样冷，它那样温暖、那样自由，它让我能看到很远的地方，能蒸发掉我身上的汗水，让我浑身清爽。后来，我把这个想法告诉了父亲，父亲向我承诺，等他许完三个愿望，就让我获得自由，生活在波斯的阳光下。”

“师父，”阿术咧咧嘴，“父亲为我的降生等待了两年，我却为阳光和自由等待了三十年。我把您刚才念的话作为唤醒我的咒语，就是在时时刻刻提醒父亲，他的承诺，我在等着。”

“阿术。”玄奘握着他的手，失声痛哭。

阿术也哭了，他搂着玄奘的脖子号啕大哭，似乎要把这一生的悲惨、凄凉、痛苦与悲哀发泄在这一场痛哭中。

玄奘今年三十岁，几乎有二十年都是在行走中度过，他见过一个帝国崩溃的末世景象，见过人类因贪婪和欲望引发的灾祸，甚至在泥犁狱中见过那些被崔珏掳来的无辜者，被绑在齿轮上拔舌剥皮的惨状。但从未有一事，能像现在这样带给他这么大的冲击。一位波斯王子，自幼被药物改造成侏儒，塞在两尺高的瓶子里度过三十年！仅仅想一想，都觉得寒毛直竖，心胆收缩。

“我一直在王瓶内等待着父亲的第三个愿望，可父亲却再也没有许愿。”阿术呆呆地回忆着，“后来我也想明白了，历代波斯皇帝从来不曾许下第三个愿望，我的等待注定是一场空，我注定会在王瓶内度过一生。直到前几年，拜占庭皇帝希拉克略与突厥人苟合，东西夹攻，萨珊波斯面临亡国之祸，连父亲最爱的海尔旺行宫都被烧掉了。于是父亲终于来见我了，说他将要履行承诺，等我完成他的最后一个心愿，就让我获得自由。我问他最后一个心愿是什么，他说，他将把我和大卫王瓶送到万里之外的大唐，送给李世民皇帝。然后，让我蛊惑李世民出兵西突厥，这样他就能一心一意对付希拉克略了。”

“可是，”玄奘疑惑，“他怎么确定你能蛊惑大唐皇帝出兵？”

阿术自信地笑了笑：“师父，您还没明白么？当我在这个瓶子里的时候，我就是真正的魔鬼，无所不能。任何一个人内心都有欲望，当他看到一个瓶子能与他对话，展示出各种各样的神迹，还有谁会怀疑呢？”他指了指躺在地上昏迷不醒的莫贺咄，“您看看他，就是个例子。”

玄奘心情沉重，这是他无法反驳的事实。哪怕李世民再英明，再睿智，当他看到大卫王瓶的时刻，恐怕也会被激发出内心的欲望，从而被阿术所控制。阿尔达希尔一世的高明就在这里，他彻底看透了人类与众生的欲望。

想到这里，玄奘不禁庆幸，幸亏房玄龄、杜如晦和魏徵等人所学为儒家，不语怪力乱神，才甘冒风险将大卫王瓶阻截在西域，否则，大卫王瓶抵达长安之日，恐怕就是大唐天下大乱之时。

"于是，父亲派朝中一个臣子阿里布·耶兹丁为使者，秘密携带大卫王瓶，通过丝绸之路送往长安。"阿术陷入悠远的回忆，"我们这一路，行走了上万里，耗时将近一年。我躲藏在大卫王瓶内，远离了家乡和亲人，去往那个陌生的国度。所追求的，就是他日能回到波斯，在家乡的阳光下行走。我的瑜伽术能够不吃不喝不呼吸，休眠三个月。时间久了，我就必须从瓶子里出来，喝一些清水，吃一些食物。耶兹丁并不知道我的秘密，我只能在晚上他们睡着的时候偷偷出来。那一天，我们走到莫贺延碛，再走几天就将进入大唐的国境。当晚我们和焉耆人在沙漠的湖边宿营，于是我从瓶子里出来，准备喝一些清水，吃些食物，迎接这个陌生国度的挑战。可是……"阿术苦笑，"我出来的时候，却被耶兹丁无意间瞧到了。"

"哦！"玄奘恍然大悟，"原来，瓶中有鬼，说的竟是这么个意思！"

玄奘当时不明白是什么意思，听到大卫王瓶的传说后，他以为是耶兹丁在告诫他，大卫王瓶里封印着魔鬼。当时也没有深究，现在想来，大卫王瓶封印着魔鬼，在波斯人尽皆知，耶兹丁又怎么会在临死前非要这样说？想来，是耶兹丁携带大卫王瓶万里东来，但那一夜竟然看见从中走出一个孩子，这个发现让他震撼且恐惧，虽然随即就被麴德勇所杀，但他始终念念不忘，才在临终前无论如何也要告诉玄奘。

“我当时并没有发现他，偷偷地跑到湖边去喝水。没想到这时候麴德勇带人来截杀焉耆使者，我们成了被殃及的池鱼，耶兹丁也被射杀。”阿术讲述着这件事，颇有些颓唐，“虽然我的秘密侥幸没有泄露出去，可……可我再也回不到瓶子里了！”

玄奘不禁哑然。

这件事说起来太荒唐了。一个影响到世界格局，牵涉拜占庭、波斯、西突厥、大唐这世上几个最强大帝国生死存亡的惊天谋略，竟然因为一次偶然，魔鬼再也回不到瓶子里，王瓶再也无法送往大唐！

“所以，我只好跟随着大卫王瓶的脚步，寻找时机，打算进入王瓶。”阿术苦笑不已，“那天晚上，碰上师父后，我就跟着师父来到了西域。没想到后来大卫王瓶到了高昌，竟然被朱贵利用，凭空造出一场大卫王瓶里魔鬼现身的计谋。当时连我也吃惊不已。”

玄奘也苦笑：“我遇见你的时候，何尝想过其中竟然有这么复杂的内情。”

“师父，”阿术有些好奇，“瞧方才您与我对话的意思，是知道我躲在瓶子里的。您是怎么发现的？”

“那只是一个猜测。”玄奘老老实实地回答，“这个猜测太可怕，贫僧自己也不敢相信，一直努力往别的地方想。可思来想去，也只有你在瓶子里，才能解释。阿术，还记得吗？我在莫贺延碛里遇见你的时候，你没有穿衣服。”

“是啊！”阿术瞧了瞧自己赤裸的身体，“躲在瓶子里，空间那么小，怎么穿衣服？”

“可当时是夜晚，天气又冷。一个孩子跳到湖里游泳，他的衣服呢？”玄奘问，“后来贫僧仔细寻找，也没有找到你的衣服。只好用一张羊皮裹住了你的脚。”

阿术有些感动，说道：“师父，也是在那一刻，我觉得您是我最信赖的人。我长这么大，从未有人待我如此之好，包括我的父亲在内。”

他慢慢地依偎在玄奘怀里，虽然三十八岁了，可他仍旧像个孩童般依恋着大人。玄奘摸着他的头，说：“还有一次，咱们在伊吾城住宿时，你去刺杀麴智盛。”

阿术点点头：“对，我想夺回瓶子。”

“可你杀了他三个护卫。”玄奘有些责怪之意，“那些护卫浑身无伤，连怎么死的都查不出来。后来你告诉我，你用砖头拍了他们的后脑勺。阿术，那时候你是一个不到十岁的孩子，如何能拍死三个身经百战的护卫？再说，若拍的是后脑勺，难道麴德勇瞧不出来么？除非是你用银针射杀。”

阿术尴尬道：“是我用银针射杀的。当时您问我，我随口编了个理由。没想那么多。”

“再后来就是井渠里咱们逃命那次，”玄奘回想着，“那时候，井渠里到处都是流人，为何你走到哪里，哪里的流人就会死亡？麴智盛怀疑是王玄策暗中收买流人里的内应在帮助咱们，这个理由当然也成立，可贫僧很难想象，普通的一个流人，能无声无息地将自己人置于死命。前些天，麴文泰送给我两只流人的眼珠，在那眼珠里，我见到了银针。”

玄奘想着那日的场景，禁不住一阵颤抖。此事想想都诡异，幽暗的井渠里，流人四处围追堵截，一个孩子跑到他们面前，笑着说：“师父，这里没有人。”

那些流人肯定愣了。难道我们不是人吗？

随即他们的眼睛或许就看见一束银色的光芒，或许什么也看不见，就无声无息地死去。这里，真的没有人。那个孩子所过之处，一路喊着：“师父，这里没有人。”

看见他的人纷纷死去。

“你还记不记得，政变那日，薛先生临死前告诉王妃的几句话？”玄奘问。

“嗯。”阿术点头，“记得呀！好像跟您有关，我记得王妃听完后，似乎惊恐地看了您一眼。”

“它不是跟我有关，而是跟你有关。”玄奘叹道，“后来，王妃请我将她和麴德勇的尸体合葬，作为条件，她把那句话告诉了我。她说的就是，那日你在井渠中所过之处，流人纷纷毙命之事。当时薛先生和另一名流人也看到了，他们后来为何不敢追？因为在他们看来，你是个真正的魔鬼。”

“原来是这样。”阿术有些闷闷不乐，“原来从那时起，您就怀疑我了。”

“没有。”玄奘摇摇头，“我当时绝没想到你竟然是瓶中人。我只以为，你有一种能杀人于无形的手段。直到那次在高昌城外，当着泥孰的面，你射杀了数名联军骑士，重树大卫王瓶的魔力传说，我才知道，你跟大卫王瓶一定有某种极深的关系。”

阿术叹了口气：“师父，我也无奈啊！朱贵那厮自作聪明，人为导演了一个大卫王瓶的阴谋，最后被您剥茧抽丝，给摆在了光天化日之下。众人都不相信大卫王瓶了，那我便是再钻进去，再把它送到大唐，又有什么意义？所以……麴智盛险些疯癫的那次，我帮着朱贵从他怀里抢夺王瓶，就偷偷启动了王瓶里的机关，王瓶散发出烟雾。我又暗中射杀了泥孰的骑兵。”

“所以，阿术，那时我已经怀疑你跟这大卫王瓶的关系了。”玄奘道，“直到天山熔炉，你抱着王瓶滚下山崖，王瓶好端端的，你却踪影全无。我起初怀疑你坠入熔炉化成了灰烬，心中难过无比。可是到了西突厥，又听见大卫王瓶作祟的消息，我就知道，你一定没有死。”

“为什么？”阿术好奇地问。

“因为，你若死了，谁来操纵大卫王瓶？”玄奘道，“莫贺咄么？他是一介粗鄙之人，断不会有朱贵那般才智。而昨夜我又在莫贺咄的营地亲眼见到了大卫王瓶的威力，比在朱贵手中更胜百倍，那更不是普通人可以操纵。”

“是啊！”阿术点点头，“大卫王瓶里的机关复杂无比，朱贵不懂，能做到那种地步已经很难得了。”

“更重要的是，我听见了莫贺咄念的咒语。”玄奘望着他，慢慢念道，“……出来吧，我的孩子，我将把这个世界交给你，让你行走在波斯的阳光下。阿术，你说过很多次，行走在波斯的阳光下，是你长久以来的梦想。所以我就有了大胆的猜测，当一个人和瓶子一起滚下山坡，人消失了，瓶子还在，那么他一定钻进了瓶子里。”

“原来是我的梦想让我暴露在师父的眼中。”阿术眼睛里慢慢淌出了泪水，他眺望着王帐顶上的穹庐，日光透过丝绸，透入王帐，“不知道波斯的阳光与西域有何不同？”

“想必一定很美。”玄奘也仰望着穹庐，喃喃道，“阿术，让我牵着你的手，带着你回到波斯吧！”

阿术陷入挣扎，脸上表情变幻，显然内心冲突不定，玄奘一手捻着佛珠，满怀期待。

“不！”阿术最终摇头，“我一定要完成父亲交给我的使命，否则我如何回到他的身边？”

“你的使命已经完成了。”玄奘劝解，“虽然你并没有让大唐出兵，可你让西突厥陷入了内乱。波斯西北的危机已经解除了，那效果是一样的。”

“他们的内乱还不够。”阿术摇摇头，“莫贺咄的地位还不稳固，除了泥孰，他还有一个更可怕的敌人，吐火罗的国王，呾度设。他是统叶护的长子，手中又有大军，他知道父亲的死讯，一定会率兵来报仇。那时，呾度设与泥孰联手，莫贺咄必将溃败无疑。”

“咀度设？”玄奘想了想，猛然记了起来，“麴文泰的长女是不是就嫁给了他？”

“就是他。”阿术道，“吐火罗一带原本被嚈哒人占据，三十年前，统叶护灭掉嚈哒后，就派了自己的长子去统治吐火罗。麴文泰的长女，眼下是咀度设的可贺敦[1]。师父，我必须去杀了他。让突厥人群龙无首，彻底陷入分裂。”

“什么？”玄奘大吃一惊，“阿术，不行！这万万不行！麴文泰对我有恩，你如何……如何能杀了他的女婿？”

玄奘身上，还带着麴文泰写给咀度设的亲笔信，委托他照顾玄奘。

阿术微笑着道：“师父，我很高兴您这么说。您是把我当亲人看待了。可是，我对父亲的承诺必须完成，等杀了咀度设，我就会回到波斯。哪怕不再当这个王子，做一个普普通通的侏儒也好。师父，我听说这世上有一种马戏团，那里的小丑喜欢用侏儒。师父，我想做个小丑，每天在阳光下欢笑。”

“可是……”玄奘还要再说，忽然阿术挥手打出一团烟雾，那缭绕的烟雾钻入玄奘的口鼻，玄奘只觉脑子一晕，顿时眼前一黑，昏倒在地。

阿术将他抱起来放在厚厚的地毡上，还在他头底下垫了个垫子，让他躺得舒服些。阿术跪在他身边，静静地凝视着他，眼里淌出了泪水：“师父，永别了。将来您西游之时，倘若愿意到波斯，您会是我最尊贵的客人。我一定会化装成小丑，让您忘掉忧虑，每日欢乐。”

阿术起身，望着地上昏迷的莫贺咄，挥手抛出一团烟雾，低声道：“莫贺咄，醒来吧！”

---

①《旧唐书·突厥传上》：“可汗者，犹古之单于，妻号可贺敦，犹古之阏氏也。”咀度设官位为设，统治吐火罗，辖制一方，通俗而言就是小可汗，因此其妻称可贺敦。

阿术用的不知是什么药物，厉害无比。玄奘昏睡了整整十日才醒来。

醒来的时候，他在自己原来的大帐里，麴智盛、欢信、达摩支都守候在他身边。玄奘抚摸着昏沉的脑袋，麴智盛打来水给他清洗了面孔，玄奘才恍惚记起昏迷前发生的事。他没有理会三人，呆呆地走出大帐，这才发现碎叶城里一片空旷，突厥人的帐篷都拆走了，一地狼藉。整个碎叶城，除了常驻在这里的一些商人，就只有他们了。

“师父，”麴智盛走出来，低声道，“突厥人都走了。”

“他们去哪儿了？”玄奘喃喃地问。

“您昏迷以后，莫贺咄把您送了回来。”麴智盛道，“后来这里又发生了一场战争，莫贺咄溃败，逃了。”

“发生了战争？”玄奘吃了一惊，“怎么回事？”

麴智盛讲述了这几天发生的事，原来，泥孰带着咥力逃到弩失毕部，弩失毕人要推举泥孰做大可汗，泥孰不同意，他告诉族人:“我在一个人的面前，向狼祖盟誓，无论统叶护待我如何，我绝不叛他！虽然统叶护待我苛刻，如今他又死了，可我的诺言还在，那个听到我诺言的人也在。我泥孰绝不会毁弃自己的誓言。”

玄奘没想到泥孰骄傲到如此地步，仅仅是被麴智盛逼出来的誓言，哪怕统叶护死了，他也遵循不误。

后来，泥孰建议弩失毕部去迎接咀度设回来做大可汗，弩失毕部对泥孰言听计从，当即同意。但这引起了咥力的嫉恨。在咥力看来，自己是父亲最宠爱的儿子，父亲死了，理应由自己来继承可汗，凭什么千里迢迢地去把咀度设接回来？就因为他是长子？

他到底还年轻，不懂泥孰的苦心和谋略。要平定莫贺咄之乱，让西突厥尽快安定，唯有迎回咀度设，与他联手才能迅速打败莫贺咄。可是嫉妒和贪欲迷住了咥力的双眼，泥孰率人走后，他竟然派遣心腹，暗中向莫贺咄告密，把泥孰行进的路线详细告知。

莫贺咄当机立断，率领大军伏击泥孰。

西突厥的仗打的是人缘，莫贺咄的联军里不少部落和弩失毕部都有联姻，当即有人秘密告诉了泥孰。泥孰一不做二不休，半路上兜转，趁着莫贺咄主力不在碎叶城之时，带着区区一千人马突袭王廷。莫贺咄招架不住，大败而逃。

“泥孰来的时候您还在昏迷。”麴智盛告诉他，“他急于追杀莫贺咄，就先走了。临走前，给您留了一队突厥骑兵，命令达摩支护送您离开突厥。”

“大卫王瓶呢？”玄奘急忙问。

“不知道。”麴智盛摇摇头，“也许在乱军中失踪了吧！”

“它不会失踪。”玄奘一想起阿术要杀呾度设，心里就火烧火燎，当即告诉麴智盛，“智盛，马上收拾行装，咱们立刻去吐火罗！”

达摩支当即召集突厥骑兵，准备路上的一应物资，拔掉营帐，保护玄奘启程。欢信见玄奘最终无恙，也放了心，向他和麴智盛告辞，去向麴文泰复命了。

万里西域，玄奘继续他的西游之路。他知道，这段旅程，自己要与一个真正意义上的魔鬼一决高下，而进入大卫王瓶的阿术，已非人力可以抗拒。

第二十三章
来自黑暗，归于火焰

从碎叶城往南，穿越一些低矮的山谷和隘口，就到了千泉。这里便是统叶护夏天的王廷所在地。千泉比碎叶城要大得多，修筑成军事堡垒的样子，里面有可汗居住的大皇宫，各种宗教的庙宇，数不清的民宅店铺和作坊。

玄奘走在千泉的街头，心中感慨，仅仅几日之间，城池如旧，统叶护却已经归于尘土。

千泉在锡尔河东岸，顺着锡尔河向南，就是怛罗斯城。怛罗斯是个小城，只有八九里长，就是在这个小城，一百二十年后，爆发了一场东西两个最强大帝国的决战。大唐对决新崛起的阿拔斯王朝，最终高仙芝三万大军全军覆没，只带着两三千人逃回安西。从此大唐退出了西域。

玄奘在怛罗斯住了一夜，第二日，他和麴智盛到城内打听大卫王瓶的消息。询问到的人纷纷躲避，有些人更是露出诡异的神情，令二人诧异无比。

但玄奘没有在意，继续南行，便进入大沙碛。当地人称为饥饿的旷野。这是一片红沙荒地，黄沙茫茫，不见水草，更有毒虫出没，伤害骆驼和马匹。在大沙碛里，玄奘遇见了一群粟特商贾。这群商贾见他有突厥骑兵保护，羡慕不已，恳求同行。玄奘欣然答应。

没想到当晚住宿时，这群商贾突然抽出刀剑，对玄奘的队伍发动突袭。所幸达摩支沙场出身，临危不乱，指挥骑兵将这群商贾歼灭。玄奘被簇拥着保护在一边，等他跑回来阻止时，商贾已经被杀大半，他找到一个老者，追问："贫僧与你们无怨无仇，为何要谋害我？"

那老者被捆得牢牢的，但望着他的脸上仍露出贪婪的神色："法师还不知道吗？丝绸之路上已经传遍了，说一个大唐来的和尚，乃是佛子转世，吃了他的肉，可以长生不死。"

"荒唐！"麴智盛哭笑不得，"哪有吃人肉可以长生的？"

"如何荒唐？"那老者不服，"我在怛罗斯亲眼见到神魔现身，告诉我们这个秘密。听到的人不下千人！如今丝绸路上，人人都要吃了你的肉！"

玄奘目瞪口呆，他知道，是阿术出手了。他要阻止自己前往吐火罗。

玄奘没有再说什么，让达摩支将这些人都放了，怀着满腹的悲伤，继续前行。那日黎明，玄奘眺望着南方的山脉与草原，喃喃地问："阿术，你我亲如兄弟父子，你抛弃了世上亲情，便是获得了自由，又能走在波斯的阳光下么？"

麴智盛也知道了阿术的事，叹息着："师父，这便是执念。正如我为了霜月支不顾高昌的生死存亡一样，阿术为了自由，也不会在乎您的性命。这一路，咱们要加倍小心了。"

出了大沙碛，再往西就是撒马尔罕。

撒马尔罕是丝路重镇，方圆一千六七百里，都城方圆二十多里，地势险要，人口众多。同时，撒马尔罕实力强大，兵强马壮，国王骁勇善战，邻国慑服，他们的军队盛行雇佣制，雇佣来的精锐战士名叫“赭羯”，性情勇烈，视死如归，战场上所向无敌。

玄奘原本对撒马尔罕充满了兴趣，不料到达的时候才知道，这里是拜火教国家，佛教在这里无法生存，僧人来到这里，拜火教徒就会放火驱赶。

这让玄奘很是头痛，好不容易才在城里找了一座荒废无人的寺庙住下。没想到，到了夜间，突然有上千人手持火把围困了寺庙，呐喊着要烧死玄奘。

达摩支勃然大怒，率领骑兵要冲杀，但这些人誓死不退，达摩支也怕了，只好紧闭寺庙大门。玄奘有些疑惑，让他找来一架梯子搭在墙上，他爬上高墙望着寺外疯狂的人群，高声问道：“各位施主，贫僧只是路经撒马尔罕，并不曾触犯刑律，你们为何要烧死贫僧？”

有人高声喊叫：“你这个唐朝和尚，神早就降下预言，说你佛子转世，生来便是要与我拜火教作对。吃了你的肉，就能得到神的祝福，获得永生。”

玄奘张口结舌，不用想，又是阿术在幕后操纵。

“烧死他！烧死他！吃了他的肉！”

人群疯狂地呐喊着，开始一拥而上，将火把投入寺庙，砰砰砰地撞着大门。轰然一声巨响，大门被人群撞破，人群如潮水般涌了进来，麴智盛和达摩支急忙扶着玄奘从梯子上下来，退入大殿，命令骑兵们手持弓箭长矛，誓死保护。

寺庙开始燃烧，人群望着弯弓搭箭的突厥骑兵，不敢随便靠近，只是把他们死死地困在大殿内，等待着大殿烧毁，将他们烧死。

双方就这样开始对峙，院子里的拜火教徒开始点燃篝火，围绕篝火唱歌跳舞，玄奘等人却在燃烧的大殿内焦灼不堪，眼看着大殿就要坍塌下来，烟火弥漫，熏得他们连连咳嗽，却没有丝毫办法。

正这时，只听远处的地面传来擂鼓般的震颤，不下千名骑兵疾驰而来，当先是一位头戴王冠的魁梧男子。那些拜火教徒一见，纷纷拜倒："参见国王陛下！"

原来撒马尔罕的国王也听到消息，率领赭羯骑兵赶过来。国王一打听情况才知道，里面不但有大唐来的僧人，还有西突厥的达官，不禁大吃一惊，急忙驱散徒众，带人冲进寺院，将玄奘解救了出来。

达摩支怒不可遏，指着他道："这是大唐来的玄奘法师，无论统叶护可汗，还是泥孰设、莫贺咄设，都把他当作最尊敬的客人。可到了你的国家，你竟敢纵容百姓，如此无礼！"

国王连连赔罪："达官，法师，本王实在是不知道您来到敝邦。倘若知道，本王必定以礼相待，断不敢让百姓无礼啊！"

"那你现在怎么又出现在这里？"达摩支愤愤地道。

国王苦笑："这几日，本王供奉了一只神异的王瓶，那王瓶中有神魔。今夜，本王正在对王瓶祈祷，那瓶中神魔现身，告诉我说法师有难。我这才知道。"

玄奘顿时愣了："是大卫王瓶让你来救我？"

"是啊！"国王纳闷地道，"法师，您知道那王瓶的名字？"

"贫僧不但知道它的名字，"玄奘苦笑不已，"还知道，今晚便是它鼓动教众来烧死我。"

便在这时，城内最高的一座塔楼上，忽然传来一个宏大的声响，声音震动全城，有如雷鸣一般："师父，这只是给您小小的告诫。千万莫要再阻挡我的道路，否则，你我的缘分，自今夜而止！"

"阿术！"玄奘眺望着圆月下那座塔楼，激动不已，"快，陛下，快带贫僧到那楼上去！"

国王不明所以，却依言率领赭羯骑兵驱散人群，当先开路。玄奘跳上马背，朝着塔楼疾驰而去。那塔楼高有十丈，乃是城内的瞭望塔。等玄奘气喘吁吁地上了塔顶，大卫王瓶却是踪迹全无。只有寂寞的圆月笼罩着塔楼，洒下一片月光。

"阿术——"玄奘失声痛哭。

玄奘知道大卫王瓶距离自己并不是很远，于是急忙离开撒马尔罕，追踪着大卫王瓶的脚步南行。往南再经过七八个国家，便是铁门关。

铁门关是西域最著名的关隘，是西突厥本土和吐火罗的分界线。这是一座天然的关隘，峰壁峭拔，山色如铁，最狭窄处，一人张开双臂便能摸到两侧的山崖。关口上有城门，城门包铁，门上又挂着不少铁铃铛，因此被称为铁门。

进入铁门关，便是吐火罗。

历史上的吐火罗国地域广阔，北至铁门关，南至兴都库什山，阿姆河贯穿其中。吐火罗人曾在此建立了强大的贵霜王朝，鼎盛时期控弦二十万。其后萨珊波斯、印度笈多王朝相继兴起，贵霜王朝衰弱，随后嚈哒人南下灭掉贵霜王朝，并在此地建国。

三十年前，西突厥和萨珊波斯联手灭了嚈哒，从此吐火罗分裂为几十个小国，被西突厥控制，统叶护可汗派了自己的长子呾度设担任吐火罗国王，居住在阿缓城，统治着这片广大的区域。

过了铁门关，再走几百里，渡过阿姆河，便到了吐火罗的都城阿缓城。距离阿缓城还有十几里，达摩支就派人前去告知呾度设。但直到城门口，呾度设并没有亲来，只派了自己的长子特勤来迎接。

一问，才知道呾度设病重。玄奘忧心不已，生怕阿术抢先一步加害呾度设，急忙随着特勤到了王宫。呾度设坐在肩舆上，让人抬着到了王宫门口，来迎接玄奘和麴智盛。

呾度设年有四旬，长相与普通的突厥人并不相似，身材颀长，面色白净，颇为文雅，是个颇有魅力的人。麴智盛是他的妻弟，两人早年间见过面，呾度设看见麴智盛，还不敢相认，一介绍，顿时喜悦无比："智盛、法师，我终于把你们盼来啦！"

玄奘一愣："陛下，您知道贫僧要来？"

“两个月前，我和可贺敦收到了高昌王派人捎来的口信，说智盛拜了法师为师，陪同您西游天竺，将要路过敝国，让我夫妻好生接待。”呾度设有些伤感，“从那时起，可贺敦就日日夜夜盼望着你们来，她嫁给我十多年了，远离故土，无时无刻不想念着家乡，能见到智盛，带给她极大的喜悦。”

玄奘知道，他口中的可贺敦便是麴文泰的长女。

麴智盛也好多年没见长姊了，急忙问：“姐夫，我姐姐呢？”

“智盛，她终究没能盼到你来，”呾度设大哭，“一个月前，就病逝了。”

麴智盛呆若木鸡，忍不住放声大哭。呾度设挣扎着下了肩舆，抱着他一起哭泣。

玄奘深深地自责。因为雪山封路，他在龟兹停了两个月，又在碎叶城待了大半个月，竟然没能让可贺敦亲眼看到麴文泰的书信，带着遗憾去世。

呾度设又询问麴文泰的情况，玄奘和麴智盛面面相觑，好半晌，麴智盛才硬着头皮把高昌发生的惨事说了一番。呾度设当场就惊呆了，他怎么也没想到，一个宦官策划的内乱，竟然让两位王子毙命，连麴文泰也双腿瘫痪。

麴仁恕和麴德勇是可贺敦一母同胞的亲兄弟，都是突厥王妃所生，呾度设哀叹不已，但对他们的到来还是很高兴，当晚在王宫中宴请二人，还让可贺敦的两个孩子来参见舅父。两个孩子大的不过十一二岁，小的才七八岁，都文雅懂礼，眉目间竟然跟麴智盛颇有些相像。麴智盛忍不住又抱着孩子哭了起来。

席间，呾度设告诉玄奘：“法师，您远道而来，不如在阿缓城多待上几日，等我病体痊愈，就亲自陪同您到天竺去。”

玄奘合十感谢，问：“陛下，您何时开始患病？”

“一个月前吧！”呾度设道，“自从可贺敦病故后，我日夜思念，郁郁寡欢，身体日渐虚弱。”

“哦。”玄奘松了口气。一个月前的话，想来不是阿术使然了。

呾度设人极为聪明，见了玄奘这种表情，忍不住问：“法师，您好像对我生病的时间颇为关心。”

玄奘迟疑了一番：“陛下，能不能屏退左右，贫僧有些话想跟您讲。”

呾度设一怔：“有什么大事么？”

“姐夫，”麴智盛神情凝重，“的确有一桩大事，我们此来，关乎您的安危。”

呾度设虽然病重，人仍极为警醒，当即命令左右退出宫殿，让人带着两位王子也回了后宫，大殿内只余三人对坐。

“法师，您有什么要事，尽说无妨。”呾度设道。

“陛下，您可知道突厥王廷发生的大乱么？”玄奘问。

呾度设的脸色顿时阴沉了下来，咬牙道：“法师，您说的是莫贺咄弑杀我父亲的事情么？我早就得到消息了。正打算尽起大军，北出铁门关，前去为父亲复仇！可是，一则我此时病重，二则我的大军若是出了铁门关，恐怕会引起泥孰的警惕。因此我先派了使者去弩失毕部找泥孰，哪怕他不帮我，起码要中立才行。此时我的使者还没有回来，我先让大军备战。”

玄奘见他都知道，便直截了当：“陛下，您出兵攻打莫贺咄，泥孰只有高兴，不会阻拦。但您却要小心咥力。泥孰原本想亲自来吐火罗找您出兵，尊奉您为大可汗，共同消灭莫贺咄。可是咥力却嫉恨泥孰不尊他为可汗，暗中破坏，泥孰才没能过来。”

“咥力？”呾度设陷入沉思，最终叹了口气，“我已经有十年没有见到他了。那时候他还是个孩子，父亲真是白白宠爱他，没想到如今却为了大汗的位置，连父亲的仇恨也不顾了。罢了，我来到吐火罗二十多年，早已习惯这里，也不愿去做那大可汗。等我出兵杀了莫贺咄，便还回吐火罗，咥力想做大汗，就让他做去吧！”

玄奘见呾度设如此淡泊权位，不禁钦佩：“陛下，您想出兵，可有人不想让您出兵。”

“哦？”呾度设诧异，“谁？”

“莫贺咄。”

呾度设哈哈大笑：“法师，他是我的仇敌，凭什么阻止我？”

“大卫王瓶。”玄奘轻轻地道。

呾度设愣住了：“便是那个萨珊波斯的宝物？”

吐火罗西面与萨珊波斯接壤，他自然知道这东西。

玄奘见他听说过大卫王瓶，倒也省了一番口舌，就将莫贺咄得到大卫王瓶，假借献宝为名，杀了统叶护和整个王廷中枢官员的经过说了一遍，又道：“莫贺咄最惧怕的，便是您与泥孰联手对付他，因此他对大卫王瓶许下的第三个心愿，便是让大卫王瓶杀了您。”

呾度设将信将疑：“那我为何不死？”

“不知为何，大卫王瓶必须来到吐火罗才能杀您。”玄奘道，“贫僧听说后，便一路追踪着它的踪迹，来到阿缓城。它与贫僧差不多一前一后，估计此时也刚刚到了王城。”

呾度设虽然怀疑大卫王瓶的威力，却也知道这和尚在历尽艰辛保护自己，心中感动：“法师放心，在阿缓城，没有人杀得了我。”

麴智盛却领教过大卫王瓶的威力，心有余悸：“姐夫，大卫王瓶的魔力极为可怖，乃是我和师父亲眼见到。您这段时间一定要加强护卫，任何瓶瓶罐罐，一律不得让它接近您。”

“明白。”呾度设点点头，“我的安全不用担心。智盛啊，这段时间你就陪着法师在城里好好休息一番。我要新娶一个可贺敦，三日后就是成婚之日，到时候宾客众多，大卫王瓶要杀我，恐怕那才是最好的时机。”

“姐夫要娶可贺敦？”麴智盛不禁愣住了。他自从见到呾度设，就觉得此人对姐姐情深义重，并非伪饰，没想到姐姐才过世一个月，他就要新娶。

咀度设脸一红，低声道："智盛，我本无意娶妻，只是这个可贺敦像极了你姐姐。我长子特勤前些日子偶然遇到，带来给我看。我恍惚觉得你姐姐又活生生地站在我的眼前，而且年轻了二十岁。我看见她就想流泪，当时就想着，娶一个与你姐姐一模一样的人，或许我的两个孩子也会喜欢吧！"

"哦？"麴智盛有些惊讶，"世上竟然有与我姐姐长相如此相似的人？"

他还要再说，玄奘拉了他一把，笑着合十祝福："那就恭喜陛下了。"

玄奘脸上笑着，但心中却隐约觉得不安，一股极为惊惧的感觉，仿佛一朵莲花在心底绽放。

咀度设本想将玄奘二人留宿在宫中，被玄奘婉言谢绝，他是一个僧人，居住在王宫之中很是不便。咀度设也不勉强，就命人在距离王宫最近的一座佛寺内，给他们腾了一座院落，又安排人伺候。

咀度设病体没有康复，送他们住下之后，身体支持不住，便告辞回宫。麴智盛送他出门，刚送走人，便急匆匆地跑回来："师父，师父！"

玄奘正在洗漱，转回头："什么事？"

"在宫中，您为何拉着我不让我问？"麴智盛有些不服，"姐姐新丧，姐夫就要再娶。我气不过，师父您为何不让我落落他的颜面？"

"智盛，"玄奘想了想，"今日来迎接咱们的特勤，你熟悉么？"

"不熟，但知道他。"麴智盛道，"特勤是姐夫的长子，但不是我姐姐所生，是姐夫上一任可贺敦生的。姐夫生性平和，特勤热衷征战，残忍好杀，不得姐夫喜欢。前两年我在高昌时，父亲收到姐姐的书信，说姐夫有意立我大外甥为继承人，后来好像并没有定下来，也不知为何。”

玄奘捻着佛珠沉默片刻：“为何特勤热衷给咀度设寻这门亲？儿子给父亲张罗婚事，这在大唐倒是少见。”

“哈哈……”麴智盛笑了，“突厥人可没有大唐那般繁文缛节，他想讨好姐夫，获得宠爱，自然要竭尽所能。”

“那么他如何找来与你姐姐长相相似的人呢？”玄奘继续问，“你姐姐是汉人血统，想在吐火罗找个这样相貌的人，恐怕极为困难吧？”

“这倒是。”麴智盛挠挠头皮，“师父，您觉得这里面有问题？”

“不好说，”玄奘摇头，“咱们初来乍到，不了解情况。这两天好好打听打听吧，我总觉得心里有些乱。”

麴智盛低声问：“师父是在忧心阿术么？”

玄奘望着窗外长叹：“算算时间，他该来了。或许，他早来了。”

麴智盛的心情也沉重起来。

这一夜，两人睡得都不踏实，第二日早早就起来，在朝阳映照的吐火罗城内漫步。吐火罗城是西突厥、天竺和萨珊波斯三大帝国的交通枢纽，异常繁华，仅仅建筑就荟萃了三种不同文明的精华，街上庙宇繁多，各种宗教僧侣的诵经声从庙宇内传来，整座城市显得神秘无比。

两人在狭窄的街道间走着，身后达摩支带着几名突厥兵配着弯刀保护，玄奘凝望着繁华的街市，一直心不在焉。

“师父，想什么呢？”麴智盛问。

“我在想，阿术如果到了这里，他会住在什么地方。”玄奘道。

麴智盛苦笑：“吐火罗城这么大，您要找起来，那可就是大海捞针了。”

“不，”玄奘摇摇头，“吐火罗国虽然信奉佛教，但拜火教徒众多，阿术是虔诚的拜火教徒，他远离家乡，思念亲人，来到这个距离波斯仅有一步之遥的地方，一定会惦念自己的父亲。他此生最敬畏的人便是拜火教尊奉的霍尔莫兹德神。因为他觉得他与霍尔莫兹德身世相同，都是因为父亲的一个承诺而苦苦等候。他会虔诚地祈祷，恳求霍尔莫兹德保佑自己回到波斯的阳光下。”

麴智盛眼睛一亮：“那么，他会住的地方就是……拜火教的祆祠！”

“没错。”玄奘点头，“就是祆祠！”

麴智盛想了想，又颓唐起来：“可这座城里，祆祠不下一百座，咱们怎么找？”

“没办法。”玄奘也苦笑，“有时候就得下笨功夫。阿术若要来，必定是蛊惑了商人携带大卫王瓶入城，你先去吐火罗的官署打听最近半个月从北面进入吐火罗的商队，查问每一支领队人的姓名，然后去每一座祆祠打听，看看他们是不是在里面住宿。商贾一般会住客栈，倘若有住进祆祠的，那必定携带着大卫王瓶！”

“这个法子好！”麴智盛高兴起来，“师父，不如我让姐夫派人协助，这样很快就能打听出来。”

“不可，不可。”玄奘急忙摆手，“阿术极为警醒，你这样大动干戈，势必会惊动他。事实上，或许他一直在盯着咱们，说不定此时此刻，就有一双眼睛在人群中注视。”

麴智盛吓了一跳，左右乱看，自然看不出什么。

“智盛，”玄奘又叮嘱，“被大卫王瓶蛊惑的人有多狂热，你是亲眼见过的，一定不可掉以轻心，也不可逼迫太急，因为此时此刻，他已经是一个真正无所不能的人，轻而易举就能在这个国家掀起动乱。”

麴智盛打了个寒战，默默地点头，当即就去了城内的官署。

他是咀度设的妻弟，轻而易举就拿到了咀度设的手谕，命令各级官员无条件配合，很容易就从税官那里拿到了入城商人的资料。麴智盛不敢用吐火罗的人，就带着达摩支的突厥兵挨个询问商队。

与此同时，咀度设则忙着筹备自己的婚礼。一国国王大婚，头绪繁多，几乎全城动员，连附近各国都派了使者来道贺。吐火罗城内更加繁忙。

麴智盛找了三日，问了数十支商队，也没有发现阿术的踪迹，他锲而不舍地追查着，但这日，咀度设的婚礼开始举行了。咀度设亲自邀请玄奘为他主持祝祷仪式，玄奘也担忧着他的安全，只好放下追查阿术的事，来到王宫。麴智盛本来就不大乐意去参加他姐夫的婚礼，便继续寻找阿术。

这场婚礼盛大无比，玄奘亲自检查了咀度设周围的护卫，又询问咀度设的心腹，那位侍卫总管，特勤能否在护卫里安插人手？

侍卫总管笑了：“法师，您放心。特勤多年不得宠爱，最近几年连王宫里也难得进来一次，他有什么本事收买我的手下？”

玄奘见他如此有信心，这才略微放心。

侍卫总管又道：“法师，陛下命令我无条件遵守您的命令，王宫之内的军队，您可以随意调动。法师有什么指令，请下达无妨。”

玄奘没想到，咀度设对自己信任到了这种地步，更觉得肩上担子太重：“贫僧也没什么指令，只有一点，任何一只瓶子、罐子，但凡能装东西的，不准接近陛下。”侍卫总管虽然不解，却凛然奉行，玄奘想了想，又道，“除了两位王子，其他十岁左右的男童，也一概不准接近陛下。”

“是。”侍卫总管慨然道，“请法师放心。”

主持祝祷仪式时，咀度设偕新可贺敦在玄奘的狮子座下拜谢，玄奘特意看了这位新可贺敦几眼。他没见过高昌公主，但这位可贺敦一看就带有汉人的血统，美貌如花，不可方物。

刚主持完仪式，就见麴智盛满头大汗地从人群中跑了过来，一见着玄奘，连口气也来不及喘：“师父！师父！大卫王瓶找到了！”

玄奘大吃一惊：“在哪里？”

“城西北的一座祆祠内！”麴智盛崇拜地望着玄奘，“师父果然神算，弟子从税官那里打听到，这半个月从北方进城的商队，足有二十一家。弟子便到商队里逐一查问，他们大多居住在客栈，其中有一个粟特商人，名叫阿里布，去祆祠礼拜后，就住宿在那里，一直没有回来。弟子便寻找这个阿里布，果然，在城西北一座极为荒僻的祆祠找到了他。弟子不敢惊动他，就赶来找您。”

玄奘深深吸了一口气：“好。咱们这就去会会这个阿里布！”

此时新婚大典已经接近尾声，倒也平静无比，没有任何事情发生。玄奘又向那位侍卫总管交代了几句，便带着麴智盛去那座祆祠。

此时已经黄昏，苍茫的落日照耀着古老的吐火罗城。

集市正准备散去，经营一天的商人愉快地盘点着一天的收获，回家的行人则步履匆匆。狭窄的街道上，充满了人世间平凡而使人迷恋的生活气息。

玄奘和麴智盛带着达摩支的突厥骑兵在街道上疾驰，艰难地通过集市，朝着西北而行。吐火罗城北高南低，往西北走是一路上坡，走得不快。

祆祠在一座土丘上，周围荒凉无比，只有这一座寺庙静静地耸立，有一种被遗弃于世界的凄凉。到了那座祆祠附近时，日色已经昏黄，映照在庙宇的屋檐上，闪耀着金黄的色彩。

距离祆祠还有一里，玄奘便让麴智盛和达摩支停下，自己也跳下马，慢慢地向祆祠走去。

附近路过的行人诧异地望着他，一个和尚，走进拜火教的寺庙，的确有些让人不解。玄奘没有在意，平静地走上了庙宇的台阶。

这座祆祠很小，只有一座大殿，也有些荒废了，或许是距离人烟之地比较远，香火并不旺盛，墙壁上的彩绘也有些剥落，有一股凄凉的感觉。

这时候，祆祠的门关着，玄奘走到门前，正要拍，门却吱呀一声开了，一名祭司头戴高高的白帽子走了出来，身后还跟着一个商人，想来便是阿里布。两人用拜火教的礼节向玄奘施礼。

“请问您是唐朝来的玄奘法师吗？”那祭司道。

“阿弥陀佛，贫僧正是。”玄奘并没有惊异，平静地合十施礼。

祭司没有说什么，将身子侧到一边：“神已经等待您多时了。法师请。”

玄奘沉默地走了进去，祭司和商人并没有跟进来，而是走到门外，轻轻地关上门，跪在门前，面朝太阳的方向，口中诵念着晦涩的经文。

门一关，祠内便有些昏黑，正中间燃烧着一团圣火，那圣火也不知燃烧了多少年，跳跃的火焰映照着大殿，光与影斑驳迷离。大殿的正中，是霍尔莫兹德的神像，他的面目和上身是庄严的人像，腰部有一个巨大光环，两侧是巨大的羽翼，下身也是张开的鸟尾。他左手持有光环，那是承诺之环。右手平展，是在指引去往天堂的路径。在腰部的光环下，垂着两条绶带。拜火教是善恶二元论，这是在告诉信徒，要么行善，要么行恶。

在霍尔莫兹德神像的下方，圣火的映照下，静静地放着那只大卫王瓶。

玄奘没有说话，沉默地走过去，趺坐在大卫王瓶的对面，用悲哀的眼神凝视着这只瓶子。

“师父，您终于还是来了。”大卫王瓶发出长长的叹息，似乎伤感无比。

“我来带你回家。”玄奘说。

“师父，我回家后，真的能行走在波斯的阳光下吗？”大卫王瓶问。

“能的。阳光照耀着一切众生，也会照耀着你。”

“师父，我真的能去马戏团做一个小丑，每天快乐吗？”

“能的。那里有你的家乡，你的亲人，你看见他们快乐，自己就会快乐。”

“师父，做个小丑，能给我爱的人带来快乐吗？”

“能的。一切众生都会欢笑，他们悲伤的时候，是忘记了如何欢笑，他们在你的脸上看见欢乐，自己就会欢乐。”

“可是，师父，我害怕。”大卫王瓶说，“这三十年，我藏身在这个狭小的瓶子里，这铜瓶包裹着我，虽然冰冷，但我会觉得安全，就像父亲冰冷地抱着我。而外面的世界那么大，我会觉得寂寞，孤单，恐惧，无依无靠。”

“你想知道观世音菩萨是怎么祝福你的吗？”

“师父，我想听听。”

“在人世间，感受着一切恐怖病苦的孩子与众生啊，我发下过誓愿，要让你的人生圆满无碍，远离悲苦，要让你看破生死烦恼，了悟真实光明。我祈求你一切圆满，不受一切鬼卒的侵害……”

玄奘低声诵念着，他闭着眼睛，捻着佛珠，眼眶里涌满了泪水，似乎将这些年的修行，这些年的情感，这些年的虔诚，尽数融入这篇改头换面的《大悲咒》里。

“师父……”大卫王瓶里发出呜呜的哭声，瓶身的花纹诡异地变幻，朝两侧无声无息地滑开。那个令人悲伤的肉球滚了出来，在地上慢慢摊开，化作人形。

阿术赤身裸体地站着，已经满脸泪水，他呜咽着抱住玄奘，放声痛哭。

玄奘慢慢睁开眼睛，他没有说什么，从随身带的一个包袱里取出一套衣服：“阿术，这是我特意为你做的衣服。我知道，总有一天，你会穿上这身衣服，自由地行走在阳光和人群里。来，试试合不合身。”

阿术哭着穿上了衣服，看了看脚下的鞋子，喃喃道：“师父，我怀念你包裹我双脚的那块羊皮。”

玄奘笑了，牵着阿术的手：“走，阿术，我带你看看这个世界是什么样子。”

阿术顺从地拉着他的手，走出了昏暗的大殿。身后，裂开的大卫王瓶又无声无息地合拢。

走到大殿外，夜幕已经降临，祭司和商人还跪在门口，他们抬起头，满脸泪痕地凝视着阿术：“神子啊，您要离开我们了吗？”

阿术抬起头，眺望着山丘下吐火罗城中的灯火：“我想寻找属于人的欢乐。”

然后，他牵着玄奘的手，慢慢走下台阶。身后的两人失声痛哭。

玄奘陪着他走下山丘，麴智盛和达摩支还等候在远处，但两人都没有过来，只是默默地跟随。

玄奘就这样带着他走上吐火罗的街道：“阿术，你能想象吗？此时夜幕笼罩着这座城池，我们什么也看不见，可是几个时辰后，在东面，会有一轮灿烂的太阳，升起在城市的上空，那时候，这座城池就会变得透亮，甚至能看见每一个角落的灰尘。”

阿术眺望着，一脸迷醉。

“阿术，你能想象吗？这个时候，街上空无一人，所有的建筑都像死亡了一般。可是当太阳升起的时候，在你两侧的墙壁里，会有孩子开始啼哭，大人也开始苏醒。他们首先洗去脸上的疲惫，精神焕发地迎接一天的生活。街上一瞬间就人群拥挤，他们的身躯不停地碰着你，挨着你。那就像一个和善的父亲用双手环抱着你一样，与大卫王瓶冰冷的拥抱完全不同。”

“还有汗臭味，还有叫嚷声，地上还有挤掉的鞋子。”阿术闭着眼，慢慢地想象着。

“那就是众生的活法，”玄奘说，“普通，平凡。每一个人都会有悲伤和不幸，正因为如此，等悲伤和不幸过去以后，他们才会快乐。阿术，为什么人会快乐？因为悲伤过去了。”

阿术睁开眼睛，凝望古老的吐火罗城，神情里充满了悲伤：“师父，对不起，我想我还是让你失望了。”

“为什么？”玄奘问。

“因为，呾度设将于今夜死去。”

玄奘吃了一惊，阿术喃喃道：“半个月前，我就来到了吐火罗城。我让阿里布把我献给了特勤。特勤是呾度设的长子，可是多年不受宠爱。我施展神通，轻而易举就征服了他。我告诉他，莫贺咄叛乱，杀了统叶护可汗，咥力也死了。阿史那家族如今能够继承大可汗之位的，只有呾度设，泥孰不久后就会来迎接他去王廷即位。倘若呾度设一死，他就是唯一的继承人。特勤早就在想方设法讨好呾度设，高昌公主死了没多久，他就找了个与公主长相相似的人，打算献给呾度设，求得宠爱。但经过我的蛊惑，求宠之心，变成了杀心。”

玄奘慌了：“难道……新任的可贺敦，便是刺杀呾度设的人？”

“是啊，师父。”阿术喃喃地道，“再严密的防卫，又怎么能阻挡新婚之夜的毒酒？”

“阿术，”玄奘顿时一头冷汗，“你先回祆祠，我去救呾度设。”

“嗯。”阿术点了点头，神情悲伤，“师父，倘若呾度设已死，您还会如此待我吗？”

“阿术，我发下过誓愿，要让你的人生圆满无碍，远离悲苦。”玄奘严肃地道，“不管你身上犯错，还是内心恐惧，我都会让你重见光明，心无挂碍。”

说完，玄奘急忙喊来麴智盛和达摩支等人，跟二人一说，他们也慌了，急忙上马，在夜晚的街道上轰隆隆地朝着王宫方向奔去。

阿术默默地凝望着玄奘远去的背影，泪水迷蒙。

玄奘等人赶到王宫门前，只见城楼上灯火通明，城内军队调动，一拨一拨地朝着王城赶来。玄奘心里一沉，他知道，已经晚了。

特勤的弑君之举计划周详。

新婚之夜，呾度设见新可贺敦与高昌公主一般无二，忍不住神思恍惚，迷醉不已。可贺敦举起金杯向呾度设敬酒，呾度设一饮而尽，当场暴毙。随后，可贺敦取出呾度设的印鉴，写了封手谕，命人召特勤入宫。

特勤拿到呾度设调动大军的印鉴，立刻命人调动军队，封锁王宫与吐火罗城，直到第二日黎明时分，彻底控制全城之后，才宣布呾度设驾崩，传位于他。根据突厥的收继婚制，他将纳王后为自己的可贺敦。

玄奘和麴智盛悲痛不已，麴智盛更牵挂两个外甥，告诉玄奘，这两个孩子父母双亡，若是留在特勤的手里，势必会被杀害。玄奘也忧心不已，第二日提出入宫吊唁，特勤允准。两人在那个侍卫总管的帮助下，秘密将高昌公主生的两个儿子带出了王宫，藏于寺庙内。

特勤果然有毒杀二子的心思，一听说两位王子失踪，立刻就猜到了玄奘和麴智盛的身上，顿时勃然大怒，率领骑兵包围寺庙，打算抢夺二人。双方正在对峙中，就听得城门的方向闷雷滚滚，也不知道有多少人马突入城内。

特勤大骇，刚要派人打听到底发生什么事，就见一股黑色的铁流席卷而来，为首一名骑士，正是泥孰！

特勤见过泥孰，他到底心虚，见这位威震突厥的大设率兵前来，心中忐忑，急忙过来见礼。泥孰不理他，跳下马，进入寺院，先拜见玄奘。特勤也讪讪地跟了进来。

玄奘和麴智盛等人见到泥孰，这才松了口气："阿弥陀佛，泥孰，你怎么会突然到了吐火罗？"

"法师，我在碎叶城击败莫贺咄之后，一路追杀，后来他逃往金山，我这才撤兵，急急忙忙率人来迎接呾度设回去即位。没想到刚进铁门关，就听说呾度设暴毙。这才疾驰一夜，赶到了吐火罗城。"泥孰说完，又回头盯着特勤，冷冷地道，"特勤，你该叫我什么？"

"叔……叔父……"特勤战战兢兢地道。

"很好，既然我是你叔父，那么你老老实实告诉我，你父亲，是怎么死的！"泥孰怒目大喝。

"叔父啊！"特勤顿时哭了起来，"父亲的死因我也不知道，昨夜，父亲新婚，我喝多了。正在府里睡觉，就见有宫中的人拿着父亲的手谕来见我，召我入宫。我入宫之后，只见父亲已经暴毙。一问可贺敦，可贺敦告诉我说，他们正要就寝，忽然屋子里刮起一阵旋风，那旋风中涌出一个漆黑的魔鬼。那魔鬼手拿长戟，大叫一声说，莫贺咄派我来杀你，然后一戟刺下。父亲浑身无伤，却面孔黑紫，当场暴毙。魔鬼也消失无踪。我当时惊恐不已，生怕是妖魔作祟，于是拿着父亲的印鉴，调动大军，控制王城。"

"魔鬼？"泥孰冷笑，"这说法你信么？"

"侄儿不得不信。"特勤正色道，"今日弟子挨门挨户搜索，寻找凶手。终于得到消息，原来那莫贺咄得到一个大卫王瓶，他对王瓶许下心愿，让瓶中的魔鬼杀掉我父亲。据说此事在突厥人尽皆知。叔父，我父亲、我爷爷都被那莫贺咄所害，您一定要替我做主啊！我当尽起大军，追随在您的旗下，一定要杀了莫贺咄。"

泥孰表情变幻，沉思良久，才摆了摆手："罢了，你既然有复仇之心，那就不必待在这里了。马上去整顿你的军队，到时候随我北上报仇吧！至于你的国王之位，等到平定了莫贺咄，新的大可汗即位，再进行册封。"

“多谢叔父。”特勤松了口气，连连鞠躬，带着人走了。

他一走，麹智盛不干了：“泥孰，你这个白痴，明明是特勤害了我姐夫，你为何不杀了他？”

“麹智盛，你他妈才是个白痴！”泥孰破口大骂，“他虽然是编造，这个理由你能戳得破吗？再说了，我只带了一千人来，要在吐火罗跟特勤开战，你想让我的人全死在这里吗？”

“哼，你终于承认自己怕死了。”麹智盛冷笑。

“放屁。”泥孰被他气得暴跳如雷，“老子是那怕死之人吗？你知不知道老子和莫贺咄开仗，战死了多少勇士？老子为何来吐火罗？因为我和莫贺咄都已经撑不下去了，只要有吐火罗的军队北上，立刻就能改变战局！”他不想搭理麹智盛，转而向玄奘诉苦，“法师，呾度设已经死了，死者不能复活。难道我要冒着让西突厥、让吐火罗都覆灭的危险，为一个人报仇吗？特勤也向我做了表示，只要他做国王，就会尽起大军，随我征战莫贺咄。为了西突厥尽快稳定不陷入长久的战乱，我忍一时之气又算得了什么？”

“阿弥陀佛。”玄奘合十，“贫僧习的是佛法，不懂政治与战争。”

泥孰点了点头：“多谢法师能够谅解。”他脸上现出愤怒之色，“但这件事也不能善罢甘休，这大卫王瓶到了哪里，哪里就会灾祸连天，高昌、西突厥、吐火罗，全都被它害得苦不堪言，国破人亡，我今日一定要烧毁这个祸害！”

玄奘吓了一跳：“泥孰，不可莽撞。”

“法师，我意已决。”泥孰说完，翻身上马，率领手下的骑兵轰隆隆地远去。

玄奘顿时急了，叫上麹智盛，急急忙忙朝那座祆祠赶去。

等他们到了，泥孰和特勤的人已经包围了祆祠，他们砸开庙宇的大门，从里面将大卫王瓶抬了出来，一起呼喝着朝大卫王瓶怒骂，吐口水，簇拥着朝王宫前的广场赶去。

“泥孰，不要——”玄奘拼命往里挤，但街上的人太多了，经过特勤的宣扬，吐火罗城的人都以为是大卫王瓶杀害了呾度设，群情汹涌，愤怒不已，更有拜火教徒高举着火把，叫嚷着烧毁王瓶。

人群塞满了长街。

玄奘正在人群里挤动，忽然有人扯了扯他的袖子。玄奘回头一看，顿时惊呆了，阿术正在人群里朝他笑着。

“阿术！”玄奘一把将阿术抱了起来，“你没在瓶子里？”

“师父，”阿术一脸快乐的样子，“我想走在阳光下。永远不再做那瓶中人了。”

“好好好。”玄奘喜不自胜，“那大卫王瓶……”

“泥孰想烧，就让他烧吧！”阿术看着人群簇拥下的大卫王瓶，有些凄凉，“它到底是犯下了那么多罪恶。那就算我的躯壳吧，如今烧掉这个躯壳，我就永远留在人世间了！”

人群喧嚣着远去，泥孰和特勤骑在马上，蓄意鼓动着百姓的愤怒，他们需要把这场愤怒转嫁，转嫁给大卫王瓶，转嫁给莫贺咄。

人群在玄奘和阿术身边流过，正如大海退潮，很快，整条街上都空荡荡的，只有麴智盛陪在他们身边。三个人沉默地在吐火罗城中走着。他们走到街市，来自世界各国的商贾操着各种口音叫卖，商品琳琅满目。

阿术指着一个高鼻深目、满脸大胡子的老年商人道：“师父，他说的就是波斯语。口音靠近泰西封。”

“那算是你的家乡人了呀！”玄奘笑道。

“是啊！”阿术感慨，“两年了，我第一次听到家乡的口音。”

阿术走上前，朝那个老年商人鞠躬，用波斯语问候：“长者。”

那老者听见他的口音也有些意外：“你是泰西封人？”

“是的，我来自泰西封。”阿术愉快地笑道，“我离家两年了，第一次见到真正的家乡人。”

“唔，孩子，愿霍尔莫兹德的荣光永远照耀着你。”老者祝福他。

“长者，我能打听一下吗？库斯鲁二世陛下，如今身体如何了？”阿术惦念着父亲，“我离开泰西封的时候，听说皇帝得了痢疾，一直卧病。”

“库斯鲁二世么？”那老者愣了，“他早就驾崩了。”

“什么？”阿术脸色剧变。

玄奘虽然不懂波斯语，但也听出来有些不对，急忙摸着阿术的头，问那长者：“发生了什么事？”

他用的是吐火罗语，那老者自然能听懂，于是告诉玄奘：“这位僧人，我刚才告诉这个孩子，两年前，库斯鲁二世驾崩了。也就是在前年的二月，他的长子希鲁耶谋害了他，先是用香炭烧毁了他的嗓子，然后绞死了他。”

阿术整个人都已经呆住了。他在瓶子里等待了三十年，终于等来了父亲最后一个心愿，万里迢迢前往大唐，唯一的梦想就是，完成父亲的心愿后，不再做那瓶中人，每天行走在波斯的阳光下。一路艰辛挣扎，经历了莫贺延碛的截杀，经历了王瓶失落的曲折，经历了高昌内乱的生死危机，终于另辟蹊径，通过莫贺咄，将西突厥搅得四分五裂、血流成河，终于让西突厥再也无力与希拉克略合作，入侵波斯。

可就在他满怀期待地要回家的时候，父亲死了。在他刚刚离开波斯的时候，他就死了。

当他奋斗的时候，他为之奋斗的人已经离开了这个世界。他这两年的曲折与奋斗，竟然全无意义。

“然后呢？”玄奘急忙问，“现在波斯怎么样了？”

“乱世末日啊！希鲁耶即位后将他的十七个兄弟全部杀光，但这是一个遭了天谴的人，六个月后就被瘟疫夺走性命。”老者说，“随后七岁的王子阿尔达希尔二世即位，今年四月，又被将军沙赫·贝拉兹废黜了。一个月前，听说沙赫·贝拉兹被对手吊死在了泰西封，库斯鲁二世的小儿子贾旺希尔即位，前几天从波斯来了一群商人，说是贾旺希尔又被杀了，现在是库斯鲁二世的女儿布朗执政。”

三人沉默无语，谁也没想到波斯竟然乱成了这般模样，完全是一个王朝的末世了。

“师父，”阿术似哭似笑，“我还能回家吗？”

玄奘心里难受，拉着他的手，不知道该说什么：“阿术……”

“师父，波斯还有阳光吗？”阿术问。

玄奘无法回答。

阿术慢慢摆脱了他的手，独自一人落寞而去。阳光照耀在吐火罗城，照耀在他的身上，但他似乎并不是行走在阳光下，而是仍旧行走在大卫王瓶的黑暗中。

王宫的广场前，挤满了愤怒的百姓。广场中间架起了一座高台，下面燃烧着熊熊的火焰，大卫王瓶放在高台上，正在被火焰烤灼。

人群爆发出山呼海啸般愤怒的呼喊：“烧毁它！烧毁它！魔鬼！妖怪！为呾度设复仇！为大可汗复仇！”

高台下，泥孰和特勤请来的僧侣端坐在一旁，高声诵念着佛经，以佛法镇压这只邪恶的瓶子。

就在这个时候，一个孩子从人群中走来。他爬上高台，踩着高台上的横木，朝着大卫王瓶走去。人群顿时寂静下来，诧异地望着那个孩子。

脚下是燃烧的火焰，前面是被烤灼的大卫王瓶，四周是粗大的铁索，那孩子沉默地走在横木上，走在火焰中，走向大卫王瓶。底下的人群沉默地望着，上万人的王宫广场一片寂静，没有人知道这个孩子从哪里来，要到哪里去。

那个孩子走到大卫王瓶的旁边，伸手在王瓶上抚摸着，大卫王瓶忽然缓缓地分裂成了两片，露出里面的内胆，有如一个子宫。底下有烈火烤灼，这个时候，它不是冰冷的，而是温暖的。也不是黑暗的，有阳光与烈火将它照耀。

玄奘和麴智盛此时奔到了高台下，玄奘仰面凝望着，眼睛里充满了泪水，喃喃地说着："回来，孩子，回来……"

那个孩子似乎听见了他的呼喊，低下头，向他笑了笑，他的身子随即收缩成了一团，舒服地躺进了大卫王瓶的子宫里。然后，王瓶慢慢地闭合了。

在拜火教的传说中，宇宙原本一无所有，只有时间与空间的神祇扎尔万孤独地存在于这宇宙中。直到有一天，神寂寞了，他想做一个父亲，于是祝祷了一千年。当他所爱的孩子降生后，他却无法让他来到这个世界，于是满怀歉意：我的孩子，我为你的降生等待了一千年，今后却需你为我等待九千年了。

然后他消失在时间与空间之中，再也没有回来。那个孩子，在黑暗与寂寞中永恒地等待着。

玄奘两眼泪水，低声呜咽着，他凝视着大卫王瓶慢慢变得灼热，变得通红，最终烧化成一滴一滴的铜汁，滴落在火焰中。他知道，那个被父亲遗弃的孩子，再也回不了家了。波斯的阳光哪怕千年万年都照耀着那片土地，也无法驱散那孩子身上的寒冷与黑暗。

"师父，我想家了。"麴智盛哭泣着，"想我的父王了。"

"智盛，你的西游可以终结了，因为你已经找到了佛法要告诉你的东西。"玄奘在泪水迷蒙中，凝望着东南的天竺国，"而贫僧，还要继续走那漫漫的西游之路。"

附录

西突厥可汗记

泥孰率领大军回到西突厥，为迅速安定，立阿史那·咥力为可汗，是为肆叶护可汗。随即泥孰与莫贺咄全面开战，双方在大草原上鏖战不休。

公元 630 年，莫贺咄兵败，逃往阿尔泰山，最终被泥孰所杀。

之后泥孰威望大增，肆叶护可汗急于建立威信，北征铁勒，却被薛延陀打败。肆叶护为人多疑狠毒，滥杀功臣，最终对泥孰举起屠刀，泥孰逃往焉耆。

公元 632 年，肆叶护的残暴引起弩失毕部的一致反叛，肆叶护无力抵抗，逃往康居，不久死亡。弩失毕部迎立泥孰为大可汗，是为咄陆可汗。泥孰立为可汗后，派使者前往长安，表示愿意内附大唐，李世民册封泥孰为“吞阿娄拔利邲咄陆可汗”，他是第一个唐朝册封的西突厥可汗，大唐的势力开始进入西域。

公元 634 年，泥孰病逝。

高昌二王记

麴智盛在西游路上目睹阿术之死，最终领悟了自己今生的职责，随后回到高昌，被麴文泰封为世子。麴智盛开始治理国家，经营高昌。

麴智盛此生从未忘记龙霜月支，做了世子之后，几乎找遍了整个西域，也没有她的消息。公元 630 年，伊吾国王石万年主动归附大唐，李世民大喜，成立伊吾郡。这让麴文泰无比恐慌，在麴智盛的提议下，父子俩访问长安，受到李世民的盛大欢迎。第二年，麴文泰返国，而麴智盛留在大唐，一路寻找着他此生的信仰，龙霜月支。

麴文泰在长安被日渐兴盛的大唐所震惊，他意识到，大唐最终一定会谋取西域，于是与大唐貌合神离。公元 638 年，麴文泰和龙突骑支又起矛盾，他出兵攻打焉耆，攻陷五座城池。他甚至与西突厥联手攻打伊吾郡，企图封锁碛口，隔绝中原与西域。李世民震怒，下诏命令他入朝觐见，遭到麴文泰拒绝，只派了官员向皇帝致歉。李世民退一步，命他将东突厥溃灭时流落到高昌的汉人送回。麴文泰拒绝，言道："鹰飞于天，雉伏于蒿，猫游于堂，鼠噍于穴；各得其所，岂不能自生邪？"

麴智盛听说之后，急忙赶回高昌，但此时时局已经不可挽回。李世民吞并西域的雄心日益明朗，麴文泰保持独立的愿望日益强烈。

最终，李世民派侯君集率领大军征讨高昌。麴文泰誓死不降，要捍卫高昌的独立。然而，莫贺延碛最终没能阻拦大唐的脚步。公元 640 年秋，侯君集大军越过沙漠，抵达高昌国境。麴文泰心力交瘁，忧惧而死。

麴文泰临死前，麴智盛告诉他："父王，我回到高昌，就是不想让您承受亡国的屈辱。"

麴智盛即位高昌王，是为麴氏高昌第九代、第十王。办完麴文泰的丧事后，麴智盛出城向侯君集投降，高昌灭亡。

来到长安后，李世民册封麴智盛为左武卫将军、金城郡公，麴智盛辞谢，愿意隐居江南，做一个普通的百姓。李世民于是在广陵为其建府，麴智盛从此常住江南。他相信，龙霜月支必定会念着两人曾经的梦想，来江南看他。

很多年后，某一日，麴智盛在大运河边漫步，无意间朝河上一望，流水扁舟，一个白衣女子正盈盈站在舟上。麴智盛顿时泪如泉涌，捂着脸放声痛哭。

焉耆王记

龙突骑支自从失去龙霜月支的辅助后，除保持与大唐的友谊，国政日益溃乱，他为人暴躁，屡屡与麴文泰冲突，丧师失地。

公元 640 年，高昌灭亡后，龙突骑支起初兴奋，后在西突厥的挑唆下，意识到了大唐这个庞然大物的可怕。他将次女嫁给西突厥将军阿史那·屈利，以换取西突厥的支持。焉耆国策彻底更改，倒向西突厥。贞观十八年，公元 644 年，龙突骑支的弟弟龙栗婆准投降大唐，李世民命郭孝恪突袭焉耆。郭孝恪在龙栗婆准的带领下，穿过焉耆王城四周的水域，第二日上午便攻占了王城，俘虏龙突骑支。

贞观二十三年，公元 649 年，李世民去世后，龙突骑支被雕成石像，与麴智盛的石像一起竖立在唐太宗的昭陵旁。永徽二年，公元 651 年，龙突骑支的弟弟龙先那准去世，唐高宗放回龙突骑支，让他重新当上焉耆王。

波斯列王记

公元 590 年，时任波斯皇帝的霍尔莫兹德四世做了一桩极其愚蠢之事。波斯一代名将巴赫拉姆·楚宾正在前线与拜占庭对峙，偶有小败，霍尔莫兹德四世便派使者到军营传旨解除兵权，同时还赐给他一身妇人衣衫和纺纱杆，讥笑他只配做女人的活计。

楚宾勃然大怒，战场反叛，攻打泰西封。

内外交困中，霍尔莫兹德四世的儿子库斯鲁二世趁机弑君夺位，将父亲双眼挖掉，囚禁于监牢，随即残酷地处死。库斯鲁二世即位后，抵挡不住楚宾的大军，逃出泰西封，投奔拜占庭。

拜占庭皇帝莫里斯收库斯鲁二世为义子，出动大军帮他复国。公元 591 年，楚宾战败，逃出泰西封，投奔西突厥。库斯鲁二世以重金贿买达头可汗的宠妃，达头可汗杀楚宾。随后，库斯鲁二世用十年的时间平定波斯，波斯国势蒸蒸日上。

公元 602 年，拜占庭低级军官福卡斯杀死莫里斯，篡夺大位。库斯鲁二世借着帮义父复仇的名义挥军攻打拜占庭。波斯军队势如破竹，拜占庭国势崩颓。公元 610 年，福卡斯的女婿克里斯普斯建议召迦太基总督希拉克略率兵勤王，福卡斯当即允准，不料希拉克略一进入君士坦丁堡，就发动政变，斩掉了福卡斯的脑袋，自立为皇帝。

希拉克略称帝后，提出与波斯议和。库斯鲁二世不允，继续进兵，公元 613 年，打下大马士革，洗劫安条克，公元 614 年攻陷圣城耶路撒冷，大肆烧杀抢掠。连基督教的镇教之宝——钉死耶稣的十字架真品也被他掳走。

公元 615 年，波斯军进抵博斯普鲁斯海峡，公元 619 年，波斯军队又征服了埃及。至此萨珊波斯的辉煌达到了前所未有的顶峰。然而，公元 620 年，希拉克略十年生聚，击败了波斯的海陆大军，开始反攻。同时西突厥的统叶护可汗也与希拉克略会盟，率军攻入波斯。公元 627 年，希拉克略攻入波斯本土，一路势如破竹，直抵泰西封。

公元 628 年，库斯鲁二世的长子希鲁耶发动政变，罢黜了库斯鲁二世，将其秘密处死。希鲁耶继任波斯皇帝，史称卡瓦德二世。卡瓦德二世请求与拜占庭议和，赔款割地，希拉克略退兵。

拜占庭退兵后，卡瓦德二世对皇室发动大屠杀，几乎将所有的王子与公主斩尽杀绝，但他仅仅当了半年皇帝，就身患恶疾，一命呜呼。权臣沙赫·贝拉兹扶持其七岁的儿子继任皇帝，史称阿达希尔三世，不久后又废黜。

沙赫·贝拉兹风光没几天，库斯鲁二世的女儿布朗公主，设计绞死了他，自己继任女王，但不久后又被废，俾路支二世、霍尔莫兹德五世、霍尔莫兹德六世……在库斯鲁二世死后的三年中，九位短命帝王接连上台，又接连断头。整个波斯陷入末世的混乱中，直到二十一岁的伊嗣侯上台，史称伊嗣侯三世，波斯才渐渐安定。

但这只是萨珊波斯的回光返照，因为它最可怕的敌人，阿拉伯人从沙漠中崛起了。

公元 636 年，阿拉伯军队在卡迪西亚会战中彻底击溃波斯军队，第二年攻入泰西封，伊嗣侯三世出逃。在其率领下，萨珊波斯又顽强地抵抗了十五年。

公元 647 年，伊嗣侯三世写信向大唐求援。李世民拒绝出兵，回复说："国君相救，理固然已。然朕自贵大使之口，得闻阿剌伯族为何等人，其风俗，其信仰，其首领之品格，皆甚详尽。人民如斯之忠信，首领如斯之才能，焉有不胜之理。尔其慎修德谨行，以博彼等之欢。"

公元651年，伊嗣俟三世在木鹿城的一个磨坊内被杀，萨珊波斯灭亡。

他的儿子卑路斯向西逃到了吐火罗，向大唐求援，此时是唐高宗在位，依然拒绝出兵。卑路斯依靠吐火罗人与阿拉伯人展开拉锯战，公元661年，卑路斯战败，再次向大唐求援，唐高宗成立波斯都督府，册封卑路斯为波斯王。随着阿拉伯军队的不断打击，卑路斯支撑不住，公元675年，通过丝绸之路逃到长安，唐高宗授予他右威卫将军。

公元677年，卑路斯在长安去世。萨珊波斯的最后一抹荣光，终于消失在了大唐的尘埃中。

高昌大将军张雄记

张雄（583—633），字太欢，祖籍河南南阳，世居高昌，祖父张务，曾任左卫将军、绾曹郎中，总理政务。父亲张端，曾任建议将军、绾曹郎中。他的姑母是高昌王麴伯雅的王妃，高昌王麴文泰是张雄的姑表兄弟。

高昌出土的张雄墓志铭上说其“天资孝友，神假聪明，不以地望高人，不以才优傲物。白面知兵，神机俊爽”，是名文武双全的将才。

张雄深明大义，具有政治远见，百般劝告麴文泰不要投靠西突厥，内附大唐才是立国之本，但是得不到采纳，还失去了信任。志文记载他“规谏莫用，殷忧起疾”，遂郁郁死去，年仅五十岁。

1973年，在吐鲁番阿斯塔那第206号墓中，张雄夫妇的合葬墓出土。张雄的尸体完整地保留了下来，变成了干尸。他身材魁梧，身高一米九以上，双腿因长期骑马而变形。

王玄策记

王玄策，河南洛阳人，曾任融州黄水县令，右卫率府长史。于贞观十七年至龙朔元年（公元 643 年—661 年）间三次出使印度。其事迹新旧唐书均有记录，但生卒年月不详。其年龄应该比玄奘小十岁以上，因此贞观四年，玄奘于西突厥王廷遇见的唐使不可能是王玄策，其人到底是谁，作者未能查出。

以下为《旧唐书》所录：

> 贞观十年，沙门玄奘至其国，将梵本经论六百余部而归。先是遣右率府长史王玄策使天竺，其四天竺国王咸遣使朝贡。会中天竺王尸罗逸多死，国中大乱，其臣那伏帝阿罗顺那篡立，乃尽发胡兵以拒玄策。玄策从骑三十人与胡御战，不敌，矢尽，悉被擒。胡并掠诸国贡献之物。玄策乃挺身宵遁，走至吐蕃，发精锐一千二百人，并泥婆罗国七千余骑，以从玄策。玄策与副使蒋师仁率二国兵进至中天竺国城，连战三日，大破之，斩首三千余级，赴水溺死者且万人，阿罗那顺弃城而遁，师仁进擒获之。虏男女万二千人，牛马三万余头匹。
>
> 于是天竺震惧，俘阿罗那顺以归。二十二年至京师，太宗大悦，命有司告宗庙，而谓群臣曰："夫人耳目玩于声色，口鼻耽于臭味，此乃败德之源。若婆罗门不劫掠我使人，岂为俘虏耶？昔中山以贪宝取弊，蜀侯以金牛致灭，莫不由之。"拜玄策朝散大夫。

图书在版编目（CIP）数据

西游八十一案. 西域列王纪 / 陈渐著. -- 重庆 :重庆出版社, 2018.5

ISBN 978-7-229-12944-6

Ⅰ. ①西… Ⅱ. ①陈… Ⅲ. ①长篇小说–中国–当代
Ⅳ. ①I247.5

中国版本图书馆 CIP 数据核字（2017）第 308654 号

西游八十一案 . 西域列王纪

XIYOU BASHIYI AN XIYU LIEWANGJI

陈 渐 著

策　　划：华章同人

特约策划：上海紫焰文化传媒有限公司

出版监制：徐宪江　伍　志

责任编辑：张慧哲

特约编辑：计双羽　王菁菁

责任印制：杨　宁

封面设计：周丁乾

封面插画：猫　君

重庆出版集团 重庆出版社 出版

（重庆市南岸区南滨路 162 号 1 幢）

北京博海升彩色印刷有限公司　印刷

重庆出版集团图书发行有限公司　发行

邮购电话：010-85869375

全国新华书店经销

开本：880mm × 1230mm　1/32　印张：13　字数：316 千

2018 年 5 月第 1 版　2024年 7月第 1 版第 9 次印刷

定价：39.80 元

如有印装质量问题，请致电 023-61520678
